L'ombre de la mort

DU MÊME AUTEUR

AUX EDITIONS HARLEQUIN

DANS LA COLLECTION BEST-SELLERS

Soupçons (N° 23)
Le triangle du diable (N° 42)
L'été fatal (N° 53)
L'ennemi sans visage (N° 78)
L'invitation (N° 112)
La nuit masquée (N° 183)
Le complot (N° 197)
La griffe de l'assassin (N° 210)
Prémonition (N° 235)

HEATHER GRAHAM

L'ombre de la mort

BEST SELLERS

éditions Harlequin

Si vous achetez ce livre privé de tout ou partie de sa couverture, nous vous signalons qu'il est en vente irrégulière. Il est considéré comme « invendu » et l'éditeur comme l'auteur n'ont reçu aucun paiement pour ce livre « détérioré ».

Cet ouvrage a été publié en langue anglaise
sous le titre :
DEAD ON THE DANCE FLOOR

Traduction française de
BARBARA VERSINI

HARLEQUIN®

est une marque déposée du Groupe Harlequin
et Best-Sellers® est une marque déposée d'Harlequin S.A.

83-85, boulevard Vincent-Auriol, 75013 PARIS — Tél. : 01 42 16 63 63
Service Lectrices — Tél. : 01 45 82 47 47
ISBN 2-280-08700-6 — ISSN 1248-511X

Pour Ana et John,
En les félicitant de tous leurs succès,
Et en leur souhaitant bonne chance pour l'avenir.

Pour Shirley Johnson,
En la remerciant de ses conseils, de son sourire, et de sa bonne humeur.

Pour Vickie Regan, toujours superbe, et Honey Bunch, notre reine à tous.

Et pour Victor,
Qui sans cesse me pousse à me dépasser,
Et, par son travail et son enseignement, apporte tant à tant de gens.

1.

Il y avait toujours quelque chose à voir sur la bande de sable la plus célèbre des Etats-Unis, une plage vivante et bariolée en perpétuelle effervescence, lieu de tous les potins et de tous les scandales. On y venait pour se montrer autant que pour profiter du spectacle, et les chauds rayons du soleil tenaient lieu de projecteurs. Sur le boulevard longeant Miami Beach, les automobilistes obligés de rouler au pas jetaient des regards souvent blasés sur cette débauche de corps quasi nus, plus ou moins agréables à regarder.

Mannequins, rock stars, vedettes de la télévision, jeunes et vieux, adeptes du skate, de la bicyclette ou du surf, tout le monde se retrouvait là. Enfin, pour le surf, il ne fallait pas tirer de conclusions hâtives : ceux qui se pavanaient avec une planche sous le bras n'étaient pas tous capables de tenir dessus.

Toujours est-il que ce soir-là, dans South Beach, l'ambiance frisait le délire.

L'hôtel le plus huppé de la plage accueillait un concours de danse de salon de niveau international. Un concours auquel participait la célèbre Lara Trudeau.

Véritable tourbillon de couleurs, de grâce et de légèreté, elle virevoltait sur la piste et incarnait la beauté en mouvement.

Outre une technique époustouflante alliant précision, aisance et virtuosité, elle possédait les qualités qui distinguent les grands interprètes : une extraordinaire sensibilité et le don de la partager avec le public. Les juges eux-mêmes reconnaissaient qu'il leur était difficile de se concentrer sur sa prestation proprement dite, tant ils étaient subjugués par la lumière qu'irradiait son visage aussitôt qu'elle se mettait à évoluer sur la piste. Belle, fascinante, incroyablement douée, elle éclipsait tous les autres concurrents. Lorsqu'on avait posé les yeux sur elle, on ne pouvait plus les en détacher.

Ce soir, elle était plus lumineuse et captivante que jamais. A vous donner la chair de poule. Les spectateurs vibraient et tournoyaient avec elle, emportés par son aisance et sa technique ébouriffante. Aérienne et souple dans sa robe de bal multicolore, elle incarnait la féminité. Auprès d'elle, Jim Burke, son partenaire — qui ne manquait pourtant pas de talent —, apparaissait comme un pâle faire-valoir.

Bien entendu, Lara n'avait pas que des amis, et certaines personnes cachaient mal leur dépit.

Partagée entre le mépris et l'admiration, Shannon Mackay, directrice du Moonlight Sonata — le studio de danse où Lara avait débuté et où elle continuait à enseigner par intermittence — la considérait d'un air amusé. Elle n'appréciait pas Lara en tant que personne, mais elle reconnaissait que la jeune femme possédait un talent exceptionnel. Elle se détachait du lot, c'était indéniable.

— Elle est tout simplement incroyable ! s'exclama Shannon.

— Ouais, on peut le dire, grogna Ben Trudeau, ex-mari et partenaire de danse de Lara.

Jane Ulrich, éliminée en demi-finale, se tourna vers lui avec un sourire radieux.

— Ben, ne sois pas si amer ! Il faut reconnaître que c'est une danseuse exceptionnelle et une interprète hors pair.

Regarde-la : on a du mal à croire qu'il s'agit d'un être humain comme toi et moi.

Le compliment fit sourire Shannon. Jane s'était surpassée ce soir, dans sa robe pourpre qui flamboyait autour d'elle comme une flamme.

— Franchement, intervint Sam Railey, le cavalier de Jane, je préfère danser dans tes bras que dans les siens.

Il lui pressa doucement le poignet.

— Toi, au moins, tu ne prends pas ton partenaire pour un accessoire !

— Vous pourrez dire ce que vous voudrez : il n'y a qu'une virtuose ici, déclara Gordon Henson, le propriétaire du studio.

C'était lui qui avait découvert Lara, qui lui avait appris ses premiers pas, et il en tirait une fierté légitime…

Justin Garcia, dernière recrue du Moonlight et spécialiste de salsa, lança à Gordon un regard hostile.

— Cette fille n'est qu'une garce ambitieuse et calculatrice, dit-il. Elle n'hésiterait pas à vous passer sur le corps pour parvenir à ses fins.

Près de lui, Rhianna Markham, qui participait elle aussi à la compétition, laissa échapper un petit rire.

— Continue, Justin ! Va jusqu'au bout de ta pensée.

Shannon lui donna un coup de coude.

— Attention, nous sommes entourés d'élèves.

En effet, ils étaient tous venus soutenir leurs professeurs et profiter du spectacle. Et ils étaient nombreux… Le Moonlight Sonata bénéficiait d'une excellente réputation et, comme il était situé au-dessus d'une boîte de nuit appartenant à un Latino-Américain à la personnalité charismatique, Gabriel Lopez, on n'avait qu'un escalier à descendre pour mettre en pratique dans une ambiance torride ce qu'on venait d'apprendre au studio.

— Elle est splendide, susurra Rhianna en adressant un

regard taquin à Shannon, laquelle ne put qu'acquiescer d'un sourire.

Gordon, auquel la pique de Rhianna n'avait pas échappé, se pencha vers Shannon.

— Tu aurais dû t'inscrire ! Je suis certain que tu aurais pu rivaliser avec elle.

Shannon secoua la tête.

— Je préfère me contenter d'enseigner.

— Tu as peur ? lui demanda-t-il gentiment.

— Non. Mais je sais rester à ma place. Je ne suis plus à la hauteur, répondit-elle en souriant.

— Tu seras *toujours* à la hauteur, rétorqua-t-il en lui pressant la main.

Sur la piste, Lara et son partenaire exécutaient à présent un porté. Jim souleva la jeune femme, et elle s'enroula autour de lui comme une liane.

Shannon sentit une pression sur son épaule, mais elle y prêta à peine attention. Au milieu de cette foule où se pressaient élèves, enseignants, amateurs, professionnels, journalistes et simples amoureux de la danse, il s'agissait probablement d'un spectateur qui l'avait bousculée par inadvertance.

On lui toucha de nouveau l'épaule, cette fois avec insistance. Elle fronça les sourcils et tourna légèrement la tête. Dans la pénombre, elle ne pouvait distinguer les traits de l'homme qui souhaitait apparemment attirer son attention, mais elle nota qu'il portait une veste queue-de-pie, et en conclut qu'il s'agissait d'un serveur.

— Qu'est-ce qu'il y a ? demanda-t-elle.

— Vous serez la prochaine.

— La prochaine ? répéta-t-elle d'un ton incrédule.

L'homme s'était déjà éclipsé. Il l'avait probablement confondue avec une autre, puisqu'elle ne participait pas à la compétition.

— Oooh ! s'exclama Jane. Incroyable…

Oubliant l'incident, Shannon s'intéressa de nouveau au spectacle. Le couple qui devait succéder à Lara et Jim attendait déjà au bord de la piste, tétanisé par le trac. Ce n'était pas un cadeau de passer juste après les vedettes.

— Oui, admit Ben, tandis qu'un murmure d'admiration s'élevait de la foule. Une exhibition parfaite, pas une hésitation, pas un faux pas.

Lara aurait dû saluer sobrement, mais elle en rajouta, comme toujours. Elle leva d'abord ses belles mains aux longs doigts fins et aux ongles vernis pour les poser sur son cœur dans un geste empreint d'une forte intensité dramatique. Ce fut un instant magique et émouvant. La sono diffusait encore une valse viennoise légère et entraînante, et le temps parut brusquement suspendu.

Puis, toujours avec cette grâce qui n'appartenait qu'à elle, elle se laissa tomber à terre, lentement, en élevant ses longs bras souples et fluides pour ralentir sa chute. Elle s'allongea de tout son long, très doucement, et lorsque sa tête toucha enfin le sol, elle s'immobilisa.

— Cette fin grandiose ne faisait pas partie de la chorégraphie, fit remarquer Gordon.

— Je sais, répondit Shannon en fronçant les sourcils. Une petite improvisation ?

— A mon avis, elle en fait un peu trop, déclara Gordon d'un air soucieux.

A présent, la foule attendait, parfaitement silencieuse. Puis, comme Jim Burke demeurait immobile auprès de Lara, toujours étendue à terre, un tonnerre d'applaudissements éclata, puis se mit doucement à décroître. Ceux qui avaient vu Lara répéter sa prestation commençaient à se dire qu'il s'était passé quelque chose d'inhabituel et qu'il ne s'agissait pas d'un jeu de scène particulièrement audacieux, comme ils l'avaient cru tout d'abord.

Un murmure interrogateur s'éleva de la foule.

Shannon voulut s'élancer en avant, mais Gordon la retint par le bras.

— Ce n'est pas normal, dit-il. Je crois qu'il lui faudrait un médecin.

De toute évidence, il n'était pas le seul à avoir cette impression, car le Dr Richard Long, un chirurgien qui prenait justement des cours au Moonlight Sonata, se précipitait déjà sur la piste. Il s'agenouilla près de Lara pour vérifier son pouls, puis leva la tête d'un air abasourdi.

— Appelez une ambulance ! hurla-t-il d'une voix enrouée par l'émotion.

Puis il se pencha de nouveau et entreprit un massage cardiaque.

Un silence de mort s'abattit sur la salle, et la foule resta muette, comme paralysée. Puis quelques spectateurs — des journalistes, à n'en pas douter — se mirent à fouiller fébrilement leur sac ou leur poche à la recherche de leur téléphone portable.

Des chuchotements se firent entendre et, de nouveau, ce fut le silence.

Pendant ce temps, Richard essayait désespérément de ranimer Lara.

— Seigneur, mais qu'est-ce qu'elle a ? lança Gordon.

On voyait à son regard qu'il ne savait pas s'il devait rester dans la foule des anonymes ou rejoindre le médecin.

— Elle s'est peut-être dopée pour tenir le coup, suggéra Ben.

— Lara ? Impossible ! répondit Jane d'un ton véhément.

— N'importe quoi ! renchérit Shannon en secouant vigoureusement la tête.

— N'importe quoi, c'est vite dit, répliqua Ben. Il y a peut-être des substances illicites à South Beach ! ajouta-t-il d'un ton goguenard. Voilà qui serait vraiment extraordinaire… Un comble… N'empêche que nous sommes à Miami, dans l'Etat de Floride, plaque tournante de la drogue en provenance d'Amérique du Sud, reprit-il d'un ton plus sérieux.

— Pas Lara Trudeau ! lança Shannon d'un ton sec.

— Il y a drogue et drogue, intervint Justin.

— Après tout, convint tristement Gordon, nous savons tous qu'il lui arrivait de prendre du Xanax.

— Ou de boire un petit verre, ajouta prudemment Justin.

— Avant de danser ? demanda Rhianna. Tu plaisantes ?

— Elle vénère son corps comme un temple, fit Sam d'un ton assuré. Mais un temple a parfois besoin de quelques offrandes, comme elle le dit elle-même. A mon avis, elle a pris quelque chose ; ça me paraît évident.

— J'espère que ce n'est qu'un malaise, dit Shannon d'un air inquiet.

Elle aussi semblait hésiter à intervenir.

De nouveau, Gordon la retint en posant une main sur son épaule.

— Non, dit-il dans un souffle.

Elle lui lança un regard ébahi.

— Ce n'est plus la peine, ajouta-t-il.

— Comment ça, plus la peine ?

Au même moment, Richard Long se leva.

— Je crains qu'il ne soit trop tard, déclara-t-il calmement.

— Trop tard ? cria quelqu'un dans la foule.

— Elle… Elle est partie, ajouta le médecin d'un ton gêné, comme si ces mots donnaient corps à l'affreuse vérité.

— Morte ? fit une voix incrédule, quelque part dans le public.

Richard soupira.

— Oui, c'est exactement ça, dit-il à regret.

Au loin, on entendit hurler une sirène.

Quelques secondes plus tard, une équipe médicale pénétrait dans la salle de réception de l'hôtel en fendant la foule. Les urgentistes relayèrent aussitôt le Dr Long et tentèrent même une injection. Mais ils s'acharnèrent en vain.

Les spectateurs n'avaient pas bougé et contemplaient la scène à distance, incapables de détacher leur regard du corps de Lara étendu à terre.

Pétrifiée, Shannon regardait avec incrédulité le balai des blouses blanches. Puis, brusquement, elle se rappela l'homme qui l'avait interpellée un instant plus tôt.

Vous serez la prochaine.

Une idée démente lui traversa l'esprit et elle la repoussa aussitôt… Non, quelqu'un l'avait prise pour la concurrente suivante, voilà tout. Et cette scène affreuse n'était qu'un cauchemar, pas la réalité. Lara était tombée, cela arrivait aux plus grands, mais tout finirait par rentrer dans l'ordre. Ils allaient la ranimer, elle se relèverait en poussant un grand soupir et tout le monde en conclurait qu'elle ne reculait décidément devant rien pour créer l'événement. Lara voulait qu'on se souvienne d'elle, elle voulait briller éternellement au firmament de la danse.

Mais tout le monde devait mourir un jour.

Déjà, la foule quittait peu à peu la salle dans un brouhaha de stupéfaction.

Lara Trudeau n'était plus. C'était tellement invraisemblable… Elle venait de mourir devant des centaines de personnes. Elle s'était éteinte sous leurs yeux, avec une grâce inégalable. Dire qu'ils avaient d'abord cru à un accès de cabotinage…

2.

— Quinn ! Tu as de la visite !

Quinn sortit la tête de l'eau et découvrit Amber Larkin, sa secrétaire, qui se penchait vers lui du haut de la passerelle. Il venait de passer quarante-cinq minutes en plongée, à ôter de la coque du *Twisted Time* des anatifes, ces coquillages dans lesquels les oies sauvages déposent parfois leurs œufs.

Il se demanda ce qu'Amber faisait ici. Normalement, elle aurait dû se trouver à Key Largo, au bureau. Lui était en vacances, pas elle.

Il leva un sourcil agacé, une manière de lui faire comprendre qu'elle devait s'écarter pour le laisser monter à bord. Elle s'exécuta sans dire un mot et fit mine de ne pas remarquer son regard interrogateur qui lui demandait pourquoi elle venait le relancer jusqu'ici. Il était venu chercher le calme et la solitude mais, apparemment, il s'était fait des illusions.

Il comprit la raison de sa visite en posant le pied sur le pont. Son frère se tenait derrière elle.

— Salut, Doug ! fit-il d'un air bougon en ôtant son masque et ses palmes.

— Tu aurais pu me prévenir que tu serais dans le coin, dit Doug. Ça m'aurait évité d'aller jusqu'à Key Largo pour te voir, et Amber n'aurait pas été obligée de me ramener jusqu'ici. J'ai fait l'aller-retour pour rien.

Depuis un an que Doug avait intégré la police, on pouvait dire qu'il s'investissait dans son travail. Quinn était fier de son jeune frère, un garçon sans histoires qui n'avait jamais dévié du droit chemin, même pendant son adolescence. Tout le contraire de lui, en somme. Et il n'en avait pas terminé avec les ennuis ; c'était d'ailleurs pour ça qu'il était venu se réfugier à Miami… Il avait bien songé à prévenir son frère qu'il y passerait quelques jours, mais, après réflexion, il n'avait pas voulu l'ennuyer avec ses problèmes personnels.

Bref, il était venu ici pour se détendre. Ça faisait du bien de rentrer chez soi. Le sud de la Floride était un putain d'endroit où il devait faire bon vivre toute l'année.

Enfin, ce n'était tout de même pas le paradis. On y trouvait aussi un bel échantillon de la saloperie humaine.

Quinn ne se sentait pas au bout du rouleau, loin de là. Il avait compris depuis longtemps qu'il n'était pas de taille à combattre tous les démons de la terre ni même les démons d'un seul homme. Seulement, il avait quand même du mal à accepter ce qui s'était passé avec Nell Durken. Qui aurait pu prévoir que les choses tourneraient aussi mal ? Au moins, le meurtrier de cette pauvre fille se trouvait derrière les barreaux. Il allait prendre perpète ; il risquait même la peine de mort. Art Durken ne ferait plus jamais de mal à personne, mais ce n'était pas ça qui ferait revenir Nell. Quinn se sentait coupable de ne pas avoir su mettre sa cliente en garde. Sans doute aurait-il dû lui conseiller de s'éloigner au plus vite de ce salaud. Mais, après tout, elle venait tout juste de l'engager pour une surveillance de routine et, lorsqu'il s'était rendu compte qu'il venait de mettre le nez dans un nid de frelons, il était déjà trop tard. Il lui avait simplement suggéré de quitter son mari, et il avait cru naïvement qu'elle suivrait son conseil, surtout après avoir lu son rapport de filature.

Mais elle n'avait pas réagi assez vite. Après tout, Art lui

faisait porter des cornes, certes, mais il ne s'était jamais montré agressif avec elle.

Qui aurait pu soupçonner qu'il se transformerait brusquement en meurtrier ?

Merde ! Quinn se répétait sans cesse qu'il aurait dû s'en douter. Il avait été formé pour ça ; il aurait dû comprendre que Nell était en danger.

Aujourd'hui, il se sentait un peu comme son bateau : squatté par une armée de parasites cramponnés à la coque. C'était pour se débarrasser de cette amertume qui lui collait à la peau qu'il avait décidé de décrocher un peu.

De vraies vacances… Loin du boulot, des amis et de la famille.

De la famille, surtout. Doug n'avait pas à supporter son vague à l'âme et sa mauvaise humeur.

Sans compter que son petit frère pouvait être un sacré emmerdeur quand il s'y mettait… Il ne se gênerait pas pour le bombarder de questions s'il sentait que quelque chose clochait, et Quinn craignait son regard inquisiteur, un regard qui vous radiographiait comme celui d'un médecin des urgences qui passe en revue vos symptômes pour poser son diagnostic. Doug était du genre à remarquer le moindre clignement d'œil.

Un petit travers qui devait lui être utile dans le comté de Miami-Dade où la moitié des habitants était à côté de la plaque.

Mais, après tout, Doug n'était peut-être pas venu pour le harceler… Une petite pointe d'inquiétude vint se ficher au creux de son estomac.

— Maman ? demanda-t-il.

— Son cœur est réglé comme une horloge, ne t'en fais pas, répondit Doug d'un ton rassurant. Cela dit, elle m'a fait remarquer qu'elle ne t'avait pas vu depuis un bail et qu'elle regrettait le temps où tu venais dîner une fois par semaine. Tu devrais lui passer un coup de fil.

— Je lui ai laissé un message sur son répondeur. Je lui disais que j'allais bien et que j'étais simplement très occupé.

— Ouais. Mais elle n'est pas idiote. Elle lit les journaux, tu sais ?

— Tu es venu me faire la morale, c'est ça ?

— Non. J'ai une affaire à te proposer, répondit Doug en passant derrière lui pour l'aider à enlever les bouteilles à oxygène qu'il venait de détacher.

— Tu sais, p'tit frère, j'ai pas besoin de toi pour trouver du boulot. Je te signale que mon agence marche du feu de Dieu — peut-être même un peu trop. En plus, je suis en vacances.

— Oui, Amber me l'a dit. Ça tombe bien, justement. J'ai pensé que tu ne me refuserais pas un service.

Quinn avança sur le pont en grommelant.

— Merde, Doug ! Tu ne vas tout de même pas me demander une filature à l'œil ?

Il jeta un coup d'œil agacé à Amber, mais elle avait déjà choisi son camp.

— C'est ton frère, après tout ! lui lança-t-elle. Bon, je vous laisse vous débrouiller tous les deux. Je vais manger un hamburger Chez Nick.

Elle rejeta sa longue chevelure blonde en arrière et descendit du bateau. Au bout de la passerelle, elle se retourna, juste le temps de voir l'air renfrogné de Quinn qui la suivait des yeux. Il paraissait furieux et elle fila sans demander son reste.

Quinn regarda son frère. Il lui souriait tristement.

— Si tu veux, je me charge de rincer ton matériel, dit-il comme pour s'excuser.

— D'accord. Vas-y. Après, rejoins-moi dans la cabine : je vais me changer.

Il passa un bon moment sous la douche froide, enroula une serviette autour de sa taille sans même se sécher et prit un vieux jean coupé en short dans le panier en osier posé près de la couchette. Pieds nus et toujours dégoulinant, il alla dans le petit salon, sortit une Miller du réfrigérateur de la kitchenette, s'installa sur le canapé-couchette et se mit à tambouriner sur l'accoudoir. Il se sentait toujours d'aussi mauvaise humeur.

Doug le rejoignit bientôt en descendant les marches avec agilité. Il prit une bière, lui aussi, et s'installa sur le canapé, côté port, avec une grimace.

— C'est gratos, ton truc, hein ? demanda Quinn d'un ton bougon.

— En fait, ça va même te coûter un peu d'argent.

— Ben voyons… C'est-à-dire ?

— Le prix de quelques cours de danse.

Quinn le contempla avec ahurissement. Il en restait sans voix.

— T'as perdu la tête ? dit-il enfin.

— Pas du tout. Laisse-moi t'expliquer…

— Je ne veux même pas en entendre parler.

— Même si je te dis qu'il s'agit d'une mort suspecte ?

— Doug, enfin, tu es flic : tu dois savoir que des gens meurent tous les jours ! S'il s'agit d'une mort suspecte, il y a eu — ou il y aura — une enquête. Et sinon, tu peux mettre quelqu'un d'autre sur le coup. Un type de ton département.

Quinn secoua la tête. Lorsqu'il regardait son frère, il avait l'impression de se voir quelques années auparavant. Ils avaient huit ans de différence et mesuraient tous deux un mètre quatre-vingt-dix, mais Doug était encore un jeune homme élancé et un peu maigre car il n'avait pas atteint la trentaine, tandis que Quinn possédait déjà la carrure d'un homme. Quinn avait les cheveux noirs et Doug était blond comme les blés, mais ils avaient l'un et l'autre hérité des grands yeux bleus de leur père, ainsi que de ses traits anguleux. Ils partageaient la manie de gesticuler quand ils parlaient — comme si les mots ne suffisaient pas à exprimer leurs pensées —, de joindre les mains ou de se frotter le menton quand ils réfléchissaient.

Quinn songea avec attendrissement qu'ils s'entendaient vraiment bien, que son frère avait toujours été là pour lui, qu'il lui avait manifesté de l'affection et une grande confiance — parfois imméritée car lui-même ne s'était pas toujours comporté en chic type... Il en oublia un peu sa colère.

— Aucun type de mon département ne jugera l'affaire digne d'intérêt, expliqua Doug. Surtout qu'en ce moment, on a du pain sur la planche dans le comté. On court après un violeur en série, un gardien a été tué au cours d'un cambriolage... Crois-moi, les gars des homicides ont de quoi s'occuper et ils ne voudront pas perdre leur temps avec un décès qui semble, a priori, tout à fait naturel.

— Alors, personne ne s'occupe de cette affaire ?

Doug fit la grimace.

— Si, ils ont mis quelqu'un dessus, mais c'est un abruti, je t'assure. Inutile de compter sur lui.

Quinn savait parfaitement qu'il existait des rivalités entre flics et qu'il ne fallait pas prendre pour argent comptant les rumeurs qui circulaient sur les capacités des uns ou des autres. On trouvait parfois des brebis galeuses, mais la plupart des agents étaient des hommes intègres, sous-payés, exploités et qui ne rechignaient pas à la tâche.

N'empêche qu'il y avait aussi quelques cons dans le lot.

— C'est Pete Dixon, annonça Doug.

— Ce vieux Pete n'est pas si nul que ça ! lança Quinn.

— Pour qu'il repère un coupable, il faut qu'il le prenne en flag, le pistolet à la main, encore fumant.

— Ouais, marmonna Quinn.

— Enfin, tu sais bien qu'il ne pèche pas par excès de zèle.

Les médecins légistes ont conclu à une mort accidentelle et il n'ira pas chercher plus loin. Ce n'est pas lui qui remuera ciel et terre : il s'en fiche. Il va faire son rapport. Point final.

— Tu voudrais donc que je remue ciel et terre à sa place ? Et que je prenne des cours de danse, par-dessus le marché ? Tu as perdu la tête, frérot, conclut Quinn d'une voix monocorde.

Doug sourit, plongea la main dans la poche arrière de son jean et en sortit un article de presse soigneusement découpé. Il avait toujours été extrêmement soigneux et ordonné. Tout le contraire de son grand frère.

— Qu'est-ce que c'est ? demanda Quinn en prenant la coupure.

— Lis, tu vas voir.

Quinn déplia la feuille et parcourut le titre :

LA GRANDE LARA TRUDEAU DÉCÈDE BRUSQUEMENT SUR LA PISTE DE DANSE À L'ÂGE DE TRENTE-HUIT ANS.

Il inclina la tête d'un air interrogateur.

— Continue, lui dit Doug.

Quinn obéit. Il n'avait jamais entendu parler de cette *grande* Lara Trudeau, mais ça n'avait rien d'étonnant car la danse ne l'intéressait pas le moins du monde. Il était capable de plonger en apnée jusqu'à cent mètres de profondeur, de soulever de lourdes haltères et de grimper avec les meilleurs, mais, dans une boîte de salsa, il ne touchait pas une bille.

Lara Trudeau, trente-huit ans, professionnelle de renommée internationale et lauréate de nombreux concours, était morte comme elle avait vécu : sur une piste de danse. Apparemment, elle avait ingéré des calmants avec de l'alcool, fatal mélange qui avait provoqué un arrêt cardiaque. Ceux qui l'avaient côtoyée se déclaraient surpris qu'elle ait eu recours à ce genre d'artifices pour surmonter le trac.

Quinn leva la tête vers son frère.

— Je ne vois pas où tu veux en venir. Une danseuse sur le

déclin se laisse déborder par le stress et prend trop de cachets. C'est tragique, je te l'accorde, mais pas très original. Je ne vois rien de louche ou de diabolique là-dedans.

— Si tu faisais l'effort de lire entre les lignes…, répondit Doug d'un air consterné.

Quinn retint un sourire.

— Ben oui, tu vois, je ne vaux pas mieux que les types du département des homicides.

Doug reprit l'article et le frappa du plat de la main.

— Quinn, une femme comme Lara Trudeau n'aurait jamais pris des cachets avant d'entrer en scène. C'était une battante, une perfectionniste. Elle savait qu'elle allait gagner le concours. Elle n'avait aucune raison d'avoir peur.

— Ecoute, Doug, c'est toi qui ne sais pas lire entre les lignes. Tu as vu son âge ? C'est imprimé en toutes lettres : trente-huit ans. Avec la horde de jeunettes de vingt ans qui devait pousser derrière, elle avait sûrement de quoi s'inquiéter.

— Ah bon ! Alors, d'après toi, les gens n'ont plus qu'à se suicider quand ils arrivent à trente-huit ans.

— Nous parlons d'une danseuse. Elle était proche de la retraite. Bonne à mettre au placard.

— Tu te trompes.

Quinn laissa échapper un soupir agacé.

— Dans le sport de haut niveau, c'est la même chose. Les capacités physiques diminuent à partir de trente ans.

— Détrompe-toi. Certains continuent à progresser. Lara Trudeau était toujours la meilleure. La danse de salon, ça n'a rien à voir avec le sport de haut niveau. Des gens de tous les âges s'inscrivent aux concours.

— Tant mieux pour eux. Je trouve ça formidable et méritoire. Mais je ne comprends pas pourquoi tu me bassines avec cette histoire. D'après l'article, il s'agit d'une mort accidentelle. Et tu ne me proposes rien de concret pour étayer la thèse inverse.

Cette fille s'est écroulée devant tout le monde, à la fin de sa prestation, et l'autopsie n'a rien révélé de suspect.

— Ils ont trouvé la cause physique de sa mort : arrêt cardiaque dû à un mélange de calmants et d'alcool. Mais le rapport d'autopsie ne dit pas pourquoi ni comment elle a avalé ce cocktail.

Quinn poussa un grognement exaspéré et s'empara du journal du jour. Il l'ouvrit à la page locale.

— Une mère et ses deux enfants trouvés morts, tués par balles, dans leur appartement du nord de Miami, énonça-t-il en jetant un œil furibond à son frère par-dessus le quotidien. Un cadavre découvert dans une camionnette en plein centre commercial… Tu veux que je continue ? La violence fait partie du quotidien dans les grandes villes. Tu as suivi les cours à l'école de police, si je ne me trompe ? Tu sais sûrement qu'il se passe des choses atroces à l'extérieur de ce bateau. Moi aussi, je le sais. Des choses qui méritent que les gars du département des homicides mènent une enquête. Et je suis sûr qu'ils le font en ce moment même. Mais la mort d'une danseuse camée… Je crois que tu t'emballes pour rien. Tu aurais besoin de prendre un peu de repos.

— Quinn, c'est très important pour moi.

Quinn fronça les sourcils en se demandant ce qui arrivait à son petit frère. Il ne lui connaissait pas ce goût pour le drame. Il le dévisagea. Doug avait l'air parfaitement calme et sérieux.

— Est-ce que tes doutes se fondent sur un élément solide, Doug ? fit-il en levant les mains. On a menacé un autre danseur ? Si tu sais quelque chose, tu connais les gars à qui tu dois en parler. Dixon, par exemple. Je t'assure qu'il n'est pas aussi nul que tu le prétends. Il s'y retrouve parfaitement dans le dédale des lois.

— Tu es meilleur que lui.

— Je l'étais, corrigea Quinn. Ça fait bien longtemps que j'ai laissé tomber tout ça. Ne change pas de conversation, Doug. Regarde plutôt les faits. Il y a eu une autopsie, le médecin affirme qu'il s'agissait d'une mort accidentelle ; n'importe quel flic s'alignerait sur ses conclusions après une enquête de routine. Et toi tu cherches midi à quatorze heures. Pourquoi ? On l'avait menacée ? Tu as une bonne raison de penser que quelqu'un voulait la tuer ? Qui aurait pu souhaiter sa mort, d'après toi ?

Doug haussa les épaules et médita un instant avant de répondre.

— Pas mal de gens, à vrai dire.

— Et qu'est-ce qui te permet d'affirmer ça ?

— Elle pouvait se comporter comme une garce.

— Tu m'as l'air très au courant…

— Oui.

— Et d'où tiens-tu cette information ?

Doug parut hésiter. Puis, sans quitter son frère des yeux, il pencha légèrement la tête sur le côté, d'un air embarrassé.

— Je couchais avec elle.

Quinn poussa un gémissement, posa sa bière sur la table et se prit la tête à deux mains.

— Tu couchais avec une femme qui avait dix ans de plus que toi ?

— Et alors, ça pose un problème ?

— Je n'ai pas dit ça.

— C'est tout comme.

— D'accord, j'avoue que ça me paraît un peu bizarre.

— C'était une sacrée nana.

— Je veux bien te croire…, soupira Quinn.

Il marqua un temps d'arrêt.

— Tu étais amoureux d'elle ou bien c'était juste une histoire de cul ?

— Je ne vais pas te dire que j'avais l'intention de passer le reste de mes jours avec elle. Elle non plus, d'ailleurs. Mais elle avait beau être une garce plus vieille que moi, j'avais des sentiments pour elle.

— Justement : tu ne crois pas que tes sentiments altèrent quelque peu ton jugement ? demanda Quinn d'un air sombre.

Doug secoua la tête.

— On n'était pas vraiment un couple, et je sais qu'elle avait d'autres amants. Ça lui paraissait tout naturel. Elle se définissait comme un *esprit libre.*

Il haussa les épaules en évitant le regard de son frère.

— Elle fonctionnait à l'instinct. Bref, je n'étais pas le seul à partager son lit, conclut-il tristement.

— Super ! Et tu sais qui étaient les autres ?

— Sans doute des types qui fréquentaient le studio de danse.

— Qui était au courant, pour vous deux ?

— Je l'ignore.

— Tout ça me paraît bien vague.

Quinn dévisagea attentivement son jeune frère. Il semblait profondément affecté par la mort de cette femme, et sans doute avait-il du mal à accepter la vérité.

— Je te ferai tout de même remarquer, dit-il au bout d'un moment, que tu n'as pas intérêt à ce que tes collègues s'intéressent de trop près à l'affaire. Tu pourrais bien devenir le suspect numéro un.

— Je ne l'ai pas tuée, voyons ! Je suis un flic, pas un assassin. Tu le sais bien !

— Tu étais son amant. Si les gars de la criminelle se mettent à chercher la petite bête, ils s'intéresseront forcément à toi. Ça me paraît évident.

— Oui, mais ça m'est égal puisque je suis innocent.

Quinn reprit l'article que Doug avait posé sur la table.

— Elle avait forcé sur le Xanax, et l'alcool décuple les effets de ce médicament, expliqua-t-il.

— C'est ça, fit Doug. Et le flic chargé de l'enquête est persuadé que, dans sa *quête effrénée de gloire éternelle* — je te répète ses propres mots —, elle a paniqué.

— Tu sais, Doug, les gens ont parfois des comportements suicidaires. C'est tragique, mais il a sans doute raison. Elle était angoissée, elle a pris ces cachets et, comme ça ne suffisait pas à la calmer, elle a bu un ou deux verres par-dessus.

Doug secoua la tête avec obstination.

— Non.

— Tu ne veux même pas envisager cette éventualité ?

— Non.

— Pourtant, elle avait une ordonnance à son nom. On a contacté son médecin, et il a confirmé qu'elle avait coutume d'avaler des calmants avant ses exhibitions. Ça aussi, c'est écrit noir sur blanc dans l'article.

— Je sais, admit tranquillement Doug.

— Ecoute, si tu n'as pas d'éléments concrets qui justifient une enquête plus poussée, je ne comprends pas pourquoi tu tiens absolument à me mettre sur le coup.

— J'ai une intuition, Quinn. Presque une certitude. C'est inexplicable, mais c'est comme ça, répondit fermement Doug.

Quinn connaissait son frère ; il savait qu'il pouvait se montrer têtu comme une mule. Ça ferait de lui un excellent policier… lorsqu'il aurait un peu plus de maturité.

— Il faut savoir lâcher prise, quelquefois, lui dit-il tranquillement.

Doug parut tout à coup sur le point de perdre patience.

— Je suis prêt à te payer, fit-il sèchement.

— Mes honoraires sont trop élevés, tu n'as pas les moyens, répondit Quinn sur le même ton.

— Je ne te demande que deux semaines de ton temps. Merde, j'ai besoin de ton aide ! Tu n'auras qu'à fréquenter le cours de danse incognito et regarder ce qui se passe autour de toi. Juste ça. Repérer s'il y a des gens qui se comportent bizarrement et tenter de savoir si d'autres que moi pensent qu'on a pu assassiner Lara.

— Quelqu'un t'a fait part de ses soupçons ?

— Pas clairement. Ceux qui la connaissaient admettent qu'il lui arrivait de forcer un peu sur les calmants et aussi sur l'alcool. Ils disent aussi qu'elle voulait absolument conserver son titre de championne dans toutes les catégories : danses rythmées, lentes, danses de cabaret…

— Tu pourrais aussi bien me parler chinois, fit Quinn, agacé.

— Les concours se partagent en plusieurs catégories, expliqua patiemment Doug. Les danses rythmées, comme la rumba, le cha-cha, le swing, le rock, et les danses dites lentes, comme le fox-trot, la valse, le tango. Le cabaret combine un peu tout ça.

— Ça va, ça va, laisse tomber, je vois le genre.

— Alors, tu es d'accord ?

— Doug…

— Tu m'as dit toi-même que je ne devais pas avoir l'air de m'intéresser de trop près à l'affaire. Je suis entièrement d'accord avec ça. Voilà pourquoi je te demande… juste de prendre quelques cours de danse.

— Mais je ne serais absolument pas crédible ! Tu ne te rends pas compte.

— Au contraire : les gens qui prennent des cours de danse sont généralement ceux qui ne savent pas mettre un pied devant l'autre. D'après toi, pourquoi il y a tant de types qui s'inscrivent ?

— Pour pouvoir inviter les filles à danser la salsa dans les boîtes de nuit du bord de mer.

— Exactement ! Alors, tu vois, tu en retireras au moins un petit bénéfice. Tu ne comptes tout de même pas vivre en ermite le reste de tes jours ?

— Je ne vis pas en ermite, rétorqua Quinn.

Mais il sentait bien qu'il mettait un peu trop de véhémence dans sa protestation.

Son frère le contempla sans mot dire.

— Attends un peu, fit Quinn en s'enfonçant dans le canapé. C'est comme ça que tu es tombé dans les bras de la belle ? En prenant des cours de danse ?

Il n'en revenait pas. Pour lui, c'était comme si son frère avait appris à tricoter. Doug aimait les sports physiques ; il jouait merveilleusement au golf et entraînait l'équipe junior de base-ball de Miami…

— Oui, c'est comme ça.

— Je vois.

Quinn se tut, pensif.

— En fait, non, je ne vois pas. Qu'est-ce qui t'a pris ?

Doug sourit d'un air penaud.

— Randy Torres va se marier et j'ai accepté d'être son témoin. Il prend des leçons avec sa fiancée, Sheila, pour épater la galerie le jour du mariage. Je me suis dit « Pourquoi pas moi ? », et j'ai découvert que je n'étais pas si mauvais que ça. Sans compter que ça aide énormément pour draguer. Il y a beaucoup plus de femmes que d'hommes dans les cours, et le studio se trouve en bordure de South Beach, juste au-dessus d'une des boîtes de nuit de salsa les plus chaudes de Miami. C'est génial : on n'a qu'à descendre les escaliers pour mettre en pratique ce qu'on vient d'apprendre. Donc, je n'ai pas hésité.

— Et du coup, tu as craqué pour une vieille diva qui t'en a fait baver.

— On peut le dire comme ça. Mais Lara n'était pas un professeur régulier ; elle venait de temps en temps pour diriger des stages qui lui étaient grassement payés. Elle n'était pas tenue de respecter les règles, comme les autres employés du studio.

— Quelles règles ?

— Les profs ne sont pas censés fricoter avec les élèves, si tu vois ce que je veux dire. Mais c'est bidon parce que tout le monde se retrouve dans la boîte de nuit. Certains viennent en couple, juste pour le plaisir de danser, mais les célibataires n'hésitent pas à inviter leurs professeurs : ça les met en valeur. Tu piges ? Sans compter que de temps en temps, on y rencontre une ou deux stars.

— Oh ! oui, je pige que ça doit pas mal draguer. Et j'imagine aussi que la drogue circule et que certains s'en mettent plein le nez. Ça s'appelle comment, ta super-boîte de nuit ?

— Suede.

Quinn fronça les sourcils.

— Le nom me dit quelque chose, mais je n'y suis jamais allé. Je ne traîne pas du côté de South Beach : je déteste cet endroit.

South Beach était un quartier surfait où les gens venaient pour frimer et se faire photographier avec des stars. Ils n'hésitaient pas à faire la queue pendant des heures devant les établissements à la mode, en espérant que le physionomiste finirait par les laisser entrer.

Seul Lincoln Road, un cinéma d'art et d'essai, échappait à la règle, ainsi que quelques restaurants abordables et sympathiques.

— Tu exagères. South Beach n'est pas aussi épouvantable qu'on le prétend… Bref, passons, je n'espère pas te convaincre. Revenons plutôt au Suede. Il n'y a pas très longtemps, on a trouvé une prostituée morte d'overdose par héroïne non loin de la boîte. La brigade des stups a interrogé les employés de l'établissement, sans résultats. Il est tout de même possible que la fille ait acheté sa dose à un type qui fréquentait l'endroit. Les gens ont du fric, dans le coin, et ça attire les dealers. En tout cas, ça ne venait pas du personnel. Les employés sont très stricts en ce qui concerne les lois sur l'alcool ; ils refusent d'en servir aux mineurs, et il y a même eu un article dans le journal parce qu'un des serveurs avait foutu dehors une star du rock soûl comme un cochon qui réclamait encore à boire. C'est une boîte très correcte ; la musique est bonne et, comme je te le disais, les professeurs et les élèves du Moonlight s'y retrouvent pour danser et prendre un verre. Mais en dehors de ça, ils n'ont pas le droit de se fréquenter.

— Pourquoi ?

Doug soupira. Quinn ne comprenait rien ; il fallait tout lui expliquer. Il se faisait vieux.

— Pour éviter le favoritisme. Les cours sont très chers. Les élèves pourraient se sentir lésés si les professeurs accordaient plus d'attention à certains d'entre eux. Mais en fait, personne ne respecte la règle… Il faut que tu ailles jeter un coup d'œil, Quinn. Je te demande de faire ce petit effort pour moi. Tu prends quelques leçons et tu en profites pour poser deux ou trois questions.

Quinn fit la grimace.

— Pour ne rien te cacher, je préférerais utiliser mon temps libre à d'autres activités : le saut en chute libre, la plongée sous-marine… un safari en Afrique, pourquoi pas ? Rien qui ressemble de près ou de loin à des cours de danse, comme tu peux en juger.

— Eh bien, tu seras peut-être agréablement surpris. S'il te plaît, Quinn, je t'en prie !

Quinn baissa la tête et contempla ses mains. Il avait prévu de nettoyer le bateau, de pousser jusqu'aux Bahamas et de passer deux semaines à profiter de la mer et du sable blanc, à pêcher tranquillement en écoutant peut-être du reggae et de la musique calypso, mais certainement pas en se trémoussant.

Mais Doug avait vraiment l'air de tenir à cette enquête et il fallait à tout prix éviter qu'il devienne le suspect numéro un. Pour ça, une seule solution : prendre les choses en main.

Quinn leva les yeux vers son frère, prêt à lui annoncer qu'il acceptait… mais il hésitait encore.

— J'ai vraiment besoin d'une pause, fit-il. Et je ne suis pas sûr que ce soit une bonne chose que je m'occupe d'une affaire qui te tient tant à cœur.

Doug secoua violemment la tête.

— Inutile de t'inquiéter à l'avance. Si tu arrives à un résultat, tant mieux. Sinon, tant pis. En tout cas, j'ai confiance en toi. Même si toi, tu doutes de tes capacités.

— Je ne doute pas de mes capacités ! protesta Quinn.

Mais cette fois encore — merde — il se défendit avec un peu trop de véhémence.

— C'est vrai ? Tant mieux. Parce qu'il y a une chose que je ne t'ai pas encore dite. Une chose qui va sûrement te convaincre.

Quinn lui lança un regard interrogateur.

— Ta cliente, elle, a pris des cours au Moonlight Sonata jusqu'au mois de novembre.

Quinn fronça les sourcils.

— Quelle cliente ?

— Nell Durken. J'ai réussi à fouiller dans le dossier des inscriptions : son nom y figurait.

Nell ne lui en avait jamais parlé. Au fond, il ne savait pas grand-chose d'elle. Elle l'avait juste engagé pour connaître l'emploi du temps de son mari. Il n'avait pas mis longtemps à découvrir le pot aux roses.

Et ce salaud l'avait tuée.

— Elle suivait des cours de haut niveau ; c'était une élève assidue. Et brusquement, elle a cessé de venir. C'est bizarre, tu ne trouves pas ?

— Très bien, fit Quinn d'un ton décidé. Je vais aller m'inscrire à ces putains de cours.

— Merci ! s'exclama Doug. Et tiens, tu sais quoi ?… Les cours, je te les offre.

3.

— Salut, Shannon, ça va ?

Ella Rodriguez alla se percher sur un coin du bureau. Shannon s'adossa à son fauteuil d'un air songeur.

— Comment veux-tu que ça aille ? On aurait dû fermer toute la semaine.

— Trois jours, c'est déjà pas mal ! répliqua Ella. Dans les entreprises, c'est ce qu'on accorde aux gens quand ils perdent un proche.

— C'est plein de photos d'elle, ici.

— Je sais bien, soupira Ella. On n'est pas près de l'oublier. Mais il y a tout de même des élèves qui ne s'intéressent pas aux compétitions et pour qui elle ne représentait rien. Je pense notamment à ce couple qui va bientôt se marier… Tu sais, les deux manches à balai : ils ont besoin de nous.

Shannon regarda son amie d'un air attendri. Ella avait un visage enfantin, encadré par des cheveux blond platine coupés très court et effilés, d'incroyables yeux noirs et un sourire resplendissant. Elle se définissait elle-même comme la moins importante des employées du Moonlight, n'empêche qu'elle plaisait beaucoup aux élèves. Son charme naturel et sa gentillesse les rassuraient.

Mais, à cet instant précis, elle arborait plutôt un air sombre.

— Je vais peut-être te choquer, dit-elle, mais pour ne rien te cacher, je n'aimais pas du tout Lara. Et je n'étais pas la seule. Certains pensent même que cette mort si spectaculaire n'est que justice.

— Ella ! Tu n'as pas honte ?

— Je sais, ce que je dis est affreux et je te jure que je ne lui souhaitais aucun mal, reprit Ella.

Elle regarda Shannon fixement.

— Allez... Sois honnête. Reconnais qu'elle t'agaçait, toi aussi.

— La question n'est pas là. Elle nous apportait beaucoup ; elle avait fait ses premiers pas ici. Elle y était chez elle, pour ainsi dire.

— Mais personne ne songe à nier ses talents de danseuse. Elle était exceptionnellement douée, je te l'accorde. C'est d'ailleurs ce que j'ai expliqué à l'inspecteur qui m'a interrogée, ajouta-t-elle en regardant Shannon droit dans les yeux.

— Je suppose que tu lui as dit aussi que tu ne l'aimais pas ?

— Oui, je ne vois pas pourquoi je lui aurais dissimulé quoi que ce soit. J'ai été d'une honnêteté mortelle — désolée, je ne voulais pas faire de mauvais jeu de mot. Surtout qu'il ne s'agissait que d'une enquête de routine. L'autopsie et tout ça, c'est obligatoire, mais tout le monde a vu ce qui s'est passé.

Ella leva un sourcil.

— Toi, tu lui as dit que tu appréciais beaucoup cette adorable personne ?

— Non, répondit sèchement Shannon. Moi aussi, j'ai été d'une honnêteté *mortelle*. De toute façon, le type qui m'a interrogée n'était pas un foudre de guerre. Ses questions ont pris en tout et pour tout quatre minutes et demie.

Ella secoua la tête.

— Et alors ? Tu t'attendais à quoi ? C'est une affaire limpide.

Il y a même un enregistrement. On la voit danser, puis tomber — avec une grâce surnaturelle, il faut le reconnaître.

Elle frissonna.

— Ça me donne la chair de poule. Mais sa mort a été filmée en direct : qu'est-ce qu'elle pouvait espérer de mieux ? Des adieux immortalisés… Juste après un magnifique porté. C'est dommage, mais on ne peut pas la ressusciter. Tu as voulu fermer le studio en signe de deuil, mais à présent, les portes sont ouvertes et je te signale que tu dois donner sa première leçon à un débutant qui va arriver d'une minute à l'autre.

— Un débutant ? Moi ?

— Eh oui, toi.

Shannon fronça les sourcils.

— Je ne suis pas d'accord. Je gère le studio, les emplois du temps, j'ai de la paperasse par-dessus la tête et le Gator Gala à organiser. Tu as déjà oublié les décisions qui ont été prises lors de la dernière réunion ?

— Je m'en souviens parfaitement, mais comme tu l'as certainement remarqué, Jane n'est pas encore arrivée. Elle nous avait prévenus, à cette même réunion, qu'elle s'absenterait exceptionnellement pour aller chez le dentiste. Rhianna a déjà un cours à deux heures — elle ne pouvait pas le déplacer parce que son élève travaille la nuit et qu'on était fermés le matin. Le nouveau nous est envoyé par Doug : il lui offre même les cours. C'est son frère, figure-toi ! J'avoue que j'ai hâte de le voir. S'il est aussi beau que Doug…

— Si tu avais passé ton diplôme, tu pourrais enseigner, à l'heure qu'il est, et ce serait bien pratique ! fit Shannon sur un ton de reproche.

Ella avait fait de la danse et possédait de réels dons de pédagogue, mais elle refusait de se lancer. Elle avait été embauchée deux ans plus tôt sur un double poste de réceptionniste et de secrétaire. Depuis, elle se cantonnait volontairement dans ce rôle.

Shannon n'avait aucune envie de donner un cours aujourd'hui. Pourtant, elle adorait enseigner et les progrès de ses élèves lui procuraient de réelles satisfactions. Depuis la mort de Lara, elle ne se sentait pas dans son assiette. C'était tout naturel : une mort aussi brutale et inattendue ne pouvait que vous laisser abasourdi. Même si elle n'avait jamais considéré Lara Trudeau comme une amie — loin de là.

Elle engageait régulièrement Lara pour animer des stages car cette danseuse exceptionnelle attirait les foules et faisait rentrer de l'argent, mais ce n'était pas de gaieté de cœur. Lara méprisait l'enseignement ; elle avait mauvais esprit et se moquait de ses élèves quand ils avaient le dos tourné — une attitude que Shannon jugeait indigne d'une professionnelle. Et, en plus de tout cela, elle avait des raisons personnelles de ne pas l'apprécier... Néanmoins, sa disparition l'affectait. Sans doute parce qu'on ne peut rester indifférent au décès brutal de quelqu'un que l'on a côtoyé régulièrement... Bref, depuis cette horrible soirée au cours de laquelle Lara s'était effondrée devant des centaines de spectateurs, Shannon avait du mal à se concentrer sur la routine, ce qui tombait particulièrement mal car elle devait s'occuper de l'organisation du Gator Gala.

Accueillir un nouvel arrivant avec le sourire lui paraissait presque insurmontable, en ce jour. D'autant plus qu'il allait falloir déployer une énergie considérable pour le mettre à l'aise et lui donner envie de revenir.

— Ça ne fait même pas une semaine ! Et on ne l'a pas encore enterrée, dit-elle tristement.

Après l'autopsie, Ben, l'ex-mari de Lara, s'était occupé des funérailles avec Gordon. Lara n'était pas originaire de Miami ; elle était venue s'y installer près de vingt ans plus tôt avec son père et sa mère, disparus depuis longtemps. Elle n'avait pas eu d'enfant et personne ne lui connaissait de proches parents. Ben et Gordon avaient choisi samedi pour la cérémonie. Lara était une célébrité : ils voulaient du monde à son enterrement.

— Shannon, insista Ella, personne ici ne la portait dans son cœur. Elle gardait ses distances avec nous. Gordon était le seul à partager un peu d'intimité avec elle et, curieusement, j'ai l'impression qu'il s'en remet mieux que toi.

Shannon songea qu'en effet Gordon avait vite repris le dessus. Il avait passé la journée de la veille dans son bureau, à comparer des échantillons de tissus pour les nouveaux rideaux qu'il comptait mettre dans son salon.

— Tu es bizarre, reprit Ella en secouant la tête. Déjà, quand Nell Durken est morte, tu en as fait aussi toute une histoire. Alors qu'elle n'avait pas mis les pieds ici depuis plus d'un an.

— Nell Durken a été assassinée par son mari. Elle voulait sans doute le quitter, et il a eu peur que sa fortune lui passe sous le nez. Tu ne trouves pas ça tragique ? demanda Shannon d'un ton amer.

On n'oubliait pas facilement Nell Durken, une femme pétillante, belle et pleine de vie. Sa présence dans un cours était un rayon de soleil, et elle sympathisait avec tout le monde. Son mari ne l'avait jamais accompagnée au Moonlight, et Shannon ne le connaissait pas, pourtant elle avait été très choquée d'apprendre que c'était un assassin.

— Seigneur ! fit-elle dans un souffle.

— Quoi ?

— C'est tout de même étrange…

— Quoi encore ? s'exclama Ella en secouant la tête.

— Nell Durken est morte d'une overdose de médicaments, elle aussi.

— Je sais. C'est son mari qui les lui a fait avaler. Quel salaud, ce type ! Enfin, les flics l'ont coincé. Remarque, il y avait de quoi le soupçonner : il collectionnait les maîtresses et il ne restait avec Nell que pour son fric. Il a sûrement pensé que le coup des médicaments passerait inaperçu. Une sorte de crime parfait… En tout cas, aujourd'hui, il risque la peine de mort. Mobile évident, preuves accablantes : ses empreintes étaient sur le flacon de pilules.

— Tu regardes trop de films policiers, fit une voix.

Elles se tournèrent toutes les deux du côté de la porte. Gordon les considérait d'un air amusé.

— Pas du tout ! rétorqua Ella. Je ne fais que répéter ce que j'ai lu dans les journaux. J'espère que ce type grillera sur la chaise électrique.

— La chaise électrique ?

— Oui, ça va, je n'ignore pas qu'on pratique des injections létales. Mais je trouve que c'est une mort trop douce pour ce type, déclara Ella en secouant la tête.

Gordon fit la grimace.

— Et comment en êtes-vous venues à évoquer Nell Durken ? demanda Gordon.

— On parlait de Lara.

Il eut l'air interloqué. Visiblement, le rapprochement ne lui semblait pas évident.

— Lara…, dit-il d'un air pensif. Elle va nous manquer. Elle a voulu voler trop haut, comme Icare, et elle s'est brûlé les ailes. Quant à Nell… elle aurait dû quitter ce salaud. Elle aurait pu faire quelque chose dans la danse.

— Elle a cessé de venir quand il a organisé ces fameuses vacances aux Caraïbes, tu te souviens ? fit Shannon. Une seconde lune de miel, selon lui.

— C'est vrai, dit Ella. Nell a téléphoné pour nous prévenir qu'elle suspendait son inscription parce qu'elle partait en voyage avec lui, et on en a tous conclu qu'ils filaient de nouveau le parfait amour.

Gordon ouvrit la bouche pour répliquer quelque chose, mais elle ajouta précipitamment :

— Je l'ai rappelée régulièrement au début. Mais je tombais toujours sur son répondeur. Au bout de six mois, j'ai tout simplement laissé tomber.

— C'est affreux, murmura Shannon. J'espère qu'on ne porte pas la poisse…

— Qu'est-ce que tu dis, Shannon ?

Shannon regarda par-dessus l'épaule de Gordon. Sam Railey venait d'arriver.

— Elle prétend qu'on a la poisse ! lança Gordon. Je t'interdis de penser des choses pareilles, Shannon. Nell ne venait plus chez nous depuis longtemps quand son mari l'a assassinée. Quant à Lara… C'est une véritable tragédie, mais nous n'y sommes pour rien.

Il leva trois doigts en l'air.

— Au studio Broward, ils ont perdu deux élèves et un professeur, l'année dernière.

Shannon retint un sourire.

— Gordon, il s'agissait de M. et Mme Hallsly, âgés respectivement de quatre-vingt-treize et quatre-vingt-dix ans. Ils se sont suivis de près et ça n'a surpris personne. Quant à Dick, ajouta-t-elle doucement, il est mort d'une rupture d'anévrisme.

Elle avait toujours apprécié Dick Graft, qui enseignait au studio Broward, de l'autre côté de la ville.

— Ce que je voulais dire, c'est que des gens meurent ailleurs que chez nous et que nous ne portons pas la poisse.

— J'espère bien ! dit Sam. Mais vous savez ce qu'on dit : « Jamais deux sans trois. »

— Sam !

— Désolé. Je plaisantais. Et rassurez-vous, tous les deux, je ne dirai jamais ça devant un élève.

— Encore heureux !

Shannon s'occupait de tout, mais Gordon restait le patron et s'il décidait de virer quelqu'un, elle n'avait pas son mot à dire.

— Salut ! fit une voix haut perchée.

Justin Garcia, un mètre soixante-douze, excellent danseur doué d'un incroyable sens du rythme, se haussait sur la pointe des pieds pour contempler Shannon par-dessus la tête de Gordon.

— Psst ! fit-il à l'intention d'Ella, toujours assise sur le bureau. Il y a un nouveau qui attend devant la porte. Je me serais bien occupé de lui, mais c'est une baraque et j'ai peur qu'il m'écrabouille.

— Le frère de Doug ! s'exclama Ella en sautant de son perchoir.

Ella avait un faible pour Doug. Il avait commencé par prendre des cours de salsa pour faire bonne figure à un mariage où il devait être témoin. Au début, il était raide comme un bout de bois. Mais il avait suffi d'une semaine pour le dégeler et il était tombé amoureux des rythmes cubains. Un flic qui passait tout son temps libre dans un studio de danse sans tenir compte des railleries de ses collègues, c'était hors du commun… et plutôt méritoire.

Les femmes se disputaient pour l'avoir comme cavalier. Même Jane, son professeur attitré, prétendait qu'avec lui elle avait l'impression de voler. Il possédait une force colossale et la soulevait comme une plume ; c'était un plaisir de travailler avec lui les portés, les sauts et les pirouettes. Et, en plus, il était très beau, grand, blond, les yeux bleus. Bref, l'élève idéal.

Dans sa précipitation pour recevoir Quinn, Ella bouscula Sam et Justin au passage.

Shannon se leva à regret, mais Ella était déjà revenue sur ses pas et passait la tête dans l'embrasure de la porte, avec des yeux exorbités.

— Bon sang ! s'exclama-t-elle. Jane va regretter d'être allée chez le dentiste.

Puis elle disparut.

— Une baraque, je te dis ! répéta Justin en haussant les épaules.

Du coup, tout le monde fila en direction de l'accueil, et le pauvre Quinn se retrouva encerclé, pendant qu'Ella lui posait les questions de routine.

Le frère de Doug… En effet, la ressemblance était indéniable. Sauf que Doug possédait un corps mince et fluide et que ce nouvel élève ressemblait plutôt à Conan le Barbare.

Shannon allait s'avancer vers lui, mais Sam la retint par les épaules.

— Dommage qu'il soit interdit de frayer avec les élèves, pas vrai ? lui murmura-t-il à l'oreille.

— Sam ! gronda-t-elle en poussant un soupir de lassitude.

Certes, la règle était de garder ses distances, mais Gordon avait toujours fermé les yeux sur les petits débordements — du moment qu'ils restaient discrets — et, lorsque Shannon avait pris la relève, elle avait adopté la même attitude.

D'ailleurs, en s'éloignant de Sam, elle entendit Justin grommeler :

— La règle… Tu parles ! Ce n'est pas la même pour tout le monde.

Shannon tendit la main au géant qui se trouvait en face d'elle, tout en se demandant si Justin faisait allusion à quelque chose de précis. En tout cas, la remarque lui déplut.

Elle se força à sourire.

— Ainsi, vous êtes le frère de Doug. Ravie de vous avoir parmi nous. Doug est l'un de nos élèves préférés.

Elle hésita légèrement.

— Il vous a traîné de force ou c'est une démarche volontaire ?

L'homme sourit et une fossette creusa sa joue droite.

— Un peu des deux, répondit-il. Disons qu'il a su trouver les arguments pour me convaincre.

Sa poignée de main était ferme et vigoureuse.

— Je m'appelle Quinn… O'Casey, comme vous devez vous en douter. J'ai bien peur de vous décevoir : je ne suis pas aussi doué que mon frère. Je risque de vous donner du fil à retordre.

Shannon souriait toujours, mais son sentiment de malaise ne l'avait pas quittée.

Du fil à retordre…

Elle avait comme l'impression qu'il était en dessous de la vérité.

Qu'est-ce qu'il venait faire ici ?

— Ella, tu peux me donner une fiche pour établir le programme de monsieur O'Casey ? demanda-t-elle.

Elle se tourna vers lui.

— Suivez-moi dans la salle de réunion : on va voir ce qu'on peut faire pour vous.

En fait de salle de réunion, il s'agissait d'un petit réduit d'à peine plus de deux mètres sur deux, occupé au centre par une table ronde autour de laquelle pouvaient s'asseoir au maximum cinq personnes, plus quelques étagères, quelques objets vaguement décoratifs, les trophées remportés par les professeurs — dont certains par Shannon lorsqu'elle participait encore aux concours — et des publicités indiquant que le Moonlight s'était vu attribuer la récompense du meilleur studio indépendant pendant deux années consécutives.

Tandis qu'Ella apportait une carte à la directrice des lieux, les trois autres restèrent plantés devant la porte. Shannon leva un sourcil agacé — histoire de leur signifier qu'ils avaient autre chose à faire —, et ils filèrent aussitôt.

Elle ferma la porte derrière eux et désigna une chaise à Quinn.

— Asseyez-vous, je vous en prie, dit-elle.

— J'ignorais qu'on apprenait à danser en s'asseyant autour d'une table, dit-il d'un ton désinvolte.

— Avant de commencer, j'ai besoin de savoir ce que vous recherchez, répliqua Shannon sèchement.

Elle songea avec humour que le studio était une entreprise et que la salle de conférences leur servait à cerner leurs proies. Mais elle ne forçait jamais la main aux élèves et essayait simplement de leur proposer ce qui correspondait le mieux à leur attente. De toute façon, les gens ne restaient que s'ils avaient l'impression de dépenser leur argent à bon escient, et la boîte tournait surtout grâce aux acharnés qui faisaient de la compétition. Ceux-là, il n'y avait pas besoin de les convaincre.

— Alors, monsieur O'Casey. Quelles danses aimeriez-vous apprendre ?

— Quelles danses… j'aimerais apprendre ?

Le beau gosse haussa les sourcils d'un air complètement perdu, comme si elle venait de lui poser une question absurde.

— Nous enseignons à peu près tout. Même la country et la polka. D'habitude, les gens qui viennent ici ont une idée en tête.

— Ah ! Je ne sais pas trop. D'après Doug, j'aurais besoin de me délier. La vérité, c'est que je suis parfaitement ignorant en la matière. Il m'a parlé de danses lentes, je crois que ça m'irait plutôt bien.

— Vous pourriez donc commencer par la valse, le fox-trot et le tango.

— Le tango ?

— Oui, le tango.

— Le tango, c'est lent ?

— Les mouvements peuvent être rapides, je vous l'accorde, et intenses. Mais le tango fait quand même partie des danses lentes… Ça ne vous emballe pas, on dirait ?

Il haussa les épaules.

— Si, si… Enfin, je n'ai rien contre le tango.

On aurait dit qu'ils parlaient d'une personne. Il lui lança un petit sourire amusé et elle fut saisie par son charme magnétique. Il n'était pas seulement beau ; il émanait de lui une grande force intérieure. Et puis, il y avait aussi cette fossette, et ces yeux profonds qui plongeaient droit dans les siens… Elle se sentit envahie par une vague de chaleur, et tenta tant bien que mal de se rassurer. Pas étonnant qu'un type aussi séduisant lui fasse de l'effet : elle n'était pas de marbre, tout de même !

Il se pencha brusquement en avant.

— Finalement, je crois que je vais essayer le tango, dit-il comme s'il venait de trouver la réponse à un problème d'une extrême importance.

Il y a fort à parier que les femmes auront envie d'essayer le tango avec toi, songea Shannon.

Elle ne put s'empêcher de sourire.

— Vous êtes certain de vouloir prendre des cours de danse ? lui demanda-t-elle.

— Oui. Enfin… non.

Il haussa les épaules.

— Doug a beaucoup insisté, alors j'ai fini par céder.

Shannon hésita. Elle n'était pas sûre d'avoir envie de lui enseigner quoi que ce fût, mais d'un autre côté, un élève récalcitrant comme lui représentait un défi que n'importe quel professeur se serait fait un plaisir de relever.

Mais la réticence de cet homme déclenchait chez elle un sentiment de méfiance.

Elle s'adossa à sa chaise et le contempla en tapotant machinalement la table avec son stylo.

— Votre frère est dans la police, je crois. Vous aussi, monsieur O'Casey ?

— Appelez-moi Quinn, s'il vous plaît. Non, je ne suis pas flic, mais je l'ai été.

Elle attendit la suite, mais il ne jugea pas utile d'entrer dans les détails.

— Et que faites-vous, à présent ? insista-t-elle.

— Je travaille dans une société qui organise des croisières et des loisirs nautiques, à Key Largo.

— Pêche ? Plongée sous-marine ?

Il sourit.

— Les deux. Pourquoi toutes ces questions ? Il faut avoir un certain profil pour s'inscrire chez vous ?

Elle secoua la tête, gênée de sentir ses joues prendre une couleur rosée, et baissa le nez sur son papier.

— Non, bien sûr que non. Je suis désolée si je vous parais indiscrète. J'essaye simplement de cerner la personnalité des gens pour leur proposer un programme adapté.

— Eh bien, disons que j'aimerais pouvoir inviter les dames à danser. Je vous assure que je suis raide comme un piquet.

Il paraissait sincère et, de nouveau, une fossette se creusa sur sa joue.

— Quand votre frère est venu ici pour la première fois, dit Shannon d'un ton rassurant, il se déplaçait avec autant d'aisance qu'un arbre centenaire... Quinn.

Elle se sentait troublée rien que d'avoir prononcé son nom.

— Depuis, il a fait d'énormes progrès, croyez-moi.

— En tout cas, j'ai l'impression qu'il est mordu.

Elle hocha la tête.

— Ça pourrait vous arriver, à vous aussi. Vous ne croyez pas ?

Il haussa les épaules et leva les mains. De grandes mains, aux longs doigts fins. Elle remarqua qu'elles étaient d'une propreté impeccable. Bien entendu, il devait passer ses journées dans l'eau… et au grand air, avec ce visage bronzé qui mettait en valeur le bleu de ses yeux.

— Et vous ?

— Pardon ?

Elle avait perdu le fil de leur conversation.

— Depuis quand êtes-vous une mordue de la danse ?

— Depuis que je me tiens debout sur mes deux jambes, avoua-t-elle.

— Ah ! vous faites donc partie de ces grands professionnels qui hantent les concours.

Elle secoua la tête.

— Non. Je me contente d'enseigner.

Il leva un sourcil étonné, et elle se sentit de nouveau mal à l'aise. Voilà qu'il la détaillait, à présent.

— Je parie que vous auriez du succès, dit-il enfin.

Elle haussa les épaules.

— Je ne recherche pas la notoriété. J'aime ce que je fais, c'est tout.

— Et puis, c'est dangereux la compétition, non ?

Il avait lancé la phrase d'un ton dégagé, mais elle se raidit.

— Dangereux ? La danse ?

— Doug m'a dit qu'une femme était morte d'une crise cardiaque pendant un concours, récemment.

Elle secoua la tête.

— Il s'agit d'un accident tragique mais tout à fait exceptionnel. Nous sommes tous sous le choc.

Elle fut tentée de se justifier davantage, mais se retint. La remarque de Quinn l'avait troublée, mais mieux valait ne pas le lui montrer. Il avait beau être le frère de Doug, elle ne le connaissait pas. D'ailleurs, Doug lui-même n'était qu'un élève qu'il n'était pas question de confondre avec un confident.

— La pêche et la plongée sous-marine sont des activités bien plus dangereuses que la danse.

— Je ne voulais pas dire que j'avais peur de me faire du mal, précisa-t-il. C'était une façon maladroite de vous faire savoir que j'étais désolé que vous ayez perdu une amie et un professeur. Et peut-être y avait-il aussi un peu de curiosité de ma part…

Bien sûr… Lara avait régné sur le monde de la danse, et sa disparition avait fait du bruit, même parmi les néophytes. A Miami, on connaissait au moins son nom… Les médias allaient probablement parler de sa mort pendant quelques jours. D'autant plus qu'une chaîne de télévision l'avait filmée en direct.

Gordon avait fait une déclaration officielle et ils avaient rédigé ensemble un texte destiné aux élèves, qu'ils avaient affiché dans le studio. Ils abordaient librement le sujet. Elle n'avait pas à se sentir gênée d'en parler avec ce grand nigaud assis en face d'elle.

— Personne ne comprend ce qui s'est passé, dit-elle posément. Lara Trudeau ne consommait ni drogue ni alcool. C'était une danseuse exceptionnelle. Elle va nous manquer. Son talent est irremplaçable. Mais, pour répondre à votre question, on ne peut pas dire que la danse soit un sport violent. Nous avons même parmi nos élèves des malades cardiaques que les médecins nous envoient pour augmenter leurs capacités en douceur. L'inertie et le manque d'exercice sont bien plus dangereux que la danse, croyez-moi.

Elle se sentait agacée, comme si on l'avait attaquée personnellement. Pourquoi ? Elle était sur le point de se lever et de lui dire qu'elle pouvait rembourser à Doug le montant des cours, mais il parla avant elle.

— Je voudrais travailler le rythme, déclara-t-il brusquement.

— Pardon ?

— Je voudrais pouvoir aller dans une boîte — par exemple au Suede, qui est juste en dessous — sans passer pour un nul… Je devrais peut-être commencer par la salsa ?

— Ils passent beaucoup de salsa au Suede, en effet. Et d'autres rythmes latino, comme le mambo ou la samba. Jeudi soir, par exemple, ils organisent une soirée swing.

— Et pour les mariages, il faut apprendre la valse, c'est ça ?

Il avait l'air de prendre la chose au sérieux, finalement.

— Oui.

— Je dois vraiment faire un choix ?

— Non. Vous pouvez tout travailler, mais il serait bon de savoir par où vous voulez commencer.

— Je ne sais pas. Comment ça se passe, en général ?

— En général, on commence par le commencement, répondit-elle d'un ton décidé, en se levant. Allons-y ! Puisque vous n'avez pas de préférences, je vais décider pour vous.

— C'est vous qui me donnez le cours ?

Il paraissait surpris, mais pas franchement emballé.

— Oui. Ça vous pose un problème ?

— Non. Je suis un peu étonné, c'est tout. Doug m'avait dit que vous ne preniez pas les débutants.

— Normalement, non. Mais aujourd'hui, je suis la seule personne disponible, et comme c'est moi qui vous ai reçu, je vais devenir votre professeur attitré. Nous fonctionnons comme ça… à moins que ça ne vous dérange.

Elle se rendit compte qu'elle avait changé d'avis à son sujet. A présent, elle voulait le garder pour elle. Une petite voix lui murmurait à l'oreille que ça faisait longtemps qu'un homme ne l'avait pas intéressée. Et lui… Elle le trouvait beau et sensuel.

Seulement, quelque chose chez lui continuait à la gêner. De quoi s'agissait-il ? Elle n'avait pas la réponse et, pour tout dire, elle se sentait un peu ridicule. Est-ce qu'elle était en train de devenir parano ?

N'empêche… il la dévisageait avec une insistance étrange, et elle ne pouvait s'empêcher de trouver son attitude bizarre.

Trente minutes plus tard, elle était presque à bout de patience. Il ne se laissait pas guider, elle s'en était rendu compte dès qu'elle avait posé la main sur son bras — un bras dur et tendu. Elle avait beau essayer de le mettre à l'aise, il ne se dégelait pas.

En plus, il confondait la droite et la gauche.

Il était incapable de la suivre, bien qu'elle eût commencé par le plus simple : un quadrille.

— Non, Quinn, lui expliqua-t-elle de nouveau. Le pied gauche d'abord. Ça fait cent fois que je vous le dis.

Sa voix trahissait son agacement. Et pourtant, elle avait la réputation d'être très patiente.

Il n'avait pas menti, tout à l'heure, en disant qu'il n'était pas doué.

— C'est pourtant facile : le pied gauche avance, le droit se déplace sur le côté… Un quadrille, quoi.

— Oui, un quadrille, j'ai compris. Il y a beaucoup de professeurs au Moonlight ?

— Vous préféreriez quelqu'un d'autre, monsieur O'Casey ? Je vous fais peur ?

— Pas du tout. Je vous trouve parfaite. Je posais la question comme ça, histoire de parler.

— Eh bien... Il y a Ben Trudeau qui enseigne à plein temps.

— Ben Trudeau ?

— L'ex-mari de Lara. Ils étaient divorcés depuis sept ans. Lui aussi participait à des concours, mais il a décidé d'arrêter, voilà quelques mois, et de s'installer à Miami. C'est un excellent pédagogue.

— La mort de Lara a dû lui faire un choc.

— Nous sommes tous choqués, monsieur O'Casey...

— Bien sûr ! Je suis stupide. Une si belle danseuse... Elle avait sûrement beaucoup d'admirateurs et d'amis. Doug m'a dit qu'elle organisait parfois des stages chez vous.

— Oui.

— Ça doit être pénible pour vous de devoir continuer comme si de rien n'était.

— Il faut bien travailler.

— Donc, tout le monde est revenu à son poste.

— En effet, tout le monde. Justin Garcia, Sam Railey, Jane Ulrich — qui s'occupe de votre frère — et Rhianna Markham.

Il lui écrabouilla le pied.

— Désolé, dit-il aussitôt. Je vous avais prévenue.

Shannon respira profondément.

— Quand vous aurez fait des progrès, vous pourrez parler en dansant, mais pour l'instant, il vaudrait mieux vous concentrer sur les pas.

— C'est juste. Mais je me sentirais sans doute plus à l'aise si je connaissais un peu les gens que je vais croiser ici.

— Nous organisons des soirées et des séances collectives, murmura-t-elle. Vous aurez l'occasion de rencontrer les autres.

— Des soirées ?

— Et des séances collectives, répéta-t-elle fermement.

Pour les débutants, c'est le lundi, le mercredi et le vendredi — mais ils peuvent venir les autres jours s'ils ne sont pas libres ces soirs-là.

— Elles sont obligatoires, ces séances ?

— Bien sûr que non ! Mais la plupart des élèves y viennent. C'est moins cher qu'un cours particulier et on apprend plus vite. C'est une autre ambiance, ça crée une sorte d'émulation.

— Et vos soirées ? Ça se passe où ? Tout le monde peut y participer ?

— Oui, les débutants sont les bienvenus. C'est le vendredi de 20 heures à 22 heures, au Suede. Je vous conseille vivement d'y aller.

— J'irai.

De nouveau, il lui broya les orteils, et elle se retint de crier de douleur. Seigneur… Dire qu'il lui restait encore quinze minutes. Elle n'était pas certaine de tenir le coup.

Elle jeta un coup d'œil autour d'elle. Jane n'était toujours pas revenue de son rendez-vous chez le dentiste et Rhianna était occupée avec David Mercutio, le mari de Katarina, la styliste qui partageait l'étage avec eux. Elle créait des robes de mariée splendides, des toilettes pour les demoiselles d'honneur, et aussi des tenues divines pour les concours de danse. C'était une aubaine de l'avoir comme voisine.

David avait été autrefois l'élève de Lara, et il travaillait depuis quelque temps avec Rhianna, deux fois par semaine. En ce moment, ils parlaient — probablement de la pauvre Lara — tout en dansant le tango.

Railey, lui, avait l'air disponible : il triait tranquillement ses CD.

— Sam ! appela Shannon en s'éloignant de son partenaire.

Il leva les yeux.

— Oui ?

— Tu peux venir une minute ?

— Bien sûr !

Elle se dirigea vers la chaîne stéréo, attendit la fin du tango et choisit un vieux classique — *Fever* —, chanté par Peggy Lee. Tout en se mettant à tournoyer avec Sam, elle s'adressa à Quinn.

— Pour l'instant, vous en êtes aux balbutiements, mais vous voyez, il faut quand même essayer de vous laisser porter par la musique.

Ils lui firent une démonstration, tandis qu'il essayait de les suivre de son côté, avec un enthousiasme des plus modérés.

— Ça peut paraître ennuyeux au premier abord, dit Sam, mais quand on s'est pris au jeu, c'est très amusant.

Et pour le convaincre, il se lança dans une démonstration époustouflante, emportant Shannon dans une figure complexe, bien au-dessus des capacités de Quinn.

— Ça suffit, Sam, lui dit-elle discrètement. Inutile de le décourager.

— Il faut lui montrer jusqu'où l'on peut aller, répliqua Sam.

Elle ne trouva rien à répondre. Généralement, observer les élèves avancés motivait les débutants. Mais elle n'était pas certaine que la méthode fonctionne avec celui-ci.

Pourtant, Quinn les contemplait avec une admiration non dissimulée, en hochant la tête d'un air pénétré, comme s'il venait brusquement de comprendre quelque chose. Il avança vers eux, et Sam lui rendit galamment sa cavalière.

Elle convint alors qu'il savait au moins tenir une femme dans ses bras, et aussi que l'odeur de son après-rasage était délicieuse. Au fond, ce n'était pas un élève désagréable, loin de là.

Sauf qu'il la dévisageait avec un peu trop d'insistance. Ses yeux bleus si perçants la dérangeaient profondément, et elle dut se faire violence pour soutenir son regard.

— Ecoutez la musique, lui dit-elle, et laissez-vous guider par le rythme. Mais rappelez-vous quand même qu'il s'agit d'un quadrille : nous nous déplaçons en carré.

A sa grande surprise, il paraissait dans le coup, cette fois. Il dansait le quadrille… Un vrai miracle !

— Levez la tête, à présent, lui dit-elle gentiment, tout en se demandant si ça n'était pas un peu prématuré. Ne regardez plus vos pieds, faites-vous confiance.

Il plongea ses yeux dans les siens, sans s'emmêler les pieds ni perdre la cadence. Et quand elle vit apparaître la fossette sur sa joue, elle comprit qu'il se réjouissait sincèrement de sa performance. Leurs corps ne se touchaient pas, et pourtant, elle sentait des petits frissons la parcourir par intermittence. Et cela aussi la dérangeait. Sans doute même plus que tout le reste.

Elle se demanda ce qui lui arrivait. Les danseurs étaient habitués au contact des corps. Il n'y avait pas de quoi s'émouvoir.

Elle jeta un coup d'œil à la pendule et fut immensément soulagée de constater que le cours était terminé. Quinn, de son côté, paraissait réellement enthousiaste.

— J'ai hâte de revenir ! déclara-t-il.

— Nous allons prendre un rendez-vous pour votre prochain cours, lui dit-elle.

— Demain ?

— Voyez ça à l'accueil, avec Ella.

Tout en parlant, ils s'étaient approchés du comptoir, et Ella avait déjà entendu.

— Demain à 14 heures, c'est libre, annonça-t-elle.

— Je suis prise à 14 heures ! lança Shannon en fronçant les

sourcils. Je dois aller à l'hôtel réserver des salles pour le Gator Gala. Sans compter que je donne déjà un cours au Dr Long.

— L'hôtel a appelé pour repousser la réunion à vendredi, répliqua joyeusement Ella. Il faut que tu les contactes pour convenir d'une heure avec eux. Quant au Dr Long, il vient à 17 h 30, comme d'habitude.

— Bon, très bien, dit Shannon. Va pour 14 heures.

— Merci. Alors, à demain !

Il partit, et Shannon le suivit des yeux. Jane, qui arrivait à ce moment-là, le croisa à la porte.

— Bon sang ! s'exclama-t-elle en rejoignant Shannon. Qui c'est, ce beau mec ?

— Le frère de Doug.

— Mince alors, j'ai loupé ça ! Qui s'est occupé de lui ?

— C'est moi, fit Shannon.

— Ah… Et tu comptes le garder ? demanda la jeune femme d'un ton faussement dégagé.

Shannon hésita.

— Oui.

Sam s'approcha d'elles en esquissant un pas de valse.

— De quoi te plains-tu ? dit-il à Jane d'un ton taquin. Tu as déjà le petit frère !

Jane le fusilla du regard.

— Oui, mais je te signale que je me tape aussi cet horrible vieux Clinton, qui approche des quatre-vingt-dix-huit ans et manque de tomber à chaque pas.

Elle se tourna vers Shannon.

— Je croyais que tu ne voulais pas de débutants.

— En effet. Mais on peut changer d'avis. Ce matin, il n'y avait personne, alors je n'ai pas eu le choix. Maintenant, je le garde.

— Tu as déjà beaucoup de travail ! lui rappela Jane.

— Ce type est tellement nul que j'ai envie de relever le défi.

Quarante-cinq minutes de cours avec lui, ça te crève autant que trois heures avec un autre. Attention, ajouta-t-elle avec un petit sourire, ton vieux bouc arrive !

Jane jeta un coup d'œil en direction de M. Clinton, son élève aux cheveux blancs. Il arborait un large sourire.

Ben s'avançait déjà vers lui pour lui serrer la main. Et ce n'était pas par hypocrisie car ce vieux monsieur était un amour et tout le monde l'adorait. Il fallait simplement crier pour se faire entendre quand on s'adressait à lui car il était devenu un peu dur de la feuille.

Jane soupira.

— Va falloir que j'y aille.

— C'est pas l'enfer, quand même ! lui rappela Shannon.

— Non, non, il est charmant, fit Jane en la regardant fixement.

Elle n'eut pas besoin d'en dire plus. Elles s'étaient comprises. Jane aurait bien voulu l'échanger contre Quinn O'Casey…

Elle se força à sourire.

— C'est toi le chef, murmura-t-elle doucement en s'éloignant pour rejoindre son élève. Monsieur Clinton, dit-elle, quelle joie de vous voir ! Qu'avions-nous prévu aujourd'hui ? Ah ! un cours de samba. Vous vous sentez d'attaque ?

— Et comment ! répondit-il vivement avec un large sourire. Mon stimulateur cardiaque fonctionne à merveille. Je ne crains personne. Allons-y !

Shannon les regarda se trémousser sur un rythme de samba. Ce vieil homme était décidément touchant… Quant à Quinn O'Casey… Elle se demandait encore ce qu'il venait faire chez elle, et quelque chose lui disait qu'il ne s'était pas inscrit uniquement pour apprendre à danser le quadrille.

4.

En sortant du Moonlight, Quinn découvrit que le boulevard qui longeait la plage n'était pas si encombré qu'il l'avait imaginé. Mais c'était un jour de semaine : rien à voir avec la fréquentation du week-end.

La température restait élevée, mais avec l'automne qui approchait, une douce brise venait de l'océan. Le studio se trouvait entre Alton Road et Washington, et il admira au passage le charme des maisons et des immeubles Art Déco. Il y avait également quelques petits commerces, dont un café et une jolie boutique de fleurs, quelques appartements en duplex, des résidences et des maisons particulières. La plage n'était qu'à quelques pâtés de maisons, et il ne put résister à la tentation d'y faire un tour.

Au bord de l'eau, quelques inconditionnels se doraient au soleil, des adolescents jouaient au volley-ball et une maman aidait ses deux enfants à construire un château de sable. Quinn contempla, attendri, la petite fille avec sa casquette blanche à œillets et, un peu plus loin, un couple de jeunes gens beaux et bronzés qui se tartinaient mutuellement de crème protectrice. Finalement, Miami Beach était tout à fait supportable, du moins en semaine. A Key Largo, on était plus tranquille, mais la plage n'était pas aussi grande ni aussi belle, il fallait le reconnaître.

Les snobs s'entassaient devant l'un des hôtels chic, et Quinn ne put s'empêcher de sourire en voyant approcher une grosse femme qui portait un maillot minuscule, et surtout ridicule sur son gigantesque corps. Elle était assise à l'arrière d'un scooter conduit par un homme dont la maigreur contrastait étrangement avec les généreuses proportions de sa passagère. Ils avaient l'air heureux, et ils lui sourirent au passage… S'accepter tel que l'on est, c'est sans doute le secret du bonheur, songea-t-il. De quel droit les aurait-il jugés ? Il arpentait bien la plage en chaussures de ville…

Un peu plus loin, le groupe d'adolescents s'apprêtait visiblement à partir, chacun ramassant sa serviette, sa chaise et son tube de crème. Quinn avança dans leur direction, tout en les regardant s'éloigner les uns après les autres. Seule une fille aux longs cheveux bruns et aux yeux immenses ne bougea pas et les suivit des yeux avec un regard triste d'enfant perdue. Quand elle se leva enfin, Quinn remarqua qu'elle était plus âgée qu'il ne l'avait cru tout d'abord et qu'elle n'avait que la peau sur les os. Elle portait un T-shirt militaire à manches courtes et un jean coupé en short. Il fut tenté de lui parler, mais il hésita. Ici, on était à Miami Beach et il ne fallait pas se fier aux apparences. Cette fille pouvait être une vedette de série télé — voire un flic.

Non, pas un flic… Trop jeune.

Il s'approcha d'elle et, lorsqu'elle entendit ses pas crisser sur le sable, elle se tourna brusquement vers lui et le jaugea du regard. On voyait qu'elle avait envie de lui demander quelque chose mais qu'elle n'osait pas.

— Vous n'auriez pas un dollar, monsieur ? dit-elle enfin.

— Tu as fait une fugue ?

Elle rougit mais ne se laissa pas démonter.

— On ne peut pas dire ça, non. Je suis majeure : j'ai dix-huit ans.

— N'empêche que tu es partie de chez toi.

— Oui, mais j'ai terminé le lycée. Seulement j'ai pas encore réussi à trouver un boulot. Un vrai, je veux dire.

— Donc, tu vis dans la rue.

Elle eut un large sourire qui paraissait sincère.

— La plage, c'est pas la rue.

— Tu as un endroit ou dormir, oui ou non ?

— Vous êtes flic ?

— Non. Seulement un citoyen responsable et soucieux d'autrui qui n'a aucune envie de voir ta photo dans le journal avec une légende du genre : « Une jeune fille trouvée morte samedi soir. »

Elle secoua la tête avec véhémence.

— Je fais attention, pas de problème… Bon, si vous avez un dollar, tant mieux, sinon, fichez-moi la paix. J'ai pas envie de répondre à un interrogatoire.

Elle lui tournait déjà le dos.

— Attends ! fit-il.

Il fouilla dans son portefeuille et en tira un billet de cinq dollars.

Elle cligna des yeux et revint vers lui.

— Qu'est-ce que vous voulez ? fit-elle d'un ton gêné. Je ne suis pas une pute bon marché.

Il secoua la tête.

— J'avais compris. Je veux simplement que tu me promettes de t'acheter à manger avec ça. Pas de came.

— Hé ! je suis pas non plus une junkie ! Vous voyez des traces de piqûres sur mes bras ?

Elle avait dit ça avec une certaine fierté.

— Tant mieux, dit Quinn. Alors mange un peu, tu en as besoin. Et je voudrais aussi te donner un conseil. Si tu as besoin d'aide, tu peux t'adresser aux flics. Ceux de Miami Beach sont plutôt sympas. Je connais aussi une femme qui travaille au commissariat de Miami sud : une avocate en qui tu peux avoir confiance. Je vais te donner sa carte.

Elle lui jeta un regard affolé, et il crut qu'elle allait prendre ses jambes à son cou, mais elle tendit la main et prit la carte.

— Je croyais que vous n'étiez pas flic, dit-elle.

— Je ne suis pas flic, je te le répète.

— Je vous trouve un peu trop bien sapé pour une promenade sur la plage.

Il haussa les épaules et elle le dévisagea avec attention.

— Je parie que vous sortez du studio de danse, dit-elle soudain.

Comme il ne répondait pas, elle se mit à rire.

— Y a pas de quoi avoir honte ! ajouta-t-elle. Si j'avais les moyens, j'irais bien, moi aussi. J'adore danser.

Elle rougit et serra le billet dans sa main.

— Merci, fit-elle. Pour l'argent.

— Prends soin de toi !

— Je sais ce que je fais, ne vous inquiétez pas. Je ne gobe pas tous les bobards. Par exemple, vous ne me ferez pas croire que vous êtes ici pour admirer le soleil et la mer…

Sur ces mots, elle fit volte-face et s'éloigna en courant. Puis elle se retourna une dernière fois, à quelques mètres de lui.

— Au fait, lança-t-elle, je m'appelle Marnie… Et je vous trouve super-cool.

Puis, comme si elle regrettait d'en avoir trop dit, elle se remit à courir en direction de l'avenue.

Quinn la suivit des yeux d'un air songeur. Il espérait qu'elle était aussi solide et débrouillarde qu'elle le pensait. A Miami Beach, il valait mieux savoir où l'on mettait les pieds parce que tous les tordus de la côte Ouest s'y donnaient rendez-vous.

Le soleil commençait à décliner. Quinn se dirigea à grands pas vers sa voiture qu'il avait laissée un peu plus haut, sur Alton. Il n'aurait su dire pourquoi, mais il n'avait pas voulu se garer trop près du studio. Une fois au volant, il jeta un coup d'œil à sa montre et jugea qu'il avait encore le temps de faire un saut jusqu'au bureau du médecin légiste.

Pour le Gator Gala qui devait avoir lieu à la mi-février, Shannon avait choisi la salle de réception d'un hôtel entièrement rénové. Elle rappela le gérant, et fut agréablement surprise qu'il lui propose un prix tout à fait raisonnable pour la location de la salle et des chambres. Pour la première fois depuis la mort de Lara, elle se sentit heureuse. Le Gator Gala était le premier concours qu'ils organisaient et finançaient eux-mêmes, et elle se réjouissait d'avance de ce grand événement. Elle convint avec le gérant d'un rendez-vous à la fin de la semaine pour conclure définitivement l'affaire, et se précipita dans le bureau de Gordon afin de lui annoncer la bonne nouvelle.

— Formidable ! s'exclama-t-il d'un air ravi. On va drainer du monde avec de tels tarifs : les gens du Nord n'hésiteront pas à se déplacer jusqu'à Miami, surtout en plein hiver. Et les repas ?

— On est encore en train de négocier le prix.

— Qu'est-ce qu'on négocie ? intervint Ben Trudeau qui passait son nez à la porte.

— Le prix des repas pour le Gator Gala.

— Ah ! fit-il.

Avec ses cheveux d'un noir d'ébène, ses yeux sombres et brillants et ses traits réguliers, Ben était l'un de ces hommes dont la beauté trop classique manquait curieusement de charme. Shannon l'avait beaucoup admiré autrefois ; elle l'avait même placé sur un piédestal. Il avait une classe folle, et il se faisait toujours remarquer dans les concours. Il avait été pendant des années le partenaire de Lara sur la scène et dans la vie, mais après leur divorce, ils avaient cessé de danser ensemble.

Lara avait continué à accumuler les prix et les récompenses avec son nouveau cavalier, Jim Burke. De son côté, Ben s'était bien débrouillé, mais pas autant que lorsqu'il travaillait avec Lara. Il avait changé plusieurs fois de partenaire — un peu trop souvent, sans doute. Depuis deux ans, il en cherchait désespérément une nouvelle.

Il contemplait fixement Shannon depuis l'embrasure de la porte.

— C'est du gaspillage, déclara-t-il sentencieusement.

— Quoi donc ? demanda-t-elle.

— Tout ce temps que tu passes à faire de la paperasse.

— Hé ! protesta Gordon.

— Tu sais bien qu'elle devrait reprendre la compétition ! lança Ben.

Gordon regarda Shannon avec un sourire.

— Ça ne tient qu'à elle, dit-il. Je ne l'en empêche pas.

— Messieurs, je sais parfaitement ce que j'ai à faire. Et je n'ai aucune intention de m'y remettre.

— Eh bien, c'est tout simplement stupide, fit Ben en repoussant une mèche qui lui tombait sur le front. Tu sers de cavalière à tes élèves dans les concours amateurs et semi-professionnels. Je ne vois pas la différence.

— Ça ne demande pas le même investissement. Et puis, je suis heureuse de leur rendre service.

— Ils ont de la chance, tes élèves ! déclara Gordon d'un ton ironique. Avec toi, ils ont l'air de quelque chose.

Elle soupira.

— Ecoutez, depuis que je me suis cassé la cheville, je ne me sens plus aussi à l'aise sur une piste de danse. Dès que je force un peu, elle me fait souffrir. J'ai toujours peur qu'elle lâche. Si je devais reprendre un entraînement poussé, je ne tiendrais sûrement pas le coup. En plus, j'adore ce que je fais. Et je prends beaucoup de plaisir à danser avec mes élèves.

— Des débutants ! fit Ben avec une pointe de mépris dans la voix.

— Tout le monde a été débutant… Même les plus grands continuent à apprendre.

Ben se mit à rire.

— Très bien. Donc, tu vas t'exhiber au Gator Gala avec le grand pataud qui est venu aujourd'hui ? Tu trouves que c'est un défi qui en vaut la peine ?

— Pourquoi pas ? J'y songe, figure-toi.

— Je crois plutôt que tu as la trouille ! lança Ben.

Elle n'eut pas le temps de répondre car l'Interphone de Gordon grésilla. Il appuya sur le bouton.

— Le Dr Long est arrivé, fit la voix d'Ella dans l'appareil.

— J'y vais, dit Shannon en filant vers la porte.

Avant de disparaître, elle se retourna une dernière fois vers les deux hommes.

— Arrêtez un peu de me harceler, vous deux. Je suis très heureuse comme ça. Pour les concours, vous avez Jane et Rhianna : elles sont jeunes et elles ne manquent pas de talent. Vous feriez mieux de les encourager, elles.

Elle allait sortir du bureau de Gordon, mais Ben la retint par l'épaule.

— On faisait du beau boulot, toi et moi, lui rappela-t-il. Et tu le sais.

— Autrefois, oui.

— Je reste persuadé que tu as peur. Est-ce que c'est moi qui t'impressionne ?

— Non, Ben, rassure-toi : tu ne me fais absolument pas peur.

— On pourrait faire de grandes choses ensemble, murmura-t-il d'une voix enrouée.

— Plus maintenant, Ben, dit-elle gentiment, tout en se dégageant. A présent, excuse-moi, mais mon élève m'attend.

— On pourrait oublier nos différends. Le temps a passé…

— Mon élève m'attend, répéta-t-elle d'un ton sec.

— Ne sois pas si amère ! Tu nous fais du mal à tous les deux. Tu pourrais me pardonner, tu ne crois pas ?

— Je t'ai pardonné. La question n'est pas là.

— Dans ce cas, tu ne devrais pas te montrer aussi dure.

— Tu me dragues ou tu veux juste me convaincre de danser avec toi ?

— Qui sait ? fit-il en riant. Peut-être les deux.

Mais son charme n'agissait plus sur elle.

— Je regrette, dit-elle. Je comprends que tu aies du mal à me croire, mais je ne cherche pas à me montrer dure et je ne t'en veux absolument pas. Simplement, ta proposition ne m'intéresse pas.

— Tu le regretteras un jour, déclara-t-il avec un petit sourire forcé.

Elle le regarda attentivement.

— Ben, tu as déjà une partenaire en vue, il me semble… Vera Thompson, celle qui vient du Broward.

Il secoua la tête.

— Elle a des qualités, mais elle manque d'envergure.

— Tu le lui as dit ?

— Non, avoua-t-il.

— Et pourquoi ?

— J'attends de voir si tu te décides.

Elle secoua la tête.

— Ben, même si je décidais de reprendre la danse en tant que professionnelle, je ne le ferais certainement pas avec toi.

— Pourquoi ?

Elle eut envie de lui dire que ses raisons étaient évidentes, mais elle se retint. Il avait trop l'habitude de nier ce qui le dérangeait, et elle n'avait pas la moindre envie d'entamer une polémique avec lui.

Elle haussa les épaules.

— Tu manques d'envergure, répondit-elle avec une ironie un peu cruelle.

Et sur ces mots, elle lui tourna le dos et se dépêcha de rejoindre Richard qui l'attendait pour sa leçon.

Quinn avait déjà épluché deux rapports de police : celui de Doug et celui d'Anthony Duarte, le chef du service de médecine légale. Ce dernier avait tenu à pratiquer lui-même l'autopsie de Lara Trudeau, comme celle de Nell Durken.

C'était une aubaine car Duarte avait la réputation d'être aussi compétent que consciencieux. Sa curiosité le poussait à ne négliger aucun détail, même lorsque la mort paraissait naturelle.

Quinn montra ses papiers d'identité à la réceptionniste — une pure formalité car il la connaissait très bien. Elle lui rendit son portefeuille en appelant Duarte.

Bien qu'il fût plus de 17 heures, il n'était pas encore parti, et il vint l'accueillir dans le hall avec un sourire. C'était un grand Noir très mince, avec le dos le plus raide que Quinn eût jamais vu.

— Qu'est-ce qui t'amène ? demanda-t-il. Je te croyais en train de voguer en pleine mer.

— J'avais l'intention de partir, mais j'ai changé mes plans à la dernière minute.

— Ah bon ! Et qu'est-ce que tu fais dans les parages ?

— Je suis venu te voir. C'est toujours un plaisir.

— D'habitude, mes amis hésitent à venir me voir ici ! lança Duarte d'un ton ironique.

— Pas moi. Bon, écoute, je suis venu te voir parce que tu as pratiqué l'autopsie sur le corps de Lara Trudeau.

Duarte leva les sourcils d'un air interrogateur.

— Tu enquêtes sur sa mort ?

— Apparemment, ça te surprend.

Duarte haussa les épaules.

— Je ne m'étonne plus de rien, tu sais. Ça fait trop longtemps que je fais ce boulot. Si j'ai classé Lara Trudeau dans les morts accidentelles, c'est parce que je n'ai rien trouvé qui permette de penser le contraire. Mais bon… en raison des circonstances, Dixon interroge quand même son entourage. Une enquête de routine, histoire de remplir quelques papiers.

— Qu'entends-tu par « en raison des circonstances » ?

— Une femme en parfaite santé avale quelques cachets, boit un ou deux verres et tombe raide morte. Ce n'est pas très courant. Même à Miami.

Il se tut un instant.

— Mais il faut reconnaître que j'en vois passer pas mal qui décèdent pour avoir abusé de médicaments ou de drogues illicites, ajouta-t-il d'un ton las.

— Vraiment ?

— Les gens n'hésitent pas à faire des mélanges. Et à augmenter les doses. *Tiens, si je prenais trois cachets au lieu d'un, je passerais sûrement une excellente nuit…* Je ne sais pas pourquoi Lara Trudeau a avalé une dose pareille. Elle se croyait peut-être indestructible…

— C'est tout de même étonnant qu'elle ait pu danser. Elle devait être dans un drôle d'état.

— C'est vrai. Mais le professionnalisme, la volonté…

— Oui, sûrement. Elle a tenu le coup pendant toute la durée de son exhibition, et elle s'est effondrée à la fin.

— Et personne n'a rien remarqué d'anormal jusqu'à ce qu'elle tombe, précisa Duarte.

— Et toi ? Tu n'as pas trouvé d'indices qui pourraient laisser supposer qu'on l'a forcée à avaler ces cachets ?

— Non. Tu penses sans doute à des traces sur les joues ou dans la gorge. Les gars du labo ont cherché des empreintes sur le flacon de médicaments, mais il n'y en avait pas.

— Pas une seule empreinte ? demanda Quinn d'un ton surpris. Même pas les siennes ?

— Non. Cela dit, elle portait des gants pour le spectacle.

— Oui, mais elle avait dû toucher le flacon avant !

Duarte eut un geste d'impuissance.

— Ce détail tracasse un peu les flics et c'est sans doute pour ça qu'ils n'ont pas encore bouclé le dossier. Cette fille était célèbre, pas spécialement sympathique, et un certain nombre de gens auraient pu souhaiter sa mort. Mais on n'a pas d'éléments. Des centaines de personnes assistaient à ce concours. Lara Trudeau est arrivée comme d'habitude, le sourire aux lèvres, l'air très à l'aise. Il n'y a aucune raison de penser qu'elle se soit disputée avec quelqu'un avant de monter sur scène… Enfin, tu as dû lire le rapport de police.

Il lança un drôle de regard à Quinn.

— Tu veux la voir ?

— Elle est toujours là ?

— Les pompes funèbres viennent la chercher ce soir. Suis-moi, je vais demander qu'on la sorte.

Ils traversèrent de longs couloirs d'une propreté impeccable mais empreints de l'odeur froide et si caractéristique de la mort. Duarte appela l'un de ses assistants et conduisit Quinn dans une petite pièce à laquelle le public n'avait pas accès.

On apporta le corps et Duarte souleva le drap blanc qui le recouvrait.

Lara Trudeau avait été une superbe femme et, en dépit de la fixité de la mort, son visage conservait une étrange beauté.

Sans les cicatrices de l'autopsie autour de ses yeux, on aurait pu croire qu'elle dormait.

Quinn fit le tour de la civière roulante pour mieux l'examiner. Son corps ne portait aucune trace de violence, à part l'incision en forme d'Y qui lui barrait la poitrine et qui était due au scalpel de Duarte. Elle ne s'était même pas fait une ecchymose en tombant.

— Dans son estomac, je n'ai trouvé que du Xanax et de l'alcool. Elle n'avait pas mangé et ça n'a probablement rien arrangé. Son cœur a lâché à cause du mélange.

— Comme celui de Nell.

Duarte regarda Quinn fixement, en fronçant les sourcils.

— Pas exactement : Nell n'avait pas bu d'alcool. Mais où veux-tu en venir ?

— Je n'en sais rien.

— Tu penses qu'il y a un rapport entre la mort de Nell et celle de Lara Trudeau ? C'est pour ça que tu t'intéresses à l'affaire ?

— Peut-être... Depuis que j'ai découvert que Nell avait fréquenté le studio de danse où Lara organisait parfois des stages...

— Mais le meurtrier de Nell a été arrêté. La police a trouvé ses empreintes sur le flacon de médicaments. Tu connais l'affaire mieux que moi, d'ailleurs. Si je me souviens bien, Nell t'avait engagé pour suivre son mari.

— Ouais.

— Art Durken est en prison ; son procès aura lieu dans une semaine. Il n'a donc rien à voir avec la mort de Lara.

— Oui, je sais.

— Et alors ?

— Quelque chose me tracasse tout de même.

— Parce que Durken continue de clamer son innocence ?

— Entre autres, répondit Quinn en regardant Duarte droit

dans les yeux. Il reconnaît qu'il s'est conduit comme un salaud avec sa femme, mais il jure qu'il ne l'a pas tuée.

— Tu penses que le meurtrier pourrait être un habitué du studio, c'est ça ? fit Duarte en secouant la tête. Quinn, je t'accorde que Lara est morte dans des circonstances un peu particulières — et c'est bien pour ça que la police a jugé utile d'ouvrir une enquête —, mais si on s'en tient aux faits... Lara Trudeau ne s'était disputée avec personne ; elle est entrée en scène avec son aisance habituelle, elle ne paraissait pas angoissée ou déstabilisée. Elle a avalé des médicaments qu'elle prenait de temps en temps et pour lesquels elle possédait une ordonnance rédigée par un médecin qui la suivait depuis dix ans. Un médecin qui, à ma connaissance, ne fréquente pas les studios de danse.

— J'ai lu attentivement le rapport de police, crois-moi. Je sais que les flics ont interrogé le Dr Williams et qu'il a été lavé de tout soupçon, mais je compte tout de même m'offrir une petite consultation chez lui.

Duarte fit la grimace.

— Si les médecins étaient mis en cause chaque fois qu'un patient abuse d'une prescription, les prisons seraient pleines à craquer. Je crois que tu fais fausse route, Quinn. Tout porte à croire que la mort de Lara est accidentelle... Ou alors, il s'agit vraiment du crime parfait.

— Le crime parfait, ça n'existe pas.

— Nous savons tous les deux que bien des meurtriers passent au travers des mailles du filet et se promènent tranquillement dans la nature.

— Oui... J'avoue que je n'ai rien pour étayer ma thèse, mais je cherche quand même. Je ne désespère pas de trouver une piste.

— Désolé. J'aurais bien voulu t'aider, dit Duarte.

Quinn hocha la tête.

— Six mois avant sa mort, Nell Durken avait brusquement arrêté de prendre des cours au Moonlight… Dis-moi, tu n'as rien trouvé d'autre que les médicaments chez Nell ? Ni herbe, ni cocaïne ?

— Non, je l'aurais mentionné dans mon rapport. Pas de substances illicites chez Nell. Pas plus que chez Lara.

— Bon. Je te remercie, dit Quinn. J'espère que je ne t'ai pas fait perdre trop de temps.

Duarte lui sourit tristement.

— Tu ne me déranges jamais. Que veux-tu, les morts ne parlent plus ; c'est à nous de deviner leurs secrets, mais ça n'est pas toujours facile. Je ne suis pas infaillible et j'ai pu me tromper. En tout cas, tiens-moi au courant.

— Entendu. Et merci encore.

— Tu rentres à Key Largo, ce soir ?

— Non, j'ai amarré mon bateau sur la marina, devant Chez Nick, et je bosse dessus. Je reste à Miami quelque temps.

— On se reverra peut-être, alors. En attendant, je meurs de faim. J'ai travaillé toute la journée et j'ai eu tellement à faire que j'en ai oublié de manger. Il me faut absolument un hamburger.

Quinn hocha la tête. Pour sa part, le spectacle qu'il venait de contempler lui avait coupé l'appétit. Ce n'était pas la première fois qu'il examinait un corps après une autopsie. Il n'avait jamais vomi et ne s'était jamais évanoui — ce qui arrivait pourtant aux plus endurcis —, mais ça lui nouait tout de même l'estomac. Il y avait des choses auxquelles on ne s'habituait jamais.

Duarte, lui, pouvait manger tout en découpant un cadavre.

— Tu repasseras me voir, un de ces jours ?

— Promis, répondit Quinn, tout en songeant qu'il n'était

pas pressé de remettre les pieds dans cette maison peuplée d'ombres.

L'assistant rabattit le drap sur le corps de Lara, puis s'éloigna avec son chariot, et les deux hommes quittèrent ensemble la petite salle.

La visite au commissariat central de Kendall ne donna rien, mais Quinn ne fut pas déçu car il s'en doutait un peu. L'inspecteur Pete Dixon était déjà parti : il travaillait de 9 heures à 17 heures et faisait rarement des heures supplémentaires.

Quinn en profita tout de même pour saluer quelques vieux amis au passage. En retournant vers sa voiture garée dans le parking, il tomba sur Jake Dilessio qui avait été son partenaire avant qu'il ne parte pour le FBI, à Quantico. Quinn regrettait qu'on n'ait pas confié l'affaire Trudeau à Jake plutôt qu'à Dixon… Ça lui aurait sûrement évité de prendre ces putains de cours de danse.

— Salut, espèce de lâcheur ! lança Dilessio. Dis donc, tu aurais pu me faire signe. J'ai remarqué qu'on était voisins, depuis quelques jours. J'ai vu ton bateau amarré à la marina, en face de Chez Nick. J'ai pensé que tu te préparais à partir pour les Bahamas.

— J'en avais effectivement l'intention, répondit Quinn en haussant les épaules. Mais j'enquête sur la mort de Lara Trudeau.

— Trudeau ? fit Dilessio en levant un sourcil. Le nom me dit quelque chose.

— La danseuse qui est morte à la fin de son exhibition.

— Je croyais qu'il s'agissait d'une crise cardiaque. Il me semble avoir entendu Dixon dire qu'il s'apprêtait à clore le dossier.

— Oui. Décès accidentel. C'est la conclusion de l'enquête.

— Et tu travailles là-dessus quand même ? Pour qui ?

— Le mot *travail* ne me paraît pas vraiment approprié. Il sous-entend que je suis payé pour ça.

— Ah ! Je vois… C'est Doug qui t'a mis sur le coup ! Tu sais comment les gars appellent ton petit frère : « Pieds agiles ». Tout le monde se fout de sa gueule parce qu'il apprend à danser la valse et le cha-cha. Je dois ajouter pour être honnête que ce n'est pas sans une pointe de jalousie. Il paraît qu'il se débrouille pas mal du tout.

— J'en sais rien. Je l'ai encore jamais vu danser.

— Non ?

— Il ne m'avait même pas dit qu'il prenait des cours. Je l'ai appris en arrivant ici.

Jake hocha la tête.

— En tout cas, il m'a dit que tu croulais littéralement sous le boulot. A ce propos, je te félicite. Ton rapport de filature dans l'affaire Nell Durken nous a drôlement aidés : pour tout dire, il nous a permis d'inculper le mari. C'est toi qui as fourni le mobile du crime.

— Je regrette de ne pas avoir été assez bon pour empêcher qu'il la tue.

— Arrête ! Depuis le temps que tu fais ce boulot, tu devrais savoir qu'on ne peut pas se sentir coupable de toutes les saloperies que font les gens.

— Pourtant, je ne peux pas m'empêcher de m'en vouloir.

Jake haussa les épaules.

— Je comprends ce que tu ressens. Console-toi en te disant que celui-là, au moins, on l'a coincé.

— Tu as raison. En tout cas, la danseuse qui est morte avait un lien avec le studio où Doug prend des cours. De même que Nell… Alors, je cherche vaguement de ce côté-là.

— Tu voulais voir notre cher inspecteur Dixon, je suppose. Il va manger un hamburger Chez Nick tous les soirs. Je m'apprêtais d'ailleurs à y aller, moi aussi. Si tu n'as rien de prévu, je t'invite à dîner.

— Ce n'est pas une mauvaise idée. Et ta femme ? Elle va nous rejoindre ? Je l'ai aperçue de loin, en accostant, l'autre jour. On dirait que le bébé va bientôt arriver.

— Tu l'as dit ! Elle doit accoucher dans moins de trois semaines et elle bosse toujours. Elle a même pris l'avion jusqu'à Jacksonville : ils avaient besoin d'elle pour faire le portrait-robot d'un type soupçonné de meurtre.

— Je croyais qu'elle avait laissé tomber les portraits et les croquis.

— Oui, en théorie. Elle a terminé l'académie de police et elle est flic à part entière, à présent. Mais on continue à faire appel à elle de temps à autre, quand il y a pénurie de personnel. Ils avaient besoin d'un coup de main, elle n'a pas pu refuser.

— Voilà ce qui se passe quand on épouse une femme qui travaille avec la police !

— Ouais, je sais. C'est pas l'idéal pour la vie de famille.

Ils arrivèrent Chez Nick à 18 heures, juste avant le coucher de soleil, à cet instant magique où le ciel affiche une débauche de couleurs. Rouge magenta, orange et traînées de jaune d'or se mêlaient dans le ciel, au-dessus de l'océan sombre. C'était un spectacle magnifique et, après la chaleur de la journée, la brise qui soufflait leur parut merveilleusement apaisante.

A en juger par les emballages qui l'entouraient, Pete Dixon en était déjà à son deuxième cheeseburger. Quinn s'installa d'autorité en face de lui, en retournant sa chaise pour l'enfourcher à l'envers.

— Bon Dieu, Pete ! s'exclama-t-il. Tu devrais quand même manger des légumes de temps en temps… J'espère au moins que tu surveilles ton taux de cholestérol.

Dixon s'essuya la bouche et contempla Quinn d'un air effaré, comme s'il avait en face de lui un gros poisson carnivore. Puis il posa sur Jake ses petits yeux enfoncés dans son visage bouffi, et lui lança un regard accusateur.

— Je vous en prie, fit-il, asseyez-vous à ma table sans me demander la permission et ne vous gênez surtout pas pour critiquer mes habitudes alimentaires.

— Merci, répondit Jake en s'installant près de Quinn.

— Je dis ça pour ton bien, précisa Quinn. Tu n'es pas loin de la retraite ; je suppose que tu veux vivre encore quelques années pour en profiter.

— Toi, tu dois être végétarien ou quelque chose comme ça, murmura sombrement Pete.

Quinn sourit.

— Pas du tout. D'ailleurs, je vais prendre un cheeseburger, moi aussi. Mais un seul.

Pete se tourna vers Jake.

— J'espère que tu ne comptes pas sur moi pour inviter ton pote à dîner !

— Ne t'inquiète pas pour ça, répondit Jake. C'est moi qui régale, ce soir. A condition que tu acceptes de répondre aux questions que Quinn va te poser.

Pete poussa un gémissement qui fit tressauter son ventre rebondi.

— Je ne suis plus en service, merde ! Vous êtes gonflés de venir me relancer jusqu'ici.

— C'est un hasard, affirma Quinn. Mon bateau est amarré en face.

— Qu'est-ce que tu veux ? demanda Pete d'un ton résigné.

Sans lui laisser le temps de répondre, il se tourna vers Jake.

— Puisque tu m'invites, commande-moi donc une autre bière.

— Tes désirs sont des ordres, dit Jake.

Il jeta un coup d'œil autour de lui et interpella la serveuse.

— Debbie, quand tu auras une minute…

Elle se tourna vers leur table en griffonnant sur son carnet.

— Pete… Un autre cheeseburger, je suppose ?

— Très drôle, fit Pete.

— Non, rectifia Jake. Trois Millers et deux cheeseburgers : un pour moi et un pour Quinn.

— C'est parti ! lança Debbie.

Debbie était jeune, jolie, avenante, bronzée et vêtue d'un minuscule short blanc. Pete la regarda s'éloigner d'un air gourmand.

Quinn le rappela à l'ordre.

— Pete, reviens parmi nous, s'il te plaît ! Qu'est-ce que tu peux me dire au sujet de Lara Trudeau ?

Pete fronça les sourcils.

— Trudeau ? C'est elle qui t'intéresse ?

— Oui. Pourquoi ? Ça te surprend ?

— Je te ferai remarquer que le dossier est clos.

— Tu as déjà classé l'affaire ? s'exclama Quinn.

— Quelle affaire ? Tu peux passer à mon bureau quand tu veux : j'ai l'enregistrement de sa mort. Elle est entrée sur la piste, légère comme un oiseau, le sourire aux lèvres. Et elle est tombée d'un seul coup, dix minutes plus tard. Un médecin qui se trouvait dans le public s'est précipité pour la ranimer ; l'ambulance est arrivée peu après et les gars qui en sont sortis ont fait de leur mieux pour la ramener à la vie. Rien à faire. Ils l'ont emmenée à l'hôpital où les toubibs ont confirmé qu'elle était bel et bien morte. Ensuite, on l'a envoyée à la médecine légale pour une autopsie et il s'est avéré qu'elle avait bouffé des médocs et bu de l'alcool par-dessus. Son cœur n'a pas tenu le coup. Quant à savoir si elle a voulu se suicider ou si elle a mal dosé son mélange… Elle a commandé elle-même sa boisson au bar : une douzaine de personnes peuvent en témoigner. Les médicaments qu'elle a pris étaient prescrits par un médecin à la réputation sans tache. Pas d'empreintes sur le flacon ; cette dame portait des gants. On a tout vérifié, tu penses bien ! On a interrogé les serveurs, les juges du concours, les danseurs, les spectateurs… Elle a parlé avec pas mal de monde et personne n'a rien remarqué de particulier. Elle semblait dans son état normal et elle ne s'est fritée avec personne. Bien sûr que j'ai classé le dossier ! Qu'est-ce que tu voulais que je fasse de plus ?

Debbie arriva avec les bières. Elle les déposa sur la table et repartit aussitôt. Elle était seule pour servir à la terrasse et il y avait beaucoup de monde.

— Donc, tu ne trouves rien de louche là-dedans ?

— Louche ? Tu devrais jeter un coup d'œil aux dossiers de mes autres clients. J'en ai un qui a tué sa femme et son gosse et qui s'est tiré une balle pour finir. J'ai aussi un gamin sans histoires qui s'est fait descendre en plein jour. Tu vois, les affaires louches, ça ne manque pas. Mais Lara Trudeau… Non. Franchement… tout est louche si tu vas par là.

— J'ai pourtant entendu dire que pas mal de gens la détestaient, répliqua Quinn posément.

Pete lui lança un coup d'œil, puis but une longue gorgée de bière.

— Je suis sûr que des tas de gens te détestent aussi. Ça n'a rien d'illégal.

— Sans doute, mais moi je suis toujours vivant !

— Ouais. Je crois surtout que tu ne fonctionnes pas comme nous. On t'engage, on te paye, et tu peux prendre tout ton temps pour chercher la petite bête. Moi, j'ai des tas d'affaires à traiter. Des affaires dans lesquelles le meurtre ne fait pas l'ombre d'un doute. Si tu peux te permettre de chercher la petite bête, pas moi.

— Hé ! intervint Jake. On est du même bord. On combat les méchants. C'est bien ça, l'idée, non ?

— Ouais… Et ce monsieur assis en face de moi à califourchon sur sa chaise sort tout droit du FBI. Au fait, Quinn, pourquoi t'as quitté cette prestigieuse institution ? Tu t'es dit qu'après être passé chez eux, tu étais tellement bon que tu n'avais plus besoin de personne ?

Quinn ne s'était pas attendu à un excès de zèle de la part de Pete Dixon, mais cette franche animosité le surprit. Il contempla ses doigts crispés sur sa bouteille de bière et fit un effort pour se maîtriser.

— Tu as raison, Pete, dit-il. Tu as du pain sur la planche, tandis que moi je ne m'occupe que d'une seule affaire. En tout cas, s'il te vient une idée qui pourrait m'être utile, je te serais reconnaissant de m'en faire part.

Il ne regretta pas d'avoir suivi les conseils du psychiatre qui formait les fédéraux. Sa technique fonctionnait, car Pete rougit. Comme il était gros et gras, le phénomène était particulièrement impressionnant. Il avait l'air d'une énorme tomate bien mûre.

— C'est promis, dit-il.

Il porta de nouveau la bouteille à ses lèvres.

— Tu n'as peut-être pas tort, au fond. Une femme qui s'écroule brusquement, alors qu'elle a tenu le coup pendant toute son exhibition… il y a de quoi se poser des questions. Elle était peut-être touchée par la grâce pendant qu'elle dansait et ça l'a protégée. Enfin, tu n'as qu'à venir visionner la cassette. On ne sait jamais, ça peut t'aider. Moi, je l'ai déjà regardée plusieurs fois sans rien remarquer de particulier. Bon, il faut que je vous laisse : j'ai promis d'aller applaudir mon neveu qui joue du saxophone pour la fête de son école. La corvée…

Il se leva.

— Merci pour le repas, Dilessio.

— Je t'en prie ! répondit Jake.

— Tu sais qu'il a des ristournes, ici ? fit Pete à l'adresse de Quinn. Il a épousé la nièce du propriétaire. Au fait, ce bébé, il arrive quand ? demanda-t-il en s'adressant de nouveau à Jake.

— Bientôt.

— J'espère que ce sera un garçon.

— Ah oui ? Et pourquoi ?

— Les femmes… Rien que des problèmes !

Ils le suivirent des yeux tandis qu'il rejoignait sa voiture garée sur le parking.

— Eh ben dis donc, tu as fait des progrès ! s'exclama Jake en éclatant de rire. N'empêche qu'à un moment j'ai bien cru que tu allais lui casser la gueule.

Quinn haussa les épaules.

— Ça n'aurait pas servi mes affaires, fit-il d'un ton dégagé.

Mais il se doutait bien que Jake avait remarqué ses efforts pour rester calme.

— Tu sais, il fait le fier-à-bras, mais il se pose les mêmes questions que nous.

— C'est-à-dire ?

— Il n'est pas facile de faire la part des choses. Louche, illégal… meurtre ou pas… Il ne sait pas trop comment expliquer les bizarreries de cette affaire.

— En tout cas, si tu as besoin d'un coup de main, je suis là, affirma Jake.

— Ah bon, parce que toi, tu n'as rien à foutre ?

Jake secoua la tête en gratouillant l'étiquette de sa bouteille de bière.

— C'est pas ça. Mais s'il y a eu meurtre, tu finiras bien par trouver la faille. Et je serai là pour t'aider à creuser.

— C'est super. Je te remercie.

— Je vais faire une partie de poker tout à l'heure, chez Nick. Dans sa maison, je veux dire. Si tu veux te joindre à nous, tu es le bienvenu.

— Ma soirée est prise. Je vais faire la tournée des boîtes de nuit.

— Tu as l'intention de draguer ?

— Absolument pas. Service commandé.

— Je vois. Tu vas faire un tour au Suede ?

— Par exemple. Tu veux annuler ta partie de poker et m'accompagner ?

Jake secoua la tête.

— Ce ne serait pas une bonne idée. On me connaît là-bas. Tout seul, tu passeras plus facilement inaperçu.

— Tu y es déjà allé ?

— Oui, pour interroger le personnel. On avait trouvé une pute morte sur le trottoir, tout près de chez eux.

— Et alors ?

Jake le regarda droit dans les yeux.

— La gamine avait simplement une aiguille plantée dans le bras, aucune autre trace de piqûre, et elle était morte d'une overdose.

— Meurtre ?

— Je n'ai rien trouvé, mais je n'ai pas pu me résoudre à classer l'affaire, fit Jake d'un ton las. Les souteneurs sont connus de la brigade des stups, mais de ce côté-là, ça n'a rien donné non plus. Les gars des stups ont pourtant fait de leur mieux ; ils ont passé toutes les boîtes au peigne fin. Elle s'appelait Sally Grant et elle faisait le tapin dans la rue. Apparemment, elle n'avait pas de clients réguliers. Pas de témoins non plus, rien. Juste un cadavre et une seringue.

— Des empreintes ?

— Les siennes, mais ça ne veut rien dire.

— Les overdoses, c'est courant, fit remarquer Quinn.

— Les gars de la médecine légale te diront qu'ils en ont plein leurs frigos. Les gens avalent n'importe quoi : des médicaments, des drogues illicites… Mais bon, celle-là, c'est une de plus à noter sur ton ardoise. Deux élèves du Moonlight, une prostituée près du Suede. Il peut y avoir un rapport, on ne sait jamais. Je commence à me demander si la danse, c'est pas dangereux pour la santé…

— Ta prostituée, elle prenait aussi des cours ?

— Apparemment, non. On a interrogé le personnel du Moonlight et personne ne la connaissait.

— Bon, merci pour l'invitation, Jake.

— Tiens-moi au courant.

— Tu peux y compter.

Quinn se dirigea vers son bateau pour se changer. Ça faisait un bail qu'il n'était pas allé en boîte à Miami Beach, et il se demanda comment on s'habillait de nos jours pour aller danser.

5.

— Accepteriez-vous d'être ma cavalière, ce soir ? J'aurais besoin de vous pour me mettre en valeur.

— Pardon ? fit Shannon.

Décidément, elle n'en pouvait plus. C'était ce cours avec Quinn O'Casey qui l'avait mise à plat. A présent, elle faisait travailler Richard, un médecin qui venait pour éliminer le stress de la journée. C'était un merveilleux partenaire. Il était chirurgien plasticien et il refaisait la façade — comme il le disait lui-même — de gens riches et parfois célèbres. Son nom était régulièrement cité dans les magazines et on l'avait surnommé « Le roi du Botox de la côte Ouest ».

Shannon ne connaissait pas son âge, mais elle lui donnait la quarantaine. Elle le trouvait séduisant avec sa tignasse blonde, ses beaux yeux gris et ce teint perpétuellement bronzé qu'il devait à une pratique régulière du golf. Il dansait parfois avec sa femme, mais elle n'était pas aussi passionnée que lui. Elle préférait la plongée sous-marine et passait le plus clair de son temps libre à bord de leur bateau. Ils paraissaient s'entendre à merveille, tout en gardant leur indépendance. Mina Long était pédiatre. Comme son mari, elle devait avoir dans les quarante ans ; elle jouissait d'une santé parfaite et arborait des cheveux blond platine et un teint bronzé. Shannon songea avec amusement qu'ils avaient fini par se ressembler à force de vivre ensemble.

Shannon appréciait la compagnie de Richard Long. Il ne fréquentait le studio que depuis un an, mais il était très doué et il apprenait vite. Bien sûr, il avait les moyens de se payer autant de cours particuliers qu'il le voulait, alors que la plupart des gens alternaient avec les cours collectifs qui étaient beaucoup moins chers.

— Shannon ! Ici la Terre ! Vous me recevez ?

— Désolée, dit-elle. Vous parliez de vous mettre en valeur ? Mais vous n'en avez pas besoin... En réalité, je dois vous avouer que je me laissais porter ; j'étais perdue dans mes pensées. C'est indigne d'un professeur et je vous prie de m'excuser.

Il sourit.

— Vous pensiez à Lara, je suppose.

— Oui, avoua-t-elle.

— J'ai fait ce que j'ai pu, dit-il gentiment. Vous savez, j'ai choisi la chirurgie plastique, mais j'avais d'excellentes notes à l'école de médecine et j'ai été interne aux urgences pendant un an.

— Oh, Richard ! Je sais bien que vous avez fait de votre mieux. Seulement... c'est si triste de penser qu'on ne la reverra plus jamais.

— Oui, elle va nous manquer. A tous. Même à vous, je suppose.

— Bien sûr, répondit Shannon en fronçant les sourcils. Pourquoi me dites-vous cela ?

— Comme ça.

Elle arrêta de valser et le contempla d'un air soupçonneux.

— Richard, qu'est-ce que c'est que cette remarque ?

— Mais rien ! Je n'avais pas d'arrière-pensées, je vous assure.

— Richard !

— Un petit oiseau est venu me susurrer à l'oreille que Ben Trudeau et vous formiez autrefois un duo de choc. Avant que Ben n'épouse Lara.

— Je vois.

— C'est la vérité, n'est-ce pas ? Il paraît même que vous déchaîniez les foules et qu'aucun couple ne vous a jamais égalés.

— Nous avons remporté quelques compétitions, en effet, mais c'était il y a longtemps. Vraiment très longtemps…

— Désolé, j'aurais mieux fait de me taire.

— Le nom de ce petit oiseau ?

— Je ne sais pas ce qui se passe : mes lèvres n'arrivent pas à prononcer son nom.

— Tant pis, ça n'a pas d'importance. De toute façon, il ne s'agit pas d'un secret honteux.

— Je n'y arrive pas, je vous le jure. Au fait, vous n'avez pas répondu à ma question.

— Quelle question ?

Il soupira, comme s'il était agacé, mais en même temps, il la contemplait avec amusement.

— Voulez-vous me servir de cavalière, ce soir ? Je voudrais montrer mes talents.

— Mais si, j'ai répondu à votre question. Vous n'avez pas besoin de moi.

Il secoua la tête en souriant.

— Ce soir, je dois sortir avec quelques gros bonnets et je compte les emmener au Suede. Tout ce que je vous demande, c'est d'y passer pour danser avec moi pendant un petit moment.

— Richard, je suis fatiguée et j'avais l'intention de me coucher tôt. De toute façon, il y aura quelqu'un du Moonlight pour vous servir de partenaire : Rhianna ou Jane.

— C'est vous mon professeur. C'est avec vous que je me sens

le plus à l'aise. Ce n'est pas pour rien que les professionnels s'efforcent de garder toujours le même partenaire… Allez, juste une danse et je vous raccompagnerai. Vous serez au lit à 22 h 30. Je vous le jure. S'il vous plaît…

— Richard ! Vous n'allez tout de même pas me supplier.

— Si, justement, je vous supplie.

— D'accord. Je viendrai si vous me dites comment s'appelle le petit oiseau qui est venu murmurer dans le creux de votre oreille.

— Mais c'est du chantage !

— Absolument ! déclara-t-elle avec un grand sourire.

— J'ai promis de ne pas le répéter, et je ne suis pas du genre à me laisser corrompre aussi facilement.

— Bon, comme vous voudrez…

— Gordon…

— Gordon ?

— Oui, c'est bien ce que j'ai dit. Gordon.

— Vous l'avez dit, en effet. Je n'ai même pas eu à insister.

— En tout cas, vous n'avez plus le choix, maintenant. Vous me devez une danse.

— Vous l'aurez, votre danse. Dès que j'aurai étranglé Gordon.

— Pourquoi ? Vous disiez qu'il ne s'agissait pas d'un secret honteux.

— Il n'a pas à raconter ma vie aux élèves.

— Oh ! Ne soyez pas ridicule !

— C'est une question de professionnalisme.

— Mais non, c'est de l'orgueil mal placé, corrigea Richard. Et ne prenez pas cet air outragé. Ce soir, je vous veux sauvage et sexy. Je veux montrer à tout le monde que je suis le roi de la salsa, pas celui du Botox.

Shannon ne put s'empêcher de rire.

— Très bien, dit-elle. Je vous promets que nous allons leur en mettre plein la vue.

— Shannon…

— Quoi encore ?

— Ce qui est arrivé à Lara est affreux. Mais vous n'y êtes pour rien. Nous sommes tous sous le choc et je comprends votre peine, mais la vie continue. Il faut vous secouer. Ça me fend le cœur de vous voir si triste.

— Ne vous inquiétez pas. Ça va aller. C'est juste que… tout cela est tellement invraisemblable. Je n'arrive pas à croire que Lara ait mélangé alcool et Xanax juste avant d'entrer en scène.

— Et pourtant, elle l'a fait. Vous devez accepter la vérité.

— La psychanalyse, ça n'est pas votre branche ! lui rappela-t-elle d'un air taquin. A moins que vous ne songiez à vous reconvertir.

Il leva les deux mains en signe de capitulation.

— Très bien, fit-il. J'abandonne. Travaillons plutôt la salsa.

— Va pour la salsa ! dit-elle en se dirigeant vers la chaîne stéréo.

Il était encore un peu tôt pour aller en boîte de nuit lorsque Quinn revint dans le quartier de Miami Beach. Comme on était en semaine, il avait eu la chance de trouver une place pour se garer et une table à la terrasse du café situé en face du Suede et du Moonlight Sonata. Il bénéficiait donc d'une vue imprenable sur l'immeuble Art Déco qui abritait les deux établissements. Depuis qu'il était installé, plusieurs personnes avaient emprunté l'escalier extérieur menant au studio, sur le côté du bâtiment, et les serveurs du Suede étaient entrés dans la boîte, vêtus de shorts blancs et de T-shirts à l'effigie de Suede.

Quinn contempla avec amusement une fille et deux garçons qui portaient un anneau dans le nez et un nombre impressionnant de boucles d'oreilles. En dépit de la température clémente, ils portaient des jeans noirs et de longues vestes — également noires — et arboraient le maquillage typiquement gothique qui les faisait ressembler à des cadavres ambulants.

Un couple de vieux cheminait lentement derrière eux et Edith, la femme, réprimanda Harvey, son mari, qui ne tenait pas correctement le sac de pain.

Puis ce furent trois beautés en maillot de bain qui lui passèrent sous le nez. L'une d'elles portait une petite veste courte qui lui arrivait au nombril, et le reste de son costume se résumait à un string et des chaussures à talons hauts... Sans doute jugeait-elle indécent de se promener pieds nus en ville. L'ensemble ne manquait pas d'intérêt.

La nuit tombait peu à peu et la rue commençait à se remplir d'une foule bigarrée, plus clinquante, avec quelques beaux spécimens — mais aussi quelques horreurs.

Le physionomiste du Suede apparut à son poste.

Une pétulante Latino vêtue d'un ensemble blanc et transparent se présenta à l'entrée, accompagnée par trois jeunes gens — visiblement des musiciens de rock. Ils parlaient si fort qu'on percevait leur accent très british depuis l'autre côté de la rue. Le type les laissa passer.

Quinn but une gorgée d'eau minérale et se replongea dans le dossier que lui avait confié Doug. Il sourit... Son petit frère était méticuleux à l'excès, et il avait noté une foule de renseignements sur les professeurs du Moonlight. Gordon Henson avait racheté le studio à la fin des années soixante-dix. Depuis, il avait formé un nombre impressionnant de champions. A présent, il n'enseignait plus et se contentait de quelques apparitions pour vérifier que tout marchait bien, car il avait délégué ses responsabilités à Shannon Mackay. Shannon s'occupait donc de tout. Elle était originaire de Floride — née à Winter Heaven très précisément —, et vivait à Miami depuis l'âge de trois ans. Elle avait suivi un cursus de danse ici même, puis elle était partie à New York parfaire sa formation. Elle mesurait un mètre soixante-trois pour quarante-sept kilos, et Doug la décrivait comme une boule d'énergie aux yeux verts et aux cheveux blonds, qui aurait pu largement entrer dans le cercle des grands professionnels.

Quinn sourit de nouveau en découvrant la prose lyrique de Doug — bien éloignée d'un simple rapport de flic. Mais il n'en fut pas étonné. Il y avait de quoi se laisser emporter car les professeurs du Moonlight ne manquaient ni de charme ni d'allure. Les hommes s'habillaient le plus souvent en costume et les femmes portaient de belles robes ou des ensembles toujours très féminins. Ils étaient tous beaux et séduisants. Mais, même au milieu de cette assemblée d'élite, on ne pouvait que remarquer Shannon Mackay, ses traits fins et délicats, ses cheveux d'une étonnante nuance de blond foncé, son regard intense et direct. Le moindre de ses mouvements dégageait une énergie pleine de sensualité ; son sourire était à la fois franc et mystérieux. En un mot, Quinn la trouvait captivante.

Elle portait un parfum Versace — il en était certain car sa mère adorait les parfums et il avait appris à reconnaître les plus célèbres. Lorsqu'elle vous faisait danser, elle savait vous guider en douceur mais avec une extrême fermeté. Lui n'osait pas trop s'approcher : le contact des corps le troublait, et il ne possédait pas l'aisance des habitués. Il avait toutes les peines du monde à se concentrer lorsqu'il la sentait tout contre lui… Sans doute était-ce pour cela qu'il se montrait si gauche. Du moins, en partie… En fait, il n'avait aucune disposition pour la danse. Mais ça n'avait aucune importance : il n'aurait plus à supporter ce supplice très longtemps.

L'aurait-il remarquée s'il l'avait rencontrée par hasard ? Oui, sans aucun doute. Elle possédait une sorte de magnétisme qui vous scotchait immédiatement, et il aurait probablement tenté de l'approcher, ne fût-ce que pour entendre le son de sa voix et se perdre dans ses yeux si profonds.

Mais il n'en était pas là... Il devait malheureusement la considérer comme suspecte dans une affaire de meurtre, comme tous ceux qui fréquentaient le Moonlight.

Une suspecte terriblement attirante, mais ça ne changeait rien à l'affaire.

De toute façon, il n'avait jamais eu de chance avec les femmes. Il songea brusquement à sa dernière nuit avec Geneva, en se demandant ce qui clochait chez lui. Ils avaient vécu ensemble pendant cinq ans et, un beau soir, sans préavis, elle avait craqué. Elle lui avait reproché de n'être jamais réellement avec elle et de ne vivre que pour son travail. Elle s'était mise à pleurer. Il avait tenté de se justifier tout en sachant qu'elle avait raison. Vu de l'extérieur, ils formaient un couple parfait. Lui travaillait au FBI et elle comme assistante du procureur. Ils appartenaient au même monde et vivaient tous les deux à cent à l'heure. Elle le taquinait souvent en prétendant qu'elle paraissait encore plus belle pendue à son bras. Elle avait tort : en réalité, elle n'avait pas besoin de lui pour qu'on la remarque. Par contre, elle ne se trompait pas lorsqu'elle lui reprochait de ne vivre que pour son boulot. Il y pensait sans cesse...

Lorsqu'ils s'étaient séparés, il avait constaté avec étonnement que Geneva ne lui manquait pas et que la solitude lui convenait. Puis il avait traversé une période étrangement sombre et il avait eu l'impression de ne plus être à sa place au FBI. Il avait ressenti le besoin de changer de vie, de retourner en Floride. Il s'était associé à un ami qui travaillait déjà comme privé à Key Largo, au sud de Miami.

Puis il y avait eu l'affaire Nell Durken.

Grâce à sa filature et aux renseignements qu'il avait fournis à la police, le salaud qui l'avait tuée se trouvait derrière les barreaux. Quinn avait permis d'arrêter un criminel ; il ne restait plus qu'à attendre le procès.

Sauf qu'il commençait à se demander si Art Durken était vraiment coupable.

Cette question qui revenait de façon lancinante lui faisait de plus en plus mal…

Il baissa de nouveau les yeux vers ses dossiers. Mieux valait se concentrer sur son enquête plutôt que gamberger.

Donc, Shannon Mackay faisait marcher la boîte et ne participait plus aux concours. Elle s'était fracturé la cheville quelques années plus tôt, ce qui l'avait obligée à abandonner la compétition. A ce moment-là, elle était au faîte de la gloire, et les trophées qu'elle avait remportés avaient largement contribué à la réputation du studio.

Il se demanda quels pouvaient être ses sentiments à l'égard de Lara Trudeau qui lui avait volé la vedette. Le rapport de Doug n'abordait pas le sujet.

Quinn leva les yeux et son regard se perdit de l'autre côté de la rue. Shannon lui avait paru nerveuse, mal à l'aise… Etait-ce ses questions qui l'avaient dérangée ? Difficile à dire…

Rhianna Markham, Jane Ulrich. Toutes deux célibataires, sans petits copains attitrés, sans enfants. Rhianna venait de l'Ohio et avait fait ses classes dans une école privée. Jane n'avait pas dépassé le niveau du lycée, mais elle avait dansé pendant trois ans dans un parc d'attractions, en Floride. Elles partageaient toutes les deux la même ambition, celle de se faire un nom dans le cercle restreint des professionnels reconnus.

Mais ça n'était pas très original : on aurait pu dire la même chose de toutes les danseuses de la terre. Si c'était une rivale qui avait aidé Lara Trudeau à mourir, il n'y avait que l'embarras du choix.

Pourtant, il fallait bien prendre l'affaire par un bout. Autant commencer par les gens que Lara voyait régulièrement. L'assassin avait calculé son coup pour que tout se déroule devant des centaines de personnes. Quinn ne pouvait pas encore affirmer qu'il s'agissait bien d'un meurtre, mais si on comparait l'affaire Lara Trudeau et l'affaire Nell Durken… Deux femmes qui fréquentaient le Moonlight, décédées à quelques semaines d'intervalle dans des circonstances similaires… La coïncidence donnait à réfléchir.

Doug n'avait pas oublié les professeurs appartenant à la gente masculine. D'abord Ben Trudeau, l'ex-mari de la défunte. Un suspect à ne jamais négliger, l'ex-mari ! La trentaine largement dépassée, grand, séduisant, talentueux, endurci par les aléas de la vie et, comme Lara, presque bon à mettre au rancart pour la compétition. Il avait choisi un poste de professeur à plein-temps. Ensuite, Sam Railey, le partenaire de Jane Ulrich : un homme droit, honnête, décidé à se hisser au sommet, mais qui devait la plupart du temps se contenter d'une place de second — à cause de Lara. Enfin, Justin Garcia, récemment engagé au studio et grand spécialiste de salsa.

Et puis, bien sûr, Jim Burke, le dernier partenaire de Lara, qui enseignait de temps à autre au Moonlight avec elle. Grand, la trentaine sonnée, fier d'avoir été choisi par la grande Lara Trudeau… Avec elle, il avait sûrement rêvé d'une carrière fulgurante et, à présent, il se retrouvait seul. Il avait probablement du talent, mais Lara avait toujours été la carte maîtresse de leur duo, la véritable vedette. Sa mort ne lui rendait pas service, bien au contraire. On pouvait l'éliminer tout de suite de la liste des suspects.

Et Gordon Henson ?

Quinn secoua la tête. N'importe lequel des intervenants du Moonlight aurait pu avoir de bonnes raisons d'éliminer la diva. Gordon comme les autres. Il l'avait aidée à débuter, il lui avait tout appris. Mais l'élève avait finalement dépassé le maître. Peut-être l'avait-elle rejeté, méprisé ? Peut-être avait-il jugé que sa célébrité lui faisait de l'ombre ?

De nouveau, Quinn leva distraitement les yeux pour regarder de l'autre côté de la rue. Il avait déjà en tête une demi-douzaine de scénarios possibles après avoir lu ce qui concernait les professeurs. Et il restait encore les élèves.

En face, les clients commençaient à arriver. Quinn consulta sa montre. Il était plus de 22 heures. Il allait se lever lorsqu'il aperçut Shannon Mackay qui sortait en courant par l'accès extérieur et jetait des regards inquiets derrière elle. Elle s'arrêta net en plein milieu de l'escalier, inspira profondément et parut faire un effort pour reprendre ses esprits. Ensuite, elle demeura un instant immobile, comme si elle hésitait. Elle se décida finalement à remonter pour fermer la porte à clé, puis redescendit lentement. Mais, alors qu'elle avait presque atteint le bas des marches, elle se remit à courir comme une folle. Une fois sur le trottoir, elle s'arrêta pour souffler et se retourna vers l'escalier en secouant la tête d'un air incrédule.

Le type posté à l'entrée de Suede l'aperçut et la héla. Elle lui rendit son salut et se dirigea vers lui. Il lui ouvrit la porte en souriant. Elle disparut à l'intérieur.

Etrange comportement… Quinn avait observé la scène sans bouger. Il se leva en laissant un généreux pourboire — mieux valait être bien avec la serveuse car il avait l'intention d'utiliser fréquemment ce poste d'observation.

Il s'arrêta pour déposer les dossiers de Doug dans sa voiture, et traversa la rue.

Le physionomiste, un grand Noir tout en muscles qui mesurait au moins un mètre quatre-vingt-douze, le dévisagea attentivement, fronça les sourcils, l'examina des pieds à la tête, puis décida de le laisser passer.

A l'intérieur, l'orchestre jouait déjà une musique latino américaine au rythme endiablé. Quinn trouva l'endroit joliment décoré, avec cet arc-en-ciel qui faisait le tour des murs. Le bar se trouvait tout au fond, et des spots installés au sol permettaient de circuler entre les tables placées autour de l'espace réservé aux danseurs et éclairé par des projecteurs. Il ne restait presque plus de tables libres, et quelques femmes très légèrement vêtues se démenaient déjà sur la piste.

Quinn repéra aussitôt la tignasse blanche de Gordon Henson, du côté du bar, et s'approcha de sa table. Doug était attablé avec lui, ainsi que Bobby Yarbourough, un ancien camarade de l'école de police, accompagné d'une femme — probablement son épouse. Il y avait également Shannon Mackay, assise entre Doug et un homme plutôt petit, en chemise blanche et veste de sport, ainsi qu'une femme très élégante, la quarantaine, avec un visage un peu figé qui avait dû passer par les mains d'un chirurgien.

Doug eut l'air surpris en l'apercevant.

— Quinn ! appela-t-il en lui faisant signe de les rejoindre.

Quinn traversa la salle avec précaution, mais faillit tout de même heurter une serveuse. Il s'excusa d'un léger sourire.

— Mon grand frère, celui qui est tellement pataud ! lança Doug d'un ton taquin en se levant pour lui serrer la main.

— Vous exagérez, Doug, affirma Shannon.

Elle avait dit ça d'un ton sincère, en souriant d'un air distrait. Elle paraissait préoccupée.

— C'est vrai que tu as pris un cours avec Shannon, aujourd'hui, dit Doug. Tu as dû rencontrer Gordon… Bobby, tu le connais déjà.

Quinn hocha la tête et tendit la main à Bobby qui lui fit un grand sourire.

— Quinn, je te présente ma femme, Giselle.

— Ravi de vous connaître, Giselle. Félicitations pour votre mariage.

— Merci, répondit-elle. Mais vous savez, je suis toujours un peu surprise quand on me rappelle que je viens de me marier. J'ai l'impression de partager la vie de Bobby depuis une éternité.

— Houlà ! fit Bobby.

Elle lui pressa le bras.

— C'est un compliment, mon chéri.

— Hmm, grogna Bobby en fronçant les sourcils d'un air faussement préoccupé.

— Quinn, reprit Doug, voici Richard et Mina Long, tous les deux médecins.

— C'est formidable de partager les mêmes intérêts, dit Quinn un peu platement. Vous travaillez ensemble ?

Sa question fit rire Mina.

— Oh, non, grâce à Dieu ! Richard est spécialisé dans la dermatologie et la chirurgie plastique, tandis que moi, je ne suis qu'une modeste pédiatre qui travaille dur pour gagner son pain.

— Elle exagère ! intervint son mari. La pédiatrie est l'une des spécialités les plus difficiles.

— Mais, l'artiste, c'est toi, lui rappela-t-elle.

Il était installé sur la banquette, le bras passé autour des épaules de sa femme, et il l'attira un peu plus à lui.

— Nous sommes ravis de ne pas exercer dans la même branche, expliqua-t-il à Quinn. Cela nous permet de mieux apprécier le temps que nous passons ensemble.

— Je comprends parfaitement, dit Quinn.

— Je vous en prie, asseyez-vous avec nous, fit Mina en se serrant contre son mari pour lui faire de la place.

— Je ne veux pas vous déranger. Vous êtes déjà un peu à l'étroit.

— Ne vous inquiétez pas pour ça, intervint Richard, nous

n'allons pas tarder à rejoindre des amis, de l'autre côté de la piste. D'ailleurs, nous étions sur le point de danser… Non ?

Il n'avait pas posé la question à sa femme mais à Shannon, assise en face de lui.

— C'est la musique que vous attendiez ? demanda-t-elle.

— Oui.

— Dans ce cas…

Bobby et Giselle se levèrent pour laisser passer Shannon. Elle frôla Quinn au passage, et il recula en s'excusant.

— Assieds-toi, maintenant, frérot ! ordonna Doug, tandis que Richard s'éloignait avec Shannon. J'ai hâte de savoir comment s'est passée ta première leçon.

— C'était formidable, répondit Quinn tout en suivant du regard Shannon qui atteignait la piste avec son cavalier.

Ils se mirent à danser avec une aisance prodigieuse, et plusieurs personnes qui gigotaient sur la piste s'arrêtèrent pour les regarder, puis s'écartèrent pour leur faire de la place.

— C'est une samba ? demanda Quinn.

— Une salsa, corrigea Gordon.

Quinn regarda Mina. Elle ne quittait pas son mari des yeux.

— Vous prenez des leçons, vous aussi ? lui demanda-t-il.

— Oui, fit-elle en riant gentiment. Mais je ne danse pas aussi bien que Shannon.

Elle fit la grimace.

— Richard et moi, nous faisons notre petit effet quand nous sommes invités dans des soirées. Mais, comme cavalière, il préfère de beaucoup Shannon. Quant à moi, je me sens plus à l'aise avec Sam, mon professeur. C'est normal : nous sommes des amateurs, nous préférons nous laisser guider.

Elle se pencha vers lui par-dessus la table.

— Je crois que Richard a envie d'épater ses collègues. Ils

sont de l'autre côté de la piste ; nous devons les rejoindre tout à l'heure.

— Oh, je vois ! dit Quinn.

Le Dr Long aurait pu avoir un joli sourire, mais on avait l'impression que la peau de son visage allait se craqueler chaque fois que ses lèvres s'étiraient.

— Vous verrez, vous progresserez, vous aussi. Il faut du temps. Au fait, vous avez déjà vu votre frère danser ?

— Eh bien non, figurez-vous.

Elle se tourna vers Doug.

— Je ne vaux pas Jane ou Shannon, mais nous pouvons tout de même lui faire une jolie démonstration. Si ça vous tente…

— D'accord, répondit Doug en se levant.

— Et si on y allait, nous aussi ? fit Bobby à sa femme.

— Vous avez entendu ? s'exclama Giselle. Quelle désinvolture ! Tu vois, Bobby, j'avais raison : on dirait que nous sommes déjà de vieux époux.

Bobby éclata de rire.

— Désolé, je vais reformuler ma demande. Ma petite femme adorée, me ferais-tu l'honneur de danser avec moi ?

— Il s'est bien rattrapé, fit remarquer Doug.

Sa phrase les fit éclater de rire.

— Pas mal, reconnut Mina en prenant Bobby par la main pour l'entraîner vers la piste.

Il ne resta plus que Gordon et Quinn.

— Alors, cette première leçon ? demanda Gordon.

— Pour être franc, je dois avouer que je suis venu un peu par hasard, répondit Quinn, tout en admirant Mina et son frère. Doug a voulu à tout prix me faire profiter de votre formule « découverte », et j'avoue que j'ai été agréablement surpris… Oui, je peux dire que ça m'a plu.

Quinn remarqua que Doug se débrouillait vraiment bien.

Bobby et Giselle paraissaient moins à l'aise, mais ils s'amusaient comme des fous.

— Ces deux-là aussi ont atterri chez nous un peu par hasard, dit Gordon. Ils voulaient juste prendre quelques cours pour le jour de leur mariage. Et vous voyez, ils sont toujours là.

Il se pencha vers Quinn.

— Que faites-vous dans la vie, monsieur O'Casey ?

Quinn allait répondre quand un grand brun bronzé s'arrêta devant leur table en poussant une exclamation de surprise.

— Gordon, j'ai du mal à y croire ! Ils ont réussi à te convaincre de descendre ?

Il était plutôt séduisant ; il portait une chemise de soie noire négligemment ouverte au col, un pantalon de couleur fauve et une veste noire. Ses yeux sombres brillaient de malice.

— Oui, ils m'ont traîné de force, répondit Gordon en se levant à demi pour lui serrer la main.

— Gabe, je te présente Quinn O'Casey, le frère de Doug et l'un de nos nouveaux élèves. Quinn, voici Gabriel Lopez, le maître de ces lieux.

— Ravi de vous connaître, fit Quinn.

— Bienvenu au Suede. Je ne crois pas vous avoir déjà vu.

Quinn secoua la tête.

— En effet, je découvre cet endroit.

— Vous l'aimerez, j'en suis certain. Je n'engage que d'excellents musiciens, même en semaine. La piste est toujours impeccable et nous préparons nous-mêmes la nourriture que nous servons. Vous serez surpris.

— Jusque-là, tout me semble parfait, assura Quinn.

— Vous ne dansez pas ?

Quinn sourit.

— Non, je ne me sens pas prêt. Je crois qu'il me faudra encore pas mal de leçons avant d'oser me lancer.

Lopez se glissa dans leur box.

— On progresse vite, vous verrez… Et après, on ne peut plus s'en passer. N'est-ce pas, Gordon ?

Gordon acquiesça d'un signe de tête.

— Quand on commence à avoir la danse dans le sang, il suffit que la musique démarre pour que l'on ait envie de bouger.

Il haussa les épaules et contempla les couples qui se démenaient sur la piste.

— Je ne dis pas que vous atteindrez le niveau d'une Shannon Mackay du jour au lendemain, mais regardez votre frère : en six mois, il a beaucoup appris. Et il s'amuse.

— Ça, c'est certain, dit Quinn. Et vous, ajouta-t-il à l'intention des deux hommes, vous pouvez vous vanter d'être chanceux. Il suffit de descendre l'escalier pour mettre en pratique ce que l'on a appris au studio. Vous n'auriez pas pu rêver meilleure association.

— C'est vrai, dit Gordon. En plus, on ne l'a même pas fait exprès.

— Cet établissement n'était pas une boîte de nuit quand vous avez acheté le studio de danse ? demanda Quinn.

— Pas du tout. C'était un restaurant, avec une toute petite piste, intervint Lopez. Mais quand j'ai visité l'endroit, voilà un peu plus d'un an, j'ai tout de suite vu qu'on pouvait en faire quelque chose de bien.

— Et nous nous entendons à merveille, ajouta Gordon. Nous avons même passé un petit accord.

— Ils m'envoient leurs élèves, expliqua Lopez.

— Et comme ils passent un bon moment au Suede, ils ont de plus en plus envie de danser et reviennent prendre des cours pour progresser.

Il pointa un doigt vers le plafond.

— Dans l'immeuble, au-dessus, il y a aussi une styliste : Katarina, une femme formidable. Quand quelqu'un a besoin d'une robe, pour une soirée dansante ou pour une compétition, on lui conseille de traverser le palier. Oui, vous pouvez le dire, monsieur O'Casey, on est vraiment bien organisés.

Lopez opina sentencieusement de la tête en se levant.

— Bon, il faut que je retourne travailler, dit-il. Encore une fois, bienvenue chez nous, monsieur O'Casey.

Il inclina la tête en souriant.

— Vous êtes dans la police, comme votre frère ? Vous savez, j'apprécie sa présence dans mon établissement. Avec lui, on se sent protégé.

Quinn secoua la tête.

— Désolé, je ne suis pas flic. Je travaille dans le domaine des loisirs. J'organise des croisières, avec une option pêche ou plongée sous-marine.

— Vous avez de la chance. La mer, c'est magique.

— Je suis bien de cet avis, dit Quinn.

— Passez une bonne soirée ! lança Lopez en guise d'au revoir.

— A plus tard, Gabe ! répondit Gordon.

Gabriel Lopez s'éloigna en direction des cuisines.

— Il est vraiment sympa, commenta Gordon.

— Oui, on dirait, fit Quinn.

— Hé ! Regardez un peu votre frère !

Quinn se tourna de nouveau vers la piste. Presque tous les couples s'étaient écartés pour admirer Doug et Shannon qui exécutaient une danse aux mouvements amples et langoureux.

— Un boléro, dit Gordon.

Ils étaient tout simplement magnifiques, et Quinn fut surpris de l'aisance de Doug. Il fallait reconnaître que l'élégance de sa partenaire le mettait sacrément en valeur.

— Je n'ai jamais vu quelqu'un bouger avec autant de…

— Vous parlez de votre frère ? demanda Gordon avec un petit sourire amusé.

Quinn secoua la tête en souriant.

— De Mlle Mackay.

— Elle est exceptionnelle, convint Gordon. Pour moi, personne ne lui arrive à la cheville.

— Quinn, tu nous fais une petite place ?

Il sursauta et tourna la tête vers Bobby et Giselle qui revenaient s'asseoir, essoufflés et ravis. Il se rendit compte qu'il s'était laissé absorber par la contemplation du couple que formaient Doug et Shannon, au point d'en oublier tout le reste.

— Le boléro, ça ne vous tente pas ? demanda-t-il aux jeunes mariés.

Bobby fit la grimace.

— Chaque fois qu'on essaye, ça finit par une engueulade. Il faut dire que je suis nul, je le reconnais volontiers.

— C'est faux, protesta Giselle.

Bobby contempla Quinn avec des yeux de chien battu.

— Je voudrais que tu la voies pendant les cours collectifs, expliqua-t-il. Dès qu'on en arrive au boléro, elle se débrouille — avec délicatesse, j'en conviens — pour se trouver face à quelqu'un d'autre.

— Jamais de la vie ! fit-elle d'un air gêné, en haussant les épaules. D'ailleurs, on change de partenaire toutes les cinq minutes. Je ne vois pas comment je pourrais t'éviter.

Doug revenait vers leur table en tenant Shannon par la main.

— Alors ? demanda-t-il à Quinn.

Quinn fut surpris. Il était ici pour enquêter sur une mort suspecte et voilà que Doug lui demandait s'il avait apprécié sa petite exhibition. Il eut l'impression de retrouver le gamin de quinze ans qui mendiait l'approbation de son grand frère.

— Vous étiez époustouflants, tous les deux, répondit-il.

Doug avait vraiment l'air heureux.

— A toi, à présent ! lança-t-il.

— Tu as perdu la tête ? répliqua Quinn en riant.

— Non, non, il faut se lancer. Tu t'en sortiras très bien, c'est un merengue. On ne peut pas rater un merengue.

— Moi, je peux, assura Quinn. Crois-moi.

— Venez, monsieur O'Casey, insista Shannon. Je vous guiderai. C'est facile. Je vous assure que vous en êtes capable.

Elle lui tendait gentiment la main en le défiant du regard. On aurait dit qu'elle le provoquait, qu'elle ne croyait pas une seconde qu'il fût là pour se divertir.

Il haussa les épaules.

— Très bien, dit-il. Puisque vous vous liguez tous contre moi… Mais je sais déjà que je vais passer pour un parfait crétin.

— Avec Shannon, ça m'étonnerait ! lança Gordon.

Quinn suivit Shannon en arborant un air résigné.

— Ça n'a pas l'air si facile, dit-il en arrivant sur la piste.

— Vous n'êtes pas obligé de faire les pirouettes. Nous allons nous contenter du pas de base.

Elle était déjà dans ses bras.

— Suivez mes mouvements, lui dit-elle. Normalement, ajouta-t-elle, ce sont les hommes qui mènent, mais comme c'est la première fois pour vous… Gauche, droite, gauche, droite, vous sentez la pulsation ?

Oui, il la sentait… Il sentait aussi son regard de braise qui le défiait encore, et la subtile ondulation de son corps, si sensuelle.

— Un, deux…

— Pas mal du tout.

— Merci. Je me permets de vous retourner le compliment.

Elle leva les sourcils.

— Je suis sincère, je vous assure. Vous avez le sens du rythme. Nous pouvons ajouter quelques mouvements de bras, à présent. Levez-les. Je tourne, ensuite vous… Très bien ! N'oubliez pas les pieds. C'est facile, le merengue : le pas est toujours le même et il ne s'arrête jamais.

— Comment se fait-il que je n'arrive pas à me tortiller comme les autres ?

— Vous n'avez pas encore le feeling cubain. Ça viendra.

Le feeling cubain ? Elle l'avait, sans le moindre doute. Il suffisait de regarder ses hanches.

Il essaya de nouveau de la faire tourner. Un peu trop jerk, mais elle parvint à rattraper le coup.

— A vous, maintenant, lui dit-elle.

Côté, côté, devant, devant. Oui, il y était…

— Vous aviez un problème, tout à l'heure ? demanda-t-il brusquement.

— Pardon ? fit-elle en fronçant les sourcils.

— Je vous ai vue descendre l'escalier. Vous aviez l'air… tracassé.

— Comment ça vous m'avez vue ? Vous étiez en train de m'épier ?

Elle n'avait pas haussé le ton, mais son indignation était perceptible.

— Vous me surveillez, monsieur O'Casey ?

Il rit, pour détendre l'atmosphère.

— Pas du tout. J'étais tout simplement en train de manger un hamburger au café d'en face.

C'était un demi-mensonge. Il n'avait pris qu'un verre d'eau.

— Oh ! fit-elle en rougissant. Je suis désolée. C'est désagréable d'apprendre que quelqu'un vous a observée à votre insu, vous comprenez ?

— Oui. Je voulais juste dire que vous paraissiez effrayée. C'est ce qui a attiré mon attention.

Les femmes n'étaient pas censées guider, mais elle lui fit

lever les bras et tourna sur elle-même. Lorsqu'elle revint face à lui, elle planta son regard dans le sien.

— Gordon était déjà descendu et je devais fermer le studio. Quelque chose a dû tomber — un livre, je suppose — et ça m'a fait peur. C'est idiot.

Son histoire de livre ne tenait pas debout. Elle mentait, comme il avait menti pour le hamburger.

— Vous connaissez la réputation de Miami… Taux de criminalité élevé, agressions fréquentes… Soyez prudente quand vous êtes seule là-haut.

— Oh, je n'ai pas peur ! La boîte de nuit est ouverte tous les soirs et il y a le physionomiste en bas. Je ne cours aucun risque : je connais tout le monde dans le coin et tout le monde me connaît.

— Vous ne connaissez pas tous les clients qui entrent au Suede.

— Sans doute, mais je me suis toujours sentie en sécurité, même quand je sortais tard. Sans compter que je suis plus costaud que j'en ai l'air.

Il ne put retenir un sourire.

— Vraiment ?

— N'en doutez pas, dit-elle d'un ton sec.

Il crut déceler une sorte d'avertissement dans sa voix.

— Je sais me défendre.

— Gracieuse mais costaud ? Une danseuse qui ne s'en laisse pas compter ?

— Parfaitement. J'adore le Moonlight et je m'y sens bien. Par contre, je déteste les menteurs et le mensonge.

— Ah, oui ! Vous en êtes certaine ?

Elle rougit légèrement et s'écarta de lui.

— Le merengue est terminé, dit-elle. C'est un mambo, maintenant. Vous n'êtes pas prêt pour ça.

Sur ce, elle fit volte-face et l'abandonna sur la piste.

6.

Le lendemain matin, Shannon arriva à 9 heures au Moonlight afin d'y être un moment seule. A 10 heures, elle devait aider Jane et Sam à répéter. Ensuite, il faudrait régler avec Gordon les détails de l'organisation du Gator Gala.

Comme le studio ne se trouvait qu'à quelques minutes de chez elle, elle jugea inutile de prendre sa voiture.

Gordon l'avait aidée à acheter sa maison quelques années auparavant, à l'époque où le coin n'était pas encore à la mode. Elle était consciente d'avoir fait une affaire, même si la plomberie était à refaire, ainsi que la décoration. Elle n'avait que deux chambres et un minuscule jardin, mais il était situé tout près de la plage, et sa valeur avait quadruplé depuis qu'elle l'avait achetée. Il y avait peu de maisons individuelles dans ce quartier, c'était donc un privilège d'en posséder une — même modeste. En tout cas, si Gordon ne lui avait pas avancé l'argent, elle n'aurait jamais pu se l'offrir.

Pour le rembourser au plus vite, elle s'était jetée dans le travail. C'est ainsi qu'elle avait pris l'habitude de passer près de quatre-vingts heures par semaine enfermée au Moonlight.

Shannon marchait d'un bon pas. Elle avait hâte de voir le studio à la lumière du jour et d'exorciser sa peur stupide de la veille. Sans doute était-elle à bout de nerfs… Ou alors elle tournait du chapeau.

Elle grimpa quatre à quatre les marches de l'escalier extérieur, et s'arrêta un instant devant la porte avant d'introduire la clé. Puis elle ouvrit doucement et attendit, l'oreille aux aguets.

Pas un bruit.

Elle entra lentement et balaya du regard le parquet poli. D'immenses miroirs recouvraient entièrement deux des murs. La petite salle de réunion se trouvait devant elle ; le comptoir de la réception à sa gauche, juste à côté des bureaux. Au fond, quatre portes : la première donnait sur le vestiaire des professeurs, la seconde sur celui des élèves de sexe masculin, la troisième sur celui des femmes. La dernière ouvrait sur la petite cuisine. L'étroit couloir qui menait aux toilettes se prolongeait jusqu'à une terrasse longeant l'arrière du bâtiment. Cette terrasse communiquait avec l'escalier extérieur et donnait accès à une grande pièce qui leur servait d'entrepôt — pièce qu'ils partageaient avec Katarina et Gabe et dont chacun possédait une clé. Katarina y entreposait des vêtements, des accessoires ; eux y rangeaient des CD, des vieux costumes et diverses bricoles. Ils n'avaient jamais eu de problèmes de voisinage avec Katarina, pas plus qu'avec le Suede.

Au bout de la terrasse grimpait un escalier menant au deuxième étage qui avait été longtemps inoccupé mais que Gabriel Lopez avait récemment transformé en appartement. Gabe avait accompli des merveilles, là-haut, et Gordon était un peu jaloux. Il regrettait de ne pas avoir eu lui-même l'idée de demander l'autorisation aux propriétaires car il habitait à l'autre bout de la ville et il détestait conduire…

Tout paraissait normal. Shannon se demanda ce qui lui avait pris, la veille.

Elle s'était attardée pour passer en revue les fiches des élèves absents. Elle mettait un point d'honneur à les satisfaire tous, et quand l'un d'eux cessait brusquement de venir, elle l'appelait pour savoir ce qui l'avait poussé à arrêter.

Avec la mort de Lara, il fallait plus que jamais relancer les gens et les rassurer. Elle s'était donc installée à son bureau pour passer quelques coups de fil.

L'immeuble était vieux mais bien entretenu. Aucun son ne filtrait de l'étage du dessous car l'isolation du Suede était parfaite et les bruits de la rue ne parvenaient pas jusque-là. Tout était silencieux ; elle aurait pu entendre une mouche voler.

Puis il y avait eu ce bruit étrange.

Une sorte de raclement furtif qui semblait provenir de l'intérieur même du studio.

Comme des ongles crissant sur un tableau noir.

Et puis, plus rien.

Elle s'était levée d'un bond, en renversant les livres posés sur son bureau, et elle avait couru vers la salle de danse. Gordon avait peut-être oublié de fermer la porte derrière lui en sortant ou alors il l'avait volontairement laissée ouverte et quelqu'un était entré…

Mais il n'y avait personne. Elle avait bien pensé à faire le tour du local, à vérifier les vestiaires, les toilettes, la salle de réunion, le bureau de Gordon… mais elle n'avait pas osé. Ce bruit étrange qui avait résonné dans le silence l'avait terrorisée. Elle avait attrapé son sac, sa veste, et s'était littéralement enfuie. Elle en avait même oublié de fermer la porte à clé, si bien qu'elle avait dû remonter l'escalier.

Avec le recul, cette réaction lui paraissait démesurée et elle en eut un peu honte. En plus, pas de chance, Quinn O'Casey l'avait vue sortir en courant. Lui qui avait déjà tendance à poser beaucoup de questions…

Et après ? Que lui importait ce que pensait ce type ?

Pourtant, l'idée qu'il l'eût observée à son insu lui mettait les nerfs en boule. De toute façon, tout l'irritait chez lui. Pour commencer, il était trop séduisant. Pas vraiment beau, au sens classique du terme, mais ensorcelant. Et c'était pire. Gauche, trop grand à son goût, des bras raides comme des piquets. Mais avec une présence surprenante qui imposait le respect… Bref, il l'agaçait prodigieusement.

Quelque chose lui disait qu'il ne s'était pas installé au café d'en face innocemment…

Décidément, elle devenait parano. En réalité, depuis la mort de Lara, elle ne se sentait pas dans son assiette et elle voyait le mal partout.

Vous serez la prochaine.

Dans le contexte d'un concours de danse, ces mots pouvaient paraître innocents, pourtant elle ne pouvait s'empêcher de leur prêter un double sens et de les associer à ce qui s'était passé quelques secondes après. Peut-être était-ce un signe de paranoïa. Mais peut-être pas… Elle avait l'impression que quelqu'un l'avait désignée comme la prochaine victime.

Elle se secoua et fit tranquillement le tour des lieux, comme elle aurait dû le faire la veille. La cuisine, les toilettes, les vestiaires, le bureau de Gordon, le sien. Les livres étaient encore à terre et elle les ramassa. Elle suivit ensuite le couloir qui menait jusqu'à la terrasse, et alla même vérifier l'entrepôt.

A l'intérieur, tout paraissait en ordre. Sur les rangées d'étagères s'alignaient les disques, quelques petits appareils électroménagers, des néons, des boîtes. Elle alla jusqu'au fond du local et frissonna, brusquement convaincue qu'elle n'était pas seule.

Elle fit volte-face… et découvrit la silhouette sombre d'un mannequin de couture appartenant à Katarina.

— Quelle idiote ! murmura-t-elle pour elle-même.

Elle se força à rejoindre la porte posément, sans précipitation. Mais cette rencontre inopinée l'avait déstabilisée. Elle avait la sensation que cette silhouette de femme risquait de se mettre à parler si elle avait l'audace de regarder en arrière.

De nouveau, elle se retourna brusquement. Drapé dans son tailleur, avec sa large jupe longue et son immense chapeau à plume — le genre de truc importable pour danser —, le mannequin n'avait pas bougé d'un millimètre. Il n'avait rien de vivant, et comme tout semblait en ordre, elle sortit.

Tout en suivant le long couloir qui menait aux locaux du Moonlight, elle tenta de se raisonner. Elle se dit qu'elle pensait beaucoup trop à la mort de Lara. Dans un sens, c'était compréhensible. Elle l'avait côtoyée de près... Elles avaient partagé la même passion. Lara ne vivait que pour la danse. Bien sûr, elle s'autorisait un petit verre à l'occasion et prenait quelquefois du Xanax pour calmer ses angoisses. Mais jamais elle n'aurait mélangé les deux, surtout avant de se produire sur scène. Ça, Shannon en aurait juré.

Soudain, un cliquetis la fit sursauter et elle porta les mains à sa bouche pour étouffer un cri. Mais ce n'était que la porte d'entrée qui venait de s'ouvrir et de se refermer. Jane la contemplait, les sourcils froncés.

— Qu'est-ce que tu as ? lui demanda-t-elle.

— Rien.

— On dirait pourtant que tu viens d'apercevoir un fantôme.

— Non. J'étais perdue dans mes pensées et tu m'as surprise, voilà tout.

— Je n'ai fait qu'ouvrir la porte, fit remarquer Jane.

— Je sais.

Jane ébaucha un sourire.

— Ça risque de durer toute la journée, ajouta-t-elle. Quantité de gens vont ouvrir cette porte pour entrer.

— Ouais.

Jane traversa la salle en regardant autour d'elle.

— Nous sommes seules ? demanda-t-elle.

— Oui. Sam n'est pas encore arrivé.

— Il sera là d'une minute à l'autre. Il n'est pas du genre à arriver en retard à une répétition.

— Je sais, dit Shannon.

Elle leva un sourcil interrogateur en contemplant Jane fixement. Elle non plus ne semblait pas très à l'aise.

— Tu t'es moquée de moi parce que j'ai sursauté, mais tu n'as pas l'air particulièrement détendue, toi non plus.

— Je suis un peu nerveuse, avoua Jane.

— Pourquoi ? Tu as des problèmes ?

— Non, aucun problème.

— Je vois. Tu penses à Lara.

Jane hocha la tête et lui lança un regard sombre.

— Je sais ce que tu penses : tu es persuadée qu'on l'a tuée. Je reconnais que pas mal de gens auraient eu des raisons de souhaiter sa mort. Du reste, nous sommes tous des suspects en puissance. Moi, parce qu'elle me battait dans toutes les catégories et qu'elle me le faisait bien sentir. Toi… Tout le monde sait qu'elle t'avait piqué Ben Trudeau.

— Jane, c'est si loin, tout ça…

— Dans ce cas, tu devrais faire abstraction de ce qui s'est passé entre vous et reprendre la compétition avec lui.

— Je ne suis pas certaine d'avoir encore un niveau de professionnelle. Quant au reste… C'est à peine si je me souviens d'avoir été amoureuse de lui. On n'a pas la même conception de la vie ; on poursuit des buts différents. Il n'y a vraiment plus rien entre nous. Et puis, Ben est un excellent danseur : il mérite une partenaire à sa hauteur.

— Quand je pense que cette salope de Lara l'avait viré, fit Jane en baissant la voix. Tu vois, Shannon, c'est ça le problème : tout le monde avait une bonne raison de vouloir se débarrasser de Lara. Même Gordon, quand on y réfléchit.

— Gordon ? Il était tellement fier de dire qu'elle avait fait ses premiers pas ici. Il la faisait venir pour donner des stages chaque fois qu'il le pouvait.

— N'empêche qu'elle n'était pas tendre avec lui.

— Ce n'est pas une raison suffisante pour tuer quelqu'un, Jane.

— Je suis certaine que tu ne penses pas ce que tu dis, rétorqua Jane.

— Je ne suis certaine de rien, en fait, avoua Shannon. Mais je crois que le mieux serait d'oublier et de passer à autre chose.

Brusquement, ses angoisses lui paraissaient démesurées et sans fondement.

— On avait tellement de raisons de la détester ! murmura Jane.

— Par exemple ?

— Eh bien, pour commencer, elle n'arrêtait pas de répéter qu'elle n'appartenait pas au Moonlight et qu'elle n'était pas tenue de respecter la fameuse règle qui régit les relations élèves-professeurs. Tu vois ce que je veux dire ?

Elle baissa de nouveau la voix.

— Tu sais ce que je crois ? Je crois qu'elle aimait blesser les gens. Tu te rappelles comme j'étais contente que Doug progresse aussi vite ? Lara l'a compris dès qu'elle nous a vus travailler ensemble. Le soir même, elle l'a invité à danser au Suede.

— Jane, on va tous au Suede avec nos élèves !

— Je sais bien. Mais là, crois-moi, c'était différent. Elle lui avait carrément mis le grappin dessus. Elle me regardait en souriant, pour me narguer, avec l'air de dire qu'elle me l'avait chipé.

— Mais, Jane, il est resté ton élève !

— C'est vrai. Mais je suis sûre qu'il s'est passé quelque chose entre eux. Et elle a fait ça avec d'autres.

— Avec le vieux M. Clinton, par exemple ? demanda Shannon, pour détendre l'atmosphère.

Mais ça ne fit pas rire Jane.

— Figure-toi que M. Clinton est très riche. Elle ne s'est pas privée de le flatter. Un type plein aux as, ça peut toujours servir.

— Voyons, Jane, tu ne vas pas me dire qu'elle couchait avec le vieux Clinton ?

— Peut-être pas. Mais elle n'aurait pas hésité si elle avait eu besoin de son fric pour sa carrière.

— Jane, sois honnête : elle avait déjà une carrière exceptionnelle.

— N'empêche que c'était une garce !

— Je reconnais qu'elle utilisait les gens, qu'elle n'hésitait pas à les manipuler. Mais à présent, elle est morte.

Jane hocha la tête et regarda Shannon droit dans les yeux.

— Je pense que tu devrais faire attention.

— Moi ? Pourquoi ?

— Tout le monde sait que tu trouves la mort de Lara bizarre et que tu ne crois pas à la thèse du suicide.

— Personne n'a jamais parlé de suicide. Officiellement, il s'agit d'une overdose qui a provoqué un arrêt cardiaque.

— Seulement, tu n'y crois pas.

— Toi non plus, on dirait.

— Mais…

Jane se tut, et ses beaux cheveux noirs balayèrent son visage juvénile tandis qu'elle tournait la tête, comme pour s'assurer qu'elles étaient bien seules.

— Je suis restée discrète. Pas toi. Tu as dit à la police ce que tu pensais.

Vous serez la prochaine.

Shannon se força à sourire. Elle ne voulait pas s'enfoncer encore plus dans la paranoïa.

— Peu importe ce que nous pensons, Jane. L'affaire est classée ; on enterre Lara demain. Tout ça est très pénible et on ne va pas l'oublier facilement. Mais il faut aller de l'avant. La vie continue, d'accord ?

Jane acquiesça d'un air solennel, et serra la main que Shannon lui tendait.

A cet instant, la porte s'ouvrit et elles sursautèrent toutes les deux.

— Qu'est-ce qui vous prend ? demanda Sam en entrant.

Il fronça les sourcils et jeta un coup d'œil par-dessus son épaule.

— Rien du tout. Sam, tu es pile à l'heure. Mettez vos chaussures et commençons. Votre CD est déjà installé. Quand vous serez prêts, vous me passerez le tout une première fois pour vous échauffer. Ensuite, je vous arrêterai pour vous corriger. Allez, du nerf ! Il n'y a personne : profitons-en !

— Oui chef, répondit Sam.

Il se dirigea vers le vestiaire des professeurs pour prendre ses chaussures.

— Quel tyran ! murmura-t-il de façon à être entendu. Tu crois qu'elle me proposerait un café ? Pas même bonjour… Quant à me demander de mes nouvelles… Ça lui écorcherait la bouche. *Comment vas-tu, Sam ? Pas trop mal, à part une ampoule au talon gauche qui me fait horriblement souffrir.*

— Tes chaussures, Sam ! lança Shannon en riant. Et que ça saute !

Il disparut dans le vestiaire, et Jane se précipita à sa suite en gloussant nerveusement.

Shannon regarda par la fenêtre. Il faisait un temps magnifique et les rayons du soleil jouaient sur le parquet de danse. A côté, Jane et Sam bavardaient tout en se préparant.

Tout paraissait normal.

Et la journée se déroula normalement, jusqu'à ce que Gordon fasse irruption en annonçant qu'il fallait annuler les cours de ce soir à cause de la veillée funéraire.

— Elle est belle, même aujourd'hui, murmura Sam. On dirait qu'elle dort. Et elle a l'air si jeune. Vraiment, tout ça est tragique.

Tragique.

Shannon trouvait le mot faible.

En s'agenouillant sur le prie-Dieu, devant le cercueil, elle sentit une foule d'émotions la submerger. Lara n'avait pas été ce qu'on appelle une chouette fille. Mais c'était une femme hors du commun, pleine de vie et d'énergie, avec une personnalité bien affirmée. Comme tant de professionnels, Shannon l'avait beaucoup admirée.

Sam poussa un gros soupir.

— Enfin, elle n'aurait pas gagné le premier prix de camaraderie.

— Sam ! Je te rappelle que nous sommes censés prier pour son âme.

— Tu crois qu'elle en a besoin ? On ne pouvait pas la comparer à mère Teresa, je te l'accorde, mais elle n'a jamais tué personne. En ce moment, elle doit virevolter au milieu des nuages. Ou alors, elle est au purgatoire et on l'oblige à enseigner la danse à une bande de nuls.

— Sam !

— Et toi ? Tu pries pour qu'elle soit assise à la droite du Seigneur ? murmura-t-il.

Pas moyen de le faire taire. Shannon soupira. Elle songeait qu'ils ne reverraient plus Lara et que c'était triste. Une façon comme une autre de prier, sans doute… Elle espérait qu'il y avait autre chose après cette vie et que, oui, pourquoi pas, Lara dansait en ce moment même sur un nuage…

En tout cas, elle pensait toujours que la thèse de la police ne tenait pas debout. Lara adorait la vie ; elle adorait se lever le matin, travailler, créer des chorégraphies ensorcelantes et d'une beauté à vous couper le souffle. Il était impensable qu'elle se soit bêtement tuée en avalant des cochonneries.

Elle se redressa et Sam la prit par l'épaule pour se lever aussi.

Derrière eux, une longue file de gens attendait. La salle n'était pas assez vaste pour contenir tous ceux qui avaient tenu à rendre un dernier hommage à la grande Lara Trudeau — des professionnels de la danse, des amateurs, de simples curieux.

Shannon se dirigea vers Gordon qui devisait tranquillement avec un grand blond élégant, aux traits aiguisés : Gunter Heinrich, un champion venu d'Allemagne. Il embrassa la jeune femme sur la joue avec un sourire attristé.

— Gunter, tu es là… Tout s'est passé si vite…

Il haussa les épaules.

— J'étais venu assister au concours avec Greta, et on a décidé de rester un peu pour profiter du soleil de Miami. La semaine prochaine, on doit enchaîner sur une compétition à Asheville. Je demandais justement à Gordon si je pouvais répéter au studio. Tu serais disponible pour jeter un coup d'œil au spectacle ?

Ils assistaient à une veillée funèbre et Gunter prenait rendez-vous pour une répétition… Shannon trouva ça déplacé, mais autour d'eux les gens semblaient converser avec beaucoup de naturel et de calme. La vie continuait.

— Je pense que oui, murmura-t-elle en contemplant rêveusement l'assemblée.

M. Clinton se recueillait devant le cercueil. Il fit une courte prière et se signa. Jane vint vers lui et le prit par le bras pour l'aider à se relever.

Shannon aperçut les Long, au fond de la pièce. Ils s'entretenaient avec le jeune couple qui venait de s'inscrire au Moonlight — les amis de Doug qui allaient bientôt se marier. Rhianna Markham, leur professeur, les accompagnait.

Ben se tenait près de la table mortuaire, seul, l'air sombre, perdu dans ses pensées.

Mary et Judd Bentley, qui dirigeaient le studio Broward dans South Dade, s'approchèrent à leur tour. Shannon les aimait bien. Mary pleurait ; elle devait être la seule à manifester du chagrin dans cette assemblée.

— Tu pourrais être la suivante.

— Pardon ?

Shannon tourna vivement la tête vers Gunter.

Surpris par la sécheresse de sa réaction, il leva les sourcils. Elle rougit. Elle avait haussé le ton, sans même s'en rendre compte.

— Je disais à Gordon qu'il fallait absolument te convaincre d'arrêter la paperasse. Tu es le meilleur entraîneur que j'aie jamais rencontré et l'une des plus belles danseuses que j'aie jamais vues. Si tu revenais dans le monde des professionnels, tu pourrais devenir une autre Lara.

— Oh ! murmura Shannon. Merci du compliment. Excusez-moi, voulez-vous ?

Elle avait brusquement envie de prendre l'air, ne fût-ce que quelques minutes. Elle fit volte-face et descendit l'allée centrale, au milieu des rangées de chaises. L'odeur des fleurs disposées le long des murs, sur les guéridons et autour du cercueil lui donnait mal à la tête. Elle ferma les yeux et faillit heurter Ella Rodriguez et Justin Garcia qui s'approchaient.

Dans l'antichambre, elle trouva une foule nombreuse, essentiellement composée de danseurs. Elle remarqua la championne locale de salsa, une ravissante jeune femme avec un corps superbe. Elle était tout de noir vêtue, avec une robe moulante qui épousait ses courbes, et paraissait plongée dans une conversation animée avec un membre de l'association nationale de danse.

Katarina était là, elle aussi. Elle arborait un air triste. Shannon voulut s'approcher d'elle pour la consoler, mais une femme la prit de vitesse et demanda un rendez-vous le lendemain pour un essayage. Comme Katarina lui répondait qu'elle n'était pas disponible car elle assisterait aux funérailles de Lara, la femme insista pour venir le lundi.

Shannon salua Katarina de la main et fila vers la porte.

L'entreprise de pompes funèbres que Gordon avait choisie était située en plein centre de Miami. Il avait payé une fortune pour acheter un emplacement dans Woodlawn, l'un des plus vieux cimetières de la ville, un endroit magnifique et très bien entretenu par la communauté latino qui y enterrait ses morts et fleurissait régulièrement les tombes.

Dans la rue, la circulation était intense. On klaxonnait, on s'apostrophait. L'air était saturé par les vapeurs de pots d'échappement, mais Shannon préférait encore ça à l'odeur entêtante des fleurs et à l'atmosphère de fausse tristesse qu'elle venait de quitter.

Plusieurs personnes sortirent. Des têtes connues et d'autres qui ne lui disaient rien, mais tout ce petit monde la salua cérémonieusement de la tête, tout en se dirigeant vers le parking.

Elle les suivit des yeux et aperçut les frères O'Casey qui arrivaient.

Doug vint droit sur elle, la prit dans ses bras et l'embrassa. Il paraissait sincèrement bouleversé. Ses cheveux, d'ordinaire si bien domestiqués, étaient tout ébouriffés. Et il avait les traits tirés.

— C'est terrible, dit-il d'une voix rauque. Je commence à prendre conscience qu'elle est vraiment morte.

Shannon hocha la tête et lui toucha gentiment la joue. Elle se sentait étrangement heureuse de rencontrer une personne que la mort de Lara affectait sincèrement. Jane avait peut-être raison en affirmant qu'il avait eu le béguin pour elle.

— Oui, Doug. Elle est morte, c'est la triste réalité.

— De quoi a-t-elle l'air ? demanda-t-il d'un ton hésitant.

— Je vais dire une banalité, mais elle est très belle. On dirait qu'elle dort.

Il baissa la tête.

— J'y vais, dit-il en se dirigeant vers la porte.

Quinn ne le suivit pas. Il dévisagea Shannon de ses yeux bleus si intenses.

Elle croisa les bras sur sa poitrine et lui rendit son regard.

— Je suis étonnée de vous voir. Vous ne connaissiez pas Lara. Vous ne l'aviez jamais vue danser, je suppose ?

— Je suis venu pour accompagner mon frère, rétorqua-t-il.

— Ah, je comprends…

— Vraiment ?

Il jeta un coup d'œil vers l'entrée des pompes funèbres.

— C'est fou le monde qu'il y a… Je parie que la plupart de ces gens ne sont venus que par curiosité ou pour se montrer.

— Sans doute, répondit Shannon. Mais Gordon n'a pas précisé qu'il s'agissait d'une cérémonie intime. Il voulait que tous ceux qui le désiraient puissent rendre un dernier hommage à Lara et à son immense talent.

— Noble sentiment, murmura Quinn.

Elle n'aurait pas su dire si le ton était ironique ou non.

— Vous comptez entrer ? demanda-t-il.

Shannon le contempla fixement et secoua la tête.

— Non, je ne pense pas. Je suis arrivée de bonne heure, en même temps que Gordon et Ben, pour les aider dans les derniers préparatifs.

— C'est normal, dit-il. Et il reste à affronter l'épreuve de l'enterrement, demain.

De nouveau, elle se demanda s'il n'y avait pas une pointe d'ironie dans sa voix. Sans doute pensait-il que tout cela n'était que de l'exhibitionnisme. L'ultime représentation de Lara.

— Je vous raccompagne chez vous ?

Elle hésita. Elle était venue en voiture avec Ben, et elle n'avait pas envie de rester.

— Ne vous inquiétez pas, dit-il. Il ne s'agit pas d'une proposition malhonnête. Je n'ai pas l'intention d'enfreindre la règle.

Cette fois, pas de doute, ses yeux pétillaient de malice.

— Attendez-moi quelques minutes, dit-il. Le temps que je rende hommage à la défunte.

— Rien ne vous y oblige.

— Puisque je suis là…

Elle inclina légèrement la tête et lui lança un regard inquisiteur.

— Doug est déjà à l'intérieur. Vous ne connaissiez pas Lara… A quoi bon entrer ?

Il fit la moue.

— Eh bien, pour voir et être vu. Comme tout le monde. Ne bougez pas : je reviens tout de suite.

Il se détourna et se dirigea vers la porte. Elle le suivit des yeux, et ne put s'empêcher d'admirer son corps magnifique parfaitement mis en valeur par son superbe costume noir…

Lara était morte, on allait l'enterrer.

Elle dut reconnaître qu'elle avait peur. Une sensation vague mais qui ne la quittait pas.

Et que venait faire Quinn O'Casey au milieu de tout ça ?

Il cherchait quelque chose. Elle n'aurait pas su dire quoi, mais elle était certaine qu'il n'était pas là par hasard.

7.

Doug se recueillait devant le cercueil et Quinn jugea préférable de le laisser seul. Il remonta l'allée et trouva une place sur le côté.

La salle était pleine ; il n'y avait plus une chaise vide et les gens s'entassaient le long des murs. Quinn tendit l'oreille pour mieux saisir les bribes de conversation qui parvenaient jusqu'à lui. Un groupe commentait le beau temps à Miami, et quelqu'un fit remarquer que le Moonlight Sonata avait eu une idée de génie en programmant le Gator Gala au mois de février, en plein cœur de l'hiver, au moment où tout le monde rêvait d'aller en Floride.

Un peu plus loin, deux femmes parlaient technique et comparaient les notes qu'elles avaient obtenues pour leur jeu de jambes. A l'évidence, la plupart des personnes présentes appartenaient au milieu de la danse.

Quinn jeta un coup d'œil en direction de Doug : il n'avait pas bougé ; il était toujours sur le prie-Dieu, devant Lara.

Gordon Henson le remercia d'un geste de la main, et Jane s'approcha pour s'agenouiller près de lui.

De l'autre côté du cercueil se tenait Ben Trudeau, debout, les bras croisés sur la poitrine, posté en sentinelle.

Doug se leva enfin, et Jane lui prit le bras. Quinn s'avança alors pour prendre place à son tour sur le prie-Dieu. On avait peigné et coiffé la défunte de façon à masquer les traces de l'autopsie. Elle était vêtue d'une robe de concours bleu ciel, au buste perlé, et on avait placé une rose dans ses mains croisées. Elle ressemblait à une version moderne de la Belle au bois dormant attendant le baiser du prince qui viendrait la réveiller. Mais aucun prince n'était prévu au programme. Cette princesse-là resterait figée pour l'éternité.

Quinn avait visionné la cassette du concours et il avait pu apprécier le talent de Lara. Il l'avait vue danser, souriante et légère, presque immatérielle. Puis mourir.

Il se signa et baissa la tête, mais il demeurait attentif à ce qui se disait autour de lui.

Quelqu'un avait rejoint Ben Trudeau près de l'énorme couronne placée à la tête du cercueil. Quinn reconnut la voix de Gabriel Lopez, le propriétaire du Suede.

— Ça va, Ben ? demanda celui-ci d'un ton amical.

— Oui. Oh ! tu sais, on était divorcés depuis longtemps.

— Tout de même… Je la connaissais à peine, mais sa mort m'a bouleversé. Alors, je me mets à ta place…

Ben ne répondit pas tout de suite.

— Je crois que je l'aimais toujours, d'une certaine manière. En dépit de son égoïsme forcené. Parfois aussi, il m'arrivait de la détester.

— Tu devrais faire attention à ce que tu dis, lui glissa Lopez d'un ton inquiet.

— Pourquoi donc ? demanda Ben.

— Elle est morte dans d'étranges circonstances, on ne peut pas le nier.

— Seigneur ! Tu ne vas pas t'y mettre ! Les flics ont mené une enquête, ils ont demandé une autopsie… D'étranges circonstances… Je dirais plutôt que Lara a agi comme une écervelée en avalant toutes ces cochonneries.

Il paraissait furieux.

— J'en ai assez d'entendre parler de ça. N'importe lequel d'entre nous pourrait être le meurtrier. Alors…

— L'enquête est vraiment bouclée ? J'ai entendu dire que Shannon Mackay ne croit pas à la thèse de la police.

— Shannon refuse d'admettre la vérité, voilà tout. D'ailleurs, si l'on se mettait à chercher des suspects, elle serait en tête de liste, rétorqua Ben d'un ton agacé.

— Tout va bien ?

Une femme venait de les rejoindre. Quinn reconnut la voix. C'était celle de Mina Long, la pédiatre.

— Ça dépend de ce qu'on entend par là, répondit Lopez avec une pointe d'ironie. Nous sommes en train de veiller une morte.

— Je le sais. Ben, je voulais vous dire que Richard avait fait le maximum pour la ranimer. Croyez-moi, il connaît parfaitement les procédures d'urgence et de réanimation.

— Je vous en prie, Mina. Personne ne songe à mettre en doute les compétences de votre mari. Simplement, c'est difficile d'accepter que Lara soit partie pour toujours. A présent, je vais vous demander de m'excuser. Je viens d'apercevoir l'une de mes anciennes partenaires : je vais aller la saluer.

Il s'éloigna.

— Il a l'air vraiment bouleversé, dit Mina en s'adressant à Gabriel.

— Il doit l'être, répondit Lopez. N'empêche que sans Lara comme concurrente, il peut espérer revenir au premier rang. Il faut simplement qu'il trouve une cavalière à sa hauteur. Ça fait longtemps qu'il n'a pas dansé en professionnel, mais je suis sûr qu'il y pense et qu'il est à la fois inquiet et impatient de s'y remettre.

Quinn entendit un long soupir.

— Il faut que j'y aille, déclara Lopez. Je tenais à être présent — pas tellement pour Lara que je connaissais à peine, mais pour le personnel du Moonlight avec lequel j'entretiens d'excellentes relations. Malheureusement, je ne peux pas fermer boutique un vendredi soir… Mes amitiés à Richard. Comment prend-il tout ça ? Je crois savoir que Lara a été son professeur et qu'il avait beaucoup progressé avec elle.

— Il a pris des cours avec elle et il l'admirait beaucoup, mais c'est Shannon son professeur. Enfin, il tient le coup. Bonsoir, Gabriel. A bientôt, au Suede.

— J'y compte bien, répondit Gabriel.

Après son départ, une femme vint rejoindre Mina.

— Comment vas-tu, ma chérie ? entendit Quinn.

— Gracie ! s'exclama Mina. Je suis ravie de te voir, même si les circonstances sont loin d'être idéales. Dis donc, j'ai appris que le premier prix du concours avait été attribué à Lara à titre posthume mais que tu avais obtenu la deuxième place. Félicitations !

— Merci. Je me demande pourquoi Ben et Gordon ont choisi cette robe pour l'enterrement. Elle était parfaite pour la scène, mais dans un cercueil… Je la trouve un peu tape-à-l'œil.

— Je suis d'accord avec toi. La robe rose qu'elle portait pour la valse viennoise aurait mieux convenu. Avec le diamant qui allait avec.

Mina soupira.

— Je l'avais aidée à l'enfiler.

— Vraiment ? fit distraitement la dénommée Gracie.

Puis elle changea de sujet.

— On te verra, au Gator Gala ?

— Bien entendu.

— Bon, alors à plus tard. Il faut que je mette la main sur Darrin. Dis bonjour à Richard. Et prenez soin de vous.

Mina Long ne resta pas seule bien longtemps. Doug parlait avec Bobby et Giselle, non loin de là, et elle les interpella.

— Qu'est-ce que vous racontez, mes chéris ? demanda-t-elle.

Quinn n'entendit pas leur réponse. Quelqu'un venait de s'agenouiller près de lui et il sut, avant même de se retourner, qu'il s'agissait de Shannon. Il avait reconnu son parfum.

— Vous êtes croyant ? lui demanda-t-elle tout bas.

— J'ai suivi les cours du catéchisme quand j'étais petit, et il m'arrive encore d'accompagner ma mère à la messe, répondit-il.

Elle fixait le cercueil avec une expression tendue.

— Qu'est-ce qui ne va pas ?

— Eh bien, il me semble qu'elle est morte, fit Shannon d'un ton appuyé.

— C'est entendu. Mais vous avez surtout l'air tracassé.

Elle secoua la tête.

— Je ne comprends pas ce qui s'est passé. Elle avait à peine plus de trente ans. Elle était magnifique, en pleine forme ; elle ne fumait pas et elle surveillait son alimentation. C'est invraisemblable que son cœur ait lâché comme ça. Bon, ajouta-t-elle, si vous avez vu tout le monde et que tout le monde vous a vu, j'aimerais rentrer chez moi… Remarquez, je peux appeler un taxi.

— Non, je serai ravi de vous raccompagner. A condition que ça ne mette pas votre job en péril.

Elle lui lança un regard mauvais.

— Nous ne sommes pas bornés à ce point-là. Simplement, ce n'est pas une bonne chose de copiner avec un élève. Ça peut gêner le travail.

— Pourtant, avec la danse de salon… Vous travaillez sur le rapprochement, si je ne m'abuse. Je dirais même que plus on progresse et plus on se rapproche de sa partenaire, non ?

Elle rougit.

— Il faudrait libérer ce banc de prière. Il y a des gens qui attendent, ajouta-t-elle en se levant précipitamment.

Quinn se redressa lentement. Bobby était debout près de lui, et il lui adressa un sourire gêné.

— Elle était belle, hein ?

— Tu prenais des cours avec elle ?

— Ça m'est arrivé, quand je dansais avec Giselle. Mais c'était Doug, le plus mordu.

Bobby haussa les épaules. Visiblement, il n'était pas au courant pour Lara et Doug.

— Ton frère ne t'a pas traîné jusqu'à ce studio de danse pour prendre des cours, n'est-ce pas ? dit-il à Quinn en baissant la voix.

Quinn secoua la tête.

— Dans le mille. Mais chut, personne ne le sait.

— Je m'en doute. Ne t'inquiète pas, je ne dirai rien.

Il eut un geste d'impuissance.

— Mais je ne vois pas ce que tu pourrais découvrir d'intéressant. J'étais dans le public le jour où Lara est morte. Elle est tombée d'un seul coup, foudroyée par un arrêt cardiaque.

— Je sais : j'ai visionné la cassette aujourd'hui.

— Si je peux t'aider en quoi que ce soit…

— Merci beaucoup.

Le temps que Quinn rejoigne l'allée centrale, Shannon Mackay était déjà à la porte. Il la rattrapa au moment où elle s'apprêtait à héler un taxi.

— Désolé, lui dit-il. Je suis prêt.

— Ecoutez, ce n'est pas la peine de vous déranger. Vous habitez à Key : la plage n'est pas du tout sur votre chemin.

— En ce moment, je suis sur un bateau amarré à Coconut Grove. Ça ne me fera qu'un petit détour de cinq minutes.

— Vous seriez rentré plus vite en filant droit vers le sud.

— Sans doute, mais j'aime bien passer par le boulevard qui

borde la plage. Surtout le soir, à la lumière des réverbères. Le bord de mer, la nuit, je trouve ça féerique. Je vous raccompagne, ce n'est pas un problème.

— Entendu, je vous remercie.

Elle lui emboîta le pas, puis s'arrêta brusquement.

— Comment savez-vous que j'habite près de la plage ?

— Je l'ai deviné, tout simplement. Il était logique que vous habitiez près du Moonlight.

— Logique ?

— Seigneur, comme vous êtes méfiante !

Il avait dû dire ça sur un ton exaspéré car elle sourit.

— Ma maison se trouve effectivement au bord de la plage, à quelques mètres du studio.

Ils continuèrent à avancer en direction de la voiture. L'air était doux, mais elle frissonna.

— Vous avez froid ? lui demanda-t-il. Vous voulez ma veste ?

— Non, je vous remercie, c'est inutile.

Elle tourna brusquement la tête. Un couple qui se trouvait tout à l'heure dans la salle mortuaire marchait derrière eux. Quinn leur jeta un coup d'œil, puis il regarda Shannon d'un air interrogateur.

— Je vous trouve un peu nerveuse.

— Vous vous trompez.

— Bon. Puisque vous le dites…

Ils étaient arrivés devant la voiture.

Quinn appuya sur le bouton de commande à distance. Les portes se déverrouillèrent et il fit un pas sur le côté en ouvrant la portière du passager. Shannon le remercia brièvement et se glissa dans l'habitacle. Elle paraissait tranquille quand ils sortirent du parking, mais lorsqu'ils s'engagèrent sur l'autoroute, elle se mit à tourner la tête de tous côtés.

— Vous êtes nerveuse, avouez-le, lui dit-il. Vous croyez que ça ira quand vous serez seule chez vous ?

— Je vis dans un quartier calme et sûr.

Il fit la grimace.

— Sûr, sûr, tout est relatif... J'ai entendu dire qu'on avait retrouvé le cadavre d'une prostituée, pas très loin de chez vous.

Elle fronça les sourcils.

— En effet, mais il s'agissait d'un événement exceptionnel. Cette pauvre fille a dû mal tomber.

— Mal tomber, sur la plage, ça n'est pas très difficile. Les gens qui veulent s'amuser se donnent rendez-vous à South Beach, vous le savez bien. La plupart veulent simplement danser ou aller au restaurant, mais pour d'autres, ça ne va pas sans l'alcool et la drogue — comme l'ecstasy. Et dès qu'on met les pieds dans le milieu de la drogue, on croise des gens louches. Il y a tellement d'argent en jeu.

— Oui, je sais tout ça. Mais les danseurs ne se droguent pas : ils respectent leur corps.

— Il y a sûrement parmi vos élèves des gens qui viennent un peu par hasard, sans véritable motivation.

— Evidemment ! Mais la drogue ne circule pas au Suede. Gabriel se montre très pointilleux à ce sujet, vous pouvez me croire. Les types de la brigade des stups sont passés et ils n'ont absolument rien trouvé.

— Bon. Dans ce cas, qu'est-ce qui vous inquiète ?

— Arrêtez, avec ça ! Je ne suis pas inquiète.

— J'accepte de boire un café chez vous si vous m'invitez. J'en profiterai pour vérifier que personne ne se cache dans les toilettes ou sous le lit.

Elle le regarda attentivement. Ils passèrent sous un néon et ses yeux émeraude brillèrent d'un éclat étrange.

— Nous n'avons pas le droit d'inviter les élèves chez nous.

— Mais il ne s'agit que de vous rendre un petit service. Ou alors, on pourrait faire un échange… Vous me donneriez un cours particulier et je m'assurerais que personne ne se dissimule dans un recoin sombre.

— Gordon nous interdit formellement de donner des leçons gratuites.

— Bien sûr : ce n'est pas dans son intérêt !

— Je trouve votre remarque très déplacée. D'autant plus que, pour l'instant, c'est votre frère qui paye. Mais nous pourrons lui rembourser les cours si vous n'avez plus envie de venir.

Elle lui tourna le dos et contempla la vue par la vitre de sa portière.

— Vous avez raison, dit-elle. C'est réellement magnifique. Mais j'y suis tellement habituée qu'il m'arrive de l'oublier.

De l'autre côté de la baie, les gratte-ciel du centre-ville se paraient par intermittence de leurs couleurs nocturnes, celles des enseignes lumineuses clignotantes. Le clair de lune se reflétait dans l'océan. Un léger vent soulevait de petites vagues qui clapotaient doucement et miroitaient en un kaléidoscope de tons pastel.

— Oui, murmura-t-il. La beauté de ce site m'a toujours subjugué. C'est la première chose que j'ai remarquée en débarquant ici.

— Vous venez d'arriver ?

— Non. Je suis né à Miami. Mais j'ai vécu ailleurs pendant un certain temps.

— Où ? demanda-t-elle d'un ton méfiant qui le fit sourire.

— Dans le nord de la Virginie. C'est très beau aussi, là-bas. On peut profiter de la mer et de la montagne. Mais ici, je me sens chez moi. J'avais le mal du pays.

— En Virginie, vous dirigiez déjà une compagnie de bateaux ?

— Pardon ? Ah ! les bateaux… Oui, j'adore la mer et toutes les activités qui s'y rattachent. Je ne pourrais pas vivre longtemps dans un endroit où il n'y aurait pas la mer. Et vous ?

— Moi non plus.

— Vous pêchez ? Vous faites de la plongée sous-marine ?

— J'allais à la pêche quand j'étais enfant. Quant à la plongée, j'en ai fait une fois, pour observer des lamantins, à l'embouchure d'un fleuve.

— Ça vous a plu ?

— J'ai adoré.

— Mais vous n'avez pas eu envie de recommencer.

Elle haussa les épaules.

— Je n'ai pas eu le temps. Je suis trop absorbée par mon travail. La danse est une passion exigeante qui ne laisse pas vraiment de loisirs.

— Pourtant, vous ne faites pas de compétition.

— Non, mais j'entraîne beaucoup les autres. Je crois vous l'avoir déjà dit : je suis très appréciée en tant que professeur.

Elle sourit.

— C'est la vérité, ajouta-t-elle tristement. Croyez-moi, je n'ai pas de vie en dehors du Moonlight.

Elle se tut un instant et regarda de nouveau au-dehors, comme si elle regrettait d'en avoir trop dit. Puis elle tourna la tête vers Quinn.

— Un bateau, voilà une idée intéressante.

— Vous viendriez faire un tour avec moi ?

— Oui. Enfin, non, pas au sens où vous l'entendez. En fait, je cherche une idée originale pour permettre aux gens de Miami qui vont participer au Gator Gala de faire plus ample connaissance. Entre les professeurs et les élèves, ça ferait environ… Voyons… Cinquante personnes. Vous pourriez nous trouver un bateau pour une croisière d'une soirée ? Pas besoin d'un repas gastronomique : je préférerais une ambiance décontractée, avec un buffet, des assiettes en papier et, bien entendu, un espace pour danser. C'est possible ?

— Bien sûr !

— C'est dans vos cordes ?

Ils arrivaient sur Alton.

— Parfaitement ! dit-il en regardant droit devant lui. Par où je passe ?

Elle lui indiqua le chemin et, quelques instants plus tard, il se garait devant chez elle.

Elle contempla le porche en fronçant les sourcils.

— Qu'est-ce qui ne va pas ? demanda-t-il.

— J'étais sûre d'avoir laissé les projecteurs du jardin allumés.

Il tambourina sur le volant.

— Je renouvelle ma proposition. Voulez-vous que j'entre un moment pour vérifier que tout est en ordre ?

Elle le regarda sans répondre, et sortit précipitamment de la voiture, tout en fouillant son sac à la recherche de ses clés. Puis elle traversa à grands pas le chemin pavé, et gravit les marches du porche.

La petite maison Art Déco était charmante, avec une touche de style espagnol.

Quinn la rejoignit.

— Franchement, si quelque chose vous paraît bizarre, il vaut peut-être mieux que je vous accompagne.

— Venez, dit-elle simplement.

Il ne se fit pas prier. Il était curieux d'en apprendre un peu plus sur elle, sur l'endroit où elle vivait, sur les relations qu'elle entretenait avec Lara…

Au-dessus de la vieille cheminée rouge du salon, il découvrit une peinture représentant des ballerines en tutu qui paraissaient flotter au-dessus d'une mer bleu et rose. Le tableau convenait parfaitement à l'atmosphère chaleureuse de la pièce. Du carrelage clair au sol, un tapis aux couleurs vives mettant en valeur les meubles de bois, de beaux tissus chatoyants pour le fauteuil et le canapé installés devant la cheminée... L'ensemble lui parut très accueillant.

— Il est clair que personne ne hante le salon, dit-elle un peu sèchement.

— Je n'ai pas osé filer directement dans votre chambre, répliqua-t-il. J'avais peur que vous ne le preniez mal.

Elle posa sur lui un regard glacial.

— Vous venez de scruter cette pièce, exactement comme vous m'avez jaugée quand vous m'avez vue pour la première fois. Vous m'avez balayée du regard, des pieds à la tête.

— Vraiment ? demanda-t-il en retenant un sourire. Bon, si vous me disiez où se trouve la cuisine ?

— Par là, fit-elle en lui montrant la direction. Et les chambres sont de l'autre côté du salon.

Il se dirigea vers la cuisine et alluma. Des pots en cuivre étaient suspendus à un chevron, au-dessus du comptoir placé au centre. Un autre comptoir séparait la cuisine de la salle à manger meublée d'une table et de quelques chaises ainsi que d'un dressoir de bois. Visiblement, elle adorait l'ancien.

— C'est très joli, dit-il.

— Ravie que ça vous plaise.

Il éteignit la lumière en sortant, et entra dans une autre pièce qui servait manifestement de salle de projection. Il y avait un home cinéma, un canapé rembourré, une chaîne stéréo et un placard que Quinn ouvrit afin de jeter un coup d'œil à l'intérieur. Il ne contenait que des robes de scène dans leurs housses en plastique, des raquettes de tennis et deux queues de billard.

— Je croyais que la danse ne laissait pas de place pour les loisirs.

— Je ne m'en sers jamais, dit-elle. Mais je n'aime pas jeter.

— Vous étiez bonne ?

— Au billard ou au tennis ?

— Les deux.

— Nulle. Mais ça me plaisait, autrefois.

— Donc, maintenant, c'est boulot-boulot.

— Ce n'est pas très folichon, je le reconnais.

Il la frôla en passant devant elle pour regagner le couloir. Dans le silence, ce léger contact résonna comme un cri. Leurs regards se croisèrent.

— Les chambres, murmura-t-il.

— Pardon ? fit-elle en écarquillant les yeux.

— Les chambres, répéta-t-il. Il était bien question que je passe la maison en revue ?

— Oui, vous avez raison.

Elle le suivit jusqu'à la première porte donnant sur le couloir. La lumière jaillit brusquement quand il appuya sur l'interrupteur. La pièce devait faire un peu plus de trois mètres sur quatre et ne contenait aucun meuble. Les murs étaient recouverts de miroirs, du sol au plafond, et le parquet de bois reluisait. Quinn comprit aussitôt qu'il s'agissait de son petit studio de danse personnel — son coin de paradis, sans doute.

Il y entra d'un air songeur.

— Il y a un placard, dit-elle.

Il traversa le parquet et ouvrit le placard. Il était bourré à craquer de vêtements et de chaussures. Surtout de chaussures.

— Vous avez dévalisé Imelda Marcos ? demanda-t-il.

— Ce sont de vieilles chaussures de danse.

— Mais vous avez besoin de les garder toutes ?

— J'y tiens. Certaines sont vieilles, mais le cordonnier pourrait les retaper.

— Je vois. Très instructif.

— Inutile de prendre ce petit air ironique ! Je vous rappelle que ce sont mes instruments de travail. Je ne peux pas danser avec des chaussures de ville sur ce parquet. Ça l'abîmerait.

— Je sais, oui. Et vous n'avez pas de vie en dehors du Moonlight qui ne se trouve qu'à quelques pâtés de maisons de chez vous.

— Je vis aussi au bord de l'océan et je regrette de ne pas avoir de piscine.

— Ah ? murmura-t-il. Bon, allons inspecter la dernière pièce.

Il passa de nouveau tout près d'elle et, une fois encore, l'air fut chargé d'électricité. Il se demanda pourquoi à certains moments il sentait entre eux une hostilité ouverte et à d'autres, une terrible attirance. Sans doute était-ce son odeur ou le frôlement de ses doux cheveux d'or contre son menton et sa joue quand il s'approchait un peu trop près d'elle…

— Ça alors ! s'écria-t-il d'un air stupéfait. Vous ne dormez pas sur une planche mais dans un superbe lit à baldaquin ! Le tapis a même l'air très doux et… Oh ! Je vois un PC sur votre commode !

— Tout le monde a un ordinateur, de nos jours.

— Oui, mais tout le monde ne l'installe pas dans sa chambre.

— Ah oui ? Et vous ? Où mettez-vous votre ordinateur ?

— En ce moment, je vis sur un bateau. Je l'ai casé dans la kitchenette.

— Et quand vous ne vivez pas sur un bateau ? Lorsque vous étiez en Virginie, par exemple ?

— Il n'était pas dans ma chambre, je peux vous l'assurer. Imaginez que vous receviez un amant extraordinaire. Un

Casanova. Vous voilà au septième ciel sous votre baldaquin, mais vous avez oublié d'éteindre le PC et, juste au moment crucial, au lieu de « Mon amour, comme tu es belle », vous entendez : « Vous avez un message ».

Elle lui lança un regard où se lisait la surprise et l'indignation, mais il remarqua qu'elle retenait difficilement un sourire.

— Ça pourrait arriver… Mais vous n'avez peut-être jamais reçu de Casanova chez vous ?

— Peut-être bien que si, rétorqua-t-elle.

— Donc, vous comprenez ce que je veux dire.

— Non, pour la bonne raison que je n'oublie jamais d'éteindre mon ordinateur, répondit-elle en faisant volte-face pour sortir dans le couloir. N'oubliez pas les salles de bains, s'il vous plaît ! J'en ai deux.

— Dès que j'aurai regardé sous le lit.

Sous le lit, il n'y avait rien, pas même un grain de poussière.

Les salles de bains étaient minuscules — normal pour une si petite maison. Il souleva scrupuleusement les rideaux de douche. Il aurait dû se sentir gêné de fouiller ainsi les moindres recoins, mais cette intrusion dans la vie privée de Shannon lui donnait plutôt le frisson.

— Hé ! protesta-t-elle.

Il venait d'ouvrir un petit placard contenant des médicaments. Elle l'observait d'un air courroucé, une tasse de café encore fumant à la main.

Sans doute une manière délicate de lui faire comprendre qu'il en avait terminé avec son inspection et qu'après cette petite récompense, il devrait partir.

— Ce n'était pas la peine de vous donner ce mal ! lança-t-il d'un ton ironique.

— J'ai une machine à expresso, répliqua-t-elle. Merci de

m'avoir rendu service. Mais tout de même, vous ne pensiez pas trouver un intrus dans mon placard à médicaments ?

— Pourquoi pas des aliens ou des gremlins ?

Elle pencha la tête en souriant.

— En tout cas, je vous remercie. Je me sens plus tranquille.

— Ce n'était rien, je vous assure.

Il prit la tasse qu'elle lui tendait et la contempla fixement.

— J'ai compris le message, vous savez : il est temps que je m'en aille.

— Je vous laisse quand même le loisir d'ajouter du sucre et du lait dans votre café.

— C'est inutile. Je n'en mets pas.

— Je vous invite tout de même à vous asseoir dans le salon. Je ne voudrais pas que vous renversiez du café sur votre beau costume. Encore moins que vous vous brûliez et que vous décidiez d'intenter un procès au Moonlight…

Il s'adossa au cadre de la porte pour l'observer. Ses beaux yeux verts ne le quittaient pas, et il sentit que le courant passait de nouveau entre eux. Pourtant, son attitude n'avait rien de provocant. Elle était la créature la plus sensuelle qu'il eût jamais rencontrée, mais sa sensualité avait quelque chose de subtil, de profond. La simple vue de son bras nu le mettait sens dessus dessous. Une réaction d'adolescent…

Il avala son café brûlant et lui rendit la tasse en la regardant droit dans les yeux.

— De toute façon, je dois y aller, dit-il avec une voix rauque et profonde qui le surprit lui-même. Si je restais, nous risquerions de dépasser le cadre strict de la règle à laquelle vous êtes tenue d'obéir, ajouta-t-il rapidement. Bonne nuit, Shannon.

— Bonne nuit à vous, Quinn. Et merci.

Une fois sur le porche, il s'efforça de reprendre ses esprits et se tourna vers elle.

— Vous pensez que la mort de Lara Trudeau n'était pas un accident, c'est pour ça que vous êtes nerveuse, n'est-ce pas ?

— Mais non, vous vous trompez, répondit-elle en plissant les yeux.

Son visage avait brusquement pris la fixité d'un masque.

— Vous avez la certitude que Lara a été assassinée, insista-t-il. J'ignore pourquoi, mais si vous savez quelque chose, il faut en parler à la police.

— J'ai déjà été interrogé par un inspecteur, répondit-elle tristement. Et je n'ai jamais suggéré qu'elle ait pu être assassinée.

Elle savait parfaitement qu'elle mentait. Elle ne l'avait pas dit à l'inspecteur, certes, mais elle le lui avait fait comprendre.

— En tout cas, soyez prudente. Beaucoup de gens semblent persuadés que cette mort brutale cache quelque chose.

— Lara est morte à cause d'un mélange d'alcool et de médicaments, monsieur O'Casey. C'est la conclusion du médecin légiste. Et il n'y a rien à ajouter.

— Ce n'est pas moi qu'il faut convaincre, répliqua Quinn avec douceur. Verrouillez bien votre porte.

— Je n'oublie jamais.

— Bravo !

Il se détourna et se dirigea vers sa voiture, conscient de son regard qui le suivait.

— Vous devriez vous enfermer tout de suite ! lança-t-il en regardant par-dessus son épaule.

Elle disparut à l'intérieur et il l'entendit claquer violemment la porte.

Il se glissa derrière le volant en souriant, et mit le contact.

*
* *

Après le départ de Quinn, Shannon s'adossa au mur en poussant un soupir. Elle se sentait épuisée, mais elle était soulagée qu'il ait fait le tour de sa maison. Au moins, ce soir, elle ne sursauterait pas au moindre bruit.

Et pourtant… Etait-ce bien raisonnable d'avoir laissé entrer cet homme chez elle ?

C'était la première fois qu'elle se sentait attirée par l'un de ses élèves. Elle se demanda si elle ne devrait pas prendre des distances et le confier à Jane. Mais non, c'était absurde…

Pourtant, une petite voix intérieure lui répétait avec insistance qu'elle avait vingt-huit ans et aucune vie amoureuse.

Pas l'ombre d'un petit ami. Elle passait son temps au studio ; les hommes qu'elle rencontrait étaient des élèves et, jusqu'à présent, elle ne s'était jamais intéressée à eux.

Vu de l'extérieur, elle menait une existence fascinante. Elle dansait toute la journée et elle avait ses entrées dans les endroits les plus branchés de la ville. Gabriel Lopez, un très bel homme plein de charme, lui avait fait plusieurs fois des avances, mais elle n'avait jamais été tentée d'y répondre.

Quinn O'Casey, par contre… elle était bien obligée de reconnaître qu'il lui plaisait infiniment, et peut-être même que cette attirance allait bien au-delà du désir purement sexuel. Mais il fallait se méfier de lui : elle sentait bien qu'il cachait quelque chose. Pour commencer, il se fichait pas mal de la danse…

Soudain, elle entendit un bruit provenant du jardin. Comme une branche qui aurait craqué.

Elle se figea et vint coller l'oreille à la porte. Rien… Si. Une série de pas, rapides et légers, s'éloignaient de la maison.

Elle écouta encore…

Plus rien. Elle resta un long moment sans bouger, à guetter les bruits de la nuit.

Puis elle tenta de se raisonner. Peut-être avait-elle rêvé ? Ou bien il s'agissait d'un chat surpris par des phares et qui s'était sauvé en courant. Elle vivait dans cette maison depuis des années, et elle savait que le voisinage était sûr. Tellement sûr qu'elle n'avait pas jugé utile de faire installer une alarme.

Elle contempla fixement la porte. Elle avait une envie furieuse de l'ouvrir, même si c'était stupide… Ouvrir cette porte ou ne pas fermer l'œil de la nuit, elle avait le choix.

Elle hésita un instant, puis allongea le bras vers le verrou, le fit coulisser, hésita encore… et ouvrit en grand.

8.

En rentrant à la marina, Quinn aperçut son frère attablé à la terrasse de Chez Nick avec Bobby, Giselle et Jake Dilessio. Il décida de se joindre à eux. En le voyant approcher, Jake lui fit signe et prit une chaise à la table voisine.

— Alors, qu'est-ce que tu en as pensé ? lui demanda aussitôt Doug. Elle était superbe, hein ? Je parle de Lara. Même morte, elle n'avait rien perdu de sa beauté.

— C'est vrai, marmonna Quinn.

Doug n'en était sûrement pas à sa première bière, et il arborait un air morose. Quinn le dévisagea d'un air inquiet. Pas question de le lâcher d'une semelle ce soir. Bobby était son meilleur ami, mais il ignorait tout de sa liaison avec Lara et il ne se doutait pas qu'il était particulièrement fragile à cause de ça.

— Alors, Quinn, on a raccompagné son professeur ? demanda Bobby d'un air taquin. Tu sais pourtant que la règle l'interdit.

Quinn haussa les épaules.

— Mlle Mackay ne m'a pas fait de gringue, je t'assure ! Je l'ai juste déposée chez elle.

— Elle ne sait toujours pas ce que tu es venu faire dans ce cours de danse ?

— Non. Je ne le lui ai pas dit. Je veux d'abord qu'elle me fasse des confidences.

— Ne t'inquiète pas : je ne vendrai pas la mèche, affirma Bobby.

— Drôle de milieu, en tout cas, dit Giselle en souriant. Ces gens-là paraissent chaleureux au premier abord, mais en définitive, ils gardent leurs distances. On les connaît à peine. On ne partage rien d'autre avec eux que la danse ; on ne sait rien de leur vie, de ce qu'ils font pendant leurs moments de loisirs, de ce qu'ils aiment.

— Ils n'ont pas de loisirs, rétorqua Bobby. La danse, c'est tout pour eux. Surtout quand ils font de la compétition.

Il sourit.

— Il faudrait que tu voies ça un de ces jours, Quinn. Ils changent de costume en un tour de main — vêtements, accessoires, bijoux et chaussures. Ils sont tout le temps en train de regarder s'ils n'ont pas une mèche qui dépasse, et ils n'arrêtent pas de s'envoyer des fleurs. Il y en a qui se prennent très au sérieux. Des fois, en les écoutant parler, on a l'impression d'être dans une sitcom ! Enfin, certains sont quand même sympas.

— Et même un peu trop familiers, parfois, ajouta Giselle en riant. Je pense notamment à deux beaux danseurs qui n'arrêtaient pas de tourner autour de toi, Bobby.

— Et alors ? fit Jake d'un ton mi-amusé, mi-sérieux.

Il se pencha par-dessus la table.

— Des homos, on en rencontre aussi dans la police.

— Absolument ! lança Bobby.

— Seriez-vous homophobes ? demanda Giselle d'un ton accusateur.

— Hé ! C'est toi qui as mis la conversation là-dessus.

— Mais moi, j'ai le droit. J'ai des amis homosexuels, hommes et femmes.

— La plupart de tes amis sont aussi les miens, fit remarquer Bobby.

— Oh oh ! nos jeunes mariés auraient-ils déjà des motifs de dispute ? marmonna Doug. Il faut que j'aille pisser, ajouta-t-il. Quinn, je te les confie. Empêche-les de se battre, si tu vois que ça dégénère.

Il se leva et s'éloigna en titubant légèrement.

— Ne le laissez pas conduire pour rentrer chez lui ! dit Jake.

— Je crois qu'il vaudrait mieux qu'il dorme sur mon bateau, dit Quinn. Qu'est-ce que tu en penses, Bobby ?

Bobby hocha la tête.

— Oui. Je le trouve un peu bizarre, mis à part le fait qu'il ait trop bu. J'ai l'impression qu'il prend la mort de Lara très à cœur… Et ton enquête, Quinn, elle avance ?

— Je n'ai pas encore eu le temps de tirer des conclusions, répondit Quinn. D'après le médecin légiste, il s'agit d'une mort accidentelle.

— O'Casey !

Nick sortait du bar en brandissant un téléphone sans fil.

— Un appel pour toi.

— Merci, Nick.

— Rapporte-moi le combiné, s'il te plaît ! J'en ai déjà perdu trois en trois mois. Jake, je compte sur toi pour l'empêcher de s'enfuir avec.

— Pas de problème ! répondit Jake.

Quinn jeta un coup d'œil en direction de Jake, et prit l'appareil tout en secouant la tête d'un air incrédule.

— O'Casey, fit-il.

— Je suis désolée de vous déranger, dit une voix de femme. Je me doutais que j'avais une chance de vous trouver Chez Nick…

— Shannon ?

— Oui. Vous allez me trouver stupide, mais je crois qu'il y avait quelqu'un dans mon jardin. Quelqu'un qui rôdait autour de la maison. Comme vous êtes dans la police, j'ai pensé que vous pourriez m'envoyer une voiture de patrouille… Qu'en pensez-vous ?

— Shannon, ce n'est pas à Doug que vous parlez mais à Quinn.

— Quinn ?

Sa voix se durcit brusquement.

— Ah ! Vous aussi vous fréquentez cet endroit ? J'ignorais que vous étiez de la police !

— Il n'y a pas que les flics qui vont Chez Nick. Il sert tout le monde, vous savez ? Et c'est un endroit agréable. Vous ne connaissez pas ? Oh, j'avais oublié que vous n'aviez pas de vie privée !

— Très amusant. Enfin, je m'en fiche, pensez ce que vous voulez. Désolée de vous avoir dérangé. Je me suis dit que Doug avait peut-être un ami en service ce soir et que… Oh ! laissez tomber, ça ne fait rien.

Elle avait une voix tendue, sur la défensive. Il comprit aussitôt ce qu'elle pensait. Il venait tout juste de vérifier les moindres recoins de sa maison et, déjà, elle appelait au secours. Elle devait craindre qu'il ne la prît pour une geignarde complètement parano.

— Il s'est passé quelque chose de spécial ? demanda-t-il.

— Non. Rien du tout.

— Pourtant, il faut bien que quelque chose vous ait effrayée.

— Je…

Elle hésita, et il crut qu'elle allait raccrocher, mais elle poussa un long soupir.

— Après votre départ, j'ai entendu un bruit étrange provenant du dehors. Comme s'il y avait eu une personne tout près de la maison, en train d'écouter, et qu'elle s'était enfuie brusquement à travers le jardin. J'ai ouvert la porte…

— Quoi ?

— J'ai ouvert la porte.

— Mais pourquoi ?

— Pour me rassurer, pour me convaincre qu'il n'y avait personne.

— Et ?

— Eh bien, il faisait assez sombre et…

— Et quoi ?

— Il me semble avoir vu quelqu'un qui descendait la rue, le dos courbé, et qui aurait pu venir de chez moi. Ce n'était peut-être qu'un passant… Quant au bruit, je ne l'ai pas rêvé, mais il y a des chats errants dans le coin. Ecoutez, je regrette d'avoir appelé. Je crois que je me suis inquiétée pour rien… Je vais raccrocher.

— D'accord, mais attendez-moi. J'arrive !

— Ne soyez pas stupide. Tout va bien. Vraiment. Inutile de revenir.

— J'arrive, répéta-t-il.

Il coupa la communication. Les trois autres le contemplaient fixement.

— C'était Shannon Mackay, expliqua-t-il. Elle a entendu quelqu'un rôder autour de sa maison. Elle s'inquiète sans doute sans raison, tout simplement parce qu'elle est sur les nerfs, mais je vais tout de même aller jeter un coup d'œil.

Il posa le téléphone et se leva.

— Bobby, je compte sur toi pour installer Doug dans mon bateau.

— Appelle-nous si tu as besoin d'aide, dit Jake.

— D'accord ! répondit Quinn en filant vers sa voiture.

*
* *

Shannon faisait les cent pas dans le salon en jurant tout bas. D'un côté, elle s'en voulait d'avoir cédé à la panique et, de l'autre, elle était impatiente que Quinn arrive.

Qu'est-ce qui lui avait pris d'ouvrir cette porte ? Elle avait voulu se rassurer, d'accord. Mais, d'habitude, elle n'avait pas peur du noir. Elle rentrait souvent tard le soir, et elle garait sa voiture dans l'allée sans se poser de questions. Il lui arrivait de croiser des voisins qui promenaient leur chien avant d'aller se coucher, qui vidaient leurs poubelles ou qui faisaient tout bonnement un petit tour sous le ciel étoilé. Le quartier était calme ; tout le monde se connaissait. Jamais elle ne s'y était sentie le moins du monde en danger.

Elle poussa un gémissement et se laissa tomber sur le sofa en se prenant la tête à deux mains. Tout cela était grotesque. Quelqu'un lui avait susurré à l'oreille : « Vous serez la prochaine », juste avant que Lara s'effondre sur la piste de danse. Et depuis…

Elle se considérait pourtant comme une personne saine d'esprit. Comme tout le monde, elle avait eu des hauts et des bas dans la vie, mais à présent, elle se sentait solide. Elle avait choisi une profession qui était aussi sa passion et dans laquelle elle excellait. Elle savait qu'elle prendrait un jour la direction de Moonlight. Elle n'avait pas à se plaindre de son sort.

Jusqu'à la mort accidentelle de Lara.

Accidentelle… Tout le problème était là : elle n'y croyait pas une seconde. Et, du coup, ces simples mots « Vous êtes la suivante » prenaient un sens terrifiant.

Elle se sentait comme un animal traqué, et elle n'arrivait pas à savoir si ses craintes étaient fondées ou non.

Elle songea à sa conversation avec Jane et fit la grimace. Avait-elle parlé à tort et à travers ? Apparemment, pas mal de gens s'étaient aperçus qu'elle n'adhérait ni à la thèse de la police ni aux conclusions du médecin légiste.

Un bruit venant de l'extérieur la fit de nouveau sursauter. Elle se leva d'un bond, le cœur battant, et s'obligea à marcher calmement jusqu'à la porte pour regarder par le judas.

Elle poussa un soupir de soulagement. Ce n'était que Harry, le golden retriever de son voisin, qui se faisait les griffes sur un petit palmier qu'elle venait de planter devant la grille du jardin.

Elle riait encore de sa propre frayeur lorsqu'un coup frappé à la porte lui arracha un cri.

— Shannon ?

— Imbécile ! murmura-t-elle pour elle-même en reconnaissant la voix de Quinn. Tu perds vraiment la tête !

Elle déverrouilla le loquet et ouvrit la porte.

— Oui, dit-elle.

— Qu'est-ce qu'il y a ? demanda-t-il. Je vous ai entendue crier.

— C'est quand vous avez frappé, avoua-t-elle piteusement.

— Vous criez quand on frappe à votre porte ?

Elle baissa la tête. Décidément, il allait la prendre pour une cinglée.

— N'épiloguons pas sur le sujet, d'autant plus que c'est une longue histoire. J'ai l'impression que vous allez regretter d'avoir mis un jour les pieds au Moonlight. Pourtant, je vous jure que les danseurs sont des gens sains d'esprit, avec les pieds sur terre…

— Est-ce que je peux entrer ?

— Bien sûr ! Excusez-moi.

Il fit un pas à l'intérieur.

— Vous devriez me raconter cette longue histoire, dit-il.

— En fait, elle n'est pas si longue que ça.

— Raison de plus. Je voudrais l'entendre.

Elle soupira. Finalement, la présence de Quinn ne l'apaisait pas du tout. A présent, elle se sentait fébrile pour d'autres raisons. Elle portait une robe de chambre qui balayait le sol, mais elle avait l'impression d'être en Bikini. La nuit était trop calme, le silence trop pesant, et elle partageait avec lui une intimité troublante.

— Pour reprendre depuis le début, je crois que je suis un peu sur les nerfs, ce soir. Je ne considérais pas Lara comme une amie, mais je la connaissais depuis longtemps, et cette mort tragique… Enfin, bref. Peu avant que vous arriviez, j'ai cru entendre un bruit dans le jardin, j'ai regardé par le judas et j'ai vu le chien du voisin.

— Un golden retriever tout poilu ?

— Oui. J'étais juste en train de me dire que j'exagérais quand le coup que vous avez frappé à la porte m'a fait sursauter. J'ai poussé un cri de surprise… mais tout va bien, maintenant, et j'ai honte de vous avoir fait revenir jusqu'ici. Il est tard, vous étiez avec des amis…

— Ce n'est rien. Je n'ai absolument pas sommeil. Je vais tout de même faire le tour du jardin.

— Merci. Je vous prépare un café ? Oh… ce n'est peut-être pas une bonne idée à cette heure-ci. Un thé, peut-être ? Chaud ou glacé ?

Il hésita et lui lança un regard appuyé.

— Vous avez de quoi faire des pop-corn ?

Elle leva les sourcils d'un air étonné.

— Je crois bien que oui.

— Un DVD que vous aimeriez voir ou revoir ?

— J'en achète plein et je ne trouve jamais le temps de les regarder.

— Parfait. Préparez les pop-corn, un thé glacé et un film. J'en ai pour quelques minutes et je reviens.

Il sortit sur le porche, puis se retourna pour passer la tête à l'intérieur.

— Ceci est un cas caractérisé d'infraction à la sacro-sainte règle, n'est-ce pas ?

— J'en ai bien peur, avoua-t-elle.

— Vous vous installerez à un bout de la pièce et moi à l'autre. Et puis, de toute façon, je ne suis pas vraiment un élève. Je profite seulement des cours que m'offre mon frère.

— Ça ne fait aucune différence.

— Je suis tellement mauvais que ça ne compte pas.

Elle rit.

— Vous n'êtes pas si mauvais que ça et, oui, ça compte tout de même. Mais je n'ai pas l'intention d'en parler à Gordon ou à qui que ce soit, et vous non plus, je suppose. Donc, si ça ne vous ennuie pas trop de jouer les baby-sitters pendant quelques heures…

— Danseuse-sitter, en l'occurrence, corrigea-t-il avec un sourire. Vous avez supporté sans broncher que je vous écrase les orteils : je vous dois bien ça.

Shannon sentit un petit frisson d'excitation la parcourir, et elle s'en voulut immédiatement.

Lorsque Quinn s'éveilla, la lumière du jour filtrait déjà par les fenêtres. Il se sentait bien. Il ouvrit les yeux doucement, sans bouger.

Dans quelques heures, il allait sûrement regretter de s'être assoupi en position assise, le cou tordu, mais pour l'instant, il savourait en silence la présence de Shannon. Elle s'était endormie, la tête sur ses genoux, recroquevillée sur le canapé, un coussin dans les bras. La douce chaleur de sa poitrine contre lui éveillait son désir, en même temps qu'un terrible sentiment de nostalgie. Il se rappela qu'autrefois il avait partagé sa vie avec une femme sans se rendre compte de la chance qu'il avait, tant il était absorbé par son travail. Il n'avait même pas souffert de la séparation et, depuis, il n'avait connu que des relations brèves et décevantes. Son cœur était en sommeil, et il n'avait pas su le réveiller. Il avait continué d'aller de l'avant, porté par la routine, désenchanté, en se demandant pourquoi les autres le laissaient à ce point indifférent. Puis la mort de Nell Durken l'avait bouleversé, et il avait commencé à s'interroger sur le sens de son existence.

Ensuite, Shannon Mackay avait fait irruption dans sa vie.

Il aurait bien voulu rester ainsi, avec sa tête sur ses genoux, sa main aux longs doigts fins qui pendait mollement le long de sa jambe, son poids, la chaleur qui émanait d'elle. Il s'apercevait tout à coup à quel point la présence d'une femme lui avait manqué.

Shannon allait être furieuse en se réveillant… Ils avaient passé la nuit ensemble, piétinant du même coup le fameux *règlement*.

Il se leva avec d'infinies précautions et, comme elle remuait doucement, il en profita pour placer un coussin sous sa tête. Ses cheveux sur lesquels jouaient les rayons de soleil formaient comme un halo de lumière autour de son visage. Drapé dans le tissu vaporeux de la robe de chambre, son corps mince, musclé et tout en courbes, paraissait à la fois virginal et sensuel.

Il était temps pour lui de partir. Il attrapa sa veste, éteignit le poste de télévision et traversa la cuisine pour rejoindre le hall d'entrée. En passant, il vit un paquet de Post-it sur le comptoir, et décida de lui laisser un mot.

Merci pour les pop-corn, le thé et le film. Vous dormiez à poings fermés et je n'ai pas osé vous réveiller. De toute façon, il fait jour, et je n'oublierai pas d'enclencher le verrou de la poignée avant de claquer la porte. Vous ne risquez plus rien. Quinn.

Après quoi, il sortit en refermant soigneusement derrière lui, et monta dans sa voiture.

*
* *

Il y avait un monde fou au cimetière. Les élèves de Lara, ses amis, ses partenaires, ses ex, tous étaient venus lui dire adieu. Sans compter les journalistes, les équipes de télévision et les simples curieux.

Sur le petit carré de pelouse autour du cercueil, on avait installé une rangée de chaises pliantes, et Shannon avait eu droit à une place près de Gordon. Elle gardait la tête baissée, dans une attitude de recueillement, et paraissait écouter le prêtre qui comparait la vie sur terre à celle qui attendait les hommes dans un monde meilleur, mais son esprit battait la campagne. Toute cette foule lui donnait la nausée, d'autant plus que certains anonymes ne se gênaient pas pour grimper sur les tombes alentour afin de mieux voir, piétinant sans vergogne les fleurs que d'autres avaient plantées.

Gordon avait choisi pour Lara un emplacement entouré de chênes majestueux, non loin du mausolée, entre l'ange sculpté qui veillait sur le caveau de la famille Gonzales et une crypte en marbre dans laquelle reposait pour l'éternité Antonio Alfredo Machiavelli, décédé à la fin des années quarante.

Les oiseaux traversaient le ciel bleu que pas un nuage n'obscurcissait, et Shannon se réjouit que Gordon eût programmé la cérémonie tôt le matin. On était déjà en automne, mais dans quelques heures, il ferait une chaleur étouffante.

Shannon entendit un bourdonnement d'abeille et, au loin, un chien qui aboyait. Le cimetière se trouvait au milieu d'un quartier résidentiel, et l'on percevait les cris joyeux des enfants qui jouaient sur les belles pelouses, derrière le brouhaha de la circulation et des Klaxons. Les bruits de la vie… Ils paraissaient encore plus présents aux abords d'un cimetière.

Une main se posa sur son genou et elle leva la tête. C'était Ben Trudeau qui lui tendait une rose en souriant. Le service funèbre était terminé.

Elle se leva, avança vers la tombe et lança sa rose. Gordon lui prit le bras, et ils s'éloignèrent ensemble.

— Monsieur Henson ! Mademoiselle Mackay !

Shannon se retourna à l'appel de son nom, et découvrit avec agacement Ryan Hatfield, un journaliste local qu'elle jugeait singulièrement antipathique. Il était petit, maigre et déjà aigri, et il passait son temps à tourner les gens en dérision. Il détestait particulièrement les danseurs professionnels qu'il avait un jour qualifiés de « grotesques snobs ». Shannon avait voulu défendre ses partenaires en rétorquant qu'ils travaillaient dur pour exceller dans toutes les catégories, et Hatfield s'était servi de sa déclaration pour écrire un article — en sortant, bien entendu, sa phrase du contexte. Du coup, elle était passée pour une prétentieuse isolée dans son petit monde, hors des réalités quotidiennes.

— Que voulez-vous ? lui demanda-t-elle sèchement, avant que Gordon ait eu le temps d'ouvrir la bouche.

— Juste quelques mots, répondit Hatfield.

— Pour que vous les déformiez ensuite ?

Il ignora tout simplement l'allusion, et posa la question qu'il avait en tête :

— Lara était une reine incontestée du monde de la danse de salon. Qu'avez-vous ressenti en assistant à son enterrement ?

— D'après vous ? répliqua Shannon avec colère. Elle est morte jeune, en pleine gloire, d'une manière tragique. Que voulez-vous que nous ressentions ? C'est une perte cruelle et nous sommes tous très peinés. A présent, laissez-nous tranquilles, s'il vous plaît !

— Où allez-vous ? Vous avez prévu quelque chose ?

— Absolument, fit Gordon d'un ton ferme. Les gens qui connaissaient Lara et qui l'appréciaient vont se recueillir dans l'intimité. Viens, Shannon.

Il passa un bras autour de ses épaules et l'entraîna vers la limousine qui les attendait, mais Ryan Hatfield ne lâchait pas prise aussi facilement.

— Regardez un peu, lança-t-il : Ben Trudeau ne parvient pas à se détacher de la tombe de Lara. Pourtant, ça faisait un bout de temps qu'elle l'avait laissé tomber.

Une violente colère envahit alors Shannon. Elle était sur le point de perdre patience et de passer ses nerfs sur ce goujat qui aurait constitué un parfait exutoire à son inquiétude, à sa frustration et aussi — elle devait bien se l'avouer — à sa peur.

Elle se tourna vers lui, mais il n'était plus seul. Les frères O'Casey l'encadraient déjà.

— Qu'est-ce qui vous prend ? s'exclama le journaliste en s'adressant à eux d'un ton indigné. Lâchez-moi ou je porte plainte et je vous colle sur le dos un procès qui va vous coûter cher. J'ai une ligne directe pour appeler les flics.

— Pas la peine, fit Doug d'une voix monocorde. Je suis flic.

— Partons ! lança Gordon en tirant Shannon par le bras.

— Oui, allez-y ! approuva Quinn.

— C'est une atteinte à la liberté de la presse ! hurlait Ryan.

— Vous voulez qu'ils vous poursuivent pour harcèlement ? lui demanda Doug. Je suis prêt à témoigner pour eux.

Shannon n'entendit pas la suite car Gordon l'entraîna énergiquement vers leur voiture.

Ils venaient tout juste de claquer les portières quand Ben Trudeau les rejoignit. Il se pencha pour regarder Hatfield.

— Salauds de journalistes ! murmura-t-il.

La limousine quitta le cimetière. Ben baissa les yeux vers ses mains, puis leva la tête en poussant un long soupir.

— Elle est vraiment partie. On l'a recouverte de terre. Je n'arrive pas à y croire.

— Oui, je sais, lui dit Gordon, c'est dur à accepter.

Vous serez la prochaine…

Ces mots revinrent brusquement à l'esprit de Shannon. Elle frissonna.

Ben lui jeta un coup d'œil.

— Tout va bien ?

— Oui, ne t'inquiète pas pour moi.

Il regarda par la vitre de sa portière, l'air songeur.

— C'est tout de même étrange, dit-il. Ce journaliste puant aurait pu nous faire sortir de nos gonds. Heureusement que Doug est intervenu. C'est une bonne chose d'avoir l'un des meilleurs flics du comté comme élève. Mais j'ai remarqué que c'était son frère qui avait réagi le premier. Il ne serait pas flic, lui aussi ? Il a l'air très copain avec toute la clique.

— Non, répondit Shannon. Je crois qu'il l'a été autrefois, mais plus maintenant, non.

— En tout cas, il a des réactions de flic, affirma Ben.

— Qu'est-ce que tu entends par là ? demanda Gordon.

Ben haussa les épaules.

— C'est un ensemble de choses. On dirait qu'il nous surveille. Tiens, hier, je déjeunais dans un café. Eh bien, figurez-vous qu'il était là, assis au fond de la salle.

Gordon eut un geste fataliste de la main.

— Ça ne veut rien dire. Moi aussi, je rencontre sans cesse des gens que je connais. A la banque, au cinéma… un peu partout.

— Tu as sûrement raison. Au fait, il est invité à notre… Je ne sais pas comment appeler ça…

— Non, je n'ai pas invité les élèves, répondit Gordon. Seulement quelques danseurs qui ont bien connu Lara et les gens de l'immeuble.

Il pressa sa main sur son front.

— Le public a pu assister à la veillée et aux funérailles. Maintenant, je pense qu'on a besoin d'être entre nous.

Pour rendre un dernier hommage à Lara, Gordon avait choisi une petite salle sur Lincoln Road. Seules vingt personnes y étaient conviées.

Ils s'installèrent autour de quatre tables, et Gordon commença par faire l'éloge de la défunte. Puis ce fut à Ben de parler. Shannon ressentit fortement son émotion. Il évoqua aussi bien ses relations amoureuses avec Lara — passionnelles jusqu'à la violence — que leur parcours professionnel, et il conclut en déclarant qu'elle possédait une âme d'artiste qui l'avait marqué à jamais. La danse venait de perdre l'une de ses meilleures représentantes. Une femme qui se montrait parfois très dure mais qui savait également inciter les autres à donner le meilleur d'eux-mêmes.

Shannon remarqua avec plaisir que Gunter était présent. Elle lui confirma qu'elle acceptait de le faire travailler, mais coupa court à la conversation lorsqu'il se mit à la couvrir de louanges.

Elle s'entretint également avec Christie Castle, qui avait été cinq fois championne nationale de danses lentes, et qui se cantonnait à présent dans les rôles de juré et de coach.

— Tu tiens le coup ? demanda-t-elle à Shannon.

Christie était mince comme un fil ; elle avait des yeux immenses et des cheveux d'un noir de jais. Elle possédait cette beauté intérieure qui ne s'étiole pas avec l'âge, et elle serait sûrement de ces femmes que l'on trouve encore belles à quatre-vingt-dix ans.

— C'est un événement pénible et inattendu, mais on ne se fréquentait pas beaucoup, Lara et moi, répondit Shannon.

— Gordon dit qu'il te trouve nerveuse.

Elle baissa la voix.

— Et si j'en crois la réceptionniste du Moonlight, tu es

convaincue qu'il y avait quelque chose de louche dans cette histoire.

— Ella a perdu une occasion de se taire.

— Tu crois vraiment que quelqu'un aurait pu assassiner Lara ?

Gordon, Justin, Sam Railey et plusieurs autres personnes se trouvaient tout près d'elles. Christie chuchotait, et Shannon avait la nette impression que Ben tendait l'oreille de leur côté.

Christie posa la main sur le genou de Shannon et la contempla avec sollicitude.

— Tu as l'air épuisée. Tu dors bien, au moins ?

La nuit précédente, elle s'était effondrée dix minutes après le début du film et elle avait dormi profondément. Mais c'était la première fois depuis une semaine. Depuis la mort de Lara.

— Pas vraiment, répondit-elle. Je me sens un peu tendue.

— Il te faudrait un chien, déclara Christie en hochant la tête d'un air sentencieux.

Shannon sourit et baissa les yeux vers Puff, le minuscule yorkshire de Christie qu'elle emmenait partout avec elle. Cet animal avait fait plus de voyages en avion qu'un directeur de société.

— Pour me protéger, dit-elle, il me faudrait un *gros* chien. Or, je suis absente de chez moi près de quinze heures par jour.

— Puff est peut-être petit, mais il a un aboiement d'assassin.

— Qui a un aboiement d'assassin ? demanda Grabriel Lopez en s'asseyant près de Christie et en lui lançant son regard de séducteur.

Il avait une façon bien à lui de faire sentir à une femme qu'elle lui plaisait tout en restant parfaitement correct.

— Je parle de Puff, répondit Christie.

— Je croyais que vous faisiez allusion à un dangereux séducteur. Moi, par exemple.

— Grâce à Dieu, Gabriel, aucune de nous deux ne risque de succomber à ton charme ! répondit Christie. Nous savons bien que tu es déjà sorti avec toutes les célébrités de la ville. Entre autres…

— C'est faux !

Il haussa les épaules et sourit tristement.

— Disons que ça fait partie de mon image de marque. Ou plutôt de celle de ma boîte.

Ben, qui s'approchait de leur petit groupe, lança :

— De ce côté-là, pas de problème : tu assures !

— Tu peux parler ! rétorqua Gabriel. Tu joues les Fred Astaire et elles sont toutes prêtes à te suivre. Pas à pas.

Il avait dit ça d'un ton léger, mais son expression avait changé.

— Je suis désolé pour Lara, fit-il doucement.

— Oui, comme nous tous, répondit Ben. Mais on n'a pas le choix. Il faut accepter et ne plus y penser, ajouta-t-il en regardant fixement Shannon. D'autant plus que nous comptons parmi nos étudiants Doug O'Casey. Il admirait beaucoup Lara et je suis certain qu'il s'est assuré que la police faisait correctement son travail.

— Ah oui, le jeune policier ! murmura Gabriel. Il la regardait avec des yeux de toutou ; il avait l'air au septième ciel quand il dansait avec elle, et il prenait un air de chien battu quand elle s'occupait d'un autre élève.

— Ce garçon est remarquablement doué, intervint Christie. Lara s'en était sûrement aperçue, et elle s'intéressait à ses progrès, voilà tout.

— C'est Jane son professeur, fit remarquer Shannon.

— Oui, mais il s'inscrivait à tous les stages de Lara, répliqua Christie. Je le comprends, d'ailleurs. C'était une grande professionnelle.

— Intéressant…, commenta Ben.

— Quoi donc ? lui demanda Christie.

— Les stages, c'est cher. Et quand on est seulement amateur… Où trouvait-il donc l'argent ? ajouta-t-il d'un air soucieux.

— Un flic véreux ? proposa Gabriel.

— Hé ! protesta Shannon.

— Reconnais qu'il a laissé pas mal de fric au studio, insista Ben.

— Il a peut-être de l'argent qui lui vient de sa famille, suggéra Shannon.

— Peut-être… Quant à son frère, celui qui prétend organiser des croisières, des sorties pour la pêche ou je ne sais quoi…, fit Ben d'un air songeur.

— Celui-là, je le verrais bien en magnat de la drogue, suggéra Gabriel.

— Qui verrais-tu en magnat de la drogue ?

Ils venaient d'être rejoints par Jim Burke, le dernier partenaire de Lara. Il avait une mine épouvantable, et Shannon crut deviner qu'il avait passé la nuit à pleurer.

— On parlait du nouvel élève de Shannon, lui répondit Christie. Mais cette histoire de magnat de la drogue n'est qu'une plaisanterie.

— Il travaille dans une compagnie qui loue des bateaux, dit Shannon à Jim.

Elle lui sourit.

— Comment ça va, toi ?

— Je tiens le coup. Je me sens un peu perdu, mais… je serai prêt pour Ashville, t'en fais pas. Lara et moi, on devait participer au concours. A la place…

— Tu ferais bien de te reposer un peu, lui suggéra Shannon.

— Je n'en ai pas les moyens, murmura-t-il. Ce sont les concours qui me permettent de gagner ma vie.

— Tu trouveras une nouvelle partenaire, lui assura Christie.

— Elle a raison, marmonna Ben.

Christie se tourna vers Shannon.

— Ce Doug O'Casey, il faudrait s'occuper sérieusement de lui. Je suis certaine qu'il a des capacités. Peut-être même qu'il pourrait faire carrière.

— Il préfère peut-être une vie normale, maugréa Jim.

— Pour danser, il faudrait qu'il accepte de tout abandonner et de donner des cours à des débutants pour se payer ses leçons, souligna Gabriel.

— Si son frère est un magnat de la drogue, il pourra le soutenir financièrement, dit Ben.

Shannon poussa un soupir agacé.

— Arrêtez un peu de dire n'importe quoi. Les journaux vont sûrement nous étriller, demain. Pas la peine de s'y mettre aujourd'hui.

Elle se leva.

— A présent, vous voudrez bien m'excuser, mais je n'en peux plus. La semaine a été longue et éprouvante. Christie, tu seras à Miami une semaine avant le Gator Gala, je suppose ?

Elle s'en voulut aussitôt d'avoir posé cette question. Ils s'étaient réunis en l'honneur de Lara, et voilà qu'elle se mettait, elle aussi, à parler travail.

Gabriel se leva.

— Tu es venue avec la limousine ? lui demanda-t-il.

— Oui.

— Je te raccompagne. De toute façon, il faut que je retourne au Suede.

— Merci, dit-elle.

Elle fit le tour de la table pour embrasser tout le monde. Ils étaient nombreux, et le rituel de la bise prenait toujours un certain temps — un peu comme après un dîner dans une famille italienne.

— Je suis désolé, j'avais beaucoup de gens à saluer, dit-elle à Gabriel quand ils sortirent enfin dans le crépuscule.

— Ce n'est pas grave. Au contraire, j'ai adoré ça. Comme je te suivais, tout le monde m'a embrassé, moi aussi.

Elle rit.

— Il me semble que tu n'as pas à te plaindre. Dans ta boîte, les gens se battent pour montrer qu'ils sont intimes avec toi et pour venir te faire la bise.

Il haussa les épaules.

— Pourquoi se priver des petits plaisirs de la vie ? J'aime mon travail et je profite des avantages qu'il me procure sans aucun complexe. Pas toi ?

— Moi aussi, j'adore mon travail.

— Oui, mais il te bouffe tout ton temps, fit-il sur un ton légèrement ironique. Moi, au moins, je vois du monde.

— Moi aussi : je suis toute la journée en contact avec des gens.

— Oui, mais tu passes ton temps à mettre des barrières entre les hommes et toi.

Elle éclata de rire.

— Mais qu'est-ce qui se passe ? On dirait que tout le monde veut me psychanalyser. Je vais très bien, pourtant.

Il leva les sourcils d'un air intéressé.

— Quelqu'un d'autre t'a reproché de tenir les hommes à distance ?

Elle secoua la tête. Elle n'avait pas envie de lui avouer que son tout nouvel élève lui avait fait des remarques sur sa vie privée.

— Aucune importance, fit-elle. D'ailleurs, je suis arrivée.

Il laissa échapper un petit rire moqueur.

— Je sais où tu habites, figure-toi !

Il se gara devant la grille et fit mine de sortir. Pour lui, un homme ouvrait toujours la portière à une femme.

— Gabe, c'est pas la peine ! lança-t-elle en posant la main sur la poignée.

— Dis donc, c'est bien toi qui m'as appris que l'homme guide dans un pas de deux ? Eh bien, dans la vie, laisse-moi te dire que le même homme adore faire le tour de la voiture pour aider une charmante jeune femme à en sortir. Et ensuite, il se fait un plaisir de la raccompagner jusqu'à sa porte.

Elle rit.

— Entendu, Gabe.

Il fit le tour, ouvrit la portière et lui prit la main avec une politesse appuyée.

— Si tu avais un peu de bon sens, tu te rendrais compte que je suis l'homme de ta vie, dit-il. A nous deux, on dominerait le monde.

— Justement, rétorqua-t-elle, je suis pleine de bon sens ! Voilà pourquoi je ne tomberai jamais amoureuse de toi. Sans compter que je ne tiens pas à dominer le monde : c'est beaucoup trop de responsabilités.

— Tu pourrais au moins m'inviter à entrer. On ferait l'amour et ensuite, on retournerait chacun à nos affaires avec le souvenir de nos folles étreintes.

— Gabriel, tu dis des conneries.

— Mais avoue que ce serait sympa, non ?

— Je suis sûre que tu peux trouver une bonne douzaine de femmes prêtes à te rendre ce service.

— Elles ne sont pas aussi bien foutues que toi.

— Merci. Je le prends comme un compliment.

— Aurais-tu une liaison secrète ?

— Hélas, non.

— Alors, prends-moi à l'essai. Je ne suis pas maladroit, tu sais ?

— Gabriel, la question n'est pas là. Tu es absolument parfait.

— Dans ce cas, pourquoi résister ?

— Tu es mon ami et je préfère qu'on s'en tienne à ça.

— Très bien. Si on allait au cinéma ?

Elle ne put s'empêcher d'éclater de rire.

— D'accord. Mais pas aujourd'hui. Je suis trop fatiguée. Et toi, on t'attend au Suede.

— Je peux appeler et leur dire que je suis malade. Pour aller au cinéma avec toi, j'en serais capable.

Elle le contempla d'un air amusé, et il soupira.

— Très bien, j'abandonne. Passe ton samedi soir toute seule puisque c'est ce que tu veux.

— Merci de m'avoir raccompagnée, Gabriel.

Il leva un sourcil et lui adressa un sourire moqueur.

— C'était un plaisir et je recommencerai chaque fois que tu me le demanderas. Au revoir. Et n'oublie pas de t'enfermer à clé !

Elle hocha la tête. Tandis qu'il rebroussait chemin vers sa voiture, elle le suivit des yeux et remarqua qu'il faisait presque nuit. Elle regrettait les longues soirées d'été.

Après avoir fermé sa porte et poussé le verrou, elle hésita. Plongée dans la pénombre, la maison avait quelque chose de menaçant. Elle alluma la lumière et se sentit mieux.

Pourtant, elle avait de nouveau cette boule d'angoisse à l'estomac, et elle songea qu'elle ne possédait rien qui ressemblât de près ou de loin à une arme. Jusqu'à présent, elle n'avait même jamais songé à l'éventualité de devoir se défendre.

Elle prit tout de même sa raquette de tennis pour faire le tour des pièces.

La maison était vide.

Elle se laissa tomber sur le canapé en face de la télévision éteinte. La pièce était bien éclairée et possédait de larges fenêtres donnant sur le jardin. Pour la première fois, elle remarqua qu'on pouvait aisément l'épier depuis l'extérieur, surtout la nuit, quand la lumière était allumée… Elle se leva d'un bond.

Au moment où elle tirait le rideau, elle crut voir quelque chose bouger derrière le feuillage des arbres. Un des petits palmiers avait doucement remué, puis le buisson à côté avait été secoué d'un frisson.

Une peur glacée se mit à couler dans ses veines.

Il jura doucement.

Elle avait bien failli le voir. Il l'avait échappé belle…

Puis il se rassura. Il y avait peu de chances qu'elle osât sortir dans le jardin. Et si elle avait quand même osé…

Ç'aurait été tant pis pour elle !

Elle était vraiment nerveuse, pas de doute. Quelle petite idiote ! Pourquoi ne s'en tenait-elle pas à la thèse officielle ? Qu'est-ce que ça pouvait lui foutre ? Lara Trudeau n'avait jamais été son amie.

Mais elle n'en démordait pas. Tout le monde le disait : Shannon Mackay refusait de croire à la thèse selon laquelle Lara aurait ingurgité du Xanax et de l'alcool avant de danser. Etait-ce parce qu'elle connaissait bien Lara ou parce qu'elle savait quelque chose ?

Il resta encore un moment à contempler la maison. Puis il se détourna brusquement et disparut sans bruit par le fond du jardin. Il connaissait parfaitement les lieux. Elle n'avait pas fait installer d'alarme. Si ça s'avérait nécessaire…

Il s'arrêta pour regarder une dernière fois par-dessus son épaule.

Laisse tomber, petite Shannon !

Laisse tomber ou tu pourrais bien être la suivante.

9.

Quinn se frotta les yeux et repoussa ses notes. Des étudiants, des professeurs, des professionnels… Les suspects ne manquaient pas et on pouvait monter des dizaines de scénarios. Il avait devant lui la liste des gens qui assistaient au concours, le soir de la mort de Lara… Plusieurs centaines de noms.

Il avait commencé à noter les points communs et les différences entre la mort de Lara et celle de Nell Durken.

Absorption massive de Xanax. Chacune possédait une ordonnance délivrée par un médecin à la réputation sans tache.

Nell : homicide. Son mari la trompait et elle le savait. On avait trouvé ses empreintes sur le flacon.

Lara : décès accidentel. Elle avait bu de l'alcool, ce qui décuplait l'effet du médicament. Pourtant, elle avait tenu le coup jusqu'à la fin de son exhibition, et personne n'avait rien remarqué jusqu'à ce qu'elle s'effondre.

Nell avait pris des cours au Moonlight, mais elle avait arrêté six mois avant sa mort. Lara y dirigeait des stages régulièrement.

Il existait probablement un lien entre les deux affaires, mais lequel ? Le mari de Nell étant en prison, il ne pouvait pas être impliqué dans le second décès. Et si quelqu'un avait voulu éliminer Lara pour des raisons professionnelles, pourquoi s'en serait-il pris à Nell ? Ben Trudeau, par exemple, était un suspect tout désigné pour Lara. Mais pour Nell ? Un professeur de danse assassinant une élève et s'arrangeant pour faire accuser le mari de celle-ci… Pas vraiment crédible.

Quinn poussa un long soupir. Il avait tourné et retourné dans sa tête des millions de possibilités pendant une bonne partie de l'après-midi, et il n'avait pas avancé d'un millimètre. Il jeta un coup d'œil à sa montre. Il comptait faire un tour au Suede, ce soir, en espérant y rencontrer Gordon Henson et Ben Trudeau. Il allait commencer par eux. Quelqu'un possédait la clé de l'énigme, et ce quelqu'un était forcément lié au Moonlight Sonata d'une manière ou d'une autre.

L'eau clapotait doucement contre la coque du bateau. De nouveau, il consulta l'heure. Il faisait nuit. Il entendait des rires provenant des terrasses des bars et des restaurants de la marina.

Lui aussi avait besoin de se détendre. Une petite bière ne lui ferait pas de mal et il trouverait sûrement des amis Chez Nick. Peut-être même son frère.

Il en voulait un peu à Doug qui l'avait plongé dans cet imbroglio.

Zut ! Il en revenait encore à cette affaire. Décidément, son travail n'avait pas fini de l'obséder.

Laissant là ses notes et ses dossiers épars, il quitta le bateau.

Shannon demeura un long moment à scruter le jardin, le nez collé au carreau, tandis que les minutes s'égrenaient lentement.

— Tu es ridicule ! se dit-elle tout haut. Tu ne vas tout de même pas t'imaginer qu'on t'espionne !

Quelqu'un qui aurait voulu entrer par effraction aurait agi rapidement, sans prendre le risque de se faire repérer.

Et pourtant…

La veille, par exemple, en rentrant chez elle, elle avait trouvé les projecteurs du jardin éteints alors qu'elle était sûre de les avoir laissés allumés.

A présent, elle avait peur de rester seule chez elle. C'était nouveau et absurde. Elle adorait cette maison dont elle appréciait le calme. D'habitude, elle travaillait une heure ou deux dans la pièce qui lui servait de studio, puis elle se préparait un bol de pop-corn avant de regarder un DVD.

Mais ce soir, elle n'avait aucune envie de rester seule ici.

Prise d'une soudaine impulsion, elle se précipita dans sa chambre, ôta à la hâte les vêtements sombres qu'elle avait mis pour l'enterrement, et enfila une tenue plus décontractée. Sortir…

Où aller ? Elle ne se posa la question qu'une fois au volant de sa voiture. Il y avait le Suede, bien sûr. Gabriel lui trouverait une table et elle rencontrerait sûrement des amis. Mais elle n'avait pas pris le chemin du Suede. Un drôle d'idée venait de lui passer par la tête.

Ils avaient beaucoup parlé de Quinn O'Casey, aujourd'hui. Cet homme l'intriguait ; il n'était sûrement pas ce qu'il prétendait.

Mais un magnat de la drogue, non. C'était vraiment tiré par les cheveux.

Il allait souvent Chez Nick… Ça ne devait pas être bien difficile à trouver.

— Elle n'acceptera jamais ! fit Doug.

Bobby et lui venaient de terminer leurs beignets de poisson et leurs frites, et ils avaient entassé les emballages sur un coin de la table. A présent, Bobby buvait une bière et Doug un thé glacé.

— Je ne vois pas pourquoi elle refuserait, rétorqua Bobby.

Il leva la tête et aperçut Quinn qui avançait dans leur direction.

— Salut ! Tu viens nous tenir compagnie ?

— Ouais, répondit Quinn en s'asseyant.

Ce soir, c'était Mollie qui servait en terrasse. Elle lui fit signe.

— Une Miller, s'il te plaît ! C'est toi qui m'invites, ajouta-t-il en se tournant vers Doug.

Son frère fit la grimace.

— Bien sûr !

— Qui est censé refuser quoi ? demanda Quinn.

— Shannon. Elle n'acceptera pas de danser avec Ben Trudeau.

— Mais elle danse souvent avec lui, au Moonlight, non ?

— Bobby parle de devenir sa partenaire dans les concours, précisa Doug.

— Je croyais qu'elle avait définitivement abandonné la compétition ?

Mollie lui apporta sa bière. Il la remercia et se tourna de nouveau vers ses compagnons.

— Elle en a fait pas mal, autrefois, répondit Bobby. Et d'après ce que j'ai entendu dire, elle avait un excellent niveau. Peut-être même meilleur que celui de Lara.

— Ah ?

— Ben a arrêté la compétition quand sa dernière partenaire a voulu avoir un bébé, expliqua Doug. Ça fait deux ans qu'il lui cherche une remplaçante.

— Il enseigne au Moonligh depuis un moment, non ?

— Oui, depuis environ un an, répondit Bobby.

— Un an ? Pourquoi s'intéresserait-il brusquement à Shannon ? demanda Quinn.

Bobby jeta un regard interrogateur à Doug.

— Tu ne t'es pas encore penché sur le passé de cette charmante jeune fille, n'est-ce pas ?

— Non, en effet, répondit Quinn d'un ton agacé, en regardant son frère.

Doug lui avait soi-disant remis un dossier complet, mais il avait apparemment négligé des aspects importants de la question.

— Shannon a été dingue amoureuse de Ben, expliqua Bobby. C'est lui qui l'a découverte. Elle avait des petits contrats en tant que professionnelle et elle donnait des cours à des amateurs dans un obscur studio, du côté d'Orlando. Il a tout de suite repéré ses qualités et il l'a poussée à travailler. Je crois même qu'ils ont eu une liaison, mais je n'en suis pas certain. En tout cas, c'est ce que j'ai cru comprendre. Mais ce ne sont peut-être que des ragots. Je ne prends des cours au Moonlight que depuis six mois — j'ai commencé pour le mariage de Randy et ensuite, j'ai continué pour le mien en entraînant ton frère dans mon sillage. Mais certains fréquentent l'endroit depuis des années, et il leur arrive de parler. Un jour, je regardais Shannon et Ben valser, et j'ai constaté tout haut qu'ils s'accordaient merveilleusement bien. Le vieux M. Clinton qui était à côté de moi a répondu que ça n'avait rien d'étonnant, qu'ils avaient fait de la compétition ensemble pendant deux ans. Shannon s'est fracturé une cheville, elle a dû s'arrêter un moment. Ben a demandé à Lara de la remplacer… Vous connaissez la suite.

— Ils se sont mariés, enchaîna Doug d'un ton morne.

Quinn jeta un coup d'œil à son frère.

— Dans ce cas, dit-il posément, si Lara Trudeau a vraiment été assassinée, Shannon Mackay est le suspect numéro un. Il ne manque aucun mobile : jalousie, passion, rancœur…

Doug secoua la tête d'un air incrédule.

— Il suffit de parler un peu avec Shannon pour s'apercevoir qu'elle n'a pas le profil d'une meurtrière.

— Mais les mobiles, Doug ! insista son frère d'un ton agacé.

Pourtant, lui non plus ne voyait pas Shannon Mackay assassiner Lara. Ou alors, cette femme était une comédienne accomplie. Il en avait vu d'autres, au cours de sa carrière…

— Bon sang, Quinn, tous les gens qui fréquentent le Moonlight avaient un mobile ! Tu le sais aussi bien que moi, ajouta-t-il d'un ton un peu trop brusque. Les femmes détestaient Lara à cause de son talent et de sa beauté.

— Hé ! protesta Bobby. Ce n'est pas parce qu'une femme a du succès que les autres la détestent.

— Tu en es sûr ? rétorqua Doug avec un petit sourire.

— Oui, absolument.

— C'est Giselle qui le dit ?

— Va te faire foutre !

— Du calme ! intervint Quinn.

— Sérieusement, reprit Bobby en retrouvant son calme, elle leur faisait de l'ombre, d'accord, mais ce n'est pas une raison suffisante pour vouloir la peau de quelqu'un.

— C'est vrai, reconnut Doug. Prenons Jane, par exemple : Lara l'a battue dans les concours une bonne douzaine de fois. Et on pourrait en dire autant de la plupart des professionnelles de Floride. Ça nous ferait une bonne centaine de suspects.

Quinn secoua la tête.

— Pas si l'on considère que le meurtrier se trouvait forcément sur place le soir du drame.

— C'est juste, admit Doug.

Il fit une pause.

— Au fond, ajouta-t-il, je finis par me demander si elle n'a pas pris ces cachets volontairement. Je croyais la connaître, mais je me trompais peut-être.

— Et Gordon Henson ? demanda Quinn.

— Il avait besoin de Lara, expliqua Bobby. Elle le traitait comme de la merde mais elle attirait du monde au Moonlight. Et ça, c'était le plus important pour lui.

— Ben aussi avait un mobile, dit Quinn.

— C'est le moins qu'on puisse dire ! lança Doug. D'ailleurs, ils se fritaient sans arrêt.

— Ah bon ? s'étonna Bobby. Je ne les ai jamais vus se disputer.

— Pas devant les élèves, tu penses bien ! Le vieux Gordon y veillait. Mais j'ai surpris une altercation, un jour. Ils se sont tus en me voyant, mais j'ai eu le temps d'entendre Lara dire un truc du genre : « Tu peux toujours courir, connard ! ».

De la place où il se trouvait, Quinn avait vue sur le parking. Il leva distraitement les yeux. Shannon Mackay se dirigeait vers eux, vêtue d'un jean et d'un haut moulant, avec une chemise par-dessus.

— Je n'arrive pas à y croire, fit-il dans un souffle.

— Puisque je te le dis… Je ne suis pas un menteur, tout de même !

— Je parlais de Shannon Mackay, précisa Quinn. Elle arrive.

Bobby et Doug se tournèrent comme un seul homme, juste au moment où elle les apercevait. Elle parut tout d'abord surprise, puis leva la main en guise de salut et leur adressa un simulacre de sourire.

Mais déjà, elle était près d'eux. Quinn respira son parfum.

— En voilà une surprise ! dit-il. Je vous croyais couchée après une journée pareille.

Elle le contempla intensément, puis haussa les épaules.

— J'avais besoin de prendre l'air. Et comme j'ai souvent entendu parler de cet endroit…

— Vous êtes venue directement ici, pour nous voir, conclut Quinn d'un ton assuré.

— En quelque sorte, oui, murmura-t-elle.

— Quinn, ce n'est pas la délicatesse qui t'étouffe ! fit remarquer Doug en lançant à son frère un regard de reproche. Je vous en prie, Shannon, asseyez-vous. Je sais que vous n'êtes pas censée vous montrer en compagnie de vos élèves, mais après tout, c'est vous le chef. Et les circonstances sont exceptionnelles.

— Oui, en effet, dit-elle en s'installant sur la chaise libre.

— Voulez-vous dîner ? lui proposa Bobby. Ils servent du poisson frais, ici. Et les burgers ne sont pas mal non plus. Mais vous êtes peut-être végétarienne, comme Jane ?

— Non, je suis carnivore. Et je me laisserais volontiers tenter par un burger.

— Mollie ! lança Bobby en se tournant vers la serveuse.

Mais elle s'approchait déjà.

— Salut ! fit-elle avec un grand sourire. Qu'est-ce qui vous ferait plaisir ?

— Un thé glacé, répondit Shannon en souriant. Et un hamburger.

— Fromage ?

— Non. Tout simple.

— Frites ou salade de chou ?

— Les frites valent la peine, précisa Doug.

— Frites, alors.

— Vous êtes certaine de vouloir du thé ? demanda Bobby. J'ai l'impression qu'une petite bière ne vous ferait pas de mal.

Elle ne put s'empêcher de sourire.

— Vous avez sans doute raison. Mais je conduis.

Quick se pencha vers elle.

— Prenez un verre. Je vous raccompagnerai chez vous et je vous rapporterai votre voiture, demain.

Il était certain qu'elle refuserait. Elle ne pouvait pas se permettre de copiner avec les élèves…

— Je jure de ne pas prononcer un mot de tout le trajet, déclara-t-il d'un ton faussement sérieux. A moins que vous ne me posiez une question.

— Je ne peux pas. Je veux dire… Vous savez bien que je n'ai pas le droit.

— Allez, laissez-vous tenter ! intervint Mollie en souriant. Vous avez effectivement l'air de quelqu'un qui a besoin d'un petit remontant. Celui-là…

Elle marqua un temps d'arrêt et montra Bobby du doigt.

— C'est un jeune marié. Il est parfaitement inoffensif. Quant aux deux autres, je les connais un peu, et je vous assure que s'ils promettent de vous ramener saine et sauve, vous pouvez leur faire confiance.

Shannon parut d'abord choquée qu'une serveuse se mêle de leur conversation, mais plus Mollie parlait, plus elle se détendait. Et à la fin de son plaidoyer, elle éclata de rire.

— Très bien. Puisque vous vous liguez tous contre moi, je vais boire une bière. Apportez-moi une pression, s'il vous plaît. Une grande !

— Pas de problème, fit Mollie en s'éloignant.

— Mais c'est moi qui vous invite ! ajouta fermement Shannon à l'intention des trois hommes. Je vous le dois, pour ce matin.

— De quoi parlez-vous ? demanda Doug.

— Du journaliste, lui rappela Quinn. Ce type est une véritable plaie.

— A cause de lui, le journal accumule les procès, expliqua Shannon.

Elle se laissa aller contre le dossier de sa chaise et jeta un coup d'œil autour d'elle.

— C'est chouette, ici, murmura-t-elle. Rustique et joli à la fois.

— Les danseurs sont certainement habitués à des endroits chic, avec de belles nappes sur les tables, des serveurs gantés et tenue de soirée obligatoire pour tout le monde, fit remarquer Quinn.

— C'est vrai, répondit la jeune femme avec le plus grand sérieux. Mais moi, j'aime les endroits décontractés. J'adore vivre près de Miami Beach, par exemple. Quand je pars en vacances, je choisis le plus souvent une île… En tout cas, cette terrasse me plaît beaucoup. J'adore l'ambiance des quais… Et c'est très propre ; je me demande comment ils font.

— Nick est un type super, déclara Doug. En fait, c'est comme s'il dirigeait un petit bateau.

— Un bateau très apprécié de la police du comté, si j'ai bien compris.

Quinn trouva la remarque ambiguë. Où voulait-elle en venir ?

— La nièce de Nick est flic et elle a épousé un flic, expliqua Bobby.

Il se leva brusquement, l'air gêné.

— Merci beaucoup de votre invitation à dîner, Shannon. A présent, je vais rentrer. Un jeune marié ne doit pas traîner trop longtemps dehors avec ses copains. Surtout le soir.

Tout le monde lui souhaita bonne nuit, et il s'éloigna juste au moment où Mollie revenait avec la commande de Shannon.

La jeune femme la remercia et attaqua aussitôt son hamburger.

— Délicieux ! fit-elle, la bouche pleine.

— Bien sûr ! répondit Doug. On vous l'avait dit. Les frères O'Casey ne mentent jamais.

— Vraiment ? fit-elle en souriant.

Doug la contempla d'un air extrêmement sérieux, puis secoua la tête.

— Vous n'aviez pas envie de rester seule chez vous ? demanda Quinn à brûle-pourpoint. Vous vous sentiez nerveuse ?

— Pas du tout, répondit-elle précipitamment.

— Pourquoi lui poses-tu cette question ? s'étonna Doug.

— Comme ça. Ça arrive, parfois. Les parquets des vieilles maisons, ça craque et ça grince.

— Je suis sûre que c'est encore pire sur un bateau, dit Shannon. Le vôtre est amarré tout près ? C'est bien ce que vous m'avez dit ?

Quinn fit un geste en direction du quai.

— Oui, juste là.

— Vous devriez le visiter ! lança Doug. C'est le plus beau de toute la baie.

Quinn lui lança un regard furieux.

— Oh ! ça me plairait énormément, dit Shannon.

— C'est vrai ? murmura Quinn.

Elle avait vraiment l'air d'aller mal... Elle n'avait pas envie de rester seule et c'était vers lui qu'elle s'était tournée... Il se leva brusquement.

— Dans ce cas, laissez-moi le temps de ranger un peu.

— C'est inutile, voyons ! Ça me donnerait l'impression de vous déranger.

— Ecoutez, je veux juste vérifier que l'endroit est présentable. Doug, tu es chargé de tenir compagnie à Mlle Mackay jusqu'à mon retour.

— Ne t'inquiète pas pour ça, répondit Doug.

Quinn quitta la table. Il était furieux et il aurait volontiers étranglé son frère. Qu'est-ce qui lui avait pris d'inviter Shannon sur son bateau ?

Il parcourut à toute vitesse la jetée qui menait jusqu'au *Twisted Time,* et se précipita dans la cabine. La cassette de la dernière exhibition de Lara Trudeau était bien en vue, sur le comptoir, entre la kitchenette et la table où il prenait ses repas, juste à côté des dossiers contenant le rapport d'autopsie de Nell Durken et de Lara. Il rangea le tout dans un tiroir et jeta un coup d'œil circulaire pour s'assurer qu'il n'avait rien laissé traîner de compromettant.

Compromettant... Le mot était faible.

Il remonta sur le pont, parcourut la jetée en sens inverse et rejoignit Shannon et Doug, toujours attablés à la terrasse. Shannon n'avait pas menti en disant qu'elle aimait la viande : elle avait déjà terminé son hamburger. Apparemment, elle n'avait nul besoin de s'affamer pour garder la ligne.

— Suis-je autorisée à pénétrer dans le sanctuaire ? demanda-t-elle d'un air taquin.

— Ce n'est pas impeccable, fit-il, mais...

Il s'interrompit et leva un sourcil.

— Au fait, c'est autorisé par votre code de déontologie ?

Elle avait également terminé sa bière, et il ne l'avait jamais vue aussi détendue.

— Il s'agit d'une démarche professionnelle, rétorqua-t-elle. Je visite votre bateau parce que j'ai l'intention de vous demander d'organiser une croisière.

Doug se leva.

— Pardonnez-moi, fit-il, mais je ne viens pas avec vous. Ce rafiot, je le connais par cœur et demain, je suis de service à partir de 7 heures. Bonsoir à tous les deux et merci pour le dîner, Shannon.

— C'était un plaisir, Doug, répondit-elle en se levant à son tour.

Quinn comprit qu'elle avait réglé l'addition pendant sa courte absence.

— Vous n'auriez pas dû tout payer, lui dit-il sur un ton de léger reproche.

Elle lui adressa un grand sourire.

— Vous n'aviez bu qu'une bière. Franchement, ça ne m'a pas ruinée. Et j'ai été ravie de dîner en votre compagnie.

Il sourit.

— Quand j'ai rejoint ces deux lascars, j'avais déjà mangé.

— Vous cuisinez sur votre bateau ?

— Suffisamment pour ne pas mourir de faim. Je ne suis pas trop mauvais. Et vous ?

— Je suis un fin cordon-bleu.

— Vraiment ?

— Non, je plaisantais. En réalité, je suis tout juste capable de me faire cuire des pâtes et de laver une salade.

Ils marchaient le long de la jetée et elle parlait joyeusement. Il lui lança un coup d'œil à la dérobée. Il lui semblait qu'elle avait laissé tomber toutes ses barrières.

Pourtant, elle n'avait pris qu'une seule bière. Mais elle ne devait pas être habituée à boire de l'alcool.

— La salade, murmura-t-il, c'est très bon pour la santé… Voilà, nous y sommes !

Elle portait des baskets, et elle n'eut aucune difficulté à franchir le pas qui séparait le bateau du quai. Sur le pont, elle regarda autour d'elle d'un air satisfait, puis ferma les yeux pour mieux savourer l'air frais de la nuit.

— C'est superbe, fit-elle.

— La cabine est par là, dit-il. Mais je suppose que vous l'avez remarqué.

Elle acquiesça et se mit à descendre l'échelle.

— C'est petit mais l'espace est bien utilisé, constata-t-elle en entrant.

— Il y a deux chambres. Une à l'avant — que j'occupe — et une autre à l'arrière. Une kitchenette, comme vous pouvez le voir. La cabine de pilotage est également à l'avant, près de ma chambre. Ce n'est pas ce qu'on appelle un petit bateau, mais on en fait vite le tour.

Il décida soudain de changer de conversation et de lui poser par surprise la question qui lui brûlait les lèvres. Quand on prenait les gens au dépourvu, on avait plus de chances d'obtenir une réponse sincère.

— Vous avez peur de rester seule chez vous, n'est-ce pas ?

— Pas du tout !

Elle lui tourna le dos, comme si elle s'intéressait à ce qu'il y avait autour d'elle.

— Non. J'avais envie de sortir.

Elle lui jeta un regard plein de fierté.

— J'ai inspecté moi-même sous les lits, les placards et tout le reste.

— Vous aviez seulement envie de vous distraire un peu, alors ?

— Exactement.

— Puisque vous le dites… Asseyez-vous, je vous en prie.

Elle se glissa avec précaution derrière la table, sur l'étroite banquette qui pouvait aussi servir de couchette.

— Je peux vous offrir quelque chose ?

— Non, je vous remercie.

— Permettez-moi tout de même de me servir à boire.

Il n'eut que quelques pas à faire pour ouvrir le réfrigérateur et en sortir une Miller. Puis il se ravisa et en prit une deuxième qu'il lui tendit, sans l'ouvrir.

— Vraiment, non, je n'en ai pas besoin, dit-elle.

— Je sais bien, mais ça vous aidera à oublier les émotions de la semaine.

Elle hésita, puis avança la main.

— Merci, dit-elle en haussant les épaules. Mais vous, vous allez conduire pour me ramener, ajouta-t-elle.

Il s'installa près d'elle en silence, et la regarda ouvrir sa bouteille.

— Je suis surpris de constater que vous possédez un jean dans votre garde-robe.

— J'en ai même plusieurs.

— Je ne l'avais pas remarqué dans votre penderie.

— Vous n'avez pas ouvert les tiroirs.

— Très juste.

Il remarqua qu'elle buvait rapidement sa bière, surtout pour quelqu'un qui n'avait pas l'habitude de l'alcool. Mais c'était un plaisir de la voir enfin abandonner sa réserve.

Elle était moins apprêtée que d'habitude, mais il ne l'avait jamais trouvée aussi attirante. Il admira ses cheveux blonds aux reflets d'or, ses yeux d'un vert profond qui brillaient ce soir comme deux émeraudes, sa peau d'une blancheur d'ivoire. Et ce parfum…

Il sentait qu'il était temps de s'éloigner d'elle, mais il n'en avait aucune envie. Et d'ailleurs, pourquoi lutter ? Il se laissa emporter et allongea le bras pour caresser l'une de ces boucles douces. Elle leva les yeux vers lui d'un air surpris.

— Excusez-moi, fit-il. Mais vous aviez l'air tellement perdu.

— Détrompez-vous, répondit-elle doucement. Je sais parfaitement où je vais.

— Pourquoi m'avoir caché que vous aviez eu une liaison avec Ben Trudeau ?

Elle se redressa aussitôt, comme si elle avait été sur le point de se lever et de partir.

— Hé ! fit-il en posant doucement une main sur son épaule. Il s'agissait d'une question innocente.

— Vraiment ? En tout cas, ça ne vous regarde pas.

— Désolé. J'en ai entendu parler et…

— Alors, les gens s'intéressent encore à cette histoire ? Elle est pourtant finie depuis bien longtemps.

— Vous auriez pu me le dire.

Elle le contempla fixement. Ses yeux avaient pris un éclat dur.

— Et pourquoi donc ? Nous n'en sommes pas à nous faire des confidences, il me semble.

Il haussa les épaules.

— Vous avez raison, dit-il. Pardonnez-moi.

— Vous non plus, vous ne m'avez rien dit de votre passé amoureux, lui fit-elle remarquer.

Il sourit et se retint d'éclater de rire.

— Shannon, vous vous êtes endormie dès que nous nous sommes assis sur le canapé. J'ai regardé le film tout seul. Il m'a beaucoup plu, d'ailleurs.

Elle rougit et détourna le regard.

— Pardonnez-moi. C'était très gentil à vous de me tenir compagnie. Je me suis comportée d'une façon stupide, ce jour-là. Une vraie paranoïaque.

— Ce soir non plus, vous ne vouliez pas rester seule chez vous. Pourquoi ?

Elle secoua la tête.

— Je n'en sais rien. Enfin, si… Il m'a semblé voir quelque chose bouger dans le jardin. Je sais, c'est stupide de s'affoler pour si peu, mais c'est plus fort que moi. En ce moment, je panique pour un rien.

— Ce n'est pas grave, dit-il.

— Je suis désolée. J'abuse encore de votre temps. Vous aviez peut-être des projets ?

— C'est moi qui vous ai proposé de vous raccompagner.

— Je sais, mais…

— Je ne suis pas marié, vous savez ? Je suis libre comme l'air, déclara-t-il fermement.

— Je ne vous ai pas posé de questions.

— Vous m'avez reproché de ne pas vous avoir fait de confidences.

— Mais c'était à cause de votre remarque au sujet de ma relation avec Ben. Je ne vois pas pourquoi j'aurais dû vous en parler.

— Au fond, je n'en sais rien moi-même.

Elle contempla sa bouteille de bière vide qu'elle tenait toujours à la main, puis leva les yeux vers lui.

— J'en veux bien une autre. Ensuite, je rentrerai chez moi et je pense que je tomberai comme une masse.

Il lui prit la bouteille des mains et alla en chercher une autre dans le réfrigérateur.

— Vous êtes sûre ? demanda-t-il.

— J'ai vingt-huit ans, je peux tout de même boire quelques bières !

— Je ne voudrais pas que vous disiez ensuite que j'ai profité de votre état d'ivresse.

Elle leva des sourcils étonnés, et lui adressa un petit sourire taquin.

— Vous avez l'intention d'en profiter ?

— Je n'ai encore rien prévu, répondit-il.

Il lui tendit sa bière et se glissa de nouveau près d'elle sur la banquette.

— A part une question que je meurs d'envie de vous poser… C'est vraiment fini entre Ben Trudeau et vous ?

Elle prit un air horripilé.

— Depuis plusieurs années. Je m'étonne que ça fasse encore parler les gens.

— Il a l'air d'un parfait crétin, mais vous l'avez embauché comme professeur. Pourquoi ?

Elle haussa les épaules.

— Dans son domaine, il est excellent. Et je n'ai ni haine ni rancœur contre lui.

— Et Lara, vous la détestiez ?

Elle éclata de rire.

— On ne peut pas détester une abeille sous prétexte qu'elle possède un dard. J'avoue que je ne l'appréciais pas particulièrement en tant que personne, mais j'admirais son talent. J'ai eu de la peine pour Ben quand ils se sont séparés.

Elle marqua un temps d'hésitation.

— Ben est vraiment un bon danseur. Au début, leurs différends étaient purement professionnels. Il en avait marre qu'elle régente tout. Ça a fini par déteindre sur leur couple et elle l'a quitté. Jim, lui, était un partenaire idéal pour Lara : il la laissait mener la barque.

— Vous avez dû être furieuse que Ben fasse équipe avec quelqu'un d'autre quand vous vous êtes cassé la cheville.

— J'étais bien trop jeune et trop naïve pour m'en offenser. Quand j'ai compris qu'il m'avait définitivement remplacée, l'eau avait déjà coulé sous les ponts. Et puis, je lui dois énormément. C'est lui qui m'a découverte et c'est grâce à lui que j'ai mis les pieds au Moonlight. Aujourd'hui, c'est moi qui dirige, et Gordon me laissera probablement tout quand il prendra sa retraite.

Elle regarda Quinn droit dans les yeux et lui sourit.

— A présent, c'est moi qui emploie Ben. J'avoue que je savoure assez l'ironie de la situation… Et vous ? Je ne sais rien de votre vie.

— Elle m'a quitté, dit-il simplement.

— Pourquoi ?

— Elle prétendait que je ne pensais qu'au boulot.

— Ah bon ? En tout cas, ça ne se voit pas. On dirait au contraire que vous avez pas mal de temps libre.

Il but une longue gorgée de bière.

— Ce n'est pas comme ça toute l'année, dit-il. En ce moment, c'est très calme à Key Largo. Les affaires démarrent au cœur de l'hiver, quand les gens du Nord viennent chercher le soleil.

— Je comprends, fit Shannon en le dévisageant intensément. Vous étiez amer ?

— Amer ?

— Quand elle vous a quitté ?

Il contempla sa bouteille.

— Non… Elle n'avait pas tort.

— Pourquoi dites-vous ça ?

— C'était vrai que je la négligeais. Je peux être un vrai bourreau de travail, vous savez ?

— Un bourreau de travail, répéta-t-elle d'un air pénétré. Et pourtant, vous perdez votre temps à discuter avec une femme qui s'affole quand un chat passe dans son jardin.

Il sourit et, cette fois, il prit tout son temps pour écarter la mèche blonde qui retombait sur son visage.

— Je ne voudrais pas être ailleurs, en ce moment, répondit-il avec douceur.

Il fut surpris de sentir à quel point il pensait ce qu'il venait de dire. Et ce n'était pas seulement à cause de son décolleté affolant ou de ses cheveux si doux. Non. Il avait besoin de sa présence.

En ce moment, elle occupait toutes ses pensées.

Elle plongea son regard dans le sien, le souffle court, puis elle s'humecta les lèvres et sa bouche parut scintiller. Il remarqua ses dents : petites, blanches, parfaites.

— Eh bien, fit-elle d'un ton qui se voulait dégagé. En voilà une déclaration ! Ou un sacré mensonge ?

— Vous voulez que je m'éloigne de vous ?

— Je n'en sais rien.

Il se rendit compte qu'elle disait la vérité.

Tout à coup, elle parut reprendre ses esprits.

— Euh, oui. En fait, je crois que vous devriez me ramener chez moi.

Il se leva.

— Je ne suis pas d'accord.

Elle fronça les sourcils.

— Je crains d'avoir mal compris, dit-elle.

— Je pense que vous ne devriez pas rentrer chez vous.

— Et où devrais-je aller ?

— Vous devriez rester ici, tout simplement.

Elle sourit, puis se mit à rire franchement.

— Là, nous dépasserions clairement le cadre autorisé par le règlement.

Il secoua la tête.

— Pas du tout. J'ai l'intention de garder mes distances. Je crains seulement que vous ne mouriez de peur en rentrant chez vous. L'alcool n'arrange rien, vous savez ? Et il y a sur ce bateau une superbe chambre, bien à l'écart de la mienne. Vraiment, vous n'avez aucune raison de refuser.

— Mais… c'est que…

— Quelqu'un risque de s'apercevoir de votre absence ?

— Non.

— Alors, cessez de vous faire prier. Une bonne nuit de sommeil vous fera le plus grand bien.

— J'ai déjà très bien dormi hier soir, lui rappela-t-elle.

— Et ça vous a suffi pour récupérer des émotions de la semaine ?

Elle hésitait encore.

— Je crois même que j'ai une brosse à dents neuve à vous offrir.

— Vous avez sans doute raison, murmura-t-elle.

— Je peux vous prêter une chemise pour dormir, et je jure de garder mes distances. Demain matin, je vous réveille à la première heure. Vous pourrez repasser chez vous avant d'aller travailler. Et puis, ajouta-t-il doucement, même si quelqu'un remarque votre voiture dans le parking, nous avons une excuse toute trouvée : nous avions décidé que je vous raccompagnerais et que vous la laisseriez ici. Doug et Bobby peuvent en témoigner.

— Un point pour vous.

— Parfait.

Elle le dévisagea de nouveau de son air suspicieux, et lâcha la bombe :

— Vous avez été flic, autrefois, n'est-ce pas ?

— Oui.

— On ne vous a pas viré, tout de même ?

Il ne put s'empêcher de rire.

— Absolument pas. Je n'ai plus fait de bêtises à partir du moment où je suis entré dans la police.

— Ah bon…

— Je suis un type sérieux. Je le jure.

— La question mérite que j'y réfléchisse. Après tout, j'accepte de dormir sur votre bateau au lieu de retourner tranquillement chez moi. Tout ça à cause d'un chat qui traverse mon jardin.

— Et alors ? Moi aussi, j'ai dormi chez vous.

Elle rit.

— Encore un point. Dans ce cas…

— Oui ?

— Pourriez-vous me prêter cette chemise ?

— Tout de suite.

Minuit.

Il décida d'aller faire un tour du côté de chez elle.

La voiture n'y était pas.

Il contempla le porche en fronçant les sourcils.

Son téléphone portable sonna et il décrocha machinalement.

— Oui ?

— On a encore un problème. Ou plutôt, *tu* as un problème. Et je suis sympa de te prévenir. J'espère que tu sauras t'en souvenir.

— Quel genre de problème ?

— Tu le sais très bien.

— Mais, si je ne me trompe pas, tu es impliqué jusqu'au cou, toi aussi, répondit-il avec douceur.

Et il raccrocha.

De nouveau, il leva les yeux vers la maison et fut saisi d'un accès de rage.

Merde ! Ou était-elle passée ?

10.

Quinn venait tout juste de s'allonger lorsqu'il entendit frapper à sa porte.

Il se leva d'un bond. La cabine qu'il occupait — celle du capitaine — était relativement spacieuse pour un bateau de plaisance, mais il n'eut qu'un pas à faire pour atteindre la porte.

Elle attendait de l'autre côté, vêtue de cette chemise trop grande qui lui arrivait à mi-cuisse et dont les manches dépassaient de quelques bons centimètres. Mais, en dessous, on devinait ses formes parfaites. Elle s'était démaquillée et avec ce teint blanc et ses cheveux blonds qui retombaient en halo autour de son visage, elle avait un air un peu irréel.

— Je vous ai réveillé ? demanda-t-elle.

Il fut surpris de la sensualité de sa voix. *Je vous ai réveillé* ?

Il avait enfilé pour dormir un pantalon en velours coupé en short, et se félicita de ne pas être resté en caleçon, comme ça lui arrivait souvent.

Il aurait bien voulu lui répondre, mais il craignait que sa voix ne le trahisse.

Il parvint tout de même à prononcer un vague « non » qui ressemblait plutôt à un grognement.

Elle resta plantée devant lui sans rien dire et, une fois de plus, il se sentit enveloppé par son parfum.

— Il y a quelque chose qui cloche chez moi ? lui demanda-t-elle soudain.

— Pardon ?

Il crut qu'elle avait besoin d'être rassurée. Elle voulait sans doute entendre que c'était tout à fait normal de sursauter au moindre bruit et d'avoir peur des chats qui traversaient son jardin.

Elle le regardait en souriant, tout en se frottant le menton, toujours avec ses invraisemblables cheveux blonds qui retombaient en cascade sur ses épaules.

Il se retint de les toucher.

Il s'appuya au cadre de la porte et croisa les bras, fermement décidé à garder ses distances, comme il l'avait promis.

— Je ne vois pas où vous voulez en venir, dit-il.

Elle eut un sourire absolument désarmant.

— Vous n'essayez même pas de coucher avec moi…

Il en resta abasourdi, et la contempla longuement, en silence.

— Il n'y a rien qui me déplaise chez vous, dit-il enfin. Vous êtes superbe.

— Et alors ?

— Vous avez bu.

— Je ne suis pas soûle.

— Pourtant, vous avez abandonné votre réserve habituelle.

— Qu'est-ce que ça peut faire ? Il est interdit de conduire quand on a trop bu, mais pas de faire l'amour.

Il hésitait entre interpréter ça comme une plaisanterie et la renvoyer dans sa cabine ou l'allonger immédiatement sur sa couchette. Pour se donner le temps de la réflexion, il décroisa les bras et lui adressa un large sourire.

Merde alors !

Dire qu'une femme superbe venait frapper à la porte de sa cabine et qu'il s'efforçait de lui résister...

— Vous me connaissez à peine, murmura-t-il.

Aussitôt après avoir prononcé ces mots, il songea que c'était stupide. Ça lui était arrivé plus d'une fois de sortir avec une femme qu'il connaissait à peine. Alors, pourquoi était-ce un problème, ce soir ? Après tout, Shannon n'était pas une gamine.

Ses yeux, d'ordinaire anxieux et distants, le dévisageaient avec une intensité inhabituelle. Même leur couleur avait changé ; ils étaient à présent d'un vert profond et il pouvait y lire une foule de questions, des rêves, des espoirs et aussi une totale sincérité. L'univers qu'il entrevoyait dans ce regard l'attirait irrésistiblement, mais il luttait encore, comme s'il craignait en la touchant de la briser en morceaux, tant elle lui paraissait fragile. Il sut instinctivement qu'elle ne s'était jamais offerte à un homme comme elle s'offrait à lui ce soir. Elle avait atteint le firmament avec son art, puis elle s'était fracturé une cheville et elle avait renoncé. Ben Trudeau l'avait brisée et, depuis, elle s'était refermée sur elle-même. Il n'aurait pas su dire comment il comprenait tout cela... Il le lisait dans ses prunelles...

Il aurait pu s'écarter d'elle. Il allait le faire quand elle reprit la parole.

— Je vous connais un peu, murmura-t-elle d'une voix douce en plongeant son regard encore plus profondément dans le sien, sans pudeur.

Quelques larmes firent briller le vert émeraude de ses yeux, leur donnant un éclat étrange.

Elle se tenait à quelques centimètres de lui, suffisamment loin pour qu'ils ne se frôlent pas. Et pourtant, il eut l'impression d'une caresse terriblement sensuelle. Il se dégageait d'elle une chaleur qui sembla venir se poser sur son sexe.

Il eut du mal à se rappeler qu'elle ne l'avait pas encore touché.

Il fallait absolument qu'il tente une dernière fois de la ramener à la raison, de lui rappeler qu'elle n'était pas dans son état normal.

— Quinn ? murmura-t-elle timidement.

C'en était trop. Malgré ses scrupules, il ne pouvait pas rester éternellement de marbre.

— Viens, dit-il doucement.

Il la désirait au point d'en avoir mal, et il se jeta sur elle, comme ces adolescents qui font l'amour à l'arrière de leur Chevy. Il sentait sa poitrine contre son torse, son ventre plat, la courbe de ses hanches, ses longues jambes. Elle avait un corps superbe qui invitait au péché — tout comme son parfum —, et il se sentait une âme de pécheur.

Il la tint dans ses bras un long moment. Son cœur battait contre le sien et il percevait son souffle irrégulier. Puis il s'écarta d'elle, la prit par le menton et posa sa bouche sur la sienne.

Ses lèvres étaient parfaites, pleines et sensuelles. Elles exigeaient plus qu'elles ne donnaient, et l'entraînaient dans un duel qui attisait sa faim et lui laissait entrevoir d'autres plaisirs.

Soudain, la barrière de vêtements qui les séparait devint insupportable. Il se recula légèrement pour défaire les boutons de la chemise qu'elle portait et, dans son impatience, les arracha à moitié.

Après tout, elle lui appartenait, cette foutue chemise…

Il enleva son short à la hâte, et elle se glissa de nouveau dans ses bras. Leurs yeux se rencontrèrent et il plongea dans un jardin d'émeraude, infini, brûlant, impudique…

Et pourtant, en dépit du désir qu'elle ne cherchait pas à dissimuler, il lisait au fond de ses yeux une supplique. Elle demandait tout, avec l'énergie du désespoir. La passion, la sincérité, le respect, l'amour…

Peau contre peau, brûlés par un feu délicieux, un subtil élan de vie et de chaleur, leurs langues se mêlèrent en une sorte de danse désespérée. Il promena ses mains sur ses seins pleins et ronds, sur sa taille fine, puis plus bas, sur ses hanches.

Il recula, sans quitter sa bouche et l'entraîna avec lui à l'intérieur de la cabine. Ils n'eurent qu'un seul pas à faire pour se retrouver sur la couchette.

Elle était décidément d'un érotisme torride, et il se laissa submerger sans résistance. Les vagues qui venaient heurter le bateau les balançaient l'un contre l'autre, leur imposant leur rythme. Il sentit ses doigts qui lui labouraient les épaules, le dos, le torse.

A présent, il était vraiment perdu. Il brûlait dans les feux de l'enfer et du paradis — une douleur exquise. Il goûta la courbe de sa gorge, dévora la plénitude de ses seins, célébra les formes de son ventre, le creux de son nombril, et laissa la passion l'emporter, tandis qu'il descendait toujours plus bas vers l'endroit le plus secret. Chacun des mouvements de Shannon respirait la sensualité, la passion, mais aussi la grâce et la beauté. Ses doigts qui s'enfonçaient dans sa chair trahissaient son désir, et le goût de sa peau déclenchait en lui des sensations inédites, un délire, comme une explosion dans son crâne. Il se souleva légèrement et remonta jusqu'à son visage pour chercher son regard émeraude qui brillait dans la nuit. Leurs lèvres se joignirent et elle lui lança un regard surpris, comme si elle était étonnée du plaisir qu'il lui donnait. Un regard qui le toucha profondément, au-delà de ce qu'il aurait pu imaginer. Puis elle referma ses bras sur lui.

— Je t'en prie ! murmura-t-elle.

De nouveau, il chercha sa bouche et y plongea sa langue profondément pour la goûter encore et encore.

Puis il la pénétra avec son sexe et poussa profondément. Elle enroula ses jambes autour de ses hanches, et ils se laissèrent porter par le balancement de la couchette, emportés par la marée, par une violente tempête qui les jetait l'un contre l'autre.

Jamais il n'avait rencontré une partenaire capable de mêler ainsi sauvagerie et subtilité.

Leurs corps luisaient de sueur, leurs muscles étaient tendus à l'extrême et leurs respirations avaient pris un son rauque, pareil à celui du vent : un son venu de très loin, du plus profond d'eux-mêmes.

Il entrevit confusément son beau visage, ses yeux mi-clos, les mèches qui lui barraient les joues. Et, en même temps, il était conscient de son corps contre le sien, de son sexe de femme humide et soyeux qui enveloppait son sexe à lui, dur et tendu.

Enfin, il explosa en une vague de plaisir, comme si l'océan se retournait, comme si le bateau tout entier se soulevait dans la tempête puis retombait dans des eaux plus calmes pour s'échouer doucement sur la grève.

Il resta un long moment sans bouger, enroulé autour d'elle, avant de trouver la force de parler :

— Mademoiselle Mackay, je tiens à vous répéter que je vous trouve absolument parfaite. Je crois même que je n'ai jamais rencontré une femme comme vous de toute ma vie.

Elle bougea lentement pour lever les yeux vers lui, et il retrouva dans son regard la lueur fragile qui l'avait tant ému tout à l'heure. Il crut y voir aussi une hésitation et quelque chose de très doux, une sorte de confiance qui déclencha en lui de nouvelles sensations totalement inédites. C'était étrange à quel point ce regard lui faisait sentir sa propre force en même temps que sa propre fragilité.

Elle ne répondit pas, mais lui toucha la joue comme si elle cherchait ses mots.

— Toi aussi, tu es exceptionnel, murmura-t-elle. Et je tiens à ce que tu saches que je ne suis pas ivre.

Il sourit.

— Je le sais.

Elle se blottit contre lui.

— Ça faisait si longtemps… J'avais presque oublié.

— Pour moi, ça ne faisait pas longtemps, mais j'ai beau fouiller dans ma mémoire, je ne trouve rien de comparable, lui avoua-t-il.

Elle roula sur elle-même et le dévisagea d'un air sceptique.

— C'est vrai ou tu dis ça chaque fois ? Méfie-toi, je détecte très vite les baratineurs : j'en vois passer tellement au Suede…

Il secoua la tête en signe de protestation.

— Ce n'est pas du baratin. Mais… nous avons un petit problème.

Elle rabattit le drap sur elle, comme si cette phrase avait réveillé toute sa méfiance.

— Lequel ? demanda-t-elle tout bas.

— Je crains que nous n'ayons délibérément enfreint la règle.

Elle sourit.

— Je le crains aussi.

— Tu pourrais perdre ton boulot si Gordon l'apprenait ?

— En théorie, oui.

— C'est donc très sérieux.

— En effet, répondit-elle gravement.

Elle posa la main sur son visage et fit courir ses doigts sur son torse, puis plus bas. Elle avait des doigts fins, élégants… et très coquins.

— Les conséquences pourraient se révéler dramatiques

pour moi, ajouta-t-elle, alors autant que j'en profite pleinement. Comme ça, je ne serai pas punie pour rien.

— Chère madame, je suis prêt à vous faire l'amour toute la nuit si c'est ce que vous désirez.

Elle plissa les yeux, et lui déclara tout net :

— C'est ce que je veux, oui.

— C'est si joliment dit que je ne peux faire autrement que de vous satisfaire.

Il se pencha sur elle et l'embrassa. De nouveau, il sentit cet océan de désir qui l'engloutissait : un léger clapotis de vagues en même temps qu'une tempête en pleine mer.

En entendant frapper à la porte de la cabine, Shannon eut une bouffée de panique. Comme un enfant pris en flagrant délit de désobéissance.

Quinn n'avait pas tort. Ils avaient enfreint la règle.

Lui aussi était réveillé. Il se leva d'un bond, et sauta dans son short.

— Ne t'inquiète pas, dit-il en croisant le regard affolé de sa compagne. Les gens qui viennent me rendre visite sur ce bateau ne fouillent pas ma cabine, et ils n'ont rien à voir avec le Moonlight.

Il lui fit un grand sourire et sortit précipitamment.

Shannon tendit l'oreille, mais à travers la cloison, elle n'entendait rien. Elle enfila la chemise que Quinn lui avait prêtée, la ferma comme elle put avec les boutons qui restaient, et entrebâilla la porte.

— J'ai veillé une bonne partie de la nuit, mais je me suis levé tôt pour venir t'informer. J'ai pensé que ça t'intéresserait.

L'homme qui s'entretenait avec Quinn était grand, bien bâti, plutôt séduisant. Il portait un pantalon docker, une chemise de coton négligemment ouverte et une veste de sport.

Rien à voir avec un uniforme. Pourtant…

A en juger par son allure, son air assuré et déterminé… Il sentait le flic à plein nez.

— Effectivement, le renseignement vaut son pesant d'or, déclara Quinn. Je te remercie. Tu peux aller m'attendre Chez Nick ? Je te rejoins dans quelques minutes.

— D'accord.

Il partit, et Quinn revint dans la cabine.

— C'était un ami. Il faut que j'y aille : on doit discuter de choses importantes. Ça va ? ajouta-t-il en la prenant dans ses bras. Tu as l'air d'un chat qui vient d'avaler un canari.

Elle sourit, mais son malaise persistait. Pour une raison qu'elle ignorait, elle aurait préféré que ce soit Gordon qui frappe à la porte. Ce visiteur mystérieux ne lui disait rien qui vaille.

— Je vais très bien, répondit-elle. La lumière est magnifique, la journée s'annonce superbe.

— Tu ne regrettes rien ?

— Non, je te l'ai dit hier. Je n'étais pas soûle : je savais parfaitement ce que je faisais.

Il la prit tendrement par le menton et lui effleura les lèvres d'un baiser. Mais elle le sentait tendu et pressé de partir. Pourtant, on était dimanche ; elle ne travaillait pas et elle avait espéré…

Mais il ne lui proposa pas de passer la journée avec elle. Loin de là.

— Je ne sais pas combien de temps ça peut durer, dit-il. Je t'appelle plus tard, OK ?

— Entendu.

— Bon, il faut que je file sous la douche, dit-il en s'éloignant déjà.

— Ton ami, c'est un flic, n'est-ce pas ?

Il se retourna lentement et la contempla, les sourcils froncés.

— Oui. Comment le sais-tu ?

— Ça se voit comme le nez au milieu du visage.

— Il ne serait pas content d'entendre ça.

— Tu devrais lui conseiller de se tenir autrement. En redressant un peu moins les épaules, peut-être…

— Tu crois ?

— Je n'en sais rien. En tout cas, il a tout du flic.

Quinn sourit.

— Ce n'est pas vraiment un problème, dit-il.

Il se glissa dans le placard qui faisait office de salle de bains et ferma la porte. Presque aussitôt, elle entendit l'eau couler, et alla dans sa propre cabine en se demandant si l'on pouvait se laver à deux dans un bateau et s'il resterait de l'eau chaude pour elle.

Lorqu'elle le rejoignit, enroulée dans une serviette, il avait déjà enfilé un jean, une chemise à manches courtes bleu foncé, et glissait son portefeuille dans la poche arrière de son pantalon.

— Je te rappelle dans la journée, d'accord ?

Il semblait décidément nerveux. Etait-ce parce qu'il était pressé de rejoindre son ami ou parce qu'il craignait de ne pas la revoir ?

Avant de partir, il posa les mains sur ses épaules et la regarda longuement, d'un air de convoitise.

— Tu es superbe, lui dit-il d'une voix rauque et profonde qui la fit frémir de désir.

Il s'attarda encore, comme s'il la quittait à regret, puis s'écarta d'elle.

— Ça ne te dérange pas que je te laisse seule ici ? Tu en es certaine ?

— Bien sûr que non ! D'ailleurs, il faut que je rentre chez moi.

Il acquiesça.

— Je t'appelle plus tard, répéta-t-il pour la troisième fois.

Il commença à grimper l'échelle qui menait au pont, puis se retourna.

— Fais comme chez toi. Tu peux te préparer du café. Et n'oublie pas de bien refermer la porte de la cabine en sortant.

— Pas de problème ! répondit-elle en agitant la main dans sa direction.

Et il partit pour discuter avec son ami de cette affaire tellement importante.

Elle ne se sentait pas à sa place, seule sur ce bateau, et elle s'habilla aussitôt avec l'intention de s'en aller au plus vite. Mais, au dernier moment, elle hésita.

Finalement, c'était agréable de savoir qu'il lui faisait suffisamment confiance pour lui abandonner son domaine.

Plus elle découvrait Quinn, plus elle avait envie de le connaître totalement. Elle aimait son rire, son regard, le contact de ses mains et, plus que tout, elle appréciait son sens de l'humour, la fossette qui se creusait sur sa joue lorsqu'il souriait, sa façon de parler… Elle se demanda si elle s'en voudrait un jour d'avoir cédé à la tentation. D'un autre côté, elle ne se rappelait pas avoir jamais passé une nuit aussi divine.

Finalement, puisqu'on était dimanche et que personne ne l'attendait, elle décida de se préparer un petit déjeuner.

La cafetière était bien en vue sur le comptoir de la kitchenette. Tout en s'activant, elle réfléchissait. Quinn ne cessait de poser des questions, et pourtant, il niait qu'il était flic.

Mais pourquoi aurait-on mis un flic en civil sur l'affaire Lara Trudeau ? Shannon avait conscience de ne pas être la seule à s'interroger sur la mort de Lara, mais la police avait fait son enquête scrupuleusement, et l'autopsie avait conclu à une mort par overdose de médicaments mélangés à de l'alcool. Les analyses ne mentaient pas ; on ne pouvait nier les faits.

A présent, les flics ne s'intéressaient plus à l'affaire. Donc, Quinn n'était pas flic.

Le café était prêt, et elle trouva aisément une tasse, puis un petit pack de lait dans le réfrigérateur. Mais pas moyen de mettre la main sur le sucre.

Par contre, elle trouva les cuillères dans un tiroir, les serviettes dans un autre, ainsi que des dossiers en papier kraft, par-dessus tout un tas de paperasses. Elle marqua un temps d'hésitation et les contempla, les sourcils froncés.

La décence aurait exigé qu'elle referme tout de suite ce tiroir, mais il contenait peut-être les réponses aux questions qu'elle se posait sur l'étrange Quinn O'Casey, si bien qu'elle ne put résister à la tentation.

Elle plongea la main à l'intérieur du tiroir et en sortit les dossiers. Sur l'une des chemises, on avait écrit en grosses lettres le nom de Lara Trudeau ; sur l'autre, celui de Nell Durken.

Abasourdie par cette découverte, elle relut plusieurs fois les deux noms, puis ouvrit la première chemise. Un rapport de police, des déclarations, le rapport d'autopsie… il ne manquait rien.

Dans la seconde chemise, elle trouva à peu près les mêmes documents. Seuls les noms changeaient.

En entendant un bruit de pas sur le quai, elle voulut tout ranger, mais quelque chose bloquait au fond du tiroir. Elle l'ouvrit en grand et découvrit une cassette, avec — encore — le nom de Lara, et à côté : « Propriété de Miami-Dade, département des homicides ».

Elle rangea précipitamment la cassette de façon à pouvoir caser les dossiers. Puis elle attendit, partagée entre la culpabilité, la peur et la colère. Ce Quinn n'était qu'un fieffé menteur.

Finalement, ce fut la colère qui l'emporta. Il s'était moqué d'elle ! S'il la considérait comme suspecte, il n'aurait jamais dû faire l'amour avec elle.

Elle se promit de le faire virer de la police…

Les bruits de pas se rapprochèrent, puis l'homme passa son chemin. Ce n'était donc pas Quinn O'Casey.

Il pouvait aussi bien revenir dans quelques minutes que dans plusieurs heures.

Elle serra les dents, luttant contre une furieuse envie de fouiller l'intérieur du bateau et — pour être tout à fait franche — de le saccager.

Une sonnerie la fit sursauter. Elle s'arrêta, sur le qui-vive, puis se rendit compte qu'il s'agissait de son propre téléphone.

Elle fouilla dans son sac et vérifia l'identité de la personne qui appelait. C'était Justin.

De nouveau, elle se sentit envahie par ce ridicule sentiment de culpabilité. Non seulement elle avait enfreint la règle en passant la nuit avec un élève, mais en plus, elle s'était laissé berner comme une gamine. C'était pathétique. Elle s'était jetée dans les bras du premier salaud venu, tout ça parce qu'elle n'avait plus de vie amoureuse depuis longtemps.

— Oui ? fit-elle le souffle court.

— Shannon ?

— Oui, qui veux-tu que ce soit ?

— Je ne reconnaissais pas ta voix, dit Justin. Tu as l'air bizarre.

— Ah bon ? Désolée. Je n'arrivais pas à mettre la main sur mon téléphone : il était perdu tout au fond de mon sac.

Elle l'entendit rire à l'autre bout du fil.

— C'est vrai que c'est la jungle, là-dedans.

— Très drôle ! Qu'est-ce que tu veux ?

— On va à la plage. Tu veux venir avec nous ?

— Qui ça *nous* ?

— Sam, Rhianna et moi. On a appelé Ella et Ben, mais ils

ne répondent pas. Gordon, lui, il était à moitié endormi : il m'a envoyé sur les roses. Mais toi, je sais que tu n'es pas du genre à faire la grasse matinée. Ça te dit ou pas ? Un petit tour à la plage pour se décrasser de la semaine ?

— Je ne sais pas trop, Justin. La semaine a été tellement dure…

— Tu nous as assez vus, c'est ça ? Remarque, je comprends.

— Non, ça n'est pas ça. Je suis toujours heureuse de vous voir, mais…

— Allez, dis oui ! Sinon, on vient faire le siège de ta maison jusqu'à ce que tu sortes.

— Non !

— On va se gêner, tiens ! Il faudra que tu appelles les flics pour nous déloger, et ça ne sera pas bon pour la réputation du studio. Je vois déjà les titres : *Trois professeurs du* Moonlight *incarcérés pour avoir harcelé la directrice.*

— Ne venez pas me chercher : je vous rejoindrai.

— Vraiment ?

— Oui.

— Tu le jures ? Tu ne dis pas ça pour te débarrasser de moi ? Si on ne te voit pas arriver, on débarque, je te préviens ! On ne peut pas s'amuser sans toi : on se sent abandonnés.

— Je n'en doute pas, dit Shannon. Décidément, tu ne manques pas d'humour, ce matin. Je viendrai, promis. Laisse-moi juste un peu de temps. Après la plage, si tu veux, je vous inviterai à boire un verre.

— D'accord. Super ! On sera sur la plage publique, près de l'hôtel, juste en face de ta rue.

— Entendu.

Elle raccrocha et rangea lentement le téléphone dans son sac.

Il était temps qu'elle parte, sinon elle risquait de ne pas résister et de tout casser dans cet infect rafiot.

A présent qu'elle savait tout, elle n'avait plus aucune raison de rester. Elle s'était méfiée de Quinn depuis le début et elle avait eu raison. Il lui avait menti sur toute la ligne.

Mais qui était-il exactement ? Comme il avait emporté son portefeuille, elle ne pouvait pas vérifier son identité. Restait son bureau et son ordinateur.

Elle secoua la tête et se dirigea vers l'échelle qui menait sur le pont. Il fallait qu'elle déplace sa voiture avant que quelqu'un ne la remarque… Mais la curiosité fut la plus forte, et elle fit demi-tour pour fouiller le bureau.

Des crayons, des stylos, des gommes, des disquettes, des papiers…

Elle ouvrit un tiroir. Il contenait des dossiers et elle tira le premier de la pile.

« Whitelaw et O'Casey, détectives privés »

Suivait une adresse à Key Largo, avec un numéro de téléphone, un e-mail et un numéro de licence délivré dans l'Etat de Floride.

— Le salaud ! s'exclama-t-elle, folle de rage.

Elle referma le tiroir violemment.

En effet, cet hypocrite savait s'y prendre pour mener une enquête.

De nouveau, elle se dirigea vers la sortie, tout en se demandant si elle serait capable de conduire dans l'état où elle se trouvait.

Puis elle hésita encore et revint vers le bureau. Elle s'empara du téléphone et composa le numéro de l'agence. Ça sonnait mais personne ne répondait.

Les affaires marchaient donc si mal pour qu'il n'ait même pas les moyens de s'offrir un répondeur ?

On était dimanche, c'était fermé ; elle aurait dû s'y attendre.

Mais, à sa grande surprise, on décrocha enfin.

— Whitelaw et O'Casey, agence de détective, fit une voix qui n'était pas celle d'un répondeur.

Elle fut prise au dépourvu et ne sut trop que dire.

— Euh… Excusez-moi de vous déranger… Est-ce que M. O'Casey est là ?

— Non, désolée, il est en vacances en ce moment. Vous voulez peut-être laisser un message pour M. Whitelaw ?

— Non, je rappellerai. Je voulais parler à M. O'Casey.

— Vous faites partie du bureau de Quantico ? Je peux le joindre si vous avez une urgence.

— Non, pas du tout, je vous remercie, répondit Shannon précipitamment avant de raccrocher.

Quantico ?

Il n'était pas seulement détective privé. Il appartenait au FBI ! Ou il avait travaillé pour les fédéraux… A moins qu'il soit seulement en rapport avec un privé de Quantico ?

Mais non : cet homme était en rapport avec le FBI, c'était évident.

Dire qu'il prétendait organiser des croisières ! La pêche, la plongée sous-marine… Tu parles…

Une chose était sûre : il s'était servi d'elle.

Elle se mit à pleurer et essuya ses larmes d'un geste rageur.

Avant de quitter le bateau, elle jeta un coup d'œil par-dessus son épaule pour contempler une dernière fois l'intérieur de la cabine.

— J'ignore ce que vous tramez, monsieur O'Casey, dit-elle tout haut, mais je vous déteste.

Elle s'en alla sans fermer la porte de la cabine et sans se retourner.

11.

— Il n'y a probablement aucun lien entre les deux affaires, dit Jake en levant sur Quinn ses yeux bouffis.

Ils n'étaient pas installés à la terrasse mais dans la cuisine de Nick.

Jake vivait d'ordinaire sur un bateau amarré à la Marina, mais sa femme, l'officier Ashley Montague Dilessio, ne supportait plus le tangage du bateau depuis qu'elle était enceinte. Ils étaient donc revenus s'installer dans son appartement de jeune fille, contigu à celui de Nick.

Quinn trouva que son ami avait vraiment mauvaise mine. Bien sûr, il avait terminé son service tard dans la nuit, mais ça ne suffisait pas à expliquer son teint terreux. Il se faisait probablement du souci pour Ahsley, toujours retenue à Jacksonville pour des raisons de service. Et, en plus, Jake avait pris sur son temps de sommeil et de récupération pour venir lui donner des informations. Quinn lui en fut reconnaissant.

On avait encore trouvé un cadavre de femme, cette nuit. Elle avait été noyée.

— Duarte pense que la mort est récente, expliqua Jake. Je lui fais confiance, il connaît son boulot. Il ne commencera pas l'autopsie avant demain, mais tu le connais, il ne chôme pas. Il est venu en pleine nuit, dès qu'on l'a appelé.

— Il n'a rien constaté de particulier ? demanda Quinn.

— Apparemment, la victime appartenait à un milieu aisé. Je te montrerai mes notes. Elle portait une fortune en bijoux : une Rolex et une chaîne en or avec un pendentif en diamant en forme de cœur, suffisamment gros pour faire pâlir d'envie n'importe quelle femme.

— L'origine ? Hispanique, Noire, Asiatique, Européenne ?

— Je ne sais pas encore. Plutôt mate, peut-être hispanique. Remarque, elle pourrait être blonde et d'origine hispanique. La moitié des Sud-Américaines que je connais sont blanches. Mais elle était brune. Cheveux noirs, yeux noirs, teint mat.

— Pas de signes de lutte ?

— Elle était nue, mais apparemment, on ne l'a pas violée. On n'a trouvé ni bleus ni marques sur le corps. Juste des traces de piqûres sur le bras.

— Une junkie ?

— Je ne conclurais pas si vite. Ce qui est sûr, c'est qu'elle s'était déjà injecté plusieurs fois de la drogue.

— A-t-on signalé la disparition d'une personne qui pourrait lui ressembler ? demanda Quinn.

— Pas pour l'instant. D'après Duarte, la mort ne remonte pas à plus de vingt-quatre heures. On a dû la jeter d'un bateau et il est possible qu'elle ait succombé à une overdose. Dès que j'en saurai plus, je t'informerai. Je ne suis pas sûr que ça ait un rapport avec l'affaire qui t'intéresse, mais… C'est la deuxième jeune femme en peu de temps, et je trouve ça bizarre.

— Tu penses que ça serait suffisant pour faire rouvrir le dossier Lara Trudeau ?

Jake fit la grimace.

— Je n'étais pas chargé de l'affaire Trudeau. Il faudrait que je passe par la hiérarchie et j'ai bien peur qu'une mort par overdose dans le même secteur ne suffise pas à les convaincre. Je ne fais pas ce que je veux, tu sais ?

— D'accord, mais tu as accès à pas mal de renseignements et tu connais tout le monde dans la police du comté.

Jake haussa les épaules.

— C'est la folie ici. Voilà la triste vérité... On a beau faire, la drogue circule quand même. Tous les ans, on atteint le même quota de violences et de morts par overdose. Ça touche tous les milieux sociaux. En tout cas, si ce cadavre t'intéresse, je t'appellerai pour que tu assistes à l'autopsie. Je suis sûr que ça ne dérangera pas Duarte.

— D'accord, je te remercie.

— Ça va ? Tu as l'air aussi dévasté que moi. Qui était avec toi dans la cabine ? Je la connais ?

Quinn pencha la tête et lui jeta un regard sombre.

— *Moi*, je la connais. Contente-toi de ce renseignement.

— O.K., fit Jake en se levant. Bon, je suis là à discuter et à boire du café, alors que j'aurais surtout besoin d'aller me coucher.

— Tu as raison, tu ne devrais pas boire de café maintenant. En tout cas, merci. J'apprécie ton geste.

— Ça ne te mènera peut-être à rien.

— En effet, mais merci quand même.

— Laisse tomber. On se voit demain.

— Ashley rentre bientôt ?

— Cet après-midi, en principe.

— Tant mieux. A plus tard, Jake.

En sortant, Quinn jeta un coup d'œil en direction du parking. La voiture de Shannon n'y était plus.

Il s'y attendait. Après tout, il lui avait dit qu'il ne savait pas pour combien de temps il en avait...

Il prit le chemin de la jetée avec un étrange sentiment de malaise.

*
* *

— Ça, c'est un peu exagéré, déclara Justin.

Allongés sur le sable, luisants de crème, ils lézardaient au soleil, face à la mer.

— De quoi parles-tu ? demanda Jane.

— Toute cette graisse. On ne devrait pas s'exhiber dans cet état !

— Justin, ce n'est pas gentil ! lui lança Rhianna.

— C'est cette fille qui nous agresse avec son physique de sergent-major.

— Dis donc, et toi ? Tu penses que tu es parfait, en maillot de bain ? lui lança Jane.

— Je ne suis pas un adonis, je sais, mais je ne ressemble pas à une grosse baleine.

Shannon leva la tête pour observer la femme qui marchait le long de la grève et qui, en effet, débordait de son maillot.

— Justin, je te signale que tout le monde a le droit de profiter de la plage, dit-elle.

— En plus, tu t'acharnes sur les femmes ! lui fit remarquer Jane.

— Pas du tout ! Tiens, regarde ce vieux beau qui croit que ce qu'il a dans son minuscule Bikini suffit à le rendre irrésistible. Sa peau plisse autant que celle d'un basset.

— Tu vas arrêter, à la fin ? gronda Shannon.

— Je ne peux pas, c'est plus fort que moi. La grosse femme repasse devant nous. Oh non ! Elle se penche en avant. Je suis aveuglée par les reflets de son derrière tout blanc.

— Justin ! protestèrent en chœur Rhianna et Shannon.

Pourtant, Shannon ne pouvait s'empêcher de le trouver drôle. Au fond, il essayait désespérément de les faire rire, de les aider à oublier.

Mais Jane en avait assez, et elle décida de lui river son clou. Elle fit glisser ses lunettes sur le bout de son nez et le regarda fixement.

— Moi aussi, j'ai une très belle vue, lui dit-elle. Tu es tellement petit que je n'ai même pas besoin de lever la tête.

— Parfait, moque-toi de moi. Ce n'est pas grave, déclara Justin d'un ton faussement offensé.

— Heureusement, les flics sont partis, dit Rhianna. Les pauvres, ils me faisaient de la peine avec leur uniforme sur la plage…

— Les flics ? demanda Shannon.

— Rhianna, gronda Sam. On avait dit qu'on n'en parlerait pas.

Shannon se redressa sur sa serviette, enleva ses lunettes et regarda ses amis d'un air inquiet.

— Qu'est-ce qu'ils faisaient sur la plage ?

— On a trouvé une noyée, expliqua Sam. Quelqu'un a découvert le corps en plein milieu de la nuit, et ce matin, toute une partie de la plage était bouclée. Les flics étaient encore là dix minutes avant que tu n'arrives.

— Un corps, répéta Shannon.

— Ça n'était pas une danseuse, rassure-toi, fit précipitamment Justin.

— Qu'est-ce que tu en sais ? intervint Jane.

Justin soupira.

— C'était une nana du beau monde. Il paraît qu'elle était nue mais couverte de bijoux. En plus, elle avait des traces de piqûres sur les bras. Encore une qui a voulu profiter de la vie trépidante de Miami Beach.

— Couverte de bijoux…, dit Rhianna d'un air songeur. Ça signifie qu'on ne l'a pas tuée pour la voler.

— On ne sait pas si elle a été assassinée, leur fit remarquer Jane.

— Ah, oui ? rétorqua Rhianna. Alors, d'après toi, elle a enlevé ses vêtements et elle s'est allongée sur la plage pour mourir. Ça ne tient pas debout.

Shannon songea qu'en effet ça ne tenait pas debout — pas plus que Lara Trudeau ingérant une dose massive de calmants avec de l'alcool, juste avant de danser.

— Seigneur ! lança Justin. On dirait que vous ne lisez jamais les journaux. Des gens meurent tous les jours : on ne peut pas se rendre malade chaque fois qu'on apprend un décès. On a déjà le deuil de Lara à porter ; ne nous occupons pas des étrangers.

— On la connaît peut-être, fit doucement Jane.

Justin poussa un nouveau soupir.

— Je vous rappelle qu'on est venus ici pour se détendre !

— C'est vrai, rétorqua sèchement Shannon. Quel dommage qu'une femme se fasse assassiner le jour où nous avons décidé de profiter du soleil.

— Tu penses que c'est un meurtre ? demanda Jane.

— Ça suffit ! s'exclama Justin. Aucun de nous ne fait partie de la police. Si vous voulez, on posera la question à Doug O'Casey la prochaine fois qu'on le verra.

— Il ne travaille pas avec la criminelle, dit Jane.

— Et alors ? Il connaît tous les flics de Miami : il peut avoir tous les renseignements qu'il veut, affirma Justin.

Au moins par son frère, songea Shannon. Celui qui était venu pour enquêter en douce sur tout le personnel du Moonlight.

Mais pourquoi ?

Et engagé par qui ?

Est-ce que quelqu'un savait quelque chose qu'eux-mêmes ignoraient ?

Rhianna se leva en essuyant ses fesses pleines de sable.

— Je crois que j'ai assez profité du soleil pour aujourd'hui. Je m'en vais. A demain matin, les amis.

Jane se leva aussi.

— C'était une excellente idée, Justin, mais je suis cuite.

Justin les imita en secouant la tête.

— Alors, allons-y.

— Moi, je reste encore un peu, annonça Sam.

Il avait noué ses mains derrière la nuque pour soulever sa tête, on aurait dit qu'il faisait des abdominaux.

— Tu devrais me tenir compagnie, Justin, ajouta-t-il.

— Non, il ne peut pas, déclara Jane. Nous sommes venues dans sa voiture et il doit nous ramener. A demain, Shannon !

Shannon haussa les épaules et agita mollement la main dans sa direction. Jane et Sam étaient les étoiles montantes du studio : ils travaillaient dur pour y arriver. Elle, elle se sentait lasse, sans trop savoir pourquoi.

En fait, elle avait le cœur broyé. Elle avait cru partager quelque chose de beau avec un type merveilleux, et elle venait de découvrir qu'il avait couché avec elle pour les besoins de son enquête.

Elle devait tout de même reconnaître qu'il s'y était donné à fond…

— Shannon ? répéta Jane.

— Oui, Jane. A demain. 10 heures pile.

Jane sourit et s'éloigna. Sam resta allongé sur le sable et Shannon assise, les genoux contre la poitrine, à regarder les vagues. Elle aimait se perdre dans le bruit de la mer, l'eau, le soleil et l'air marin saturé de sel. Elle songea qu'il était étrange que tant de beauté recèle tant de violence.

Soudain, elle entendit Sam soupirer, près d'elle.

— Viens, dit-il. Je vais te montrer où était la femme.

Shannon se leva avec un sentiment de culpabilité.

— C'est un peu morbide, non ? commenta-t-elle.

— Non, il est naturel que nous nous intéressions à ce qui se passe dans notre quartier. Le studio n'est pas loin, ta maison non plus…

Il sauta sur ses pieds et lui tendit la main pour l'aider à se relever. Elle la prit et il passa un bras autour de ses épaules.

— On avait décidé de ne pas t'en parler, en espérant que les flics ne reviendraient pas.

— Sam, c'est très gentil à vous de vouloir me protéger en me cachant les mauvaises nouvelles, mais j'ai la télévision et je lis les journaux, tu sais ?

— Oui, mais on voulait que tu passes au moins un après-midi agréable. Enfin, bon, c'est raté…

Elle lui pressa gentiment le bras.

— Merci de l'intention, mais je ne suis pas en sucre : je tiens le coup. Tu sais bien que je suis solide !

— Ah oui ? fit-il avec une moue.

— Tu en doutes ?

Il lui adressa un grand sourire.

— Je ne devrais pas te pousser parce que tu serais une concurrente sérieuse pour Jane et moi. Mais si tu étais aussi solide que tu le prétends, tu aurais repris la compétition depuis longtemps.

Elle poussa un gémissement.

— Sam, je ne récupérerai jamais complètement.

— C'est des conneries. Un kiné t'a peut-être mis ça dans le crâne, mais ta cheville va parfaitement bien.

Elle s'apprêtait à le prier de changer de conversation, mais autant demander à un chat d'aboyer. Il s'arrêta de marcher et elle dut s'arrêter aussi.

— C'est là.

C'était là, mais il n'y avait plus grand-chose à voir. L'endroit où l'on avait trouvé le corps était entouré par un cordon jaune. Deux techniciens fouillaient minutieusement chaque centimètre de plage, sous l'œil attentif des badauds. Certains badauds allaient même jusqu'à questionner l'agent de faction avant de s'éloigner.

— C'est du voyeurisme, murmura Shannon. Comme

ces conducteurs qui ralentissent en arrivant à hauteur d'un accident.

— Peut-être, mais tout le monde fait ça, répondit-il tout bas. Quand on est arrivés tout à l'heure, les gens ne parlaient que de ça. Ils semblaient même tout excités par cette découverte.

— Eh bien, heureusement qu'on a emmené cette pauvre femme, dit Shannon.

— En effet. La mort devait être récente, mais d'après les gosses qui se sont approchés, les crabes lui bouffaient déjà les doigts de pieds.

— Quelle horreur ! s'exclama Shannon. Allons-nous-en.

Elle fit demi-tour et Sam la suivit, mais elle ne put s'empêcher de se retourner une dernière fois pour regarder par-dessus son épaule. Deux hommes s'approchaient du groupe de badauds. Elle reconnut aussitôt le visiteur matinal de Quinn… suivi de Quinn en personne. Elle s'arrêta net.

Le premier montra sa plaque à l'agent de faction. Il lui présenta Quinn, et tous trois se serrèrent la main puis se mirent à parler.

— Qu'est-ce qui se passe ? demanda Sam en s'arrêtant.

— Rien du tout, répondit Shannon précipitamment en se remettant à avancer.

Elle ne savait pas pourquoi, mais elle ne voulait pas que Sam fût témoin de la scène.

— Tu es sûre que ça va ?

— Tout ça me donne la chair de poule. Partons.

Elle accéléra le pas et, lorsqu'elle fut certaine que Sam ne prêtait plus attention à elle, elle jeta de nouveau un coup d'œil derrière elle.

Les deux hommes n'étaient pas venus seuls, comme elle l'avait cru tout d'abord. Ils étaient accompagnés d'une très jolie femme qui était enceinte et qui portait une mallette. Quinn passa un bras autour de ses épaules et lui parla doucement.

Elle l'écouta avec beaucoup d'attention et leva les yeux vers lui avec un grand sourire. Puis elle franchit le cordon jaune de police, s'accroupit et se mit à fouiller le sable avec les deux techniciens.

— Mais qu'est-ce qui t'arrive, à la fin ? demanda Sam avec un regard préoccupé.

— On fait la course ? Je parie que je te bats ! lança Shannon en se mettant à courir.

Elle était rapide et elle le savait. Sam réagit au quart de tour et piqua un sprint, lui aussi.

Shannon arriva la première et se laissa tomber sur sa serviette. Il la suivit de près, en soufflant comme un bœuf.

— J'ai gagné ! fit-elle d'un ton triomphant.

Il la contempla avec un sourire, tout en essayant de reprendre sa respiration.

— Je constate que ta cheville est vraiment foutue.

La jeune femme poussa un gémissement agacé.

— Bon. Où as-tu garé ta voiture ?

— A quelques pâtés de maisons de chez toi.

— Alors, je t'invite. On va se reposer un peu, ensuite je préparerai de quoi grignoter.

Décidément, Quinn ne regrettait pas d'avoir quitté la police. Les flics avaient soi-disant des horaires de service mais on les appelait à n'importe quelle heure et ils devaient être tout le temps disponibles. En tant que détective privé, on pouvait au moins se mettre au vert quand on le décidait.

Du moins, en théorie, car Quinn était censé se trouver en vacances en ce moment même, sur une plage, certes, mais aux Bahamas, sous la brise douce, en train de siroter une boisson fraîche et de contempler les enfants qui s'ébattaient sur le sable. Là-bas, une musique calypso flotterait dans l'air et le sel marin rongerait lentement les cauchemars qui hantaient ses nuits.

Mais, d'un autre côté, s'il était parti comme prévu, il n'aurait jamais passé cette merveilleuse nuit avec la belle Shannon.

Et il ne serait pas non plus en train de se demander ce qu'elle avait fait, une fois seule sur le *Twisted Time*...

Mais, pour l'instant, il devait se concentrer sur cette nouvelle affaire de meurtre. Heureusement, le cadavre était tout frais, d'après les techniciens de la médecine légale. Ils en sauraient plus quand Duarte aurait pratiqué l'autopsie. Jake était chargé de l'affaire et il avait voulu jeter un coup d'œil sur les lieux en plein jour. Quinn l'avait suivi, mais auparavant, il avait vérifié que rien ne manquait sur le bateau. Il avait remarqué que Shannon avait pris le temps de se préparer du café mais qu'ensuite, elle était partie à la hâte, en oubliant de refermer la porte derrière elle. Entre-temps, Ashley avait réussi à trouver une place sur le premier vol du matin, et Jake était allé la chercher à l'aéroport. Ils allaient se rendre ensemble à la morgue, pour qu'Ahsley fasse un portrait de la victime. Jake avait l'intention de le faire paraître dans les journaux. Il ne voulait pas de photos du corps ; il préférait un croquis, plus expressif et plus vivant.

Jake avait eu de la chance de rencontrer Ashley, une femme qui se passionnait pour le dessin autant que pour son travail de flic, et qui ne se plaignait jamais. Elle allait accoucher sous peu, mais elle refusait de s'arrêter.

Sur le chemin de la morgue, Quinn ne put s'empêcher de lui demander si ça ne lui donnait pas la nausée de contempler des cadavres, en ce moment.

— Un macchabée, ça n'a rien de réjouissant, répondit-elle, mais je n'ai pas été malade une seule fois pendant ma grossesse. Mon travail est important : il contribue à créer un monde meilleur pour mon futur enfant.

Elle sourit et jeta un coup d'œil à Jake qui conduisait.

— Evidemment, on ne peut pas éliminer le mal sur terre, mais on fait quand même avancer les choses. Tu n'es pas d'accord ?

— Ashley, on aurait dû te cloner, dit Quinn. Il faudrait plein de femmes comme toi.

Elle lui adressa un sourire radieux. Elle était belle et très féminine, mais elle pouvait aussi se montrer inflexible.

— Merci, dit-elle.

Elle se tut un instant, puis ajouta :

— En tout cas, nous sommes ravis de t'avoir avec nous. Je sais que tu viens de traverser une épreuve difficile.

Elle parut un peu gênée de cette allusion à Nell Durken ; elle n'était pas du genre à se montrer indiscrète.

— Si Nell n'avait pas fait appel à toi pour suivre son mari et si tu n'avais pas pris la peine de rédiger des rapports de filature aussi détaillés, Art Durken serait peut-être passé à travers les mailles du filet.

— On ne l'a pas encore jugé ! rappela Quinn en fronçant les sourcils.

Ashley n'avait peut-être pas eu une seule nausée de toute sa grossesse, mais lui en avait chaque fois qu'il repensait à cette affaire.

Ils arrivaient à la morgue. Jake et Ashley exhibèrent leur badge, et un assistant vint les chercher pour les conduire dans la salle où se trouvait le cadavre.

D'après les estimations de Duarte, le décès remontait à moins de vingt-quatre heures, mais la mer et la mort avaient déjà dégradé le corps d'une façon surprenante.

Pourtant, on voyait que cette femme avait été belle et qu'elle venait d'un milieu aisé. Ses ongles — du moins ceux qui n'avaient pas été entamés par les crabes — étaient soigneusement manucurés et vernis. Elle avait des cheveux noirs et épais, des pommettes hautes, et en lui ouvrant la bouche, on découvrait une dentition parfaite. Tout semblait indiquer qu'elle avait mené une vie aisée.

Ashley avait déjà pris son fusain.

Pendant ce temps, Jake et Quinn enfilèrent les gants que leur avait fournis l'assistant, et examinèrent sommairement le cadavre. Mais cette rapide inspection ne leur apprit pas grand-chose, à part que la jeune femme avait des traces de piqûres.

— Elle se piquait, mais uniquement sur les bras. Elle n'en était donc pas à un stade trop avancé, fit remarquer Jake.

Quinn secoua la tête.

— Elle n'est pas amaigrie non plus, constata-t-il. Ses dents ne sont pas abîmées.

— Elle ne devait pas se droguer depuis longtemps, conclut Jake.

Ashley avait terminé son croquis. Ils quittèrent donc la morgue et revinrent à l'endroit où le corps avait été découvert. Les techniciens fouillaient encore le sable, et ils les laissèrent travailler.

Comme ils se trouvaient sur une portion de plage appartenant à un hôtel, ils commencèrent par interroger le personnel et les clients de l'établissement, mais personne ne reconnut la jeune femme sur le portrait.

Jake fit remarquer que l'endroit se trouvait non loin du Moonlight et de la maison de Shannon Mackay. Mais ça ne les avançait pas à grand-chose.

Il ne restait plus qu'à attendre les résultats de l'autopsie et à espérer que la publication du portrait dans les journaux donnerait quelque chose.

Quinn décida de prendre congé de Jake et Ashley. Ils proposèrent de le raccompagner en voiture, mais il refusa. Il avait d'autres projets.

Il se rendit à pied jusqu'à la maison de Shannon et sonna à la porte. Quelqu'un bougea à l'intérieur, mais on ne lui ouvrit pas.

Puis il entendit murmurer. Elle n'était pas seule. Il colla son oreille au battant.

— Qu'est-ce qui te prend ? fit une voix d'homme qu'il crut reconnaître comme étant celle de Sam Railey. Pourquoi tu ne lui ouvres pas ?

— C'est dimanche, répondit Shannon d'un ton laconique. Je ne travaille pas.

Quinn songea brusquement qu'il n'aurait pas dû venir chez elle à l'improviste. Il avait oublié la fameuse règle.

— Dans ce cas, ouvre la porte et dis-le-lui, rétorqua Sam.

— Non. Il finira bien par s'en aller.

— J'ai l'impression qu'il en pince pour toi, fit Sam d'un ton taquin.

— C'est un élève !

— Et alors ? D'ailleurs, il mérite à peine le nom d'élève. Tu es sûre qu'il vient vraiment pour apprendre à danser ? Je n'ai jamais vu un type aussi nul.

C'était vrai, mais Quinn trouva cette remarque terriblement blessante.

— Eloignons-nous de la porte, dit Shannon.

Elle aurait pu au moins le défendre…

Il appuya de nouveau sur la sonnette.

— Pour l'amour du ciel ! murmura Sam.

— C'est bon, fit Shannon.

Quinn recula juste à temps : la porte s'ouvrit à la volée.

Shannon le contemplait d'un air furieux, et il comprit aussitôt que ce n'était pas uniquement parce qu'il débarquait chez elle à l'improviste.

Elle le fusillait du regard et ses yeux gris émeraude avaient pris une couleur acier qu'il ne leur connaissait pas. Elle se tenait raide comme un piquet — signe évident d'hostilité — et ne lui proposa pas d'entrer.

Sam, lui, semblait s'amuser beaucoup.

— Salut, Quinn ! lança-t-il d'un air détaché.

— Que voulez-vous, monsieur O'Casey ? demanda sèchement Shannon.

— Comme je passais par là, je suis venu prendre de vos nouvelles.

— Vous passiez par là, quelle coïncidence ! lança-t-elle d'un ton mielleux.

D'un seul coup, il comprit, et ce fut comme s'il recevait un coup de poing à l'estomac. Elle avait fouillé le bateau. Il avait été vraiment stupide de la laisser seule…

— On a découvert un cadavre sur la plage, dit Sam. Vous en avez entendu parler ?

Bon, apparemment, Sam n'était pas au courant de ses activités. Quinn en fut soulagé. Cela dit, son travail n'était pas un secret d'Etat et les gens du studio finiraient bien par apprendre la vérité d'une façon ou d'une autre.

— Oui, j'en ai entendu parler, répondit-il d'un ton dégagé, tout en regardant fixement Shannon.

— Sam et moi, nous allions justement sortir, déclara-t-elle brusquement.

— Ah bon ?

Il n'en crut pas un mot. Elle portait une sorte de peignoir en tissu-éponge, Sam un jean coupé en short, et ils étaient tous les deux pleins de sable.

— On ne devait pas grignoter chez toi ? fit Sam d'un air innocent.

Shannon lui jeta un regard courroucé, et il la contempla d'un air faussement naïf.

— En attendant qu'on se décide, dit-il avec un grand sourire, tu pourrais proposer à Quinn d'entrer. D'autant qu'avec un frère flic, il doit avoir des informations au sujet de la noyée. Tu n'as pas envie d'en savoir plus ?

— Vous êtes libres de parler de ce que bon vous semble, rétorqua-t-elle d'un ton sec et mécontent qui démentait ses paroles. Moi, je vais prendre une douche. Ensuite, Sam, on ira déjeuner dehors. Monsieur O'Casey, nous aurions été ravis de vous inviter, mais vous savez bien que le règlement du studio nous l'interdit. Les autres élèves ne doivent surtout pas s'imaginer que nous vous accordons une attention particulière.

Elle ne lui laissait pas le choix. Il s'efforça de sourire.

— L'ennui, c'est que je suis à pied. Pourriez-vous au moins me raccompagner jusqu'à la marina ?

Il savait qu'elle ne pouvait pas refuser sans se montrer grossière.

— Shannon, intervint Sam, ne sois pas si rigide ! D'ailleurs, il me semble que tu voulais parler à Quinn de la location d'un bateau pour le Gator Gala.

— Je ne pense pas qu'il soit en mesure de nous fournir ce que nous recherchons.

— Mais si ! affirma Quinn. Et à des prix concurrentiels.

Elle lui lança un regard mauvais, et ce fut comme si elle lui jetait le mot « menteur » à la figure.

— Finalement, dit-elle, j'ai réfléchi à la question. Et je ne pense pas que ce soit une bonne chose de faire affaire avec un élève.

— Pourtant, je vous jure que vous ne seriez pas déçue, insista Quinn.

Il posa négligemment une main sur le cadre de la porte, histoire de lui faire comprendre qu'il n'avait pas l'intention de partir.

— De toute façon, Gordon a son mot à dire, leur rappela Shannon.

Quinn se rendit compte que Sam se régalait. Il assistait à leur duel avec une lueur démoniaque dans le regard.

— En attendant, reprit la jeune femme, il faut que je me douche. Sam, tu peux prendre l'autre salle de bains, si tu veux. Quant à vous, monsieur O'Casey…

Elle laissa sa phrase en suspens, et il comprit aussitôt ce qu'elle voulait lui signifier.

— Asseyez-vous et attendez-nous… si vous y tenez.

Elle fit volte-face et fila en direction de sa chambre.

— Tenez bon ! dit Sam avec un regard d'encouragement à l'adresse de Quinn.

Puis il s'éclipsa à son tour.

Quinn alla dans le salon et s'approcha de la fenêtre. Ça sentait de plus en plus l'automne. Il faisait encore chaud mais les jours raccourcissaient.

Il s'appuya au mur et contempla le jardin, avec ses palmiers luxuriants, ses arbustes dont une douce brise agitait lentement les feuilles et les branches.

Mais en y regardant bien, il eut l'impression qu'il n'y avait pas que la brise.

Il se raidit et essaya de percer du regard l'épaisseur de verdure, avec l'étrange sensation d'être observé, lui aussi.

La maison était éclairée, le crépuscule envahissait le jardin. Il n'y voyait pas grand-chose et pourtant, oui, il y avait bien quelqu'un dehors.

Il jura tout haut et se précipita vers la porte donnant sur l'arrière du jardin. Les buissons s'agitèrent brusquement, comme si quelqu'un les traversait en courant.

Quinn se précipita hors de la maison, à la poursuite de l'intrus.

12.

Gordon Henson appréciait le calme du dimanche après-midi.

On ne pouvait pourtant pas dire qu'il travaillait comme un forcené pendant la semaine. Il avait confié la direction du Moonlight à Shannon et ne le regrettait pas. Il aurait pu prendre sa retraite, mais il s'était rendu compte qu'il n'y tenait pas tant que ça. Depuis quelques années, les affaires marchaient bien — très bien, même.

Et s'il s'arrêtait, il serait obligé de réduire son train de vie.

Et puis, il n'était pas certain de pouvoir se passer de l'atmosphère d'un studio de danse. Il n'enseignait plus, mais il assistait à toutes les fêtes et passait pas mal de temps au Suede, et il trouvait ça plutôt agréable.

Il avait été marié, autrefois, mais il s'était vite rendu compte que la vie de couple ne lui convenait pas, et il n'avait jamais récidivé. Il adorait la vie qu'on menait à Miami Beach, les boîtes de nuit du coin, les gens qu'on y rencontrait. Il y avait de tout. Toutes les couleurs, toutes les nationalités, toutes les confessions religieuses ; des hétéros, des homos, des bisexuels. Gordon aimait rencontrer les gens ; il aimait mordre la vie à pleines dents.

Mais le dimanche, il changeait de rythme.

Il lui arrivait de pique-niquer avec Ella Rodriguez dans un parc, un peu plus haut, vers Brodward, au bord d'un petit plan d'eau ou bien d'emmener tout son petit monde faire du skate ou du patin à glace — une façon de travailler l'équilibre. Parfois, il avait rendez-vous avec une femme, et là, il ne voulait personne dans ses pattes. D'autres fois encore, comme aujourd'hui, après une semaine particulièrement éprouvante, il se contentait de rester chez lui et de regarder un film.

C'était par le cinéma qu'il avait connu la danse, grâce à Fred et Ginger, Cyd Charisse, Donald O'Connor, Buddy Ebsen, Gene Kelly et tant d'autres qui incarnaient pour lui la grâce et le talent. Aujourd'hui, il avait opté pour *Singing in the rain*. Il ne s'en lassait jamais.

Il en était justement au morceau de bravoure où Gene Kelly danse au milieu des flaques d'eau lorsque le téléphone sonna.

Il décida de ne pas décrocher et laissa filer le répondeur. Mais on ne laissa pas de message et le téléphone sonna une deuxième fois.

Gordon poussa un juron et répondit.

— Allô ?

— Il se passe des choses très intéressantes au Moonlight, en ce moment…

— Ah oui ?

Mais son interlocuteur avait déjà raccroché. Gordon contempla fixement le combiné. Il frissonna, et un filet de sueur se mit à couler le long de son dos.

— Mais qu'est-ce qui se passe, à la fin ? s'exclama Shannon en sortant de sa chambre comme une furie pour se diriger vers la porte donnant sur le jardin.

Elle la trouva ouverte. Comme si quelqu'un avait voulu laisser entrer les ombres de la nuit.

Sam arriva en courant.

— Tu vois, dit-il, tu t'es montrée tellement dure avec ce pauvre type qu'il a filé sans demander son reste.

Elle lui lança un regard furibond.

— Sam, il a dû se passer quelque chose dans le jardin. Il a peut-être vu quelqu'un.

— Eh bien, allons voir !

Il remarqua la tension qui l'habitait, et lui tendit la main.

— Comment se fait-il que tu aies peur ? Ce n'est pas ton genre.

— Et s'il y avait un rôdeur armé d'un couteau ou d'un revolver ?

Sam se mit à rire.

— Quelle drôle d'idée !

— Je te rappelle qu'on a trouvé un cadavre sur la plage, tout près d'ici, pas plus tard que ce matin ! La prudence s'impose, il me semble.

— Dans ce cas, tu devrais te réjouir d'avoir un type aussi costaud que Quinn parmi tes élèves.

— Va vérifier que la porte de devant est bien fermée à clé, au lieu de dire des bêtises, ordonna Shannon. Ensuite, on ira inspecter le jardin tous les deux.

De son côté, Quinn poursuivait l'ombre qui filait devant lui. Après être sorti du jardin, elle descendit la rue en courant et traversa une propriété privée qui débouchait sur la plage.

La nuit était tombée ; il avait beau être tout près du fuyard, il ne voyait qu'une vague silhouette.

Il parvint enfin à l'atteindre.

Il s'agissait d'une femme, fine et petite.

Il se jeta sur elle pour la plaquer au sol, et elle tomba sur le sable. Elle ne cria pas ; elle poussa seulement un soupir étouffé. Il s'allongea sur elle de tout son long et se pencha pour observer son visage.

Pendant que Sam vérifiait la porte d'entrée, Shannon était allée chercher sa raquette de tennis. Ils sortirent ensemble, dans son si beau jardin qui lui semblait à présent tellement menaçant, comme si chaque buisson, chaque arbre dissimulait un danger.

— Il faudrait jeter un coup d'œil derrière les feuillages, dit Sam.

Elle secoua la tête.

— Si Quinn n'est plus là, c'est qu'il a surpris quelqu'un et qu'il s'est lancé à sa poursuite.

— Bon, écoute, on ne va pas rester sans rien faire. Sans compter que tu as l'air malin avec cette raquette de tennis… Tu ne comptais tout de même pas te défendre avec ça ?

Tandis qu'elle le contemplait d'un air renfrogné, ils entendirent un bruissement derrière eux et firent volte-face en même temps.

Mais ce n'était que M. Mulligan, le voisin, et son chien Harry.

— Bonjour, monsieur Mulligan, fit Sam.

Il leur sourit, puis posa des yeux étonnés sur la raquette de tennis que Shannon brandissait à la manière d'une batte de base-ball.

— Vous avez repris le tennis ? demanda-t-il. C'est bien.

— Non, répondit Sam à la place de Shannon. Nous pensons que quelqu'un se cachait tout à l'heure dans le jardin. Un de nos amis l'a probablement poursuivi.

— Un voleur ? Dans ce quartier ?

Visiblement, ça lui paraissait invraisemblable.

— Il devait s'agir de Harry.

Le chien trottina vers Shannon.

— Salut, l'ami, fit-elle en lui gratouillant les oreilles.

— En tout cas, jeune dame, reprit Mulligan, je suis juste à côté. Si vous avez besoin de quoi que ce soit, n'hésitez pas à m'appeler.

— Je sais, merci beaucoup, dit Shannon en contemplant ce brave homme qui ne saurait lui être d'aucun secours en cas de danger.

— Ne vous gênez surtout pas ! insista-t-il. Harry, viens ici.

Le chien rejoignit aussitôt son maître, et ils repartirent tous deux vers leur maison.

— C'est tout de même idiot, dit Sam dès qu'ils furent hors de vue. On ne sait même pas où est passé Quinn.

— On devrait prévenir la police, murmura Shannon.

— Et s'il avait tout simplement filé sans demander son reste ? Tu l'as tellement bien accueilli !

— Je dirige le studio, ne l'oublie pas. Tu ne dois pas me contredire devant un élève.

— Désolé, fit Sam. Hé, le voilà. Et il n'est pas seul.

En effet, Quinn franchissait justement la porte du jardin, accompagné par une toute jeune fille très maigre qui avait l'air d'une enfant perdue. Elle portait un jean et un haut à motif treillis. Elle était jolie au demeurant, avec une cascade de longs cheveux bruns et de grands yeux qui lui mangeaient le visage.

Shannon et Sam les regardèrent approcher, immobiles. La jeune fille paraissait mal à l'aise, mais Shannon eut l'impression qu'elle connaissait déjà Quinn, et un sentiment qui ressemblait à de la jalousie lui serra le cœur.

— Shannon, Sam, je vous présente Marnie. Figurez-vous, Shannon, que Marnie a élu domicile dans votre jardin.

— Quoi ? s'exclama Shannon.

— J'ai fait attention de ne rien abîmer, expliqua aussitôt Marnie. Et je n'ai rien pris non plus. Il y a beaucoup de verdure ; je me sentais à l'abri.

On voyait qu'elle disait la vérité.

— Mais tu n'as donc pas de maison ? lui demanda Shannon.

— Elle a fugué, murmura Sam.

— Non, pas du tout. Mon père est mort quand j'étais adolescente. Ma mère s'est remariée avec un type qui a essayé de…

Shannon laissa échapper une exclamation horrifiée et se tourna vers Quinn.

— Il faut qu'elle porte plainte.

— Vous n'avez pas compris, reprit calmement la fille d'un ton résigné. Il a réussi à la convaincre que c'était moi qui lui avais fait des avances. Il est beaucoup plus jeune qu'elle. Elle ne supportait pas l'idée de se séparer de lui et… j'ai dû partir. J'ai plus de dix-huit ans ; j'ai fini le lycée en juin. Je ne suis pas une fugueuse. C'est la stricte vérité. Vous pouvez vérifier.

— Mais enfin… Tu ne peux tout de même pas vivre en te cachant dans les jardins ! rétorqua Shannon.

Elle était à la fois perplexe et désolée. Cette fille avait quelque chose de touchant. On aurait dit un petit chiot perdu dans la neige, mais qui aurait adopté l'attitude d'un doberman.

— Entrons, proposa Shannon. Nous parlerons plus tranquillement à l'intérieur.

— Non, intervint fermement Quinn.

Shannon le regarda d'un air surpris.

— Je l'emmène au commissariat.

— Je ne veux pas que vous l'arrêtiez, déclara Shannon.

— De toute façon, je ne pourrais pas, fit-il d'un ton las. Je ne suis pas flic.

— Il n'a aucune intention de m'arrêter, expliqua Marnie, comme si elle se sentait obligée de prendre sa défense. Il veut m'envoyer dans un foyer. Mais avant… Euh… Il faut que je récupère les affaires que j'ai cachées dans votre jardin.

— Oh…, fit Shannon en regardant de nouveau Quinn.

— Nous allons tout de même vérifier qu'elle ne nous raconte pas de blagues, dit-il d'un ton ferme. Sam, s'il vous plaît, vous voulez bien chercher ce sac ?

— D'accord, répondit Sam qui n'était pas contrariant mais qui se demandait quand même pourquoi c'était à lui de s'acquitter de cette tâche, alors que Marnie aurait trouvé ses affaires beaucoup plus facilement.

— Vous avez peur que je me sauve ou quoi ? lança la jeune fille.

— Pas du tout, répondit Quinn. Mais je suis sûr que Sam est ravi de te rendre ce petit service.

— Pas de problème, confirma Sam. J'y vais tout de suite.

— Quinn…, murmura Shannon.

C'était étrange. Elle avait éprouvé un sentiment de jalousie en le voyant revenir accompagné de cette jolie fille, mais à présent, elle avait juste envie de la protéger. Cette petite n'avait pas eu de chance dans la vie, alors que ses parents à elle se seraient fait tuer plutôt que de la faire souffrir, et ils n'auraient jamais mis sa parole en doute.

— Nous allons au commissariat, répéta Quinn d'un ton qui n'admettait pas de réplique. J'ai une amie qui s'occupe de cas de ce genre. Une femme formidable et très compétente. Elle aidera Marnie à trouver un endroit sûr.

La fille sourit brusquement en regardant Shannon.

— Je vous ai vue danser, dit-elle.

Elle rougit.

— C'est même un peu pour ça que j'ai choisi votre jardin. Je vous ai observée par la fenêtre de votre studio. Je serais prête à travailler toute une vie pour danser comme vous.

— Tu aimerais apprendre ?

— J'adorerais.

— Viens au Moonlight. La première leçon est toujours gratuite.

Marnie jeta un coup d'œil interrogateur en direction de Quinn.

Il laissa échapper un petit soupir.

— Pour l'instant, tu viens avec moi. Il faut que tu voies Annie. Tu prendras ta première leçon plus tard, je te le promets. Je crois même que je vais t'offrir mon carnet. Ça te va ?

— C'est vrai ? Vous feriez ça ?

Son petit visage s'illumina brusquement. Elle était plus que jolie et elle paraissait tellement jeune… Elle avait en ce moment l'expression d'un enfant qui vient de recevoir son premier cadeau d'anniversaire.

— Oui, dit-il d'un ton bourru.

— Mais je n'ai même pas de voiture pour aller jusque là-bas ! murmura-t-elle.

— Annie pourra probablement arranger ça. C'est dans ses cordes.

— Je n'ai pas le permis, avoua la jeune fille.

— Ne t'en fais pas. Annie se débrouillera pour que tu puisses y aller quand même.

Sam revenait avec le sac.

— Voilà, dit-il à la jeune fille en le lui tendant avec un grand sourire.

— Merci, répondit Marnie.

Elle se tourna vers Shannon.

— Je sais que je ne vous ai pas demandé la permission de

m'installer dans votre jardin, mais merci quand même de votre hospitalité, lui dit-elle.

— Allons-y ! décida Quinn.

— Au fait, dit Sam, vous n'avez pas de voiture.

— Je vais appeler un taxi, répondit Quinn en regardant fixement Shannon. Vous pouvez aller dîner tranquillement, à présent. Bonsoir. Marnie, on y va. Bonsoir, Sam.

Il posa une main sur l'épaule de sa protégée et l'entraîna vers la rue.

— Pourquoi ne pas les inviter à dîner ? murmura Sam à l'adresse de Shannon.

Elle en avait eu envie, elle aussi. Puis elle s'était rappelée que Quinn O'Casey n'était qu'un salaud qui l'avait manipulée.

— Il faut qu'il s'occupe de l'hébergement de cette gamine, dit-elle fermement.

— Il pourrait le faire après.

— Non, trancha-t-elle d'un ton plus sec qu'elle ne l'aurait voulu.

Sam soupira.

— Ecoute… Tu n'as pas de vie privée… Un mec super s'intéresse à toi et tu le repousses sans même lui donner sa chance. Il ne faudra pas venir te plaindre plus tard que tu te sens seule et abandonnée.

Elle ne répondit pas.

— Shannon, il ne reviendra peut-être pas à la charge.

Elle se tourna vers lui.

— Il reviendra, tu peux me croire.

— Comment peux-tu en être si sûre ?

Parce qu'il mène une enquête et que pour lui nous sommes des suspects.

— Je le sais, c'est tout. Bon, si tu préfères, on peut rester ici et commander une pizza.

— Shannon…

Elle se tourna vers lui d'un air profondément agacé.

— Je ne veux plus discuter de ça, dit-elle. Si tu remets encore une fois le sujet sur le tapis, ça va barder pour ton matricule.

Il n'en crut pas un mot.

— Pas de pizza, s'il te plaît, répondit-il simplement. J'ai tendance à grossir. Pourquoi ne pas commander plutôt des sushis ?

— Va pour les sushis. Mais je ne veux plus entendre parler de Quinn O'Casey.

— Bien, chef. J'ai compris.

Sam tint parole. Ils regardèrent un film, puis parlèrent de l'acteur principal. Sam était homo, et il leur arrivait souvent de comparer leurs goûts respectifs à propos des hommes.

Il partit vers 10 heures, et Shannon verrouilla la porte derrière lui. Maintenant que son « rôdeur » avait été identifié, elle se sentait plus en sécurité. Dire qu'elle s'était fait tout un cinéma à cause d'une gamine qui dormait dans son jardin… Elle se demanda qui était Annie, et où l'on pouvait la joindre. Elle ne faisait pas confiance à Quinn et elle voulait être sûre que Marnie viendrait bien prendre des cours de danse.

A minuit, elle dormait déjà à poings fermés, et elle se réveilla le lendemain avec l'agréable sensation que tout était rentré dans l'ordre.

Lara était morte et enterrée.

Le cauchemar était terminé.

Le téléphone de Quinn sonna à 6 h 15 du matin.

C'était Jake Dilessio.

— Sonya Marquez Miller, annonça-t-il sans préambule. Vingt-cinq ans. Native du Salvador et devenue citoyenne américaine il y a huit ans en épousant un homme nettement plus âgé qu'elle. C'est sa belle-fille qui est venue l'identifier. Elle a reconnu le portrait publié dans les journaux. Elle ne l'avait pas vue depuis près d'un an, mais elles étaient restées en contact et elles s'appelaient de temps à autre. Quand Gerald Miller est mort, Sonya s'est rendu compte qu'elle était encore jeune et elle a décidé de profiter de la vie. Elle passait le plus clair de son temps dans les boîtes de nuit, plus particulièrement dans les établissements de South Beach. Elle vivait seule ; elle avait beaucoup d'amis mais pas de liaison sérieuse — toujours d'après la fille de Miller.

— Elle prenait des cours de danse ? demanda Quinn.

— Apparemment non. Par contre, elle passait son temps dans les hôtels, les restaurants et les boîtes. Mais elle arrivait seule et repartait seule. Elle avait un appartement dans Collins. Le portier l'a vue sortir vers 20 heures, samedi soir. Duarte va commencer l'autopsie dans une heure. Tu peux y assister, il est d'accord.

Quinn remercia Jake et raccrocha. Il s'apprêtait à se lever pour se doucher et mettre le café en route quand le téléphone se remit à sonner. Cette fois, c'était Doug.

— Salut, frérot. Je suppose que tu es déjà au courant pour le corps qu'on a retrouvé sur la plage ?

— Oui. C'est Jake Dilessio qui est sur l'affaire. Je vais assister à l'autopsie.

— Ça fait chier, quand même.

— Quoi ? Une femme qu'on découpe en morceaux ?

— Non, je parlais du fait qu'on te demande d'assister à l'autopsie. C'est pourtant moi, le flic !

— Tu n'as qu'à venir.

— Je travaille.

— Tu seras inspecteur un de ces jours, et toi aussi on te demandera d'assister à des autopsies. T'en fais pas, va.

— Merci pour les encouragements. C'est bizarre, tu vois…

Je t'ai entraîné dans cette histoire et je suis content que mes collègues te donnent un coup de main, et pourtant… Bref, je ne pense pas que cette femme puisse avoir un quelconque rapport avec Lara. Et toi ?

— Je n'en sais rien. En tout cas, tu as raison sur un point : il y a quelque chose de louche au Moonlight. Mais je n'ai pas de piste sérieuse pour l'instant.

— Tu prends un cours, aujourd'hui ?

— Non.

— Tu devrais. Remarque, tu as raison : il vaut mieux ne pas se montrer trop insistant. Mais va quand même faire un tour là-bas, ce soir.

— Sous quel prétexte ?

— Pour assister au cours des débutants. C'est à 19 h 45.

— Je suppose que tu n'y seras pas ? Tout le monde parle de toi comme du nouveau Travolta : tu ne dois pas perdre ton temps avec les débutants.

— Le cours du niveau 2 commence à 20 h 30. J'arriverai un peu en avance. Comme ça, je te verrai.

— Entendu. A tout à l'heure.

Shannon débuta sa journée de travail avec Richard Long qui avait réussi à caser un cours entre son lifting du matin et sa liposuccion de l'après-midi. Après lui, elle enchaîna avec Brad et Cindy Gray, un couple avec lequel elle travaillait depuis qu'elle était entrée au Moonlight Sonata. Puis ce fut le tour de Gunter qui voulait améliorer sa technique dans le boléro.

Elle venait juste d'en terminer avec Gunter lorsque Gordon passa la tête à la porte de son bureau.

— Salut !

— Salut ! répondit-elle distraitement.

— Tu as passé un bon dimanche ? demanda-t-il.

— Oui. Je suis allée à la plage avec Sam, Justin, Rhianna et Jane.

Elle se demanda pourquoi elle se sentait tellement mal à l'aise. Après tout, elle ne disait que la vérité.

— Et toi ? fit-elle.

— Pas mal non plus. Je suis resté chez moi, bien tranquille.

— Tu n'as pas voulu venir avec nous parce que tu nous avais assez vus, c'est ça ?

— Oui, en gros, c'est ça, répondit-il en riant. Je voulais te parler, Shannon, reprit-il plus sérieusement. Il me semble que tu avais l'intention d'organiser un dîner-croisière pour le Gator Gala.

— Oui.

— Tu comptais faire appel à Quinn O'Casey ?

Elle marqua un temps d'hésitation.

— En effet.

— Tu lui en as déjà parlé ?

— Vaguement. Et puis je me suis dit que je ferais peut-être mieux de m'adresser à quelqu'un d'autre. Après tout, c'est un élève.

— Vois tout de même ce qu'il te propose. Je viens de regarder les prix et ce n'est pas donné.

— Je ne sais pas si c'est une bonne idée, Gordon.

— Pose-lui toujours la question, qu'on puisse comparer. Il faudrait programmer ça rapidement. Il a un cours avec toi, aujourd'hui, Quinn O'Casey ?

— Non.

— Je vais l'appeler.

— Oh, mais il passera sûrement ce soir !

— Je préfère quand même l'appeler.

— Puisque je te dis qu'il viendra !

Gordon la contempla d'un air méfiant.

— Tu as l'air bien sûre de toi.

En effet. Et elle avait de bonnes raisons de l'être. Mais pourquoi n'osait-elle pas dire à Gordon que ce type était un privé ?

— Bon, je l'appelle. Tu es d'accord pour que je traite directement avec lui ?

En temps normal, elle aurait répondu non. Mais cette fois, elle marqua un temps d'hésitation.

— Entendu, dit-elle enfin. Ça me rendrait même service. Je donne pas mal de cours en ce moment, et j'aide Gunter à mettre son programme au point. Je suis un peu débordée.

— Pas de problème, je m'en occupe, dit Gordon en sortant.

Shannon le regarda partir en mâchonnant le bout de son stylo. Elle songea à appeler Quinn pour avoir des nouvelles de Marnie, puis elle se rendit compte qu'elle cherchait une excuse pour le contacter. Histoire de lui dire ce qu'elle pensait de ses méthodes d'investigation.

Quinn et Jake se tenaient à l'écart de la table afin de laisser Anthony Duarte travailler à son aise. On avait suspendu un micro au-dessus du corps et, après avoir pris une série de photos, Duarte se mit à l'ouvrage en commentant à haute voix ses constatations.

Il recueillit un peu de matière sous les ongles, nota qu'il n'y avait aucune trace de coups et que la femme possédait une musculature tonique. Elle n'avait pas séjourné longtemps dans l'eau, mais les habitants de la mer avaient déjà commencé à la grignoter.

— Les yeux sont dilatés, dit-il en direction du micro. Et elle porte des traces d'aiguilles sur les bras.

Les mots résonnèrent étrangement dans le silence de la pièce.

Duarte fit ensuite un prélèvement vaginal et commenta tout haut l'absence de signe de viol ou de rapport sexuel récent. Le dernier repas de la victime avait été gastronomique : il trouva dans son estomac du homard aux asperges à peine digéré.

Puis il se mit à égrener d'une voix monocorde les commentaires de routine, tandis qu'il pratiquait l'incision en Y sur le torse et qu'il ôtait une partie des organes afin de les peser, de les observer et de prélever des échantillons qu'il analyserait plus tard. Il penchait déjà pour un arrêt cardiaque dû à une absorption massive de drogues, mais il réservait encore ses conclusions définitives. Duarte était un homme prudent et consciencieux.

La scie qui entama la boîte crânienne fit un bruit étrange, et le légiste procéda pour le cerveau comme pour les autres organes : pesée et prélèvement.

Ça faisait près de quatre heures que Quinn et Jake se tenaient immobiles et silencieux face à Duarte, lorsque celui-ci enleva enfin ses gants.

Il fit le tour de la table et s'approcha d'eux.

— Je ne peux pas encore tirer de conclusions définitives, mais je n'ai pas l'impression qu'elle se soit débattue, dit-il en haussant les épaules.

— Tu crois qu'elle a pu passer par-dessus bord pendant une fête bien arrosée sur un bateau, sans que les autres s'aperçoivent de son absence ?

— Non, elle est morte avant d'atteindre l'eau. Overdose, les gars. Je pense que ses camarades ont paniqué et l'ont balancée à la flotte.

— Et le courant l'a poussée jusqu'à la plage, commenta Jake.

— Donc, elle a pris de la drogue — de son plein gré ou

non — ; elle en est morte et on l'a jetée à la mer, résuma Quinn. Médicaments ou substance illégale, d'après toi ?

— Tu as vu comme moi les traces de piqûres, lui rappela Duarte. Mais tant que je n'aurai pas les résultats des analyses, je ne peux rien affirmer. Je préviendrai Dilessio dès que je serai fixé, promit Duarte. On peut toujours avoir des surprises. Je vous ferai parvenir le rapport à la fin de la journée, demain au plus tard. On a beaucoup de travail. Ce matin, il y a eu un gros accident sur la I-95. Bilan : cinq morts, dont un enfant. Quand est-ce que les gens comprendront que ça ne sert à rien de rouler comme des dingues ?

— Merci, dit Quinn. Et merci de m'avoir laissé assister à l'autopsie.

Duarte ébaucha un sourire.

— Tu sais, je connais beaucoup de gens qui adoreraient ça — ou, du moins, qui le croient. Evidemment, il n'y a pas la queue comme pour un concert de rock, mais tu serais surpris… Ça me fait plaisir de te rendre service, Quinn. Je me souviens parfaitement de toi quand tu étais à l'école de police de Miami. Les autres étaient verts de jalousie devant tes capacités, et moi je savais que tu deviendrais un excellent flic.

— Je ne suis qu'un pauvre privé, corrigea Quinn.

Duarte haussa les sourcils. Il ne partageait pas l'opinion de Quinn, mais ce n'était ni le moment ni l'endroit pour en discuter.

— Bon, il faut que je m'occupe du gosse, maintenant, dit Duarte. Je vous appelle très vite.

Ils se dirigeaient vers la sortie lorsque le téléphone de Jake sonna. Il répondit, et un grand sourire éclaira son visage.

— Le bébé arrive, dit-il.

— Fonce !

— Accompagne-moi.

— Je ne pense pas qu'Ashley me laissera assister à l'accouchement, dit Quinn.

— Moi non plus. Mais ça fait déjà un moment qu'elle est en salle de travail. Tu connais ma femme… Elle s'est débrouillée pour ne pas me déranger quand j'étais en plein boulot. Le bébé n'arrivera pas avant deux bonnes heures. Viens, tu me tiendras compagnie dans la salle d'attente.

Il parlait d'un ton dégagé qui dissimulait mal sa nervosité. Quinn songea qu'il devait appeler Annie au sujet de Marnie mais qu'il pourrait le faire depuis l'hôpital.

Quand ils arrivèrent sur place, il put voir Ashley quelques minutes. Les contractions étaient déjà rapprochées et visiblement douloureuses, mais elle annonça fièrement à son mari qu'elle l'avait attendu car il n'était pas question qu'elle mette le bébé au monde sans lui. Ensuite, le médecin vint l'examiner et Quinn dut sortir. Quelques minutes plus tard, Jake passa la tête à la porte pour lui annoncer que ça n'allait pas tarder. Quinn lui souhaita bonne chance. Puis il chercha un coin tranquille pour appeler Annie au commissariat de Miami sud.

— Cette fille est un trésor, lui dit Annie. Et elle n'est pas sotte.

— Et pour le beau-père ? demanda Quinn. On peut faire quelque chose ?

— Malheureusement, non ; il n'y a rien de tangible contre lui.

— Ça ne doit pas être facile pour la gamine de se dire que son beau-père était prêt à lui sauter dessus et que sa propre mère la considère comme responsable.

— Ne t'inquiète pas pour elle. Elle a des ressources. Je vais l'inscrire à des cours de conduite.

— Formidable. Elle est bien installée ?

— Oui, je lui ai trouvé un foyer épatant. Mais la plage lui manque.

— Tu crois qu'elle risque de fuguer de nouveau ?

Annie se tut un instant.

— Je ne pense pas, répondit-elle enfin. Elle veut vraiment faire quelque chose de sa vie et elle est tout à fait consciente que nous lui offrons une chance.

— Tant mieux. Je rappellerai plus tard pour prendre de ses nouvelles.

Il raccrochait lorsque Jake fit irruption dans la salle d'attente.

— C'est une fille ! hurla-t-il. J'ai une petite fille !

Il paraissait hébété.

Quinn se leva pour le serrer dans ses bras.

— Félicitations, dit-il en souriant.

— Tu pourras la voir dans un instant. Elle est adorable. Nick arrive. Dans quelques heures, il y aura autant de monde ici que dans Grand Central Station.

Puis il disparut et Quinn attendit, comme on le lui avait demandé.

Quinze minutes plus tard, il tenait dans ses bras le bébé de Jake et Ashley.

Jake n'avait pas menti : elle était magnifique. Elle pesait un peu plus de quatre kilos, et pourtant elle lui parut incroyablement fragile. Elle avait déjà de beaux cheveux noirs et frisés, d'immenses yeux bleus, et elle vous serrait le doigt avec une force surprenante. Quinn sentit monter en lui un formidable besoin de tendresse et de protection et, tandis que la petite le contemplait fixement, il songea à Marnie. La fille de Jake allait grandir entourée de confort et d'amour, et elle garderait toujours un regard innocent sur le monde.

Il rendit la petite à sa mère avec d'infinies précautions. C'était vraiment émouvant de tenir dans ses bras un petit être qui venait tout juste de naître.

Et c'était d'autant plus cruel de songer que tant de gens

gaspillaient ce don précieux qu'était leur vie. Il se demanda s'il ne faisait pas partie de ceux-là.

A 17 heures, Sam entra dans le bureau de Shannon.

— Tu as lu les journaux, ce matin ? lui demanda-t-il.

— Non, je n'ai même pas allumé la télé.

— Ils ont publié un portrait de la femme qu'on a retrouvée sur la plage, et il paraît que quelqu'un l'a déjà identifiée.

Shannon frissonna.

— Ah ! Et on la connaît ?

— Non. C'est une Latino-Américaine qui a obtenu la nationalité américaine en épousant un vieux richard. Il est mort, mais elle a gardé le contact avec ses enfants. C'est sa fille qui s'est manifestée auprès de la police. Quand son mari est mort, la belle a voulu s'éclater un peu… C'est triste, hein ?

— Plutôt, oui.

— Quand le vieux a cassé sa pipe, elle s'est retrouvée seule et pleine aux as. Mais elle n'en a pas profité longtemps, la pauvre…

— Sam, c'est une histoire sordide. Sonya comment ?

— Je ne m'en souviens pas. Je suppose qu'on en saura plus dans les jours qui viennent. En tout cas, sa tête ne me disait rien.

— Comment peuvent-ils être certains qu'on l'a assassinée ? Elle s'est peut-être tout simplement noyée ?

— On l'a trouvée nue sur la plage, mais elle avait séjourné suffisamment longtemps dans l'eau pour que les crabes commencent à la bouffer. Et il y avait des traces de piqûres sur ses bras.

— Comment le sais-tu ?

— J'ai lu l'article en entier. La police pense qu'elle est

morte d'une overdose, mais il faut attendre les résultats de l'autopsie.

— Elle a pu s'injecter la drogue elle-même.

— Ah oui ? Une overdose, c'est foudroyant. On ne voit pas comment elle aurait eu le temps d'aller jusqu'à la plage, d'enlever ses fringues et de les faire disparaître.

Shannon soupira.

— Elle était peut-être sur un bateau. Elle serait tombée à l'eau et elle se serait noyée.

Il fronça les sourcils.

— Possible. Enfin, c'est une histoire dont on va parler.

— Je trouve que c'est surtout une histoire triste.

Sam haussa les épaules.

— Le corps de la prostituée — tu te souviens ? —, on l'avait retrouvé dans le même coin.

Elle s'adossa à son siège.

— Mais cette nouvelle victime n'était pas une prostituée, n'est-ce pas ?

— Apparemment, non. Ou alors c'était une pute de luxe. Elle était à poil mais couverte de bijoux.

— Quelle horreur ! C'est vraiment affreux, dit Shannon. Mais je suis quand même soulagée qu'il ne s'agisse pas d'une de nos élèves.

— De ce côté-là, tu peux être rassurée : je ne l'avais jamais vue... Dis donc, ce ne serait pas l'heure de la pause-déjeuner ? Si on allait chez l'Italien ?

Elle hésita, puis secoua la tête.

— Désolée, j'ai des courses à faire. Je n'ai pas de cours prévus, cet après-midi. Je dois juste vérifier les comptes et quelques détails de l'organisation du Gator Gala. Tu peux te charger de prévenir Ella que je serai en retard ce soir ?

Elle se leva, attrapa son sac et sortit.

Une petite voix intérieure lui conseillait de ne pas chercher midi à quatorze heures, mais une autre lui interdisait de mettre la tête dans le sable et lui ordonnait de prendre le taureau par les cornes. Elle décida d'écouter la seconde.

Il y avait trop de morts dans son entourage, ces derniers temps.

13.

Installé à la terrasse du Chez Nick Quinn trinquait à la naissance du bébé avec les habitués, mais il s'était contenté d'une boisson sans alcool car il avait l'intention d'assister au cours collectif des débutants. Tout en sirotant son soda, il étudiait les documents étalés devant lui sur la table. Bon sang ! Quelque chose avait dû lui échapper… Il feuilletait les rapports de police et le dossier de Doug, lorsqu'il vit arriver Shannon Mackay.

Elle parcourait la jetée à grands pas décidés, d'un air furibond. Elle lui en voulait, ça il l'avait déjà compris, mais il ne s'était pas attendu à ce qu'elle vienne l'agresser jusqu'ici.

Elle le chercha des yeux dans la foule et se dirigea droit sur lui. Sans attendre qu'il l'invite à s'asseoir, elle s'installa à sa table.

Il sentit ses muscles se raidir et attendit sans un mot.

— Tu n'es qu'un salaud, déclara-t-elle froidement, d'un ton calme mais chargé de haine.

— Tu te trompes, Shannon, répondit-il.

— Oh non ! J'ai tout compris. Tu es le roi des ordures. Je pourrais t'insulter pendant des heures ou te mettre des bâtons dans les roues, mais je suis juste venu te donner mon point de vue sur tes méthodes. Je n'ai pas l'intention de prévenir les gens du studio, ne t'en fais pas.

— Une ordure ?

— Oui, une ordure de privé.

Ellen, qui était de service ce jour-là, s'approcha de leur table d'un air enjoué.

— Qu'est-ce que je peux vous servir ? demanda-t-elle à Shannon. Ce soir, la première consommation est offerte par la maison.

— Je ne veux rien boire, merci, répondit Shannon sans quitter Quinn des yeux.

— Vous n'êtes pas obligée de prendre de l'alcool, insista Ellen.

— Je vous ai dit que je ne voulais rien.

Quinn se pencha vers elle.

— Sois sympa, prends quelque chose. Ils fêtent un heureux événement, ce soir.

— Un thé glacé, alors, dit Shannon à la serveuse. Merci.

Ellen s'éloigna. Shannon ne songea même pas à demander ce qu'ils fêtaient : elle était trop énervée.

Quinn s'adossa de nouveau à sa chaise, en s'efforçant de prendre un air dégagé.

— Tu te trompes, répéta-t-il.

— Ah oui ? Tu n'es pas détective privé, peut-être ? On ne t'a pas engagé pour enquêter sur le personnel du Moonlight Sonata ?

Il la contempla en silence.

— Chouette boulot, conclut-elle. On te paye pour coucher avec les professeurs.

Il secoua la tête et se pencha de nouveau vers elle.

— Détrompe-toi. Ce job me pèse et je ne suis pas payé. Je le fais uniquement pour rendre service à Doug.

— Eh bien, continue. Mais, à l'avenir, fous-moi la paix.

— Je n'ai pas couché avec toi pour les besoins de mon enquête.

— Je suis pourtant suspecte ! rétorqua-t-elle méchamment.

— Tu es en tête de liste, juste après Ben Trudeau. Le moins que l'on puisse dire, c'est que tu collectionnes les mobiles. Lara avait profité de ton accident pour te piquer ton amant, lequel était aussi ton partenaire.

Il se rapprocha encore et baissa la voix.

— Tu étais la meilleure et tu t'es retrouvée sur la touche. En plus, il l'a épousée. Bref, à cause d'elle, tu as perdu l'homme que tu aimais et tu as arrêté la danse en tant que professionnelle.

— Je me fous de la compétition ; je n'ai jamais aimé ça, dit-elle d'un ton grinçant. Ma passion, c'est la danse. Et toi, tu es un crétin pétri de certitudes.

— Thé glacé, annonça Ellen. Ils ont choisi le nom du bébé : Kyra. Kyra Elisabeth, dit-elle à Quinn. C'est joli, hein ?

— C'est une belle petite fille ; elle mérite bien ce ravissant prénom, répondit Quinn.

— Vous l'avez vue ? demanda Ellen.

— Oui, répondit-il en souriant.

Shannon paraissait tellement butée qu'il se demanda ce qu'il aurait bien pu dire pour sa défense. Il ne put s'empêcher d'éprouver un certain plaisir en constatant les efforts qu'elle faisait pour ne pas exploser devant Ellen.

— C'est chouette, ce que vous venez de dire. D'autant plus que les hommes s'intéressent rarement aux bébés. En général, ils prétendent qu'ils se ressemblent tous et que ce sont des petits êtres chauves et ridés.

— Kyra Elisabeth a déjà des cheveux noirs et bouclés, affirma Quinn.

— Je me doutais qu'elle serait jolie, avec les parents qu'elle a. Sa mère est une beauté et son père… il est super-mignon, il faut le reconnaître… Bon, faites-moi signe si vous voulez autre chose, dit Ellen en filant vers une autre table.

— Tu racontes n'importe quoi ! lança Shannon aussitôt que la serveuse se fut éloignée.

— Je ne dis que la vérité : ce bébé est superbe.

— Je ne parlais pas du bébé mais de Ben et moi. Notre liaison est terminée depuis longtemps. Vraiment, c'est agréable d'apprendre que tu me places en tête de ta liste de suspects et que c'est pour cette raison que tu t'intéresses à moi.

Il sentit quelque chose se briser en lui, et s'approcha encore.

— Hé… Revenons un peu en arrière. Je t'ai raccompagnée chez toi et j'ai jeté un coup d'œil à ta maison pour te rassurer. Ensuite, c'est toi qui es venue sur mon bateau. Je t'avais donné une cabine et tu as frappé à ma porte. Je crois même t'avoir fait remarquer que ce n'était peut-être pas le bon moment.

— Je n'agissais pas sous l'emprise de l'alcool, dit-elle froidement.

— Et moi, je ne t'ai pas utilisée, rétorqua-t-il tout aussi sèchement. Comment se fait-il que tu sois restée seule depuis ta rupture avec Ben ? Belle comme tu es, tu n'aurais eu aucun mal à lui trouver un remplaçant.

Elle le contempla fixement, et il crut qu'elle allait se mettre à crier ou lui envoyer son verre à la figure.

— Qu'est-ce que je fais de si terrible, au fond ? reprit-il. Je travaille, comme tout le monde. Et en plus, je suis plutôt bon.

— Oh ! ça je te l'accorde : tu sais y faire.

— Encore une méchanceté ! Tant pis, je vais considérer cette pique comme un compliment.

— Ça ne m'étonne pas de toi. De toute façon, ne t'inquiète pas : je ne vendrai pas la mèche.

— Parce que tu es persuadée que Lara a été assassinée ?

Elle hésita.

— Oui.

— Dans ce cas, cesse de me haïr et donne-moi un coup de main.

— Je ne peux pas t'aider. J'ignore totalement qui a pu faire ça… Bon, il faut que j'y aille. Tout ce que je te demande, c'est de garder tes distances avec moi.

— Formidable. A présent, tu sais qu'il n'y a jamais eu d'assassin dans ton jardin — seulement une pauvre gamine sans foyer —, alors tu me vires.

— J'ai toujours été sincère avec toi.

— Peut-être, mais tu te mens à toi-même.

Elle poussa un long soupir d'exaspération.

— Je ne ressens plus rien pour Ben Trudeau, tu peux me croire. Ou plutôt, il me fait pitié. Il n'est pas satisfait de sa vie. Moi, si. J'aime ce que je fais. Lui, il a besoin des applaudissements du public. Je l'ai engagé au Moonlight pour ses talents de pédagogue. Et chaque fois que c'était possible, je proposais à Lara d'organiser des stages.

Quinn secoua lentement la tête, sans la quitter des yeux.

— Tu prétends que la compétition ne t'intéresse pas, mais c'est de la lâcheté. Tu crois que je t'ai utilisée, tu te trompes. Je trouve que tu as les plus beaux yeux de la terre. Tu es intelligente, gentille, amusante… et j'en oublie. Mais tu n'as pas confiance en toi. Ben Trudeau t'a fait du mal. Depuis, tu as peur des hommes.

Elle poussa une exclamation de colère, se leva brusquement et s'éloigna. Après quelques mètres, elle fit volte-face et revint vers lui.

— Comment va la petite ?

— Quelle petite ?

— Celle qui squattait mon jardin et que tu semblais si bien connaître.

— Marnie va bien.

— Tu vas vraiment l'emmener au Moonlight ?

— Oui. J'ai l'habitude de tenir mes promesses. Au fait, j'en profite pour préciser que je ne l'avais rencontrée qu'une fois, et par le plus grand des hasards. Je l'avais remarquée parce qu'elle traînait sur la plage et qu'elle avait l'air paumé. Je ne m'attaque pas aux gamines.

Shannon rougit.

— Je n'ai jamais pensé une chose pareille.

— Il fallait voir le regard que tu m'as lancé, l'autre soir. Je tiens aussi à te dire que je peux tout de même organiser ta croisière. Je possède deux bateaux. Enfin, la moitié de deux bateaux avec mon associé Dane Whitelaw. Nous les louons de temps à autre. Je pêche et je pratique la plongée sous-marine. Je peux te proposer des tarifs défiant toute concurrence.

— C'est Gordon qui va s'en occuper. Il a l'intention de t'appeler : tu t'arrangeras avec lui.

Il croisa les bras sur sa poitrine.

— Je refuse de traiter avec Gordon.

— Je te rappelle que le studio lui appartient.

— Et je refuse également de prendre des cours avec Jane ou Rhianna. J'ai commencé avec toi, je continuerai avec toi.

— Tu ferais mieux d'arrêter les cours parce que je ne te veux plus comme élève.

— Tu me trouves trop nul ?

— Non, trop menteur.

Elle s'éloigna de nouveau, puis revint encore sur ses pas.

— Qui a eu un bébé ?

— Une amie.

— La femme qui était avec toi sur la plage ?

Il plissa les yeux. Ainsi, elle l'avait vu avec Jake et Ashley.

— Avec qui étais-tu, sur la plage ? demanda-t-il.

Elle secoua la tête.

— Avec Sam. Mais il n'a pas remarqué ta présence.

— Assieds-toi, ordonna-t-il.

— Non.

— Je t'en prie !

Elle inspira profondément, puis posa une fesse sur le bord de la chaise.

— L'homme qui est venu me rendre visite sur le bateau, l'autre jour, s'appelle Jake Dilessio. C'est un inspecteur de la criminelle. Sa femme fait des portraits pour la police. Les flics peuvent obtenir des renseignements auxquels un privé n'a pas accès. Et Jake est un type bien ; ça ne le gêne pas de m'aider, au contraire. Jake et Ashley viennent d'avoir un bébé et j'en suis ravi pour eux. D'un autre côté, ça m'ennuie parce qu'ils vont prendre des vacances et que je vais devoir me passer de leurs tuyaux.

Shannon secoua la tête.

— Qu'est-ce que la femme de la plage a à voir avec Lara ? Elle n'a jamais pris de cours de danse…

— Il existe peut-être un lien entre toutes ces femmes qui meurent d'overdose.

Il hésita avant de poursuivre.

— Vous avez eu une élève qui s'appelait Nell Durken.

Shannon fronça les sourcils, mais pour la première fois depuis le début de leur conversation, elle parut un peu moins agressive.

— Nell travaillait bien, mais elle a brusquement cessé de venir. Elle voulait consacrer du temps à son couple qui battait de l'aile. Et puis, son salaud de mari l'a tuée. Heureusement, la police l'a arrêté. Son procès aura lieu bientôt.

Quinn hocha la tête.

— Nell m'avait engagé pour suivre son mari. Elle était persuadée qu'il la trompait, et elle avait raison. On a retrouvé ses empreintes sur le flacon de médicaments, et il avait un mobile tout trouvé. Donc, on l'a accusé du meurtre.

— Nell était une femme merveilleuse. Elle avait beaucoup à offrir, murmura Shannon.

— Oui, fit-il doucement.

— Si c'est son mari qui l'a tuée, je ne vois pas le rapport avec Lara… Pourtant, c'est une sacrée coïncidence qu'elles soient mortes exactement de la même façon.

— C'est bien le problème, dit Quinn. Les coïncidences…

De nouveau, Shannon se leva, comme si elle venait tout à coup de se souvenir qu'elle était en colère.

— Il faut que je retourne travailler, dit-elle froidement. Je suis prête à coopérer si je peux t'aider à découvrir la vérité. Mais pour le reste…

— J'ai compris. Je dois garder mes distances. Parce que j'ai un peu trop bien cerné ton problème, c'est ça ?

Sa voix contenait une pointe d'amertume qui le surprit lui-même.

— Tu as parfaitement compris, répondit-elle.

Elle allait partir, mais il la retint par le poignet.

— Tu me caches quelque chose. Pourquoi avais-tu si peur, chez toi ? Tu devais bien avoir une raison.

Il n'en doutait pas. Mais pourquoi préférait-elle se taire ? Avait-elle peur qu'il la trouve ridicule ou cherchait-elle à protéger quelqu'un ?

— Je ne sais rien. Et pourtant, j'aimerais bien, crois-moi.

— Il vaut peut-être mieux pour toi que tu ne saches rien.

— Pourquoi ?

— Peut-être que celles qui sont mortes en savaient trop, justement.

Elle libéra son poignet d'un coup sec.

— Je pense que nous nous verrons bientôt, monsieur O'Casey.

— Plus tôt que vous ne le croyez, mademoiselle Mackay. Dans quelques heures à peine.

Elle fronça les sourcils.

— Le cours collectif ! lui rappela-t-il gaiement.

Elle tourna les talons, et ses pas résonnèrent bruyamment tandis qu'elle s'éloignait vers le parking.

Shannon entendait depuis son bureau Rhianna qui menait le cours des débutants à un train d'enfer.

— Lent, rapide ; rapide, lent. Allez-y, monsieur Suarez : le rythme cubain, il faut entrer dedans, se laisser aller. Monsieur O'Casey, tenez-vous-en aux pas : lent, rapide ; rapide, lent. Pensez à la façon dont nous avons abordé le fox-trot et la rumba. Deux danses très différentes : l'une plutôt retenue et l'autre soutenue. A présent, il faut mélanger les deux. Les deux aspects sont toujours présents. Le pas, c'est un rythme et une technique… Belinda, c'est super. Attention, ce n'est pas parce que ça ralentit que ça s'arrête. Vous devez rester dans un mouvement continu ; chaque pas vous conduit au suivant. Tout le corps est concerné dans une énergie qui ne s'arrête jamais. La musique, monsieur O'Casey ! Lent, rapide ; rapide, lent. Lent, rapide ; rapide, lent.

Shannon sortit sur le pas de la porte pour jeter un coup d'œil. Les trois garçons — Ben, Justin et Sam — assuraient des cours particuliers, et c'était donc à elle d'assister Rhianna, laquelle assumait la lourde tâche d'apprendre aux hommes à diriger leur partenaire.

Aujourd'hui, heureusement, il n'y avait qu'un petit groupe de débutants : la jolie couturière qui venait depuis deux semaines, Quinn O'Casey, et Tito Suarez qui se préparait pour le mariage de sa fille.

Comme elle sortait de son bureau, elle entendit M. Suarez qui disait d'un ton ennuyé :

— Je suis désolé, mais lequel de nous est censé mener ?

— Pour l'instant, c'est moi, répondit Rhianna. Vous n'avez qu'à m'appeler Reggie : c'est mon pseudo quand je joue le rôle de l'homme. Celui de Jane est Jason. Vous vous y habituerez, vous verrez. Vous devriez voir Justin Garcia quand il fait Judy avec Ben. Ils sont super.

Shannon s'appuya au mur. Pour la première fois depuis la mort de Lara, elle entendit des rires résonner dans le studio, et ça lui fit un bien fou. Ce soir, elle retrouvait l'ambiance habituelle.

Mais ce fut un sentiment fugace.

Quinn se trouvait à l'autre bout de la pièce et leurs regards se croisèrent.

Vous serez la prochaine.

Pourquoi n'avait-elle pas osé lui parler de ce qui l'obsédait ? Sans doute parce qu'on pouvait interpréter ces mots de mille façons et qu'elle ne voulait pas passer pour une idiote ou une paranoïaque. Elle s'était déjà suffisamment ridiculisée avec l'histoire du jardin.

Mais peut-être avait-elle vraiment des raisons de s'inquiéter ?

— C'est un tout petit groupe.

Elle sursauta. Gordon se tenait debout derrière elle.

— Les affaires reprendront, ne t'en fais pas, lui dit-elle.

— Je l'espère.

— Au cours suivant, ils seront beaucoup plus nombreux. Il y a déjà pas mal de monde dans les vestiaires.

— Le ciel t'entende. On a des réservations, pour le Gator Gala ?

— Pas encore.

— C'est que j'ai signé pour la croisière.

Elle fit volte-face.

Gordon hocha la tête d'un air profondément satisfait.

— Buffet, sortie dans Biscayne Bay. Le tout à un prix plus que raisonnable. N'oublie pas d'en parler aux élèves après le cours. Nous partirons de Coconut Grove à 20 heures, donc rendez-vous sur le quai à 19 heures. Dis-leur de s'habiller dans le style Miami : chic décontracté.

— C'est-à-dire ?

Il haussa les épaules.

— C'est-à-dire qu'ils peuvent mettre ce qu'ils veulent.

Il lui tourna le dos et rentra dans son bureau au moment où Rhianna annonçait la fin du cours. Les élèves applaudirent. Belinda se mit à discuter avec Tito. Quinn s'avança d'un pas nonchalant vers Jane et Rhianna, en arborant un grand sourire.

Shannon ne put s'empêcher de trembler à l'idée qu'il pourrait bien employer avec elles sa fameuse méthode d'investigation.

Quinn entra dans le bureau de Gordon.

— J'ai entendu parler d'une réunion au sujet du Gator Gala.

Gordon Henson se cala dans son fauteuil en souriant.

— Il ne s'agit pas vraiment d'une réunion. Shannon donne un cours aux élèves confirmés, et certains d'entre eux sont susceptibles de s'inscrire. Elle va faire un peu de pub et leur donner des conseils pour les accessoires, les chaussures, le maquillage, la coiffure. Votre frère va probablement y assister, bien qu'il ait déjà entendu tout ça plusieurs fois.

— Est-ce que les débutants peuvent participer ?

— Bien sûr ! répondit Gordon.

Son regard se mit à pétiller comme si on l'avait branché sur secteur.

— Vous êtes intéressé ?

Quinn songea qu'il s'en serait bien passé mais qu'il n'avait pas le choix.

— Peut-être, répondit-il prudemment. Est-ce que je peux assister à la réunion pour me faire une idée ?

— Naturellement ! Je sais que vous ne vous trouvez pas très performant, mais, croyez-moi, la plupart des débutants sont dans votre cas.

— Sans doute, oui.

— Votre frère, par exemple, avait vraiment l'air d'un plouc, dit Gordon avec une honnêteté un peu brutale. Et regardez-le, maintenant…

— Je vais m'accrocher, affirma Quinn. Pour le Gator Gala, laissez-moi le temps de la réflexion.

— Il va falloir beaucoup travailler.

Beaucoup travailler, donc beaucoup de cours. Une belle rentrée d'argent en perspective.

— Je verrai, dit Quinn. Il faut d'abord que je sache exactement de quoi il retourne.

— Je comprends. Vous pouvez regarder le cours de Shannon, en attendant.

Ils travaillaient la rumba, et Quinn fut surpris de constater qu'un pas aussi simple engageait tout le corps. Il ne put s'empêcher d'admirer au passage l'aisance de Shannon, le balancement de ses hanches, les mouvements de ses genoux. Tout paraissait tellement fluide et naturel, tellement facile, quand on la regardait.

Il remarqua également qu'elle demandait souvent à Doug de lui servir de partenaire et qu'il semblait être au septième ciel.

Un pincement de jalousie lui serra le cœur, mais il se reprit.

Il ne s'agissait que d'une danse… Oui, mais d'une danse passionnée et débridée…

Le mobile…

La jalousie était un mobile fréquent dans les affaires de meurtre.

Shannon prenait soin de corriger tout le monde. Il connaissait déjà le couple de médecins — Richard et Mina Long —, ainsi que Gabriel Lopez, le propriétaire du Suede. Il y avait aussi un homme d'un certain âge qui exécutait les mouvements avec une élégance tout à fait admirable, puis deux autres couples et deux femmes seules.

Bobby et Giselle arrivèrent au milieu de la séance et rejoignirent Quinn sur le côté.

— C'est la crème de la crème qui suit ce cours, dit Bobby. Katarina danse vraiment bien. Enfin, même si elle vient surtout pour se pavaner. Richard Long est très bon, lui aussi. Meilleur que sa femme. Mais ensemble, ils tiennent la route. Quelquefois, les couples se disputent. C'est tordant. La femme reproche à son mari de ne pas savoir guider, et l'autre se défend en disant que c'est elle qui est incapable de le suivre.

— Nous, on ne réagit pas comme ça, précisa Giselle en souriant.

Bobby fit la grimace.

— J'espère bien. Nous ne sommes encore que de jeunes mariés.

— Pourtant, on dirait que vous avez toujours dansé ensemble, dit Quinn.

— On bat les professionnels à plate couture, affirma Giselle. Un jour, on a vu répéter Lara Trudeau et Jim Burke. C'était Shannon qui les coachait. Lara reprochait à Jim de perdre le tempo, et Shannon disait que c'était lui qui était juste, qu'elle devait le laisser guider.

— Et Lara Trudeau a accepté sans renâcler ? demanda Quinn.

— Oh, non ! Elle a envoyé balader Shannon, laquelle lui a répondu qu'elle n'avait pas de temps à perdre avec des gens qui se croyaient parfaits et qui ne cherchaient pas à progresser. Elle les a plantés là et ils ont commencé à se disputer. Quand ils se sont rendu compte qu'ils se donnaient en spectacle, Lara est allée chercher Shannon dans son bureau et ils ont repris comme si de rien n'était.

— Jim devait avoir une sacrée patience pour supporter cette harpie.

— Il avait intérêt à rester avec elle. Après tout, elle était la meilleure, rappela Bobby en haussant les épaules. Depuis qu'elle est morte, je ne l'ai pas beaucoup vu traîner par ici.

— Il venait souvent ?

— Oui. Shannon le faisait travailler. Même sans Lara.

— Cette femme était vraiment une garce, murmura Giselle.

Le cours venait de s'achever et Gordon était sorti de son bureau pour faire son annonce au sujet du Gator Gala. Shannon aperçut Quinn et leva les sourcils d'un air étonné.

— J'ai dit à Gordon que j'envisageais de m'inscrire, dit-il tout haut, sans la moindre gêne.

— Oh ! murmura-t-elle.

— Dans la catégorie débutants, bien sûr, précisa-t-il.

Il avait dit cela sur un ton de défiance, et il faillit rire tout haut tant il se trouvait ridicule. En fait, il aurait pu faire bonne figure dans la catégorie des bâtons de chaise. Dommage, ça n'existait pas.

— C'est super ! s'exclama Sam Railey. Notre tout nouvel élève se jette à l'eau.

Toute la salle applaudit pour l'encourager et, à son grand étonnement, il se sentit rougir.

— Ce n'est pas encore sûr, précisa-t-il.

— Ceux d'entre vous qui n'ont jamais participé à un concours seront sûrement surpris et amusés, commença Shannon en se perchant sur l'une des tables alignées contre le mur. Je sais que nos élèves adorent les tenues de danse de salon et que certains viennent ici surtout pour avoir l'occasion de les porter. Par conséquent… Allez-y, vous pouvez porter ce que bon vous semble, du moment que vous vous sentez bien. Nous mettrons des catalogues à votre disposition pour les chaussures et les vêtements, et il y a aussi Katarina, juste en face. Quelqu'un vous aidera pour le maquillage et la coiffure. Je conseille aux femmes de s'attacher les cheveux : il n'y a rien de pire que de gifler son partenaire avec des mèches folles. C'est du plus mauvais effet et ça le déstabilise. Le maquillage doit être assez foncé et outrancier — ça passe mieux sur les photos et les films. Attention, une chose très importante : tout va très vite pendant un concours. Soyez où vous devez être, et au bon moment. Si vous ne vous présentez pas à l'appel de votre nom, vous serez aussitôt disqualifié. Bien sûr, vos professeurs se sentent responsables de vous, mais je vous demande de vous montrer autonomes. Vous aurez la possibilité de répéter sur place une fois, avant le concours, pour vous familiariser avec l'espace et le parquet. Et, bien entendu, vous aurez droit à une exhibition faite par des professionnels pendant le dîner qui suivra la remise des prix.

— En ce qui concerne les chaussures, dit Mina Long d'une petite voix hésitante, est-ce qu'on peut porter des noires ?

— Je vous conseille plutôt des chaussures couleur chair, répondit Shannon, sauf si vous décidez de présenter une séquence cabaret et que vous avez un costume particulier.

— Mais avec une robe noire, on peut mettre des chaussures noires, non ? s'étonna Giselle qui était assise par terre près de Bobby.

Rhianna prit la relève.

— Cela va sans doute à l'encontre de tout ce que vous avez toujours entendu, mais optez pour une couleur chair ou pour du beige. Le choix des chaussures est fondamental : n'oubliez pas que les juges vont regarder vos pieds. A la ville, une paire de chaussures noires convient mieux à une tenue noire, mais sur un plancher de danse, les critères sont différents.

— Pourquoi ? demanda Mina.

— Les jambes paraissent plus allongées, les mouvements plus déliés. Regardez nos enregistrements et vous pourrez le constater par vous-mêmes.

— On ne sera quand même pas jugés à la couleur de nos chaussures ? demanda Giselle.

Shannon secoua la tête.

— Bien sûr que non !

Quinn jeta un coup d'œil autour de lui. Tous les professeurs assistaient à la réunion car ils avaient des élèves susceptibles de s'inscrire. Il y avait donc Ben, l'homme qui avait été marié à Lara — celui qui la haïssait le plus, probablement. Jane et Sam, qui affrontaient ensemble le monde des professionnels et s'étaient toujours contentés, au mieux, d'une place de seconds, derrière Lara. Shannon, qui avait elle aussi mille raisons de détester la diva. Gordon Henson, qui avait assisté aux premiers pas de Lara et qui l'avait lancée. Et Justin.

Il passa ensuite en revue les élèves. Gabriel Lopez, le propriétaire du Suede ; Katarina, la styliste et voisine de palier. On pouvait leur trouver à tous des raisons de ne pas aimer Lara, mais ils avaient eu besoin d'elle à un moment ou à un autre. Dans l'esprit de Quinn, aucune hypothèse solide ne prenait forme. Si l'on ajoutait au puzzle le cas Nell Durken, c'était encore pire. Plus rien ne tenait debout. Quant aux femmes trouvées mortes par overdose… Il ne voyait tout simplement pas quel rapport elles pouvaient avoir avec le Moonlight.

En fait, le plus logique aurait été de conclure que ces affaires n'avaient aucun lien entre elles. Et pourtant…

— Jusqu'au concours, nous ferons une réunion de ce type chaque semaine afin de répondre aux questions qui ne manqueront pas de surgir lorsque vous commencerez les préparatifs. N'oubliez pas de prendre rendez-vous pour vos leçons particulières. Et merci encore d'être venus, conclut Shannon en se levant.

La réunion étant terminée, les élèves se dirent au revoir. Quinn remarqua qu'ils se faisaient la bise. Ici, tout le monde embrassait tout le monde, comme dans un mariage italien.

Quinn n'avait plus aucune raison de s'attarder. Les professeurs semblaient pressés de fermer et de rentrer chez eux. Seul Justin Garcia traînait encore devant la porte avec quelques élèves. Quinn se rendit comte qu'il était près de 23 heures, mais il n'avait pas envie de partir tout de suite : il avait un problème à régler. Il évita son frère qui s'en allait en compagnie de Bobby, et s'approcha de Shannon.

— Puis-je vous attendre et vous raccompagner jusqu'à votre voiture ? lui demanda-t-il.

— Non, répondit-elle fermement, d'un ton extrêmement froid.

Il mourait d'envie de la prendre par les épaules et de la secouer, de lui dire qu'il n'avait jamais rencontré une femme comme elle.

— Je pars avec Gordon, prétendit-elle.

De nouveau, ce ton glacial qui semblait dire « Occupe-toi de tes affaires et fiche-moi la paix. »

— Très bien, dit-il. Dans ce cas, bonne nuit.

Il fit mine de s'en aller, puis se tourna vers elle.

— Ne partez pas seule. Promis ?

— Ne vous en faites pas.

Il s'éloigna à regret. Elle ne lui laissait pas le choix.

Le dernier élève venait de passer la porte. Sam et Jane sortirent ensemble, tout en discutant du Gator Gala. Rhianna parla vaguement d'une course urgente — elle n'avait plus de lait pour demain matin —, et s'enfuit comme si elle était poursuivie par un essaim d'abeilles.

Ella Rodriguez était déjà partie depuis un moment pour assister à l'anniversaire de sa mère, et Shannon vérifia sur l'emploi du temps que les rendez-vous étaient correctement notés. Puis elle leva la tête et découvrit Ben qui arpentait la réception d'un air sinistre.

— Quelque chose te tracasse ? lui demanda-t-elle.

— Non, non. Sauf que…

— Quoi ?

— Le bruit court que tu vas travailler avec Jim Burke.

Elle leva les sourcils d'un air fortement surpris.

— Tu sais très bien que j'ai abandonné la compétition. Qui a pu te dire une chose pareille ?

— Gabriel Lopez. Il dit qu'on ne parle que de ça au Suede.

— On en parle peut-être, mais c'est faux.

Elle soupira.

— Ben, les concours, c'est fini pour moi. Ce que je fais me convient parfaitement.

Il détourna le regard, puis la fixa de nouveau. Elle fut surprise par son expression. Ses yeux noirs la dévisageaient avec une intensité particulière.

— Je voulais simplement te dire que si c'est vrai, je m'en réjouis. Je suis sûr que tu aimerais reprendre. Je t'ai observée pendant que tu assistais aux exhibitions de tes élèves. J'ai bien vu que tu dansais avec eux, que tu suivais chacun de leurs pas. Je t'ai trahie, je le sais, mais ça fait si longtemps. J'avais envie d'avancer ; je ne pouvais pas t'attendre. Mais tu devrais reprendre. Pas avec moi — je comprends parfaitement que tu ne puisses pas me pardonner —, mais avec un autre. Quelqu'un qui soit à ta hauteur. Jim te conviendrait. Inutile de me cacher quoi que ce soit. Je serais heureux de te voir de nouveau sur les pistes de danse.

Elle faillit en tomber à la renverse, mais elle se contenta de le dévisager en silence.

— Je te remercie, Ben. Je suis très touchée. Mais je t'assure qu'il ne s'agit que d'une rumeur.

Il hocha la tête.

— Dans ce cas, réfléchis à la question, dit-il en s'éloignant. Bonne nuit. Ne t'attarde pas trop, et n'oublie pas de fermer à clé en sortant. Gordon est déjà parti.

— Ne t'en fais pas. Bonne nuit, Ben !

Elle entendit la porte d'entrée se refermer derrière lui.

Il n'y avait plus de musique, et le silence lui paraissait maintenant étrangement pesant.

Elle n'avait pas fini de vérifier l'emploi du temps, mais tant pis : elle décida de remettre ça à demain. Elle regrettait de ne pas être partie en même temps que Ben. Elle avait été tellement surprise par sa déclaration qu'elle avait oublié à quel point le studio lui paraissait hostile dès qu'elle s'y retrouvait seule.

Et pourquoi diable avait-elle refusé la proposition de Quinn O'Casey ?

Parce qu'il l'avait manipulée et qu'elle lui en voulait encore.

Peut-être était-ce pour la même raison qu'elle refusait de reprendre la compétition. Ben l'avait blessée… Elle s'était réfugiée dans sa coquille.

Bon, assez ruminé. Il était temps de filer.

Elle se dirigea vers son bureau pour aller chercher son sac. Elle se penchait pour l'attraper lorsqu'elle entendit de nouveau ce bruit… Une sorte de grincement ou de frottement. Comme une porte qu'on ouvre et qu'on referme doucement.

Elle demeura immobile, silencieuse, en essayant de se rassurer. Il y avait une boîte de nuit en dessous…

Mais non : ça venait bien du premier étage.

— Il y a quelqu'un ? lança-t-elle.

Elle s'obligea à passer calmement son sac en bandoulière et à retourner dans la salle de danse. Il n'y avait personne ; tout semblait parfaitement calme. Elle sentit un filet de sueur lui dégouliner le long de la colonne vertébrale.

Sans doute Katarina faisait-elle des heures supplémentaires…

Non. Elle se souvenait parfaitement que Katarina était partie avec son mari dès la fin de la réunion. Elle était même venue l'embrasser.

Sors, sors.

Elle fut soudain envahie par une peur panique et irraisonnée. Elle ne songeait plus qu'à fuir le plus vite possible. Son instinct lui criait qu'un danger la menaçait. Un danger presque palpable.

Elle se précipita vers la porte donnant sur l'escalier extérieur, puis songea à la terrasse qui longeait l'arrière du bâtiment. Elle en fit le tour, mais ne vit personne. L'accès à l'appartement de Gabriel Lopez était plongé dans la pénombre, et la porte de leur entrepôt fermée à clé.

Elle tenta de nouveau de se rassurer. Si quelqu'un était là, c'est qu'il avait quelque chose à y faire.

— Katarina ? Kat ? David ? C'est vous ?

Pas de réponse.

— Gabriel ?

Pas un murmure ne sortit de l'ombre.

Elle fit demi-tour sans demander son reste, et fila vers l'escalier menant au parking.

Elle posait le pied sur la première marche lorsqu'elle entendit de nouveau le grattement.

Juste derrière elle.

Elle descendit sans même prendre la peine de fermer à clé.

Des pas la suivirent.

Elle se mit à courir.

Sa voiture ne se trouvait qu'à quelques mètres. Elle sortit de son sac ses clés de contact et la commande à distance qui ouvrait les portières. A présent, elle en était sûre, quelqu'un la suivait.

Elle appuya sur le bouton. Sa voiture émit un petit son familier et rassurant, puis clignota.

Elle se jeta sur la portière du conducteur, se glissa derrière le volant et s'enferma aussitôt.

On frappa à sa vitre et elle poussa un hurlement de terreur.

14.

Assis devant sa table, les jambes allongées sur le canapé-couchette, Quinn mâchonnait le bout de son stylo tout en consultant ses notes. Nell Durken et Lara Trudeau prenaient des cours au Moonlight, et l'on découvrait peu après deux autres femmes mortes d'une overdose non loin de ce même studio. Y avait-il un lien entre ces quatre affaires. Et si oui, lequel ?

Il jeta un nouveau coup d'œil sur sa liste de suspects. Chacun d'eux pouvait avoir des mobiles pour les deux premiers meurtres — à condition qu'il s'agisse bien de meurtres. Il en avait marre de ressasser toujours la même chose ; il commençait à avoir un sérieux mal de tête.

Merde ! Pouvait-on au moins rayer quelques noms de cette foutue liste ?

Il décida de la partager en deux. D'un côté ceux qui avaient de bonnes raisons d'éliminer Lara ; de l'autre, ceux pour qui la probabilité était minime. Dans les moins, il plaça en tête Justin Garcia, un type plein de joie et d'énergie, qui ne partageait rien avec Lara. En plus, il ne devait pas être son genre et il y avait peu de chances qu'elle eût essayé de lui mettre le grappin dessus. Sur l'autre liste, il fit passer Ben Trudeau en tête, avec pour commentaire « ex-mari éconduit ».

Et Gordon, où le placer ?

Quelqu'un frappa à la porte de la cabine.

— Oui ?

— C'est moi.

Il se leva et grimpa l'échelle pour ouvrir la porte de la cabine. C'était Doug. Il avait l'air pressé.

— Tu avances ? demanda-t-il à Quinn.

— Non, pas vraiment.

Doug prit un air contrarié.

— J'ai cru que tu m'avais demandé de passer parce que tu voulais me donner un scoop.

— Assieds-toi, lui dit Quinn tranquillement.

— Oui chef, fit Doug d'un ton agacé.

— Je t'ai dérangé, peut-être ? lança Quinn sur le même ton. Permets-moi quand même de te rappeler que c'est toi qui m'as supplié de m'occuper de cette affaire.

— Tu as raison, excuse-moi, dit Doug précipitamment.

— J'ai quelques questions à te poser. Est-ce que Lara avait une autre liaison ? Etiez-vous très engagés l'un vis-à-vis de l'autre ou juste des amants occasionnels ? Il faudrait aussi que tu m'en dises plus sur les gens qui fréquentent le Moonlight. Je n'ai pas encore pu me faire une opinion sur tout le monde.

Doug baissa le nez et tambourina des doigts sur la table. Puis il releva la tête.

— Je pense qu'elle avait un autre amant, en effet.

— Ben ?

— Peut-être. Mais je n'en suis pas certain. Tout ce que je sais, c'est qu'elle s'apprêtait à le larguer.

— Et comment le sais-tu ?

— Elle m'a dit qu'elle voulait faire le ménage dans sa vie.

— Elle ne parlait peut-être pas d'un homme.

— Bien sûr que si ! Si tu l'avais connue, tu saurais qu'il ne pouvait s'agir que d'un homme.

Quinn secoua la tête.

— L'argument ne pèserait pas lourd devant un tribunal, marmonna-t-il tristement.

Doug se redressa de toute sa hauteur.

— Elle pouvait être la personne la plus merveilleuse du monde, mais aussi la plus cruelle, la plus tranchante.

— Comment ça a commencé entre vous ? Et quand ?

— Environ trois mois avant sa mort.

— Où ?

— Au Suede. On avait dansé ensemble toute la nuit et elle avait un peu bu. J'ai proposé de la raccompagner chez elle et de lui tenir compagnie. En fait, j'avais dit ça un peu pour plaisanter ; je ne pensais pas qu'elle accepterait.

— Et ensuite ?

— Elle a dit qu'elle préférait venir chez moi. A partir de là, on s'est vus une fois par semaine. Toujours chez moi. Elle tenait à garder le secret sur notre relation. J'ai fait mine de trouver ça tout naturel, parce qu'elle était une femme libre, à l'esprit indépendant. Je pense sincèrement qu'elle commençait à s'attacher à moi. Une fois, je lui ai fait remarquer qu'elle ne faisait pas partie du personnel du Moonlight et qu'elle n'avait pas besoin de se cacher. Elle m'a répondu qu'il ne s'agissait pas uniquement de ça. J'en ai tout de suite conclu qu'elle avait quelqu'un d'autre.

— Ben ?

Doug secoua la tête.

— Je t'ai déjà dit que je n'en savais rien. En tout cas, il s'agissait d'une personne qui fréquentait le Moonlight. Sûrement pas Sam, qui est homosexuel. Pas Justin non plus, parce qu'elle n'aimait pas les hommes en dessous d'un mètre quatre-vingt.

— Gordon, alors ?

— Gordon est un peu trop vieux… Et puis, je n'ai jamais eu l'impression qu'ils étaient proches. Ou alors, ils le cachaient bien.

— Et son partenaire, Jim Burke ?

— Je ne pense pas non plus.

— Pourquoi ?

Doug regarda son frère fixement, en haussant les épaules.

— Trop mou pour elle. Elle le menait à la baguette.

Quinn se pencha en avant, comme pour adopter le ton de la confidence, même s'ils étaient seuls tous les deux.

— Ecoute, des centaines de spectateurs ont assisté à sa mort. Est-ce que tu te rappelles l'avoir vue se disputer avec quelqu'un ?

Doug hésita.

— Je peux avoir une bière ?

— Sers-toi. Et réponds à ma question.

Il alla jusqu'au réfrigérateur et prit une bouteille, tout en questionnant Quinn du regard. Celui-ci tendit la main et attrapa au vol une Miller.

— Elle s'est disputée avec Jane. A mon sujet.

— Ah !

— Elle trouvait que Jane ne me laissait pas mener, alors que j'en étais capable. Jane l'a mal pris et elle a marmonné tout bas « Je t'emmerde, salope ! ». Lara a très bien entendu, et elle a rétorqué qu'elles s'expliqueraient plus tard. Elle pouvait se montrer vraiment perverse, quand elle le voulait. C'était mortel.

— En attendant, c'est elle qui est morte. Jane et elle étaient rivales, en matière de mecs ?

— La pin-up du studio, c'est plutôt Rhianna.

Doug s'interrompit ; son téléphone sonnait.

— Excuse-moi, dit-il en plongeant la main dans sa poche.

Il décrocha et écouta.

— Je ne sais pas encore, dit-il enfin, tout en lançant un regard étrangement coupable du côté de Quinn. Je te rappelle, d'accord ?

— Qui c'était ? demanda Quinn quand il eut coupé la communication.

— Jane.

— Jane Ulrich ?

Doug hocha la tête en silence.

— Je peux lui dire que ce n'est pas possible ce soir, si tu as besoin de moi.

— Il ne s'agit pas d'un cours, n'est-ce pas ?

— Non.

Plus la peine de se demander pourquoi Doug avait l'air tellement gêné.

— Ne le dis à personne, surtout ! Elle risque de se faire virer. Ecoute, je vais la rappeler et lui dire que je ne suis pas libre.

— Au contraire. Accepte. N'oublie pas que nous sommes sur une enquête.

— Tu veux dire que je devrais en profiter pour lui soutirer des informations ?

— Exactement.

— Tu ne trouves pas ça un peu dégueulasse ?

— C'est le meurtrier qui est dégueulasse.

Doug acquiesça.

— Après tout, tu as raison.

Quinn secoua la tête.

— Tu avais une liaison avec Lara et elle a fini six pieds sous terre.

— Je ne l'oublie pas. Je veux savoir ce qui s'est passé. Je

travaille avec Jane depuis longtemps, et voilà que tout à coup… Enfin, je crois qu'elle a surtout peur de rester seule.

C'était au tour de Quinn de tambouriner des doigts sur la table.

— Quelque chose me tracasse. Si tu étais si proche de Lara, tu devrais bien savoir si elle s'est isolée avec quelqu'un avant le concours !

Doug fit un vague geste de la main.

— Tu ne te rends pas compte… Dans ce genre de manifestations, les gens vont et viennent sans arrêt. Avant la compétition, il y a eu un cocktail. Tout le monde parlait avec tout le monde. Les hommes et les femmes ne partageaient pas le même vestiaire, mais il y avait une terrasse qui reliait les deux. Un homme a pu passer dans le vestiaire des femmes sous un prétexte quelconque — pour demander qu'on lui noue sa cravate ou n'importe quoi d'autre. Au fait, les pros aussi ont eu droit à un petit verre de champagne ou à une autre boisson alcoolisée.

— On aurait dû donner au labo tous les verres trouvés dans les vestiaires, fit remarquer Quinn.

Il lui semblait incroyable que l'on ait négligé ce détail qui relevait pourtant de la routine.

— Tu ne penses quand même pas que l'une des participantes aurait pu lui glisser quelque chose dans son verre ?

— Et pourquoi pas ? Les femmes sont capables de tuer, au même titre que les hommes. Et le poison est leur arme de prédilection.

— Il ne s'agissait pas de poison.

— La drogue agit à la manière d'un poison et elle permet d'éviter une agression physique directe. C'est un meurtre à distance, propre et silencieux.

— Mais pourquoi Jane ? Je penserais plutôt pour Shannon,

dans ce cas-là. C'est elle qui avait le plus de raisons de lui en vouloir.

— Très juste. Et s'il ne s'agissait que du meurtre de Lara, je pencherais, comme toi, pour le crime passionnel. Mais il faut aussi prendre en compte la mort de Nell. Il se trouve qu'elle a pris des cours au Moonlight et qu'elle est morte dans des circonstances similaires. Si les deux meurtres sont liés, ta thèse passionnelle ne tient plus debout. Pour l'instant, il faut l'avouer, on ne sait rien, on n'y comprend rien. Donc, tout le monde est suspect.

— Même Jane.

— Oui, même Jane. Essaye de voir si elle prend de la drogue ou des cachets et, si c'est le cas, où elle se procure tout ça, si elle a une ordonnance…

— Je sais que c'est la moindre des choses que je te donne un coup de main, mais j'ai honte de profiter de la situation… Tout de même, tu es détective privé, tu as fait partie du FBI, ta spécialité c'était le profil psychologique des criminels… Tu devrais t'en sortir mieux que moi.

— Pour l'instant, je n'ai que de vagues intuitions, avoua Quinn. Remarque, ajouta-t-il sèchement, ça marche aussi bien que les méthodes scientifiques du FBI.

— Tu crois que je devrais y aller maintenant ?

Quinn hocha la tête, et Doug composa le numéro sur son portable.

— J'arrive tout de suite, dit-il.

Jane répondit quelque chose qui le fit rougir, et il partit précipitamment.

Quinn revint à ses notes.

D'étranges coïncidences. Art Durken en prison. Lara Trudeau morte en avalant trop de Xanax, comme Nell, sauf que Lara avait bu de l'alcool. Les ordonnances provenaient de médecins différents et au-dessus de tout soupçon.

Et quel rapport entre ces deux-là et les deux autres : la prostituée et la femme de la plage ?

Il consulta sa montre. Il était déjà tard. La nuit lui porterait peut-être conseil.

— Ben ! s'écria Shannon d'un ton soulagé.

Elle appuya sur le bouton pour baisser la vitre — une sorte de réflexe —, tout en se demandant si ça n'était pas imprudent.

— Shannon, ça va ? demanda-t-il en la dévisageant d'un air anxieux.

— Parfaitement bien, oui. Pourquoi as-tu tambouriné comme ça à ma vitre ?

— Parce que je t'ai vue sortir du studio comme si tu avais le diable à tes trousses.

— Je suis un peu nerveuse, en ce moment, avoua-t-elle.

Avait-elle imaginé les bruits de pas derrière elle ou les avait-elle réellement entendus ? Elle ne savait plus.

— Donc, tout va bien, tu en es certaine ?

— Oui, à part que j'ai failli avoir une crise cardiaque à cause de toi.

Elle secoua la tête, puis fronça les sourcils.

— Mais d'où sortais-tu ?

— Je suis passé à l'épicerie. Je retournais à ma voiture.

— Ah ! Tu ne venais pas de l'escalier ?

— Non. Pourquoi ?

— Je ne sais pas. J'ai cru entendre un bruit.

— Des bruits, il y en a tout le temps dans ces vieux immeubles. Ça grince, ça craque…

— Oui, sans doute.

— Tu veux que je te suive jusque chez toi ?

— Non, ce n'est pas la peine.

— Je ne descendrai même pas de voiture, promis. J'attendrai que tu rentres et je repartirai.

— Bon, d'accord. Je te remercie.

Ben rejoignit sa voiture pendant que Shannon sortait en marche arrière.

Il leur fallut peu de temps pour arriver à destination. Comme prévu, Ben la suivit des yeux, depuis son véhicule. Elle sortit en vitesse, ouvrit la porte et se retourna pour lui adresser un petit signe de la main. Il lui rendit son salut et elle disparut à l'intérieur.

Une fois seule, elle se laissa aller contre la porte et contempla la maison. Elle était partie en laissant les lumières du couloir et de la cuisine allumées, et pourtant, elle eut l'impression d'entrer dans un antre menaçant, noir et silencieux.

Vous serez la prochaine.

Le serveur s'était probablement trompé. N'empêche que cette petite phrase continuait de la hanter.

— Pète les plombs un bon coup et va consulter un psy ! murmura-t-elle pour elle-même.

Elle eut brusquement une envie furieuse de partir en courant et d'aller sur un bateau amarré à la marina. Un bateau du nom de *Twisted Time*.

Mais il n'en était pas question.

— Arrête de délirer ! s'exclama-t-elle.

Mais une fois de plus, elle ne put s'empêcher de vérifier chaque pièce de la maison, de regarder dans les toilettes, sous son lit, de s'assurer que le verrou de la porte de derrière était bien fermé.

Finalement, elle décida de prendre une tasse de thé et d'avaler un somnifère. Ensuite, elle s'en voulut et se jura que la prochaine fois, elle resterait debout toute la nuit plutôt que de recourir à de tels expédients.

Lorsqu'elle se coucha, il était déjà tard. Elle n'éteignit que dans sa chambre. Ainsi, elle se sentit un peu rassurée et put fermer les yeux.

Elle songea que Christie avait raison et qu'il lui fallait peut-être un chien de garde.

Soudain, elle se redressa sur son lit. Une pensée venait de lui traverser l'esprit. Ben avait prétendu qu'il sortait de l'épicerie, mais lorsqu'il avait tambouriné à la vitre de sa portière, il ne portait aucun paquet.

Il l'imagina allongée sur son lit, les yeux fermés.

Pas de chien, pas de système d'alarme.

Comme c'était simple d'enfiler une paire de gants et d'utiliser sa clé pour se glisser à l'intérieur. Elle ne savait pas à quel point c'était simple.

N'importe quand... Quand il le déciderait.

Mais que savait-elle exactement ?

Rien, se dit-il. Elle ne savait probablement rien.

Mais elle avait repéré le bruit et maintenant, elle était aux aguets. Peut-être aurait-elle envie de savoir d'où il provenait...

Pour l'instant, elle n'avait encore qu'une sensation vague, le sentiment confus d'une menace qui planait au-dessus d'elle.

Il fut tenté de pénétrer dans la maison.

Mais pourquoi prendre un tel risque ?

Après tout, elle était à sa merci. N'importe quand.

Et il n'avait aucune envie de l'assassiner comme une brute.

Pour l'instant, il devait se contenter de la surveiller.

Il n'était pas question qu'elle meure chez elle. A moins que...

Non. Il y avait d'autres moyens.

Il avait laissé sa voiture un peu plus loin et s'était posté sur le trottoir, dans l'ombre d'un orme.

Ce soir, il aurait pu…

Mieux valait patienter. De toute façon, elle était à sa merci ; il lui suffisait de tendre le bras.

Il s'occuperait d'elle en plein jour : c'était plus facile.

Observer et attendre.

Il l'atteindrait aisément, dès qu'il l'aurait décidé.

15.

Art Durken entra dans le parloir de la prison escorté par un corpulent gardien d'une trentaine d'années et par un autre homme, plus âgé, qui se présenta aussitôt à Quinn.

— Théodore Smith, avocat de M. Durken. Mon client a tenu à ce que j'assiste à votre entretien. Si votre attitude ou vos questions me paraissent déplacées, je me chargerai de lui rappeler qu'il n'était pas obligé d'accepter cette entrevue. M. Durken n'a pas tué sa femme, et il pense que vous avez demandé à le voir parce que vous possédez de nouveaux éléments qui pourraient aider à l'innocenter.

— Je sais parfaitement que M. Durken n'était pas obligé d'accéder à ma requête et je vous remercie tous les deux, répondit Quinn.

Smith hocha la tête avec la dignité d'un roi qui accorde une faveur à l'un de ses sujets. Il prit une chaise, s'installa à la table et fit signe à Art de s'asseoir près de lui. Celui-ci obéit sans un mot.

L'imposant gardien se posta dans un coin de la pièce.

Durken approchait de la quarantaine. Avec ses cheveux blond-roux, ses beaux yeux gris et lumineux, sa silhouette mince et plutôt sèche, il ne manquait pas de charme. On comprenait aisément qu'il ait pu séduire la jeune femme riche qui était devenue son épouse, ainsi qu'une ribambelle de maîtresses.

— Je n'ai pas tué ma femme, dit-il en regardant Quinn droit dans les yeux. Je n'étais pas un mari fidèle, certes, mais je ne suis pas un assassin.

Il avait beaucoup changé depuis son incarcération. Autrefois, il possédait l'assurance d'un battant, mais à présent, il avait un visage émacié, l'air hagard et les cheveux en bataille, comme quelqu'un qui passe la journée la tête dans ses mains. Quinn remarqua un mince filet de transpiration au-dessus de sa lèvre supérieure, et quelque chose dans son regard l'émut. Durken ne lui avait même pas reproché d'avoir joué un rôle actif dans son arrestation.

— On a trouvé vos empreintes sur son flacon de médicaments, lui rappela Quinn calmement.

— Et alors ? Il m'est arrivé plus d'une fois de lui tendre ce fichu flacon, tout en lui disant qu'elle aurait mieux fait de s'en passer. Mais elle prétendait que ça calmait ses angoisses et que ça la sauvait de la dépression.

— Si ce n'est pas vous le meurtrier, Art, qui est-ce ?

Art eut un regard désolé en direction de son avocat, et secoua la tête.

— Je n'en ai pas la moindre idée. Il me semble... Je crois que Nell a eu une liaison, quelques mois avant sa mort. C'était sans doute une façon de se venger de mes infidélités. Je me sentais tellement coupable que je ne lui en ai même pas voulu. Vous savez, je n'avais aucune envie de la quitter.

Il secoua la tête d'un air contrit.

— Je ne suis pas fait pour la monogamie.

— Ça ne vous a pas rendu furieux d'apprendre que votre femme avait eu une liaison ? Vous n'en aviez jamais parlé, jusque-là. Je ne l'ai pas lu dans les rapports de police, fit remarquer Quinn.

— Art, faites attention à ce que vous allez répondre ! intervint Smith.

Durken secoua la tête d'un air impatienté.

— Je n'en ai pas parlé parce que personne ne me l'a demandé. Merde, je savais que je n'avais pas intérêt à fournir un mobile supplémentaire alors qu'on m'avait déjà désigné comme le coupable idéal. Et avant que vous ne me posiez la question, oui, je l'avoue, c'était elle qui me faisait vivre.

— Art, cet homme peut utiliser ce que vous dites contre vous dans une cour, lui rappela fermement Smith.

— Pensez-vous que votre femme ait eu cette liaison au moment où elle prenait ses cours de danse ? demanda Quinn.

Durken parut surpris.

— Oui, en effet.

— A votre avis, s'agissait-il de quelqu'un qui fréquentait le Moonlight ?

Il haussa les épaules.

— Je n'ai jamais mis les pieds dans ce studio. La danse de salon, c'est pas mon truc. Au début, elle voulait que je m'inscrive avec elle. J'aurais peut-être dû. Comment savoir ? En tout cas, il est probable que c'est au Moonlight qu'elle a rencontré son amant. Ensuite, on s'est réconciliés et elle a dû arrêter les cours en même temps que sa liaison. Je n'ai pas trop cherché à savoir parce que je n'avais pas envie qu'elle me retourne mes questions. Je me sentais coupable, alors le fait qu'elle me trompe, elle aussi, ça soulageait ma conscience, en quelque sorte.

Le visage de Durken s'anima brusquement.

— J'ai entendu parler de cette danseuse qui est morte d'une overdose. Ou d'un mélange de drogue et d'alcool, quelque chose dans le genre… Elle est tombée raide devant des centaines de spectateurs, c'est bien ça ?

Quinn se leva en adressant un signe de tête à l'avocat et au gardien.

— Ça ne prouve rien, dit-il à Durken. Quelqu'un a très bien

pu lui faire avaler les cachets avant son exhibition, ajouta-t-il en sortant sa carte de visite qu'il tendit à l'avocat. S'il vous vient à l'esprit quelque chose qui pourrait m'éclairer, auriez-vous la gentillesse de m'en informer ?

Il se dirigea vers la porte, mais l'avocat l'interpella.

— Je vous rappelle que M. Durken est ici en grande partie à cause de vous, monsieur O'Casey.

— M. Durken a été inculpé du meurtre de sa femme parce qu'on a trouvé ses empreintes sur un flacon de médicaments. Tout ce que j'ai fait, c'est fournir à la police un compte rendu détaillé de son emploi du temps dans les jours qui ont précédé la mort de son épouse.

Durken secoua la tête. Il ne partageait visiblement pas la réticence de son avocat.

— Peu importe que vous m'ayez envoyé en prison… Si vous pouvez m'en faire sortir, je suis prêt à collaborer. Je vais réfléchir. Peut-être que je me souviendrai d'un détail.

— Merci, répondit Quinn.

On lui ouvrit la porte, et il se rendit compte qu'il avait hâte de quitter cet endroit.

Une fois dehors, il hésita, puis sortit son téléphone portable pour appeler Annie.

Il n'avait pas de cours prévu avant le lendemain, mais il décida de faire un détour par le Moonlight.

Marnie était au comble de l'excitation.

Elle portait un jean et un T-shirt à manches courtes, et elle craignait que sa tenue ne soit pas très adaptée pour un cours de danse.

— Et mes chaussures ! dit-elle à Quinn. Elles sont atroces.

Il lui jeta un coup d'œil, tout en conduisant.

— Je ne pense pas que ce soit très important. Pas pour une première leçon, en tout cas.

— Vous en êtes certain ?

— Tu verras bien. Arrête de t'inquiéter.

Elle hocha la tête, et il sentit son regard peser sur lui.

— Je vous remercie de tout ce que vous faites pour moi, déclara-t-elle posément.

— Le premier cours est toujours gratuit, au Moonlight, lui rappela-t-il.

Elle secoua la tête, et ses longs cheveux noirs balayèrent ses épaules.

— Je parle de tout le reste, monsieur O'Casey. Annie est super-gentille. Elle m'a trouvé un travail, vous savez ? Dans une boutique, tout près du foyer. Je vais pouvoir mettre de l'argent de côté pour m'installer chez moi. La boutique me plaît ; on y vend des fringues très chouettes. Dans six mois, j'aurai droit à une ristourne de cinquante pour cent sur ce qu'ils vendent. Annie va aussi me présenter une vieille dame qui n'a pas de famille dans le coin et qui acceptera peut-être de me loger en échange de quelques services : l'emmener chez le médecin, faire ses courses, l'accompagner à l'église le dimanche. Si ça marche, il est même question que je rachète sa voiture. Bon, c'est une vieille Chevy qui a plus de quinze ans, d'accord, mais elle n'a presque jamais roulé.

— C'est un bon début, tout ça.

— Vous voulez dire que c'est formidable ! s'exclama Marnie.

Elle secoua la tête, comme si elle avait peur de paraître un peu mièvre.

— En tout cas, merci. C'est nettement mieux que de vivre dans un jardin. Même un très beau jardin. Sans compter que je commençais à avoir la trouille.

— De quoi ? Des insectes ? Des animaux sauvages ?

La jeune fille secoua la tête.

— Non, c'est pas ça. J'avais la trouille parce que j'avais remarqué une voiture qui passait et repassait au ralenti. Mais c'était peut-être tout simplement quelqu'un qui cherchait une adresse.

Les mains de Quinn se crispèrent sur le volant.

— Quelle voiture ? demanda-t-il sèchement.

— Hé, du calme ! Qu'est-ce que j'en sais ? Je n'ai pas vu la plaque d'immatriculation ni rien du tout. Il faisait nuit noire. Une voiture beige ou grise. Passe-partout.

— Oui, mais quoi ?

— Comment ça, quoi ? Une voiture — un truc avec des roues et un volant.

— Une grosse ou une petite ?

— Moyenne.

— Chevy, Ford, Toyota, Mercedes… Quelle marque ?

— Mais je n'en sais rien, moi ! Je n'ai même pas mon permis, alors, les marques… Je sais que celle de la vieille Mme Marly est une Chevy parce qu'Annie me l'a dit. Je crois que l'autre, c'était un genre de berline.

— Si tu la voyais de nouveau, tu la reconnaîtrais ?

Elle dut sentir la tension dans la voix de Quinn car elle se raidit et le contempla d'un air effrayé, comme si elle craignait que l'homme à qui elle faisait aveuglément confiance ne fût brusquement devenu dingue.

Elle secoua la tête avec une expression désolée. De toute évidence, elle aurait bien voulu l'aider.

— Non, je ne crois pas. Je regrette.

— Tu l'as vue combien de fois cette voiture ?

— Deux fois. Si c'était bien la même… Hé, attention, vous allez rater l'embranchement ! Heureusement que je connais le chemin pour aller à la plage.

Ils arrivaient devant l'immeuble du Moonlight. Quinn se

gara en expliquant à Marnie qu'il fallait faire le tour du bâtiment et passer par l'escalier extérieur donnant sur le parking réservé au personnel du studio, aux élèves réguliers et aux autres occupants du bâtiment.

— Tu reconnais l'une de ces voitures ? lui demanda-t-il.

Malheureusement, toutes les voitures alignées dans ce parking étaient des berlines, grises ou beiges.

— Elles se ressemblent toutes, répondit Marnie en tournant vers lui ses grands yeux innocents. Ça pourrait être n'importe laquelle.

— Ou aucune.

— Voilà.

Il acquiesça.

— Merci d'avoir essayé. Bon, allons-y, maintenant.

Elle sourit.

— Mon premier cours de danse ! fit-elle joyeusement.

Lorsque Shannon revint de sa réunion avec le gérant de l'hôtel qui devait accueillir le Gator Gala, elle trouva Marnie en train de travailler avec Sam Railey. La gamine avait l'air ravie ; elle s'appliquait visiblement, et dansait déjà la rumba avec une grâce naturelle.

Si Marnie était là, Quinn l'avait sûrement accompagnée. Shannon ne put s'empêcher de le chercher du regard.

Et elle le vit, en effet, accoudé au comptoir de la réception, avec Gordon et Ella. Tous trois avaient les yeux fixés sur la petite.

— Tu es déjà de retour ? lança Ella. La réunion s'est bien passée ?

— A merveille, répondit-elle en rejoignant le groupe.

Comme l'exigeait la politesse, elle se força à saluer Quinn avec gentillesse.

— Tu as un cours dans quinze minutes, Shannon ! annonça Ella.

— Ah ! Avec qui ?

— Avec moi, lui répondit Quinn, tout sourires.

— Tiens…

— Oui. Finalement, j'ai décidé de m'inscrire à ce fameux Gator Gala, expliqua-t-il. Ça veut dire qu'il faut que j'apprenne beaucoup de choses en peu de temps.

— Vous êtes sûr de vouloir participer à ce concours ?

— Pourquoi pas ? intervint Gordon. Dans la catégorie débutant.

— Gordon ! Il n'a pris qu'un seul cours particulier…

— Voilà pourquoi il faut que je mette des bouchées doubles, dit l'intéressé.

Shannon hocha la tête, résignée.

— Très bien. Laissez-moi le temps d'enfiler mes chaussures.

Elle fit de son mieux pour dissimuler son agacement, et fila dans son bureau. Gordon était probablement ravi d'avoir un participant de plus, mais elle ne partageait pas son enthousiasme.

Bien sûr, comme Quinn ne savait rien faire, il allait devoir prendre quantité de leçons, ce qui représentait une belle somme d'argent. Elle savait à présent qu'il n'était pas un pauvre loueur de bateaux, mais quand même, est-ce qu'un privé gagnait autant que ça ?

Après tout… Doug O'Casey arrivait bien à se payer des cours avec son maigre salaire de flic.

Quelqu'un frappa doucement à sa porte.

— Shannon, fit la voix d'Ella. Il faut y aller.

— Je viens d'arriver, marmonna-t-elle. Tu aurais dû refuser.

— Gordon a insisté. Tu le connais…

— Dans ce cas, il n'a qu'à lui donner le cours lui-même.

— Shannon, qu'est-ce que tu as ? demanda Ella.

— Rien. J'arrive dans une minute.

Quand elle revint dans la salle de danse, elle vit que Katarina était arrivée, sans son mari, et qu'elle travaillait avec Ben. Ils exécutaient une figure de valse et Ben corrigeait son cambré.

— On a tendance à oublier le haut du corps quand on se concentre trop sur les pieds, expliqua Ben avec le plus grand sérieux. Mais à présent que vous connaissez le pas, il faut passer au stade supérieur. Pensez à l'élégance de cette danse : vous êtes une princesse.

— Oui, Ben, d'accord, répondit Katarina en riant. Mais c'est plus facile à dire qu'à faire. J'avoue que j'ai un peu de mal.

— C'est pour ça qu'on répète, rétorqua Ben.

Ils recommencèrent à valser. Quinn attendait sur le côté, raide comme la justice.

Shannon marcha jusqu'à lui et lui prit la main pour le guider à l'autre bout de la pièce où Justin Garcia enseignait la salsa à une jeune et jolie Orientale qui prenait sa première leçon. Sam Railey venait de terminer sa leçon avec Marnie, et ils se dirigèrent tous deux vers la cuisine, probablement pour prendre un café.

Il n'y avait aucun endroit pour s'isoler et parler en privé dans ce studio, mais comme la musique couvrait les conversations, ils n'étaient pas obligés de se vouvoyer.

— Quinn, pourquoi insistes-tu pour prendre des cours ? demanda Shannon tout en fouillant dans sa pile de CD.

— Parce que je veux qu'on m'appelle « l'Irlandais roi de la salsa », répondit-il du tac au tac.

— Vraiment ? fit-elle d'un ton moqueur.

— Oui. Mon frère est tellement bon que ça m'a rendu fou de jalousie.

— Vraiment ? répéta-t-elle.

— C'est une excellente motivation, il me semble ?

— Une motivation qui va te revenir cher.

— Ça, je te l'accorde. Mais si je tiens le coup, je finirai peut-être par découvrir le secret du Moonlight.

— Quel secret ? demanda-t-elle d'un ton défensif. Ici, nous n'avons ni secrets ni vie privée.

— Lara en avait une. Plutôt agitée, même, d'après ce que j'ai entendu dire.

Shannon attendit que la salsa de Justin fût terminée pour mettre une valse.

— Allons-y, dit-elle. Commençons par les comptes. C'est très simple : il s'agit d'un trois temps. Un, deux, trois… Un, deux, trois…

Elle fut extrêmement surprise qu'il y arrive du premier coup.

— Pas mal, commenta-t-elle.

— Ma mère m'a appris ça quand j'étais adolescent, avoua-t-il. Mais dis-moi, tu n'as pas l'air ravi de me donner ce cours. On pourrait pourtant en profiter pour faire plus ample connaissance.

— Tu penses pouvoir discuter sans perdre la cadence ?

— Parfaitement.

— J'ai du mal à te croire. Généralement, les débutants ont besoin de compter.

— Essayons tout de même. Tu sais déjà qui je suis et ce que je fais. Nous pourrions donc parler de toi. Le jour où Lara est morte, est-ce que tu t'es trouvée seule avec elle à un moment ou à un autre ?

Il évoluait avec une aisance surprenante, tout en lui faisant subir un interrogatoire en règle.

Elle lui lança un regard mauvais.

— Non, répondit-elle sèchement. Si tu veux tout savoir,

nous avions des relations polies mais distantes. Nous n'étions pas amies, et je ne recherchais pas sa compagnie. Le jour du concours, c'est à peine si je l'ai aperçue.

— Est-ce que tu l'as vue s'isoler avec quelqu'un ?

Shannon secoua la tête.

— Je ne faisais pas attention à elle.

— Quelque chose t'a pourtant secouée, ce jour-là. Qu'est-ce que c'était ?

— Rien. Rien du tout, répondit-elle.

Elle s'arrêta de danser et dut reprendre sa respiration.

— Tu me mens.

— Absolument pas.

Elle parut hésiter.

— Je suis toujours en colère contre toi.

— C'est stupide.

Il la contemplait avec des yeux froids et distants. Il menait son enquête. Elle fut tentée de tout lui raconter, puis se rappela qu'il n'était même pas flic, juste détective privé.

Pourtant, il avait été flic autrefois. Sans doute avait-il laissé tomber pour gagner plus d'argent. Elle avait un peu la sensation de valser avec Eliott Ness.

— Dis-moi ce qui s'est passé, insista-t-il. Je suis sûr que tu me caches quelque chose.

— Rien d'important. Il s'agit d'un détail.

— C'est à moi d'en juger.

— Pendant l'exhibition de Lara et Jim, un serveur est venu me taper sur l'épaule pour me dire que je serais la suivante.

— La suivante ?

— Oui… J'ai pensé qu'il m'avait confondue avec une candidate. Mais, après coup, ça m'a fichu la frousse. Comme si j'avais dû être la prochaine à mourir… après Lara. Je crois que sa mort m'a rendue un peu parano.

— Tu es certaine qu'il s'agissait bien d'un serveur ?

— Il portait une veste queue-de-pie.

— Dans ce cas, ça ne doit pas être bien difficile de le retrouver, dit Quinn. Il suffit de se procurer la liste des employés qui travaillaient à l'hôtel, ce soir-là.

La musique s'arrêta et Justin remit une salsa. Shannon décida de se montrer un peu plus aimable avec Quinn. Après tout, il n'était pas son ennemi ; il essayait simplement de découvrir la vérité.

Elle aussi voulait connaître la vérité.

— Merci, murmura-t-elle. J'avoue que si j'apprenais que cet homme s'est simplement trompé de personne, je me sentirais soulagée.

— Je le retrouverai, assura Quinn. A l'avenir, quand tu auras un problème, parle-m'en tout de suite.

— Entendu.

— De plus…

— Quoi donc ?

— Je crois que mon cours est presque terminé et j'aimerais maintenant apprendre quelques figures… Pourquoi est-ce que tu évites mon regard ?

— Je ne suis pas censée te regarder pendant une valse. Il y a une autre manière de tenir sa partenaire, mais tu n'es pas encore prêt pour ça.

Il haussa un sourcil.

— Accorde-moi le bénéfice du doute et essayons, dit-il doucement.

— Tu n'es qu'un débutant. Et pas très doué, par-dessus le marché : tu l'as reconnu toi-même.

— Pas doué, pas doué… Ça dépend pour quoi.

Elle se demanda s'il y avait une allusion là-dessous ou s'il ne parlait que de danse.

— Je vais aller chercher ton carnet de rendez-vous et je remettrai une valse quand le morceau de Justin sera terminé.

Elle s'éloigna de lui, prit son dossier qui était rangé sur une étagère, et se dirigea vers la chaîne stéréo. La salsa s'arrêta et elle mit un autre disque. Entre les deux morceaux, il ne se passa qu'une toute petite seconde.

Une toute petite seconde durant laquelle elle entendit de nouveau ce bruit étrange.

Un grincement, un grattement, comme des ongles sur un tableau noir ou un morceau de métal qu'on aurait frotté contre un autre morceau de métal. Comme… une porte qui s'ouvrirait et se refermerait très lentement.

La valse commença et Quinn la rejoignit.

— Tu as entendu ça ? lui demanda-t-elle.

— Tu parles de la musique ?

— Non… Non.…

— D'une voiture qui pétaradait, dehors ?

Elle secoua de nouveau la tête.

— Quoi alors ?

— Je ne sais pas. C'était sans doute une voiture, tu as raison.

On était en plein milieu de la journée ; il y avait une circulation infernale à l'extérieur et un monde fou dans le studio. Le bruit aurait pu provenir de n'importe où.

Et pourtant, elle l'avait reconnu. Il s'agissait bien de ce grincement qui l'effrayait depuis quelques jours.

Quand le cours s'acheva, elle constata avec surprise que cela ne lui avait pas paru aussi pénible qu'elle l'avait craint. Quinn, de son côté, semblait satisfait. Il venait pour son enquête, mais il prenait tout de même du plaisir à danser.

Il partit aussitôt, en emmenant Marnie avec lui.

Shannon entreprit alors un petit tour d'inspection pour chercher d'où provenait cet étrange craquement.

Sam la surprit au moment où elle sortait des toilettes pour

hommes. Elle dut bredouiller une vague excuse au sujet d'une rame de papier à remplacer.

— On dirait que tu trouves le temps long, aujourd'hui, lui fit-il remarquer d'un ton taquin.

Justin arriva sur ces entrefaites.

— Que fait cette belle dame dans notre domaine ? lança-t-il sur le ton de la plaisanterie.

— Je vérifiais les fournitures, dit-elle.

Comble de malchance, Gordon entra à son tour.

— Qu'est-ce qui se passe ici ? s'exclama-t-il. On se croirait sur un quai de gare.

Les mains sur les hanches, les yeux plissés, il dévisagea Shannon d'un air suspicieux.

— Je venais voir si vous ne manquiez pas de papier toilette, répéta-t-elle.

Il leva ses épais sourcils blancs.

— C'est le travail de la femme de ménage !

— Quelqu'un m'a dit qu'il n'y en avait plus, marmonna-t-elle.

Honteuse et agacée, elle s'éclipsa le plus vite possible.

Elle tendit l'oreille toute la journée, tout en surveillant Ben du coin de l'œil. Et quand l'occasion se présenta, elle aborda, l'air de rien, le sujet qui la tracassait.

— Ben…

— Hmm…

— Hier soir…

— Oui ?

— Tu m'as dit que tu sortais de l'épicerie.

Il leva les yeux vers elle.

— Oui, et alors ?

Elle secoua la tête.

— Mais tu n'avais pas de sac. Qu'est-ce que tu avais acheté ?

Il fronça les sourcils et la contempla fixement.

— Un truc personnel, dit-il. Ça ne te regarde pas.

— Désolée.

— Dis donc, tu ne serais pas en train de me soupçonner d'avoir couru après toi dans l'escalier ?

— Non, non. Absolument pas.

Il se pencha vers elle avec un air de conspirateur.

— Des préservatifs.

— Pardon ?

— Puisque tu tiens tant à savoir ce que j'ai acheté, je réponds à ta question. Des préservatifs. Si tu ne me crois pas, tu n'as qu'à demander à Julio — tu sais, le petit gars qui vient du Honduras. C'est lui qui travaillait là-bas, hier soir.

Elle se sentit rougir jusqu'aux oreilles.

— Merci du renseignement, dit-elle en se levant et en l'écartant pour passer devant lui.

La fin de la journée lui parut bien longue. Heureusement, elle ne serait pas seule pour fermer le studio car ils avaient prévu une soirée au Suede.

Mais au moment de partir, elle se rendit compte qu'Ella avait déjà disparu et que les autres étaient descendus sans même l'avertir.

Elle fila vers son bureau pour attraper son sac, puis se figea sur place. Des pas approchaient.

Elle fit volte-face, prête à se défendre à coups de sac.

C'était Gordon. Il la regarda d'un air étonné.

— Mais qu'est-ce qui t'arrive à la fin ? lui demanda-t-il.

Elle baissa lentement son sac, mais le tint serré contre elle.

— Shannon ?

Il parlait d'une voix basse et calme, mais son visage était tendu et sa main crispée sur un stylo.

Gordon… Tout de même… Il lui avait servi de mentor ; il

lui avait prouvé sa sympathie en lui confiant l'administration du Moonlight.

Mais il avait aussi été le premier à découvrir le talent de Lara Trudeau.

— Rien. Je n'ai rien. Pourquoi ?

Elle contempla le stylo dont il actionnait nerveusement le mécanisme.

— Salut !

Elle regarda par-dessus l'épaule de Gordon. C'était Quinn.

— Je venais voir si Shannon comptait descendre au Suede. Et vous aussi, Gordon, dit-il d'un ton dégagé.

Ils le dévisagèrent fixement tous les deux, et il sourit.

— Il se passe quelque chose ? On dirait que vous venez de voir un fantôme.

— Je rentre chez moi, dit simplement Gordon. Vous n'avez qu'à attendre Shannon et descendre avec elle. Ben m'a dit qu'elle avait peur de rester seule, en ce moment. Bonsoir.

Il leur fit un petit signe de la main et partit.

— Tu vas au Suede ? demanda Quinn.

Elle secoua la tête.

— Non. Je suis trop fatiguée. Je préfère rentrer chez moi.

— Tu es en voiture ?

— Oui.

— Dans ce cas, je vais te suivre avec la mienne.

— C'est très gentil, mais tu devais aller au club.

— J'ai changé d'avis.

Elle aurait bien voulu lui parler du bruit qui l'inquiétait mais, comme elle ne l'entendait plus, elle craignit encore de passer pour une angoissée maladive.

Après avoir fermé la porte, elle s'arrêta quand même pour écouter.

— Qu'est-ce qu'il y a ? lui demanda Quinn.

— Rien.

— Alors ?

— Allons-y ! dit-elle en haussant les épaules.

Il l'escorta sans un mot jusqu'à sa voiture, puis il la suivit, se gara dans son allée et l'accompagna jusque sur le pas de sa porte.

— Merci beaucoup, lui dit-elle.

— Je pense que je devrais dormir sur le canapé, comme l'autre soir…

— Il me semble que je ne te l'ai pas proposé, rétorqua-t-elle.

— Je sais bien. Mais je ne crois pas non plus t'avoir demandé la permission.

— Et si je refuse ?

— Tu n'as aucune envie de refuser.

Elle ne protesta pas. Il avait raison. Elle préférait qu'il reste ici, à veiller sur elle.

16.

Il roulait doucement le long de la plage. C'était la promenade préférée des habitants de Miami, et il ne craignait pas d'attirer l'attention, même s'il s'écartait un peu des sentiers battus.

Il se demanda s'il avait le béguin pour cette fille. Il adorait sa façon de bouger, fluide et délicate. Quand elle penchait la tête, quand elle cambrait, quand elle allongeait ses bras déliés… Liquide, souple, subtile…

Elle le rendait terriblement nerveux. Et elle ne se doutait pas le moins du monde qu'elle l'obsédait à ce point ; ça, il en était certain.

Il se mit à maudire ce type qui ne la lâchait pas d'une semelle et qui se mettait en travers de son chemin. Un petit malin qui couchait sûrement avec elle. Ça risquait de leur coûter cher à tous les deux : on ne marchait pas impunément sur ses plates-bandes.

C'était étrange à quel point il devenait facile de tuer, une fois qu'on avait franchi le pas.

A Miami Beach, dans l'effervescence de la nuit, il pouvait arriver n'importe quoi. On trouvait de l'ecstasy à tous les coins de rue — cette drogue qui décuplait vos sensations. Tous les jours, on inventait de nouveaux cocktails détonants.

Les gens mouraient si facilement d'overdose ! Qu'y faire ? La drogue tuait, tout le monde le savait.

Cette femme l'agaçait prodigieusement, et si elle continuait comme ça… il serait obligé de résoudre le problème.

Lara l'avait démasqué. Elle lui avait réclamé de l'argent en échange de son silence, et ça c'était une erreur tragique. Elle n'avait même pas vu venir la mort. Dommage, il aurait bien voulu qu'elle se rende compte qu'elle avait eu tort de s'en prendre à lui.

Il ralentit car il approchait de la maison.

La Navigator de cet imbécile était là.

Il jura.

La jalousie le transperça comme la lame d'un couteau. Il contempla fixement la façade en essayant d'imaginer ce qui se passait à l'intérieur.

Il repartit, fou de rage, et serra si fort le volant que la voiture fit une embardée.

Il se reprit aussitôt.

Il allait s'occuper de ce salaud. Son heure viendrait. Et celle de cette chienne aussi.

Quinn O'Casey était entré et avançait en direction de la cuisine d'un pas assuré.

Elle le suivit.

— Pas question que tu restes ici, lui dit-elle.

— Qu'est-ce qu'il y a là-dedans ? demanda-t-il en ouvrant un placard. Du café. Non, je ne vais pas en boire : je risquerais de ne pas fermer l'œil de la nuit.

Il ouvrit le réfrigérateur.

— Il faut que tu partes, insista-t-elle.

— Pourquoi ? Tu n'as pas peur, ce soir ? Ah : du thé ; c'est un excitant aussi, mais moins fort que le café. Ça ne m'empêchera pas de dormir.

Il attrapa la boîte contenant les sachets de thé.

— Ne fais pas semblant de ne pas entendre. Tu ne vas pas t'incruster chez moi.

Il la contempla avec un regard étrange dans lequel elle crut déceler une lueur ironique.

— Quel est le problème ? Tu ne veux pas que je dorme dans ton canapé ? Tu as peur de ne pas pouvoir garder tes distances ?

Elle lui arracha la boîte des mains.

— Oh, non ! Je suis tout à fait capable de résister à ton charme, ne t'en fais pas pour ça. Mais tu ne comprends donc pas que c'est gênant que ta voiture reste garée toute la nuit dans mon allée ?

— Pourquoi ? Tu es sous surveillance ? Gordon rôde la nuit pour voir ce que font ses ouailles ?

— Personne ne me surveille, mais mes collègues peuvent très bien passer devant chez moi par hasard. Et ça leur arrive de s'arrêter, le matin.

— Pour dire bonjour à leur petite maman, hein ?

— La question n'est pas là. Ils peuvent passer, c'est tout.

— Je peux déplacer ma voiture, dit-il.

— La déplacer où ?

— Plus loin, sur Alton. Les gens qui sortent faire la fête se garent par là et restent souvent jusqu'à l'aube. Personne ne la remarquera.

L'argument était imparable, mais elle secoua la tête.

— Tu n'as absolument pas besoin de rester. Je sais que je ne risque rien.

Elle mentait. Elle se sentait toujours aussi nerveuse, mais elle ne savait pas pourquoi, et ça la rendait dingue.

Mais elle détestait la violence, et elle n'aurait pas su se défendre en cas de problème. Elle n'avait jamais tenu une arme à feu ou pris un cours de self-defence de toute sa vie. D'ailleurs, elle le regrettait et elle songeait à s'inscrire à un club, mais où aurait-elle trouvé le temps puisqu'elle passait sa vie dans ce fichu studio ?

Elle songea brusquement que même Lara Trudeau s'était accordé le droit d'avoir une vie amoureuse.

N'empêche que Quinn n'avait pas à s'incruster chez elle.

Demain, elle inspecterait de nouveau les moindres recoins du Moonlight. Sans oublier les toilettes pour hommes. Il fallait absolument qu'elle découvre d'où provenait ce bruit et par où était passée la personne qui lui avait emboîté le pas dans l'escalier, quand elle s'était enfuie — c'était le mot juste — du bâtiment.

Quinn la regardait fixement, et elle eut la sensation qu'il devinait les idées saugrenues qui lui traversaient l'esprit.

— J'insiste, dit-il fermement. Je vais rester ici.

— Je ne veux pas.

Pourquoi se mettait-il brusquement en tête de dormir chez elle ? Avait-il une bonne raison ?

— Tu penses que je suis menacée ? lui demanda-t-elle avec inquiétude.

— Ecoute, je suis détective privé. J'enquête sur l'affaire Lara Trudeau. Il me semble…

— C'est vrai, tu es un flic ! fit-elle en redressant brusquement le menton.

— Oui. Comme tu le sais.

— Tu pourrais donc m'installer un système de surveillance.

— Bien sûr ! Mais ça coûte cher et ça demande tout de même un certain délai.

— Demain, ce serait possible ?

— Jeudi au plus tôt, répondit-il. Quant à ce soir, je reste. Pendant que je vais garer ma voiture, sois gentille de nous préparer du thé, ajouta-t-il en désignant la boîte qu'elle tenait toujours à la main. Je l'aime avec du lait et du sucre.

Il se dirigea vers la porte.

— Enferme-toi pendant mon absence ; je ne serai pas long.

Il partit, et elle le suivit des yeux quelques minutes. Puis elle referma précipitamment la porte et s'enferma, comme il le lui avait conseillé. Elle posa violemment la boîte à thé sur le comptoir et attendit qu'il revienne — non sans une certaine impatience.

On frappa bientôt à la porte et elle n'ouvrit qu'après avoir vérifié à travers le judas que c'était bien lui.

— Me voilà de retour, chérie ! lança-t-il sur le ton de l'ironie. Le thé est prêt ?

— Je suis crevée : je vais me coucher, rétorqua-t-elle. Je suis certaine que tu sauras te débrouiller tout seul.

— En effet, répondit-il. Je fais de l'excellent thé. Veux-tu que je t'en apporte une tasse ?

— Non, merci.

— Ne t'inquiète pas, je n'en profiterai pas pour me glisser dans ton lit.

— Très drôle… Mais je ne veux pas de thé.

— Tu as peur de craquer ?

— Aucune chance.

— Quel dommage !

— Je te l'ai dit : je n'aime pas les menteurs.

— Je ne t'ai pas menti. Mais si tu dois me faire sans cesse des reproches, il vaut mieux en effet conserver nos distances.

— Et je persiste à dire que tu n'avais pas besoin de rester.

— Je suis ici dans ton intérêt — qui est aussi le mien, en l'occurrence. Et puisque je vais m'installer sur le canapé et toi dans ton lit, je ne vois pas pourquoi ma présence te dérange à ce point.

Elle secoua la tête. Au fond, il n'avait pas tort. Il la taquinait un peu, mais il paraissait raisonnable et disposé à la laisser tranquille.

— Fais comme tu veux, dit-elle, de guerre lasse.

— Alors, bonne nuit !

— Bonne nuit.

Elle sortit dignement et alla aussitôt s'enfermer dans sa chambre. Là, elle appuya son oreille contre le battant de la porte et écouta.

Elle entendit Quinn faire couler de l'eau, probablement pour remplir la bouilloire. Finalement, elle se sentait mieux que la veille, lorsqu'elle guettait le moindre craquement de plancher en se demandant si Ben ne lui avait pas menti au sujet de l'épicerie.

Au moins, ce soir, elle n'avait rien à craindre.

Mais ça n'allait pas être facile de dormir en sachant Quinn si proche.

Elle alla dans sa salle de bains, se brossa les dents, se doucha et enfila une chemise de nuit en flanelle, légèrement déchirée. Puis elle revint vers la porte de la chambre et colla de nouveau son oreille au battant.

Le son de la télévision lui parvint, mêlé à la voix de Quinn. Il parlait au téléphone…

Et puis zut, qu'est-ce que ça pouvait lui faire ? Qu'il aille au diable !

Elle se glissa dans son lit. Elle ne devait pas oublier qu'il l'avait utilisée.

Malheureusement, elle ne pouvait nier qu'il utilisait des méthodes très agréables…

Elle songea que ce serait bon de l'inviter à la rejoindre et de se glisser dans ses bras. Tellement bon…

Et même plus que ça. Elle sentait monter en elle un désir irrésistible, exaltant… Un désir puissant qui la faisait vibrer et…

Elle se retourna brusquement et donna un violent coup de poing dans son oreiller.

Pas question de céder.

Mieux valait rester seule dans ce grand lit, drapée dans son couvre-lit blanc et dans sa dignité.

Oui… Non… Elle ne cessait de tergiverser.

Une fois encore, elle se leva pour écouter.

Il était toujours au téléphone. Il remerciait quelqu'un de bien vouloir s'occuper de quelque chose dès le lendemain. Elle entrouvrit la porte pour mieux entendre.

Mais il prenait justement congé de son interlocuteur.

— Il reste du thé ! cria-t-il.

Elle se raidit, vexée d'avoir été surprise.

— Je voulais seulement te demander de baisser le son de la télévision.

Il montra sa tête à l'autre bout du couloir.

— Vraiment ? Et moi qui croyais naïvement que tu allais me tomber dans les bras…

Il s'attarda sur sa silhouette, et remarqua la chemise de nuit déchirée.

— … Mais on dirait bien que non.

— Tu prends tes désirs pour des réalités, déclara-t-elle d'un ton solennel.

Elle fit volte-face et referma la porte de sa chambre en jurant tout bas.

Elle se coucha, brûlante de ce désir qu'elle refusait d'assouvir, par orgueil, mais elle finit tout de même par se détendre et sombra dans un profond sommeil.

La barbe !

Une bonne partie de son travail consistait en une routine des plus ennuyeuses.

Le soir de la mort de Lara, on avait engagé des douzaines de serveurs en extra, mais grâce à Jake, il possédait la liste des noms, avec les numéros de téléphone.

Il les appela donc un par un, et ils répondirent à ses questions sans se faire prier, comme s'ils avaient affaire à un flic. Pourtant, il se présentait comme un détective privé.

Quelques-uns manifestèrent une légère réticence, et il eut la sensation qu'il s'agissait de ceux que l'on avait embauchés au noir. Il les rassura en leur affirmant qu'il n'avait aucun lien avec l'inspection du travail.

Il ne parvint pas à joindre tout le monde. Le téléphone sonna de nombreuses fois dans le vide, et il obtint des répondeurs à plusieurs reprises. Il réveilla aussi quelques malheureux qui travaillaient tard le soir.

L'un d'eux le reçut vertement. Il s'appelait Miguel Avenaro.

— Les serveurs n'étaient pas chargés de prévenir les danseurs, grommela-t-il. C'était le rôle des juges. Ils possédaient tous un carnet avec la liste et l'ordre de passage des candidats.

— Merci d'avoir pris le temps de me répondre, dit Quinn avant de raccrocher.

Il compta le nombre de coups de fil qu'il venait de donner — déjà plus de vingt —, et passa au suivant : un certain Manuel Taylor. Taylor, c'était un nom courant, à Miami.

L'homme qui lui répondit parlait un anglais impeccable, sans une pointe d'accent. Quinn lui posa la question rituelle.

— Vous ne vous êtes même pas présenté, lui fit remarquer Taylor. Qui êtes-vous ?

— Quinn O'Casey. Détective privé. On m'a engagé pour enquêter sur la mort de Lara Trudeau.

— Vous n'êtes pas flic, alors ?

— Non.

— Donc, je ne suis pas obligé de vous répondre.

— En effet. Mais je peux demander à un flic de vous appeler, si vous préférez.

— La police ne s'imagine tout de même pas qu'un serveur serait mêlé à cette affaire ?

— Non.

— Dans ce cas…

— Je cherche juste à savoir qui a bien pu dire à Melle Mackay qu'elle serait *la suivante*.

Il y eut un silence à l'autre bout du fil.

— C'était moi, dit-il.

Quand Shannon se réveilla, le lendemain, Quinn était déjà parti. Il avait pris soin de bloquer le loquet intérieur de la poignée avant de tirer la porte derrière lui.

Elle trouva du café chaud et un petit mot.

Comme vous n'avez pas l'air d'apprécier le thé, je vous ai préparé du café. J'ai un cours, tôt ce matin, et vous aussi, il me semble. Mais nous ne pouvions pas arriver ensemble au studio…

— Décidément, il ne manque pas d'humour ! marmonna Shannon.

Elle se servit du café, puis s'accouda au comptoir d'un air rêveur. Elle ne put s'empêcher de frissonner en songeant au désir qu'elle avait ressenti la veille au soir. Ça ne lui était encore jamais arrivé. Mais ensuite, elle s'était endormie et avait passé une excellente nuit.

Elle se demanda si elle avait déjà eu besoin d'un homme à ce point-là.

Mais, de nouveau, elle se rappela qu'il ne l'avait approchée que pour mieux lui soutirer des renseignements.

Pourtant, il avait l'air d'un type bien. Et les types bien, ça ne courait pas les rues.

Est-ce que ce serait vraiment une erreur de céder encore une fois ? Juste pour avoir un merveilleux souvenir de plus…

Du calme !

Elle devait lui donner un cours, ce matin, et il ne fallait pas que ses sentiments perturbent son travail — pas question de secousses électriques. Sans compter qu'elle avait ensuite une journée chargée. Gunter et Helga, qui se préparaient pour Asheville. Deux leçons d'affilée avec Richard Long, Jane et Sam à faire répéter. Plus la réunion dansante au Suede, ce soir, avec l'ensemble des élèves et les professeurs.

On frappa à la porte. Elle portait encore sa vieille chemise de nuit en flanelle, et colla un œil contre le judas avant d'ouvrir.

C'était Gordon.

Elle n'avait aucune envie de lui ouvrir.

Elle hésita.

Il se tenait sur les escaliers du porche, les mains dans les poches, et regardait autour de lui. Il jeta un coup d'œil à sa montre et frappa de nouveau.

— Shannon, mais qu'est-ce que tu fous ? cria-t-il.

On était en plein jour, et il ne s'agissait que de Gordon, bon sang… Il s'impatientait et c'était normal. Ça n'avait rien d'extraordinaire qu'il passe chez elle le matin avant de se rendre au Moonlight : il l'avait fait des millions de fois. Elle hésita encore un instant, puis se décida à ouvrir.

Il leva les sourcils en découvrant son accoutrement.

— On voit que tu n'as personne à séduire le matin au réveil ! lui fit-il remarquer.

Elle fit la grimace.

— Je viens tout juste de me lever.

— Bon. Va vite prendre une douche : je t'attends.

— Pour aller où ?

— Prendre un petit déjeuner quelque part.

— Tu sais que j'ai un emploi du temps d'enfer, aujourd'hui !

— Il faut manger, sinon tu n'auras pas d'énergie pour travailler. Sans compter que tu ne peux pas laisser ton vieux patron tout seul. J'ai besoin de compagnie.

— Sers-toi du café. J'en ai pour dix minutes.

Elle se dirigeait vers sa chambre lorsque le téléphone sonna.

— Tu veux que je réponde ? demanda Gordon.

— Non, j'y vais.

Elle décrocha, tout en jetant un coup d'œil à sa montre. Il était déjà dix heures ; elle s'était vraiment réveillée tard.

— Allô ?

— C'est Quinn. Tu pourrais me rejoindre Chez Nick dans une demi-heure ?

— Je ne suis pas seule et j'ai un emploi du temps mortel, aujourd'hui.

Elle grimaça en songeant qu'elle venait d'employer le mot « mortel ».

— C'est important, insista-t-il.

— Je m'apprêtais à sortir pour prendre un petit déjeuner dehors.

— J'ai trouvé ton serveur.

— Quel serveur ?

— Celui qui est venu t'annoncer que tu étais la suivante.

— Gordon est là. On va prendre un brunch tous les deux.

Elle jeta un coup d'œil en direction de Gordon. Il avait quitté la pièce comme si la conversation ne l'intéressait pas le moins du monde. Mais il entendait sûrement ce qu'elle disait.

— Dis-lui que j'ai l'intention de vous rejoindre.

— Eh, attends une minute !

— Fais ce que je te dis. Le prétexte est tout trouvé : je dois vous parler de la croisière du Gator Gala. Fais-lui bien comprendre que je suis déjà en route et que je ne vais pas tarder à arriver.

— Entendu, mais explique-moi au moins…

— Va dans ta chambre et enferme-toi à clé. Et insiste sur le fait que je vais sonner à la porte d'une minute à l'autre.

Elle frissonna, et baissa la voix en jetant un coup d'œil dans le couloir pour essayer d'apercevoir Gordon. Un violent sentiment d'angoisse la submergeait.

— C'était Gordon, c'est ça ? murmura-t-elle, les doigts crispés sur le téléphone.

— Oui, c'est lui qui t'a envoyé ce type. Il lui a même donné cinquante dollars pour ça. Raccroche, maintenant. Et va t'enfermer dans ta chambre.

— D'accord.

Elle faillit laisser tomber le combiné en voulant raccrocher.

— C'était Quinn ! cria-t-elle à l'intention de Gordon. Il sera là d'une minute à l'autre. Il veut qu'on déjeune tous les trois pour parler de la croisière de samedi. Je me dépêche de me préparer et j'arrive.

Elle fila dans sa chambre, referma précipitamment derrière elle et verrouilla la porte.

Elle resta un long moment immobile, la main crispée sur la poignée. Elle ne se sentait pas en sécurité, même enfermée.

Puis elle l'entendit.

— Shannon ?

Il avait déjà posé la main sur la poignée de la porte ; elle la sentit tourner sous ses doigts.

17.

Quinn fonça jusqu'à sa voiture.

Gordon Henson avait payé un serveur pour annoncer à Shannon qu'elle serait la suivante juste avant que Lara Trudeau ne tombe raide morte.

Mais il fallait garder la tête froide : ça ne faisait pas de lui un meurtrier.

En tout cas, l'assassin avait un profil de pervers, et il ne tenterait rien en plein jour dans la maison de Shannon, surtout en sachant que quelqu'un allait arriver.

Mais Quinn avait beau essayer de se rassurer, il ne pouvait s'empêcher de foncer comme un dingue sur l'autoroute 1, et il se demanda par quel miracle il n'avait pas encore été pris en chasse par une voiture de police.

En arrivant sur la I-95, il consulta la montre du tableau de bord. Plus que quelques minutes. Il avait battu un record.

Il avait tout de même du mal à croire que Gordon Henson fût le meurtrier de Lara.

Il jura doucement et sélectionna le numéro de Shannon sur le répertoire de son portable. Gordon décrocha.

— Bonjour Gordon, dit-il tranquillement. C'est Quinn.

— Salut ! Je pensais que vous alliez plutôt sonner à la porte. A la façon dont Shannon m'a annoncé votre arrivée, j'ai cru que vous étiez déjà dans l'allée.

— J'y suis presque.

— Prenez votre temps. Elle n'est pas encore prête. Je crois qu'elle est toujours sous la douche.

— Je voulais discuter avec vous des détails de la croisière.

— Oui, elle me l'a dit. Je suis ravi. Votre proposition est vraiment avantageuse.

— Je sais.

Il tournait au coin de la rue.

— Je suis là, dit-il.

Puis il coupa la communication, se gara, sortit de la voiture et remonta l'allée en courant.

Shannon entendit Quinn frapper, puis Gordon traverser le salon pour aller ouvrir.

Gordon. Elle n'arrivait pas à y croire. Elle le connaissait depuis si longtemps ; il avait tant fait pour elle. Et à présent…

Elle demeura un moment figée, l'oreille collée à la porte, avec la sensation qu'il s'écoulait une éternité. Mais sans doute n'était-ce qu'une impression ?

Quinn était là : elle ne risquait plus rien. Elle se dépêcha de s'habiller.

Lorsqu'elle sortit enfin de sa chambre, elle trouva les deux hommes installés dans le salon, en train de parler tranquillement. Quinn paraissait parfaitement détendu, mais Gordon avait l'air agacé.

— Je l'ai déjà vue changer cinq fois de tenue pendant les concours, et elle mettait moins de temps que ce matin, dit-il.

— Ne nous plaignons pas, puisqu'elle est prête ! répliqua Quinn.

— Oui, dit Shannon. Je suis prête.

— Ça ne vous ennuie pas qu'on aille Chez Nick ? Il y a là-bas quelqu'un que j'aimerais vous présenter.

— Le repaire de flics ? fit Gordon. Pourquoi pas ? Je n'y ai jamais mis les pieds : ce sera l'occasion.

Il se leva et se dirigea vers la porte.

— On ferait mieux de prendre deux voitures, poursuivit-il. Comme ça, Shannon et moi on pourra filer directement au studio. Vous ne serez pas obligé de nous raccompagner.

— Justement, j'ai un cours avec Shannon, répondit Quinn.

La jeune femme le regarda fixement en s'efforçant de conserver une expression neutre. Elle se demanda si Quinn était déjà certain que Gordon était l'assassin de Lara, et s'il avait l'intention de l'arrêter.

Quinn ouvrit à Shannon la portière du passager pour qu'elle s'installe à l'avant, près de lui. Elle lui jeta un coup d'œil interrogateur, mais Gordon se glissa à l'arrière sans faire de commentaires. Pendant qu'ils roulaient, il ne cessa de répéter à quel point il appréciait de se laisser conduire, ce qui lui permettait, pour une fois, de profiter du paysage.

— On finit par oublier à quel point ce site est magnifique, n'est-ce pas ? fit-il en se penchant en avant.

— Oui, on a de la chance, répondit Quinn. La mer…

— J'ai entendu dire beaucoup de bien de l'endroit où vous nous emmenez. Nick, vous le connaissez ? C'est un de vos amis ?

— Oh, ça fait plusieurs années que je fréquente l'établissement, et un de mes amis, un policier de la brigade criminelle, a épousé récemment la nièce de Nick. D'ailleurs, elle aussi travaille dans la police.

— Je vois, fit Gordon. Votre frère sera peut-être là-bas, lui aussi ?

— C'est possible, répondit Quinn.

Il jeta un coup d'œil à Gordon dans le rétroviseur.

— Doug aimerait bien devenir inspecteur de la criminelle.

— Dommage ! Je suis sûr qu'il ferait un excellent danseur professionnel.

— L'un n'empêche peut-être pas l'autre, rétorqua Quinn.

Gordon éclata de rire.

— Vous n'avez pas encore compris à quel point la danse est une activité prenante, fit-il. Il faut répéter sans relâche, s'y consacrer corps et âme.

— Doug est vraiment doué à ce point ? demanda Quinn en jetant à Shannon un regard en coin.

— Il a des capacités, assura-t-elle, mais il faudrait qu'il travaille énormément pour atteindre un niveau professionnel.

La I-95 rejoignait à présent l'autoroute 1. Ils étaient presque arrivés. Gordon paraissait toujours aussi détendu ; il ne manifestait aucun signe d'inquiétude.

Shannon se demanda ce qui avait bien pu le pousser à payer un serveur pour lui murmurer à l'oreille cette phrase sibylline.

Quinn gara la voiture et ils se dirigèrent tous trois vers la terrasse de Chez Nick.

Shannon reconnut la jeune fille qui les avait servis la dernière fois. A en juger par la façon dont elle salua Quinn, elle en conclut qu'il venait très régulièrement.

— Ravie de vous revoir ! lança-t-elle à Shannon qui fit la grimace.

— Alors, comme ça, tu es déjà venue ? lui demanda Gordon avec une lueur amusée dans le regard.

Elle sourit mollement.

— Votre ami vous attend au comptoir, dit la serveuse à Quinn. Je vous apporte du café ?

— Du café pour tout le monde ? demanda Quinn à ses invités.

— Absolument ! répondit Gordon. Avec un jus d'orange pour Shannon et moi. Vous aussi, Quinn ?

— Va pour le jus d'orange.

Ils s'installèrent autour d'une table, et un Hispano-Américain grand et beau vint les rejoindre. Gordon le regarda fixement, comme si son visage lui rappelait quelque chose et qu'il essayait de se rappeler où il l'avait déjà vu.

— Hé ! s'écria-t-il brusquement. Mais c'est l'un des serveurs qui travaillait le soir de la mort de Lara. Je le reconnais.

Shannon retint sa respiration.

Quinn observait attentivement Gordon.

— Asseyez-vous, Manuel, dit-il à l'homme.

Celui-ci hocha la tête et prit une chaise. Il paraissait mal à l'aise.

— Salut, Manuel, ça va ? demanda aimablement Gordon. Vous travaillez ici, maintenant ? Vous vous connaissez tous les deux ? ajouta-t-il en regardant alternativement Quinn et Manuel.

— Non, pas vraiment, répondit Manuel.

La serveuse arrivait avec le café et le jus d'orange.

— J'ai pris la liberté de vous apporter une tasse à vous aussi, dit-elle gentiment à Manuel.

— Merci, répondit-il.

Gordon attendit qu'elle s'éloigne, puis il s'adossa à sa chaise, croisa les bras sur sa poitrine et les dévisagea tous les trois, tour à tour, d'un air de reproche, en s'attardant un peu plus sur Shannon.

— Bon, allez-vous enfin me dire ce qui se passe ? demanda-t-il.

Ce fut Shannon qui prit la parole :

— Gordon, juste avant que Lara ne tombe raide morte sur

la piste, cet homme est venu me dire que j'étais *la suivante*. Il paraît que tu l'as payé pour me faire passer ce message. Pourquoi ?

— Comment aurais-je pu savoir que Lara allait mourir ? se défendit Gordon d'un ton agacé. Si vous m'avez fait venir ici pour me confronter à ce garçon, vous pouvez lui dire de rentrer chez lui. En effet, je l'ai payé pour te glisser à l'oreille que ce serait ton tour.

— Je peux y aller, alors ? demanda Manuel à Quinn. Je sers un déjeuner tout à l'heure.

— Oui. Merci d'être venu.

Manuel sourit.

— De rien. Au bout du compte, avec votre petit groupe, j'arrondis mes fins de mois. J'en profite pour vous dire que je serais ravi de travailler sur votre bateau pour le dîner de croisière. N'hésitez pas à faire appel à moi.

— J'y penserai, assura Quinn.

Dès que Manuel fut parti, Shannon se tourna vers Gordon.

— Mais qu'est-ce qui t'a pris de lui faire dire cette phrase, Gordon ?

— C'était une façon de te rappeler que tu pouvais y aller, toi aussi, avoua-t-il. J'espérais que ça ferait son chemin dans ton subconscient et que ça te donnerait envie de reprendre la compétition. Tout le monde est d'accord pour dire que tu devrais t'y remettre, ajouta-t-il d'un air pénétré.

Il se tut un instant.

— Hé, attendez un peu ! s'exclama-t-il brusquement.

Il se tourna vers Quinn.

— Je suis sans doute un peu lent, mais… Shannon pense que quelqu'un a assassiné Lara, et elle a cru que cette phrase signifiait qu'elle serait la prochaine victime ? Alors, comme ça, vous me soupçonnez d'être le meurtrier ? C'est agréable, vraiment…

Shannon aurait voulu disparaître sous la table. Gordon avait l'air profondément blessé ; il arborait un air de chien battu.

— Gordon, tu ne te rends pas compte à quel point cette phrase m'a obsédée, lui dit-elle.

— Lara était ma fierté et ma joie, dit Gordon d'un air sombre.

— Oui, mais elle a plus d'une fois mordu la main qui l'avait nourrie, lui fit remarquer Quinn.

Gordon secoua la tête d'un air écœuré.

— Vous ne comprenez rien. Bien sûr, on se chamaillait, et je vous accorde qu'elle était particulièrement imbue d'elle-même, mais voyez-vous… Elle faisait partie de ma famille, et dans une famille, on peut se disputer et s'aimer en même temps. Jamais je ne lui aurais fait du mal. Quant à toi, ajouta-t-il en se tournant vers Shannon, j'ai du mal à te comprendre. Tu n'hésites pas à foutre en l'air des années de travail et à gâcher ton immense talent. Remarque, ça m'arrange puisque tu me décharges d'un travail fastidieux…

Il secoua la tête d'un air déçu et contrarié.

— Vous ne me croyez pas ? demanda-t-il à Quinn.

— Mettez-vous à ma place. Quand Shannon m'a parlé de ce serveur, j'ai cherché d'où ça venait.

Gordon soupira, puis contempla la jeune femme.

— Vous avez donc fait pression sur ce pauvre type ?

— J'avoue que je l'ai menacé de prévenir la police, en effet.

— Logique.

— Pourquoi logique ? murmura Shannon.

— Parce qu'il est détective privé, figure-toi ! rétorqua Gordon.

— Tu le savais ?

— Internet, ma chère. C'est très instructif. Je connais sa biographie par cœur, et je ne suis pas étonné qu'il n'ait eu aucun mal à retrouver Manuel.

Il se tourna vers Quinn, mais son discours s'adressait à Shannon.

— M. O'Casey a eu une adolescence mouvementée. On le vire de la fac dès la première année pour usage de stupéfiants et mauvaise conduite. Ensuite, il travaille à se refaire une réputation. Diplômé en psychologie, il réussit brillamment à l'école de police et intègre la brigade criminelle en un temps record. Puis il demande son transfert au FBI où on l'affecte au département des sciences du comportement — la division qui s'occupe des profils psychologiques des criminels. Mais brusquement, il lâche tout et décide de s'associer à un ami qui possède une agence de détective privé.

Les yeux de Shannon passaient de Gordon à Quinn.

— Décidément, on en trouve des choses sur le Net ! lança Quinn.

— Normal : vous étiez au service des citoyens.

Comme Quinn ne répondait rien, il changea de sujet.

— Ils servent à manger, ici ? demanda-t-il. Figurez-vous que, malgré les circonstances, je meurs de faim.

— Oui, ils servent à manger, répondit Quinn en cherchant la serveuse du regard.

Gordon ne mentait pas. Il avait vraiment faim, et il commanda un petit déjeuner complet, avec œufs, crêpes, pommes de terre sautées et tartines. Il leur proposa de partager son plateau gargantuesque, mais Quinn en resta au café, et Shannon se contenta de quelques tartines qu'elle avala en silence, d'un air renfrogné.

Elle était de plus en plus furieuse en songeant à tout ce que Quinn lui avait dissimulé de son passé. Dire qu'il avait voulu lui faire croire qu'il ne songeait qu'à la protéger…

— Et si nous allions voir le bateau ? proposa Gordon.

— Pardon ? fit Quinn.

— Le bateau. La croisière, c'est la semaine prochaine. Vous avez un bateau à nous proposer, oui ou non ?

Quinn acquiesça.

— Il est encore à Key Largo. Il arrivera ici le vendredi soir, avec l'équipage au complet.

— Assurez-vous auprès du traiteur que nous ne manquerons de rien, s'il vous plaît. De mon côté, j'ai trouvé un petit orchestre ; il faut prévoir de la place pour l'installer.

— Il y en aura, ne vous inquiétez pas, assura Quinn. Je vous ferai visiter le bateau vendredi soir.

— Formidable, fit Gordon en posant sa serviette. A présent, il faudrait peut-être songer à ouvrir le Moonlight. Vous êtes prêts, tous les deux ?

— Je vais régler l'addition, annonça Quinn.

— Non, c'est moi qui vous invite, rétorqua Gordon. Gardez votre argent pour payer les frais d'inscription au Gator Gala.

— Mais il ne va pas y participer ! s'exclama Shannon.

Quinn la regarda d'un air buté.

— Bien sûr que si ! Et pour l'addition, j'insiste. C'est moi qui vous ai emmenés ici.

— Pas question ! fit Gordon.

Shannon se leva.

— Je vais vous mettre d'accord. Je paye et on y va.

C'était toujours comme ça le vendredi. Il y avait un monde fou. La petite soirée de fin de semaine commençait tard, mais les élèves se succédaient toute la journée pour prendre des cours.

Katarina, la styliste d'en face, avait beaucoup de travail, elle aussi, car les commandes pour le Gator Gala étaient nombreuses. Gabriel Lopez avait prévu de prendre un cours avec Shannon, puis un avec Jane et un troisième avec Rhianna, un peu plus tard dans la journée.

— Je dois absolument me montrer à la hauteur, expliqua-t-il à Quinn. Vous comprenez, quand je sens qu'il faut mettre un peu d'ambiance, j'invite une femme à danser. D'ailleurs, j'apprends beaucoup avec ces multiples partenaires. Et puis, ajouta-t-il avec un petit sourire, ces cours sont déductibles de mes impôts.

Les Long prenaient ensemble une leçon de salsa avec Justin Garcia. Ils avaient ensuite une deuxième leçon, mais individuelle.

Quinn attendait en buvant un café, et il en profitait pour engager la conversation avec tous ceux qui passaient par là. Son tour arriva enfin.

Shannon se montra encore plus distante que de coutume, et l'accueillit en le fusillant de ses yeux vert émeraude.

— Gordon m'en veut terriblement, lui dit-elle tout en lui montrant les pas du fox-trot. Il ne m'a rien dit, mais je vois bien qu'il est blessé.

— C'est encore toi qui guides, lui reprocha Quinn.

— Pour l'instant, tu en serais incapable.

— Tu es tout de même censée me montrer comment m'y prendre.

— Je ne vois pas pourquoi je me donnerais du mal, rétorqua-t-elle. Tout ça n'est qu'un jeu pour toi. Tu considères les danseuses comme des écervelées.

— C'est faux, se défendit-il en prenant d'autorité la direction des opérations. Je reconnais que je suis venu à contrecœur, mais je commence à y prendre goût. Quant à Gordon, il s'en remettra. Il fallait bien qu'on sache ce qui s'était passé. De plus, ajouta-t-il fermement, rien ne nous prouve qu'il ne joue pas la comédie.

— Tu penses qu'il ment ? C'est ridicule.

— On ne sait jamais. Pour l'instant, je ne peux éliminer aucun suspect.

— Pas même moi ? demanda-t-elle froidement.

Il haussa les épaules.

— Je t'imagine mal en meurtrière. Ou alors, tu mérites un oscar.

— Oh, mais toi tu en mériterais plusieurs ! Gauche, je t'ai dit le pied gauche.

— Pourquoi ?

— Parce qu'il faut prendre appui sur le gauche.

— Merde, fit-il en s'arrêtant de danser. Ce n'est pas ce que je te demande. Pourquoi dis-tu que je mériterais plusieurs oscars ?

— Tu aurais pu me dire que tu avais appartenu au FBI.

— Je n'en fais plus partie.

— N'empêche que tu aurais dû m'en parler.

— Comme tu me l'as fait remarquer une fois, nous n'avons jamais eu l'occasion de nous faire des confidences. Je ne sais pas grand-chose de toi, moi non plus.

— Je me demande ce que tu peux bien ignorer à mon sujet, fit-elle d'un ton amer.

— Par exemple, j'aimerais savoir pourquoi tu refuses de reprendre la compétition.

— Encore cette histoire ! grommela-t-elle. Je te l'ai déjà expliqué : je me suis blessée.

— Ça fait longtemps.

Il s'arrêta de parler pour admirer Gunter et Helga qui exécutaient un magnifique porté.

— Ce n'est pas le fox-trot que je veux apprendre. C'est ce truc-là.

— Il faudra attendre de savoir mettre un pied devant l'autre.

— Je suis sûr d'y arriver. Laisse-moi essayer.

Elle faillit lui assener la triste vérité, à savoir qu'il n'avait aucune disposition pour la danse, mais il ne lui en laissa pas le temps et la souleva en imitant Gunter.

Elle se réceptionna, rouge de colère, surprise et — elle devait bien se l'avouer — un peu impressionnée.

— Alors ? fit-il. Le verdict.

— Tu n'as pas laissé à ta partenaire le temps de se rendre compte de ce qui lui arrivait, dit-elle rageusement.

— Et après ? Je suis censé mener !

— C'est un mouvement de cabaret que l'on doit répéter longuement à deux, grommela-t-elle.

— Bon, alors allons-y ! Je veux m'entraîner à faire ce… Comment ça s'appelle ?

Elle soupira.

— Ici, entre nous, on appelle ça « la caninette ».

— La caninette…, répéta-t-il en levant les sourcils. Charmant !

— Je ne me rappelle pas le terme technique, ajouta Shannon d'un ton agacé.

— Je veux ça dans mon programme pour le Gator Gala.

— Tu n'es qu'un débutant. Pour l'instant, tu dois te contenter d'apprendre les pas de base. Plus tard…

— Je veux ça, un point c'est tout. Chacun a le droit de choisir ses figures, non ? Je pourrais l'intégrer dans une valse. Tu as bien vu que j'y arrivais !

— Tout ce que j'ai vu, c'est que tu as suffisamment de force pour me soulever. Mais ton mouvement manquait de précision, d'équilibre et de coordination.

— Dans ce cas, travaillons-le.

— Ça va te coûter les yeux de la tête : tu vas devoir prendre un paquet de leçons.

— Oui.

Il consulta sa montre.

— Surtout si on passe la moitié du cours à discuter.

Elle lui lança un regard indigné.

— Tu n'es vraiment qu'un, qu'un… con.

— Tant de temps perdu à bavasser inutilement. Et tu emploies un drôle de vocabulaire… Caninette… Con…

Il crut qu'elle allait exploser, mais elle enchaîna sur une valse. Cette danse-là, il croyait la maîtriser parfaitement, mais il comprit vite qu'il lui restait encore beaucoup à apprendre.

Au bout de quarante-cinq minutes de cours, il commençait à se sentir à l'aise. Mais avec une telle partenaire, on ne pouvait qu'avoir de l'allure… Ils terminèrent par la caninette qui déclencha un concert d'applaudissements.

Tout le monde s'était arrêté pour les admirer, même son frère qui venait d'arriver avec Marnie.

Gordon vint vers eux en riant.

— Eh bien, on peut dire que tu es un fameux professeur ! lança-t-il à Shannon.

Il secoua vigoureusement la main de Quinn.

— Pas mal du tout, lui dit-il.

— N'empêche qu'il manque des bases essentielles pour s'attaquer à une telle figure, intervint Shannon. Tu ferais mieux de le lui rappeler.

— Je veux bien, mais à mon avis, il n'en fera qu'à sa tête.

Gordon avait l'air tout à fait détendu. On aurait dit qu'il avait complètement oublié ce qui s'était passé Chez Nick.

— Je vois que Doug nous a amené la petite jeune fille. D'après ce que j'ai compris, elle vivait dans la rue et elle en a bavé.

— C'est exact. Je lui ai offert un carnet de leçons pour qu'elle puisse commencer, dit Quinn.

Gordon hocha la tête.

— J'avais l'intention de lui proposer des cours gratuits. Elle a des qualités, cette gosse — plus que vous.

— Voilà qui me surprend ! dit Quinn sèchement.

— J'y avais songé aussi, fit Shannon en regardant Gordon. Mais je me demandais si ça ne risquait pas de poser un problème par rapport aux autres élèves.

— Ils n'ont pas besoin de le savoir, dit Gordon. Shannon, Richard Long vient de s'inscrire pour un cours particulier supplémentaire. Votre performance l'a agacé, on dirait. C'est un brave type, mais il n'aime pas qu'on lui vole la vedette.

Gordon s'éloigna, et Shannon alla rejoindre Richard. Quinn quittait le parquet de danse lorsqu'il sentit une main sur son épaule. Il se retourna. Doug lui souriait.

— Bravo, frérot ! Tu es un fieffé menteur, dis donc. Tu t'en sors très bien.

— La valse, oui, grâce à maman… Viens, sortons d'ici : je voudrais te parler.

— Vous descendez au Suede, tout à l'heure ? leur demanda Ella lorsqu'ils passèrent devant elle.

— Je ne manquerais ça pour rien au monde ! assura Doug.

Ils s'installèrent au café d'en face, et Quinn choisit sa table de prédilection, en terrasse, celle qui permettait de surveiller les allées et venues. Il raconta aussitôt à son frère ce qui s'était passé le matin avec Gordon.

— Et il prétend qu'il voulait simplement inciter Shannon à reprendre la compétition ? demanda Doug d'un air stupéfait.

Quinn hocha la tête.

— Il avait l'air sincère. Figure-toi qu'il savait pratiquement tout sur moi. Enfin, sur ma trajectoire professionnelle.

— Intéressant. Mais pas tellement surprenant, déclara Doug. Il fait partie de ces gens capables de trouver n'importe quel renseignement sur le Net. Tu n'as pas eu droit à un traitement de faveur : je crois qu'il fait des recherches sur tous les élèves du Moonlight.

— Je me demande bien pourquoi.

— Simple curiosité, sans doute. Mais il reste très discret : il ne divulgue jamais aux uns ce qu'il a découvert sur les autres.

— Comment le sais-tu ?

— Je suis entré un jour dans son bureau et je l'ai surpris devant son écran. Il se renseignait sur Richard Long. Il n'a pas eu l'air gêné le moins du monde.

Quinn se laissa aller contre le dossier de sa chaise. Il avait arrêté de fumer depuis longtemps, mais en ce moment, il avait terriblement envie d'une cigarette. La serveuse passait à leur portée, et il lui commanda un deuxième expresso.

— Marnie croit avoir repéré une voiture grise ou beige qui rôdait la nuit autour de la maison de Shannon, dit-il à Doug.

— Qui possède une voiture grise ou beige, au Moonlight ?

— Pas mal de monde, j'en ai peur.

— Ce soir, je relèverai les plaques d'immatriculation et je t'enverrai la liste des propriétaires, avec la marque et le modèle de chaque voiture.

— Bonne idée. Comment va Jane ?

— Elle est sur les dents. Elle aussi est convaincue que quelqu'un a tué Lara. Tu en sais un peu plus sur la femme de la plage ?

— Non, répondit Quinn. Mais je compte appeler Jake dans la journée pour avoir des nouvelles.

— Je croyais qu'il avait pris des vacances après l'accouchement de sa femme ?

— Oui, mais il se tient au courant.

— Quand je pense que c'est Dixon qui a repris l'affaire ! lança Doug d'un air écœuré.

Quinn leva les mains.

— Avec Dixon, ce n'est pas très compliqué : il suffit de se montrer diplomate.

Il se pencha en avant.

— As-tu remarqué si Gordon s'était isolé avec Lara, le jour de sa mort ? S'il lui avait offert un verre ?

— Non. Il devait papillonner de droite à gauche. Il y avait tellement de monde… Pourquoi ?

— Je ne sais pas. Quelque chose me tracasse encore, mais je n'arrive pas à savoir quoi. J'espère que ça finira par atteindre ma conscience.

— Tu as terminé au Moonlight, pour aujourd'hui ? demanda Doug. Moi, j'ai mes cours de danses latino dans quinze minutes : il faut que j'y aille. Le temps de mettre mes chaussures.

— Tu t'es acheté des chaussures spéciales ?

— Bien sûr ! Et tu devrais en faire autant.

— Bon… J'y penserai.

— Ça ne ferait qu'améliorer ta caninette…

Quinn se rendit compte que son frère le taquinait. Il secoua la tête.

— Je te rappelle que nous avons une affaire de meurtre à élucider, lui dit-il.

Grâce à la présence rassurante de Quinn, Shannon avait bien dormi, la veille, mais la journée avait été longue et elle était déjà épuisée à l'heure de descendre au Suede.

Ils commencèrent par passer en revue tous les styles de danse. Les professeurs servaient tour à tour de cavaliers à leurs élèves respectifs, et les plus avancés aidaient et conseillaient les débutants. Même Gordon participait activement. Une ambiance bon enfant où l'on s'efforçait de rassurer les nouveaux et de les mettre à l'aise.

Les gens venaient avant tout pour s'amuser et s'adonner à leur passion, mais cela n'interdisait pas de sympathiser si l'occasion se présentait ou si l'on se découvrait des affinités. Shannon était fière du Moonlight. Du moins, elle l'avait été jusqu'à la mort de Lara. A présent, elle avait l'impression qu'une ombre s'était abattue sur eux. Et elle avait peur.

Ils firent bientôt une pause pour donner quelques corrections. Shannon expliqua qu'il était difficile de s'accorder parfaitement avec un partenaire et que cela demandait beaucoup de travail. Pendant ce temps-là, Sam et Jane jouaient les débutants. Ils firent mine de se chamailler, puis terminèrent par une exhibition époustouflante qui leur valut les applaudissements de l'ensemble des participants.

— Voilà un parfait exemple de progression, expliqua Shannon.

Gordon s'avança et prit le micro.

— A présent, c'est au tour des nouveaux venus de réclamer une danse.

— Un boléro ! cria Mina Long.

— J'ai dit *les nouveaux* ! rappela Gordon en riant.

A la grande surprise de Shannon, Quinn O'Casey leva la main.

— Une valse ! fit-il.

— Excellente idée, renchérit son frère. Shannon, une valse ! Shannon, une valse !

Tout le monde se mit à scander son nom : on se serait cru dans un stade de foot.

Ben se présenta devant elle, tout sourires, et lui tendit une main qu'elle accepta. Elle n'avait pas le choix.

Ils reprirent instinctivement le programme qu'ils avaient

tant de fois présenté dans des concours. La jeune femme oublia le public et se laissa porter par le rythme.

Elle fut presque surprise lorsque la musique s'arrêta et qu'elle se retrouva dans la position finale, le dos cambré au-dessus du genou de son partenaire, la tête pratiquement au sol, une de ses jambes tendue dans le prolongement de son buste.

De nouveau, les applaudissements fusèrent. Elle fit un signe de tête à Ben, puis se releva et reprit le micro.

— Une autre proposition, à présent ? demanda-t-elle.

— Une samba ! hurla Marnie.

— Je ne suis pas professeur au Moonlight, mais je voudrais bien me charger de la samba, dit Gunter.

— Bien entendu, répondit Shannon.

Il se dirigea vers Jane et l'entraîna en tournoyant vers le centre de la piste. Gordon avait déjà mis un disque et ils attaquèrent aussitôt.

Shannon se mit à frapper des mains en mesure, invitant l'assistance à en faire autant. Gordon avait choisi un morceau rapide. Le couple fonctionnait à merveille et ils terminèrent, eux aussi, par un cambré.

Jane se redressa en souriant, puis, brusquement, elle grimaça et se plia en deux.

— Qu'est-ce qui se passe ? demanda quelqu'un.

Elle gémit en se tenant le ventre à deux mains, et se laissa glisser à terre.

— J'ai mal, j'ai mal ! hurla-t-elle.

L'assistance se figea.

— Ella, appelle les urgences ! cria Shannon, tout en se précipitant vers Jane.

— Qu'est-ce qu'il y a ? lui demanda-t-elle. Où as-tu mal, exactement ?

Gunter et Gordon s'étaient agenouillés, eux aussi, près de Jane, pendant que Ben tenait les autres à distance respectueuse afin de laisser un espace libre autour de la jeune femme. Elle laissa de nouveau échapper un hurlement de douleur, et tourna ses grands yeux noirs vers Shannon.

— Pitié, aide-moi ! Aide-moi ! Je ne veux pas mourir comme Lara…

18.

Quinn prit rapidement conscience qu'il se passait quelque chose de grave, et il se leva d'un bond. Doug et Bobby qui savaient pratiquer les premiers secours lui emboîtèrent le pas. Ben Trudeau maintenait toujours les curieux à l'écart.

— Laissez-moi regarder ce qui se passe, dit Quinn à l'adresse de Shannon.

Elle leva vers lui son visage anxieux.

Puis une main se posa sur l'épaule de Quinn. Il se retourna. C'était Mina Long. Son mari la suivait de près.

— N'oubliez pas que nous sommes médecins, dit-elle calmement.

Quinn recula aussitôt pour lui laisser la place. Richard était déjà près de Jane et s'adressait à elle d'une voix ferme et apaisante, tout en lui palpant l'abdomen.

— Vous n'avez pas ressenti de douleurs au cours de la journée ou avant ?

Jane avait du mal à répondre.

— J'ai eu quelques élancements… tout à l'heure. Maintenant, on dirait… que quelqu'un m'enfonce… un couteau dans le ventre. J'ai l'impression que… je suis en train de mourir. Comme si on m'avait… empoisonnée.

— Empoisonnée…

Un murmure monta dans la salle, et le mot enfla en écho.

— Mais non ! dit Richard avec un léger sourire.

Il jeta un coup d'œil à sa femme, qui se penchait elle aussi sur Jane.

— Péritonite, n'est-ce pas ? lui dit-il.

Mina sourit à Jane en lui appuyant doucement sur le ventre.

Jane poussa un gémissement.

— C'est une crise d'appendicite aiguë, déclara Mina. Vous allez passer sur le billard dès ce soir. Heureusement, nous ne sommes qu'à quelques minutes de l'hôpital. Tout ira bien, ne vous en faites pas.

Elle leva les yeux et chercha Ella du regard.

— Ella, vous avez appelé les urgences ?

— Oui, dès que Shannon me l'a demandé. On nous envoie une ambulance.

Jane leva un bras et tâtonna dans le vide. Shannon comprit aussitôt et lui prit la main.

— Tu m'accompagnes ? Tu restes avec moi ? demanda-t-elle, le souffle court.

— Bien sûr, répondit Shannon. Je ne te quitte pas.

On entendait déjà les sirènes.

Quelques secondes plus tard, l'équipe médicale d'urgence pénétrait dans l'établissement. Le médecin posa les questions d'usage et vérifia les réflexes vitaux. Gabe Lopez ouvrit la porte à double battant pour qu'on puisse faire passer une civière, et ils emportèrent Jane.

Shannon grimpa avec elle à l'arrière de l'ambulance.

— Je vous suis dans ma voiture, lui dit Quinn.

La porte se ferma et la sirène retentit de nouveau.

Tout le monde s'était agglutiné sur le trottoir pour voir partir l'ambulance, et les langues allaient bon train.

— Seigneur, est-ce qu'elle est morte ? demanda quelqu'un.

— On a trouvé un cadavre sur la plage, samedi, murmura une femme.

Richard Long se tourna vers la foule.

— Tout va bien ! lança-t-il. Il s'agit simplement d'une crise d'appendicite.

Les badauds circulèrent et il ne resta plus que les élèves du Moonlight.

— Je pense que c'est terminé pour ce soir, leur dit sèchement Gordon.

— Ella, s'il vous plaît, dit M. Clinton, promettez-nous de nous appeler demain pour nous donner des nouvelles de Jane. Je passerai la voir, de toute façon. Richard, vous êtes certain de votre diagnostic ?

— Absolument.

— Mais je vous croyais spécialisé dans la chirurgie plastique ? s'étonna le vieux Clinton.

— J'ai quand même fait médecine, rétorqua Richard Long en adressant un clin d'œil à sa femme. Et Mina voit de temps à autre des cas d'appendicite.

Il glissa un bras autour des épaules de sa femme.

— On devrait rentrer, lui dit-il. Gordon a raison : la fête est finie.

— Est-ce que quelqu'un pourrait me reconduire jusqu'à mon foyer ? demanda timidement Marnie.

— Bien entendu, fit Doug. Je t'emmène.

Il jeta un coup d'œil à Quinn.

— Tu as bien dit que tu allais à l'hôpital ?

— Oui.

Quinn se rendit compte que son frère paraissait réellement inquiet.

— Vas-y, toi ! lui proposa-t-il. Je peux raccompagner Marnie. Je vous rejoindrai plus tard.

Doug hocha la tête d'un air reconnaissant.

— On y va, Marnie ! dit Quinn à la jeune fille.

Durant le trajet, Marnie manifesta son inquiétude.

— Vous croyez que c'est vraiment une crise d'appendicite ?

— Si l'on en croit les médecins…

— Alors, pourquoi a-t-elle hurlé qu'on l'avait empoisonnée ?

— Elle souffrait ; elle ne savait plus ce qu'elle disait.

— L'appendicite, ça peut se déclarer brusquement, comme ça ?

— Oui, je crois.

Elle se tut quelques instants et contempla le paysage qui défilait.

— On peut en mourir, n'est-ce pas ?

Elle soupira doucement, puis se tourna de nouveau vers Quinn.

— J'adore ce studio, j'adore la danse. Mais tout ça, ça me fait peur. Bien plus peur que de dormir dans la rue. C'est bizarre, non ?

— Qu'est-ce qui te fait peur ?

Elle secoua la tête.

— On dirait qu'il n'arrive que des malheurs aux gens qui fréquentent le Moonlight.

Ils étaient arrivés devant le foyer où elle habitait provisoirement, et elle descendit de voiture.

— J'ai quand même l'intention d'y retourner, dit-elle. Je veux danser. Plus que tout. Ils disent que je suis très douée.

— Ne t'inquiète pas. Je t'y amènerai, promit-il.

Mais il aurait préféré qu'elle s'abstienne d'y aller tant que l'affaire n'était pas résolue.

Elle sourit.

— Appelez-moi quand vous serez à l'hôpital, pour me dire comment va Jane.

— Il est tard, tu sais ?

— Pas grave. Ils sont plutôt tolérants dans ce foyer.

— D'accord.

Il la suivit des yeux jusqu'à ce qu'elle disparaisse à l'intérieur, puis démarra.

Ainsi, même Marnie s'en était rendu compte. Il se passait réellement des choses bizarres au Moonlight.

Lorsque Quinn arriva à l'hôpital, Jane avait déjà quitté le service des urgences, et il monta l'escalier quatre à quatre.

Les Long ne s'étaient pas trompés. Elle souffrait bien d'une péritonite, et on l'opérait déjà.

Dans la salle d'attente, Quinn retrouva Shannon. Elle n'était pas seule.

Gordon était prostré sur une chaise, les mains croisées ; Sam arpentait la pièce, Ben se débattait avec une machine à café qui fonctionnait mal, Justin s'était affalé sur une banquette, près de Rhianna à moitié assoupie, la tête sur les genoux de son camarade. Gabriel Lopez était là, lui aussi, ainsi que Katarina : ils somnolaient sur une banquette, mais ils semblaient décidés à soutenir la troupe du Moonlight.

Quinn alla s'installer près de Gordon.

— Ils n'ont pas traîné pour l'opérer, dit-il.

— C'était urgent, répliqua Gordon. Heureusement, quand on est arrivés, il y avait juste un type qui s'était cassé un doigt. L'équipe qui est venue chercher Jane a été très efficace. Ils ont prévenu l'hôpital tout de suite, et quand elle est entrée aux urgences, la salle d'opération était déjà prête. Ils disent qu'elle aurait pu y passer si on avait tergiversé. Elle sera probablement en arrêt maladie pendant plusieurs semaines, mais ce n'est pas catastrophique.

— Et mon frère, où est-il ? demanda Quinn.

— Dans le hall, juste devant la porte de la salle d'opération, répondit Gordon en regardant Quinn fixement, comme s'il cherchait à lire quelque chose sur son visage.

Quinn ne manifesta rien, et Gordon se contenta de lui faire remarquer :

— Il avait l'air très inquiet.

— C'est le moins qu'on puisse dire ! murmura Ben, tout en donnant un coup de poing rageur sur la machine à café. Comment ça se fait que ces trucs-là ne fonctionnent jamais ?

Il se tourna vers le petit groupe.

— Une péritonite, c'est sérieux. Mais finalement, on est plutôt soulagés.

Il y eut un long silence : personne n'avait envie de parler. Ils étaient tous épuisés et angoissés. Shannon et Sam, surtout, semblaient au trente-sixième dessous.

— Je crois que nous devrions annuler le Gator Gala, déclara enfin Shannon.

— Quoi ? s'exclama Rhianna en se redressant.

— Nous avons trop de problèmes, ces temps-ci, reprit Shannon. Lara, cette pauvre femme trouvée sur la plage à proximité du studio…

— C'est triste, je suis d'accord, coupa Justin. Mais les cadavres, à Miami, ça n'est pas ce qui manque. On en découvre tous les jours… Et je ne parle même pas de ceux qui sont jetés à l'eau et que l'on ne retrouve jamais. Cette femme sur la plage, on ne la connaissait pas. On ne va pas endosser tous les malheurs du monde !

— Mais Lara ? Et Nell ? fit tristement Shannon.

— Nell, c'est son mari qui l'a tuée, répondit sèchement Sam.

— Pas question d'annuler le Gator Gala, trancha Gordon. Nous avons déjà investi trop d'argent.

Shannon leva vers eux un regard désespéré.

— J'ai peur, avoua-t-elle. Peur qu'il se passe encore quelque chose d'affreux. Et soyez honnêtes... Je suis sûre que vous avez peur aussi.

Quinn se tut et attendit leur réaction. Mais avant que quelqu'un n'ouvre la bouche, la porte de la salle d'attente s'ouvrit et le couple Long apparut.

— Je croyais que vous aviez décidé de rentrer chez vous ? s'étonna Ben.

— Effectivement, on était sur le chemin de la maison..., commença Mina.

— Et puis, on s'est dit qu'on ne pourrait pas fermer l'œil, acheva son mari.

— On opère Jane en ce moment même, expliqua Gordon.

— On nous l'a dit, en bas.

— Nous ne nous étions pas trompés de diagnostic.

— Vous voyez, lança triomphalement Richard, j'ai vraiment fait des études de médecine !

Il pensait visiblement déclencher des rires, mais rien ne vint.

— Ne vous en faites pas, elle va s'en sortir, dit-il. Elle a eu de la chance de ne pas se trouver seule au moment de la crise et de bénéficier très rapidement d'une assistance médicale.

— De quoi parliez-vous ? demanda Mina.

— Shannon voudrait annuler le Gator Gala, répondit Justin.

— Non ! s'exclama Richard.

Il prit une chaise et regarda Shannon d'un air sombre.

— Il reste encore trois mois. D'ici là, Jane sera sur pied.

Gabriel Lopez se leva et alla rejoindre Shannon. Il la prit gentiment par les épaules.

— Allez, *chiquita*, tout se passera bien. C'est une opération de routine. Jane sera probablement sortie demain après-midi.

— J'espère bien que non ! intervint Mina. Ce serait de la folie.

— Je disais ça pour lui remonter le moral, avoua Gabriel en adressant un clin d'œil à Mina.

— Il faut voir les choses en face, reprit Shannon. Jane a beaucoup d'élèves et elle ne va pas pouvoir reprendre tout de suite. De plus, elle devait danser avec toi, Ben, n'est-ce pas ?

— Tu pourrais la remplacer. Je suis un bon partenaire, tu le sais…

— Ben, la question n'est pas là !

— Nous devons nous en tenir à ce qui était prévu dans la mesure du possible, insista Ben.

— On verra, dit finalement Shannon. Mais, même si je danse avec toi, il va nous manquer un professeur pendant un certain temps.

— Marnie ! s'exclama brusquement Sam. Je n'ai jamais vu une fille aussi douée. Il suffirait de la former pendant quelques semaines pour qu'elle puisse enseigner à des débutants.

— Sam, tu délires complètement ! Il est impossible de former quelqu'un en si peu de temps.

Justin haussa les épaules.

— Elle a déjà fait de la danse quand elle était gamine. Du classique, du moderne et du hip-hop. Elle possède déjà les bases.

— Et un talent indéniable, ajouta Rhianna.

— Parfait, on va s'en occuper, décida Sam. En tout cas, il ne faut pas annuler le Gator Gala, Shannon, je t'en prie !

Shannon soupira et jeta un coup d'œil à Quinn qui se tenait à l'autre bout de la pièce.

— Qu'en dites-vous ? lui demanda-t-elle.

— Moi ? fit-il d'un ton surpris. Je n'y connais rien du tout. Comment voulez-vous que je sache si Marnie serait capable de remplacer Jane ?

Elle ne put s'empêcher de sourire et secoua la tête.

— Je vous demande juste si vous pensez que Marnie serait intéressée par la proposition ?

— Enfin, Shannon ! s'exclama Rhianna. Ce n'est même pas la peine de poser la question : cette fille meurt d'envie de danser.

Un grand silence suivit la remarque de Rhianna. L'expression « mourir d'envie » n'était pas particulièrement bien choisie.

— J'ai promis de l'appeler pour lui donner des nouvelles de Jane, dit Quinn. J'en profiterai pour lui poser la question.

— Nous comptons sur vous, trancha Gordon.

Il se tourna vers Shannon et la contempla fixement.

— Je te le répète : nous ne pouvons pas nous permettre d'annuler le Gator Gala. Le projet est déjà bien trop avancé.

Doug arriva alors dans la salle d'attente. Il paraissait exténué mais rassuré.

— Je n'ai pas pu l'approcher, mais elle est déjà en salle de réveil et il paraît que tout s'est très bien passé.

Ils soupirèrent de soulagement, comme un seul homme.

— Il faut rentrer, à présent, mon chéri, dit Mina Long à son mari.

— Tu as raison, répondit-il. Bonne nuit à tous.

Gabriel se leva aussi.

— Nous n'avons plus aucune raison de nous attarder, dit-il.

— Tu retournes au Suede, Gabe ? demanda Gordon.

— Oui. On ne ferme pas avant 5 heures du matin.

— Gabe, tu pourrais me ramener ? demanda Katarina. J'ai laissé ma voiture là-bas…

— D'accord.

— Bon, je file, dit Gordon en se levant.

— On devrait tous aller dormir, conclut Rhianna en étouffant un bâillement.

— Je reste encore un peu, déclara Shannon. Je tiens à être près d'elle quand elle se réveillera.

— Mais comment feras-tu pour rentrer ? demanda Ben. Tu as laissé ta voiture devant le Suede.

— Je vais l'attendre, intervint Quinn.

— J'avais l'intention de rester, moi aussi, déclara Doug.

— Pourquoi donc ? demanda Gordon, tout en adressant un regard interrogateur à Shannon.

— Bonne nuit, répondit-elle simplement.

Gordon hocha la tête et ils sortirent en file indienne.

— Ça n'était donc que l'appendicite…, dit Shannon en s'enfonçant dans son fauteuil.

Doug vint s'installer près d'elle et lui prit la main.

— Oui, rien d'autre, affirma-t-il.

Elle laissa échapper un profond soupir et renversa la tête en arrière. Puis elle se redressa brusquement et regarda Quinn au fond des yeux.

— Qu'est-ce que vous savez à propos de cette femme trouvée sur la plage ?

— Pas grand-chose, avoua-t-il. On doit me tenir au courant s'il y a du nouveau.

Il sortit son portable pour appeler Marnie et lui transmettre la proposition de l'équipe du Moonlight.

La jeune fille poussa un tel hurlement de joie qu'il dut éloigner le téléphone de son oreille.

— Mon Dieu, je suis si contente… Enfin, je veux dire… Je suis désolée pour Jane, mais… Elle ne m'en voudra pas, hein ? Seigneur, j'ai l'impression de vivre un conte de fées ! Il y a quelques jours, je dormais dans la rue et maintenant, il est question que je devienne professeur de danse.

Elle rit nerveusement.

— Et je ne serai pas obligée de débuter dans un cabaret minable, à me tortiller autour d'un poteau. J'entre directement dans le monde de la danse de salon. J'ai envie de tous vous embrasser — même le vieux M. Clinton.

Elle laissa échapper un nouveau rire un peu crispé.

— C'est génial, Quinn ! Remerciez-les de ma part et dites-leur que je vais travailler tellement dur qu'ils n'en reviendront pas. Remerciez surtout Gordon et Shannon.

— A mon avis, tu cries tellement fort que Shannon t'entend, lui dit Quinn d'un ton pince-sans-rire. Elle est à côté de moi.

— Il y a un problème ! s'exclama soudain Marnie.

— Lequel ?

— Comment je vais faire pour les trajets ?

Elle criait toujours aussi fort. Doug et Shannon profitaient largement de la conversation.

— Dites-lui qu'elle pourra rester chez moi, intervint Shannon. Mais dans la maison, cette fois, pas dans le jardin.

Quinn lui lança un regard appuyé, et transmit le message à Marnie, ce qui déclencha chez elle un nouvel accès de gratitude.

— Elle ne le regrettera pas ! s'écria-t-elle. Je ferai le ménage et la cuisine. Je m'occuperai de tout.

Shannon prit le téléphone des mains de Quinn.

— Si tu travailles pour devenir un bon professeur, tu n'auras pas assez d'énergie pour faire autre chose, crois-moi. Et pense aussi à progresser pour toi et pour faire un jour de la compétition.

Quinn entendit que Marnie se récriait en disant qu'elle n'atteindrait jamais un niveau professionnel, mais Shannon secoua la tête.

— On verra bien. Pour l'instant, va te coucher. Tu as besoin d'être en pleine forme.

— Merci ! Merci encore !

— Cesse de me remercier. C'est toi qui nous rends service.

Shannon sourit en rendant son portable à Quinn, lequel s'efforça de calmer Marnie et de la convaincre d'aller se coucher le plus vite possible.

— On aurait dû songer plus tôt à lui proposer de travailler pour nous, murmura-t-elle. Beaucoup de professeurs débutent en ne sachant presque rien, et bien peu possèdent les capacités naturelles de cette fille.

— C'était son destin..., commenta Doug.

— Quoi ? firent en chœur Quinn et Shannon.

— Le destin, répéta-t-il. Marnie avait besoin de donner une direction à sa vie : c'est fait. Bientôt, elle vivra de sa passion, au lieu de vendre des vêtements dans un magasin.

Une infirmière entra pour leur annoncer que Jane était réveillée et qu'ils pouvaient lui parler, mais pas trop longtemps.

Quinn préféra rester dans la salle d'attente. Au bout de quelques minutes, Doug vint le rejoindre.

— Il y a un lit d'appoint dans la chambre, dit-il à son frère, et Shannon a décidé de passer la nuit près de Jane.

Quinn hocha la tête.

— Ça va ? demanda-t-il.

Doug acquiesça.

— Je commence très tôt demain matin, fit-il. Bon sang, j'ai eu une de ces trouilles. Tout ça avait un air de déjà vu. Tu comprends ce que je veux dire ?

— Oui, mais finalement, il ne s'agissait que d'une banale crise d'appendicite.

Doug le contempla fixement.

— N'empêche qu'il y a quelque chose de louche au Moonlight. Tu le sens, toi aussi, hein ? Tu vois : j'avais raison...

— Oui, reconnut Quinn. Louche, c'est le moins qu'on puisse dire.

— Mais je n'arrive toujours pas à comprendre ce que c'est.

— Moi non plus, répondit Quinn. Mais je finirai par trouver.

Le lendemain matin, quand Jane se réveilla, elle fut stupéfaite de découvrir Shannon à son chevet.

— Tu es restée toute la nuit ? lui demanda-t-elle en ouvrant de grands yeux.

— Bien sûr.

— Mais tu dois être épuisée.

— Pas du tout. J'ai dormi dans le lit d'appoint, à côté de toi.

Jane essaya de sourire.

— Tout s'est bien passé ? demanda-t-elle avec un regard inquiet. Je vais m'en tirer ?

— Tout va bien, oui. Tu as eu une crise d'appendicite aiguë.

Jane esquissa de nouveau un pauvre sourire.

— Jane, quand tu es tombée, tu as crié qu'on t'avait empoisonnée. Tu as des raisons de penser que quelqu'un te veut du mal ?

— Non. C'est à cause de l'ambiance morbide qui règne au Moonlight depuis quelque temps. On venait de boire un café tous ensemble, et Mina Long a dit qu'elle ne comprenait pas comment Lara avait pu se montrer assez stupide pour avaler autant de comprimés. Elle a ajouté que pour l'alcool, ça ne l'étonnait pas. Qu'elle avait déjà vu Lara picoler avant une exhibition. Ça m'a fait gamberger. J'ai essayé de me rappeler qui l'avait approchée, ce jour-là. C'est vrai que ça ne la fera pas revenir, mais Mina pense que quelqu'un a pu dissoudre des cachets dans son verre d'alcool, à son insu. Et moi, je bois un café et je me roule par terre quelques heures plus tard. Mets-toi à ma place…

— Je vois, dit Shannon, tout en se promettant d'éviter, désormais, de boire du café au Moonlight.

— C'est un peu idiot, non ?

— Peu importe. A présent, tu es tirée d'affaire et c'est tout ce qui compte.

Jane prit un air consterné.

— J'ai entendu ce qu'ont dit les médecins. Il paraît que je l'ai échappé belle.

— Mais tu vas te remettre rapidement.

Jane secoua la tête.

— Et mes élèves ?

— Ne t'inquiète pas, on va se débrouiller pour assurer les cours.

— C'est impossible : vous n'êtes pas assez nombreux.

— Nous avons décidé de former Marnie et de lui confier des débutants.

— Marnie ? s'exclama Jane d'un air stupéfait.

Puis elle parut réfléchir à l'idée.

— Après tout, fit-elle au bout d'un moment, elle en est capable. Moi-même, quand j'ai commencé à enseigner, je ne savais pas grand-chose. Mais…

— Quoi ?

— J'ai peur que mes élèves s'attachent à elle et qu'ils ne veuillent plus de moi, ensuite.

Shannon éclata de rire et lui pressa gentiment la main.

— Tes élèves t'adorent et ils auront hâte de te retrouver.

— Peut-être…

— Bon, fit Shannon. Il faut que j'y aille. Je repasserai dans la journée. Une infirmière va venir s'occuper de toi, et il faut que je prenne une douche avant d'aller bosser.

— Bien sûr. Merci d'être restée cette nuit.

Shannon parut hésiter. Jusque-là, elle avait adopté la politique de Gordon et fermé les yeux sur les entorses au règlement. Mais la curiosité fut la plus forte.

— Si je n'étais pas restée, quelqu'un d'autre l'aurait fait. Tu peux en être certaine.

— Ah bon ? Qui ? demanda Jane d'un ton dégagé.

Mais elle avait rougi.

— Doug O'Casey.

— Ah…, fit Jane en essayant de dissimuler un sourire.

— Oui.

— Hmm. Peut-être… Tu sais… Non, laisse tomber.

— Si, vas-y. Qu'est-ce qu'il y a ?

Jane secoua la tête.

— Je serais malhonnête si je prétendais que Lara va me manquer.

— Qu'est-ce que tu veux dire par là ?

— Rien.

— Jane !

— Hé ! N'oublie pas que je viens d'être opérée ! Ce n'est pas le moment de me bousculer.

— Jane…

— C'est bon. J'avoue que Doug me plaît depuis le début. Quand il a rencontré Lara, je n'ai pas essayé de lutter. Mais maintenant… il ne me voit plus seulement comme son professeur et… Enfin, tu vois ce que je veux dire.

Shannon hésita.

— Je crois que ce n'est pas le moment de nouer des relations intimes avec quelqu'un qui fréquente le studio, dit-elle calmement.

— Mais Doug est un flic !

— Je sais. Mais ça ne veut rien dire. Il faut se montrer prudent et se méfier de tout le monde.

— A mon avis, le coupable serait plutôt parmi les professionnels. Ils avaient tous de bonnes raisons de souhaiter la disparition de Lara.

Shannon fit la grimace.

— C'est possible. Mais depuis quelque temps, au Moonlight, j'entends un bruit étrange. J'ai essayé de voir d'où ça pouvait venir, mais sans résultats. Je compte entreprendre une petite fouille.

— Ne reste plus seule là-bas, Shannon !

— Ça va. Le Suede est juste en dessous, et il y a Katarina en face… En tout cas, tu n'en parles à personne, d'accord ?

— Oui, m'dame, fit Jane.

Shannon l'embrassa sur le front et quitta la chambre. Elle avait l'intention de rentrer chez elle en taxi et de filer ensuite au studio.

Elle voulait arriver avant tout le monde, s'enfermer à l'intérieur et chercher l'origine de ce grincement qui la rendait folle.

En quittant l'hôpital, elle se sentait déterminée. Ça ne pouvait plus durer. Elle en avait assez de vivre dans la peur.

Une petite fouille.

Il était sur le point d'entrer dans la chambre, un bouquet de fleurs à la main, lorsqu'il avait surpris la conversation entre les deux jeunes femmes.

Shannon paraissait bien décidée. Il ne pouvait pas l'en empêcher…

Tant pis. Shannon Mackay serait sûrement aussi belle que Lara quand on lui aurait passé l'une de ses magnifiques robes pour la mettre dans un cercueil.

Elle allait sortir !

Il fit demi-tour, lâcha son bouquet et traversa le hall en courant, bousculant deux infirmières au passage.

En se retournant, il aperçut Shannon qui refermait la porte de la chambre.

Il n'attendit pas l'ascenseur : il prit l'escalier.

Une fois dehors, il regretta d'avoir laissé tomber son bouquet.

Shannon sortait. Elle héla un taxi.

Il retourna à l'intérieur, appela l'ascenseur et courut jusqu'à la chambre de Jane.

Les fleurs étaient toujours là. Il les ramassa et entrebâilla la porte. Jane s'était rendormie.

Il fit quelques pas dans le couloir, pénétra dans la chambre d'une vieille dame et posa le bouquet sur sa table de chevet.

— C'est votre jour de chance, chérie ! lança-t-il avant de sortir.

Il quitta l'hôpital, furieux contre lui-même. Il venait de commettre une erreur. Les flics disaient bien que les meurtriers finissaient toujours par commettre une erreur…

Qu'est-ce qui lui avait pris de cavaler comme ça dans un couloir d'hôpital ?

Et puis merde ! Tout s'était passé tellement vite que personne n'avait dû faire attention.

Ça lui servirait de leçon. Il ne commettrait plus ce genre d'erreur.

A partir d'aujourd'hui, il allait redoubler de prudence. Et il lui tomberait dessus au moment où elle s'y attendrait le moins.

Le cabinet médical de Richard Long était vraiment luxueux.

Il le partageait avec un confrère, le Dr Bertrand Diaz, et l'on voyait tout de suite qu'ils devaient se faire un fric monstre. La salle d'attente était bondée, pleine de femmes… un peu trop fabriquées au goût de Quinn, mais quand même jolies.

Le Dr Long faisait visiblement du bon boulot.

Quinn se présenta à la réception, et fut surpris d'être appelé presque aussitôt dans le cabinet de Long. Avec le monde qui attendait à côté, il pensait devoir patienter un long moment.

Richard parut agréablement surpris de le voir.

— Je ne pense pas que vous veniez pour un lifting, dit-il en s'asseyant sur un coin de son bureau en acajou, les bras croisés sur la poitrine.

Il avait une lueur amusée dans le regard.

— Qu'est-ce qui me vaut le plaisir de votre visite ?

— Je viens vous demander de l'aide.

— De l'aide ?

— Oui, j'ai besoin de vos lumières.

— Ah oui ?

— Savez-vous comment Lara aurait pu se procurer une telle dose de Xanax ?

Long pâlit légèrement.

— Si vous me soupçonnez de lui en avoir fourni, vous faites fausse route. Lara n'était pas ma patiente et d'ailleurs, si elle m'avait demandé de la soigner, j'aurais refusé. Elle faisait partie de ces femmes trop exigeantes, impossibles à satisfaire.

— Dans ce cas, comment a-t-elle fait pour en obtenir autant ? Les pharmaciens ne sont autorisés à vendre ces médicaments que pour un traitement d'un mois.

Les yeux de Long lancèrent des éclairs.

— Mais pour qui vous vous prenez ? Qu'est-ce qui vous autorise à venir m'interroger dans mon cabinet ? Je croyais que vous vous occupiez de pêche et de bateaux.

— Je suis détective privé, docteur Long.

— Ah oui ? Et par qui avez-vous été engagé ?

— Je n'ai pas à divulguer le nom de mon client.

— Et moi, je n'ai pas de temps à perdre avec vous. Je n'ai pas délivré d'ordonnance à Lara Trudeau. Elle avait un médecin. Adressez-vous à lui.

— Je l'ai déjà fait. Je pensais que vous pourriez m'aider mais, manifestement, je me suis trompé. Je vais m'adresser à votre femme puisqu'elle est médecin, elle aussi.

— On voit que vous ne la connaissez pas ! Elle n'aurait jamais prescrit de calmants à Lara.

— Je voudrais vous poser une dernière question. Le jour du concours, avez-vous vu Lara s'isoler avec quelqu'un ?

— C'est idiot : si j'avais été là, elle n'aurait plus été seule avec ce quelqu'un !

— Vous voyez très bien ce que je veux dire.

— Le jour du concours, répondit Long, j'étais moi-même très occupé. J'exerce la médecine, mais la danse est ma véritable passion. Je participais en tant qu'amateur et croyez-moi, je ne pensais qu'à ça.

Quinn se leva.

— Désolé de vous avoir fait perdre du temps, dit-il.

— Vous auriez pu me poser les mêmes questions au Moonlight, lui fit remarquer Long.

— Trop de monde.

— Lara s'est empoisonnée toute seule, voilà mon opinion de professionnel. A présent, veuillez m'excuser : ma salle d'attente est pleine.

— Bien sûr, je comprends, dit Quinn en posant la main sur la poignée de la porte.

— Si vous cherchez quelqu'un qui aurait pu s'isoler avec Lara, monsieur O'Casey, vous devriez plutôt regarder du côté de votre frère.

Quinn se retourna.

— La plupart des élèves pensent qu'il avait une liaison avec elle, poursuivit Long. D'ailleurs, maintenant que j'y réfléchis, je crois me souvenir qu'ils se sont rejoints sur la terrasse qui reliait le vestiaire des hommes à celui des femmes, juste avant qu'elle ne danse. Il me semble même qu'ils se disputaient. Si vous voulez des précisions, demandez-les à votre frère.

— Je vous remercie, docteur Long, répondit Quinn d'un ton faussement dégagé.

Il sortit du bureau et salua d'un signe de tête la superbe blonde aux seins plantureux assise à gauche de la porte, puis une femme d'âge mûr à la peau tellement tendue qu'on aurait dit qu'elle portait un masque de cire.

Doug ?

Merde !

Son frère lui avait-il caché une partie de la vérité ?

19.

Shannon eut la désagréable surprise de trouver Gordon, Ella et Ben au Moonlight. Elle s'était pourtant douchée en quatrième vitesse et avait marché d'un bon pas pour arriver le plus vite possible.

Ella consultait les livres de comptes, Ben répétait quelques pas et Gordon téléphonait depuis son bureau. Quand il la vit, il lui fit signe d'entrer.

— Oui, Richard, je savais que O'Casey était détective privé.

Il se tut un instant pour écouter le Dr Long à l'autre bout du fil.

— Calmez-vous, lui dit-il enfin. Il ne vous accuse de rien, j'en suis sûr. Quant à Mina, tout le monde connaît sa réputation…

Il se tut de nouveau.

— Oh ! Richard, ce serait vraiment dommage que vous ne participiez pas à cette croisière… Comme vous voudrez, ajouta-t-il en soupirant. Mais vous allez nous manquer.

Il raccrocha.

— Richard Long ? demanda Shannon.

— Il était hors de lui. O'Casey est allé lui poser des questions à son cabinet.

— Mais pourquoi ?

— Richard est médecin : il aurait pu délivrer une ordonnance à Lara.

— Mais Lara n'avait pas besoin de lui pour ça : elle avait son propre médecin, rétorqua Shannon.

Gordon haussa les épaules.

— O'Casey a tout de même jugé utile de l'interroger, et Richard est ulcéré. Il annule son inscription pour la croisière et il parle même de ne plus prendre de cours.

— Tu n'as pas fait beaucoup d'efforts pour le retenir ! fit remarquer Shannon. Tu veux que je le rappelle ?

Gordon secoua la tête en souriant.

— Pas la peine. Il va rappeler, tu verras. Il ne peut pas arrêter la danse : il se prend pour la réincarnation de Fred Astaire.

— J'espère que tu as raison, dit Shannon en se levant. Bon, Jane va bien. Je l'ai quittée tôt ce matin, mais j'ai pu parler avec elle : elle était réveillée.

Gordon hocha la tête.

— Je suis passé la voir en coup de vent, et j'ai rencontré le chirurgien qui l'a opérée. Ils vont la garder une semaine. Ensuite, il faudra qu'elle reste tranquille pendant un petit moment.

— Je me suis peut-être affolée un peu vite, hier soir. Elle sera sur pied plus tôt que je ne le pensais.

Gordon parut méditer la question.

— De toute façon, on a pris une bonne décision en engageant cette gamine. Je pense qu'elle représentera un excellent atout.

Il s'appuya au dossier de son siège et réfléchit.

— Elle est folle d'enthousiasme, pleine d'énergie… Elle me rappelle Lara à ses débuts. Mais Lara a eu très vite la grosse tête.

— J'espère que Marnie ne deviendra pas aussi prétentieuse. Enfin, comme elle va vivre chez moi, je veillerai au grain.

— Quand on parle du loup…

Shannon se tourna vers la porte. Marnie se tenait sur le seuil, l'air hésitant.

— Désolée, fit-elle. Je ne voulais pas interrompre votre conversation. Quinn vient de me déposer, avec toutes mes affaires. Je ne possède pas grand-chose : ça ne prendra pas beaucoup de place. J'ai cru comprendre qu'il fallait que je commence au plus vite.

— Absolument ! répondit Shannon en se levant.

Elle sourit et prit la jeune fille par les épaules.

— Viens. Tu vas d'abord prendre un cours avec moi : je suis venue plus tôt exprès.

Elle cligna de l'œil.

— Je suis le meilleur prof du Moonlight et le plus qualifié.

— C'est vrai ? demanda Marnie.

— Sans le moindre doute, répondit Shannon. Allons-y !

En entrant dans le studio, elle se rendit compte que Quinn ne s'était pas contenté de déposer Marnie. Il était installé dans la kitchenette avec Ben, autour d'un café. Ils paraissaient en grande conversation, mais ils se turent en la voyant.

— Une tasse de café, Shannon ? proposa Ben.

Elle hésita en songeant à ce que lui avait dit Jane, le matin même. Elle s'était juré de ne plus boire une goutte de café au Moonlight. Mais ils s'étaient servis tous les deux…

— Oui, dit-elle. Merci.

— J'ai vu Jane ! lança Ben.

— Toi aussi ? s'étonna Shannon. Gordon vient de me dire qu'il avait fait un tour à l'hôpital, ce matin.

Ben se mit à rire.

— Les infirmières doivent en avoir marre de ce défilé. Je suis arrivé au moment où Gordon partait. Ensuite, M. Clinton a débarqué avec du chocolat et des fleurs, puis Doug est venu, puis ça a été le tour de Katarina et Gabe. Je parie que toute l'équipe y sera allée d'ici la fin de la matinée.

Shannon sourit. Ils se chamaillaient de temps à autre, mais ils se montraient solidaires en cas de problème.

Pourtant…

Une ombre planait au-dessus d'eux — comme une maladie insidieuse qui les rongeait de l'intérieur.

Ben tendit à Shannon une tasse de café.

— Et toi, petite, dit-il à Marnie. Tu as le droit d'en prendre ?

— J'ai dix-huit ans, rétorqua-t-elle.

— Evitons de la rendre accro au café ! dit Quinn.

La jeune fille fit la grimace, mais son regard exprimait toute l'admiration qu'elle éprouvait envers son sauveur.

— Vite fait, le café ! dit Shannon. Il faut qu'on se mette au travail.

— Ah ? fit Quinn. J'aurais voulu prendre un cours avec toi.

— Officiellement, nous ne sommes même pas encore ouverts, répondit-elle. Je regrette…

— Je peux m'occuper de Marnie, intervint Ben. De toute façon, il faut que je fasse quelque chose. Je suis venu très tôt : je ne tenais pas en place.

— Oui, mais…

— Ne t'inquiète pas. Tu la prendras en charge plus tard. De toute façon, elle a tellement à apprendre…

— Et moi, j'ai réellement besoin d'aide, insista Quinn.

— Très bien, dit Shannon qui ne trouvait plus de prétexte pour refuser. Dans ce cas…

D'ordinaire, elle choisissait un morceau avec son élève, mais là, elle opta pour un fox-trot sans demander à Quinn son avis.

— Non ! protesta-t-il. Je voudrais travailler la valse.

— La valse, tu t'en sors très bien. Alors que le fox-trot, c'est catastrophique.

— Mais j'ai l'intention de présenter une valse. Il vaut mieux que je maîtrise parfaitement une danse, plutôt que de cafouiller sur plusieurs.

— Si tu veux participer au Gator Gala, sache que le fox-trot est obligatoire.

— Tu choisis le fox-trot parce que tu sais que je déteste ça, dit-il avec un grand sourire.

Elle soupira.

— Non. Il faut que tu apprennes, c'est tout.

— Tu obliges tout le monde à apprendre le fox-trot ?

— Nous n'obligeons personne à quoi que ce soit, ici, rétorqua-t-elle sèchement.

Il sourit d'un air conciliant.

— Je te promets de faire l'effort, mais un autre jour. Je meurs d'envie d'améliorer ma caninette.

— Comme tu voudras.

Elle mit donc une valse et se glissa dans ses bras, non sans remarquer qu'en effet il manifestait de réelles dispositions pour cette danse.

— Tu as commis une petite bourde, aujourd'hui, lui dit-elle.

— *Petite*, tu es sûre ?

— Richard Long a annulé son inscription pour la croisière.

— Oh, il va sûrement changer d'avis, ne t'en fais pas !

— C'est aussi ce que pense Gordon. Mais Richard est furieux. Qu'est-ce qui t'a pris de débarquer dans son cabinet pour l'accuser de distribuer des médicaments sans ordonnance ?

— Je n'ai pas fait ça.

— Tu n'es pas allé à son cabinet, ce matin ?

— Si. Pour l'interroger.

— Super !

— Je te rappelle que c'est mon boulot.

Il leva un sourcil.

— Tu sais bien : je manipule les gens, je pose quantité de questions…

Elle secoua la tête.

— Pas en ce moment, lui fit-elle remarquer. Tu perds ton temps à valser.

— Détrompe-toi : je bosse. Mine de rien, je poursuis mon enquête.

— Avec moi ? s'étonna-t-elle. Je croyais que tu m'avais éliminée de la liste des suspects.

Il secoua la tête.

— Pas définitivement, non.

— Ah ? Et qu'est-ce qui te chiffonne encore ?

— Comment est-ce que tu t'es cassé la cheville ?

Elle inspira profondément et secoua la tête.

— Qu'est-ce que tu cherches ?

— La vérité.

— Je me suis cassé la cheville parce que j'ai forcé. J'ai mal travaillé. Ça te va, comme explication ?

— Non, ce n'est pas la vérité.

Elle soupira.

— C'est arrivé pendant un concours. A cette époque, Ben était mon partenaire et Lara dansait avec un certain Ronald Yeats. On était tous sur la piste pour une valse viennoise. Elle est tombée et elle m'a bousculée. Je suis tombée aussi. Et voilà.

— Donc, Lara est en partie responsable de tes malheurs.

— Et je l'ai tuée pour la punir.

— Ma foi, non, je ne pense pas, dit Quinn d'un ton mi-sérieux, mi-moqueur.

— En effet, je ne l'ai pas tuée.

— Je te crois, mais…

— Mais quoi ?

— Depuis cet accident, tu as peur de reprendre.

— Qu'est-ce que c'est que cette nouvelle lubie ?

Il ne répondit pas. Ils se mirent à valser autour de la piste, en terminant par une superbe caninette, puis par une pose finale parfaite, avec Shannon en cambré sur son avant-bras.

Elle se tourna vers lui.

— Ta mère doit être une danseuse hors pair.

— En effet.

— Tu penses sérieusement à participer au Gator Gala ?

— Pourquoi ?

— J'en ai un peu marre de te donner des cours. Ce n'est pas de tout repos, un élève aussi peu motivé que toi.

— Voilà une remarque méchante et injuste. Tu sais, je suis moi-même surpris du plaisir que je commence à prendre en dansant. D'accord, à part la valse, je suis nul, mais je trouve ça… très agréable. J'espère progresser. C'est vrai, je te le jure.

— Ah ! fit-elle.

— Que dois-je comprendre ?

— Tu es probablement sincère, mais tu ne me dis pas tout. Pourquoi ne m'as-tu jamais parlé du FBI ? Pourquoi l'as-tu quitté ? D'où sortez-vous l'argent pour les cours, toi et ton frère ? Vous ne vendez pas de la drogue à vos moments perdus, j'espère ?

Il secoua la tête.

— Les flics ne sont pas très bien payés, c'est vrai, pas plus que les agents du FBI. Les privés, c'est à peine un peu mieux. Mais mon père est mort il y a quelques années, et nous avons touché son assurance vie.

— Il vendait de la drogue ? demanda-t-elle d'un ton à moitié sérieux.

— Non, il était agent immobilier. Quand il est arrivé ici,

le terrain ne coûtait rien et il en a acheté pas mal. J'essaie de ne pas entamer mon capital. Je ne sais pas trop pourquoi… Je suppose que c'est une question d'orgueil, histoire de me prouver à moi-même que je suis capable de m'assumer financièrement. Tu veux vérifier mon compte en banque ?

— J'aimerais bien, mais je suppose que ce serait illégal.

Il haussa les épaules et elle eut l'impression qu'à sa place il ne se serait pas gêné.

— Je vais remettre de la musique, dit-elle.

Ils reprirent plusieurs fois la même valse, puis ils s'attaquèrent au fox-trot. Quinn n'avait pas du tout progressé. Tout en lui montrant les pas, Shannon prit brusquement conscience qu'elle était heureuse de l'avoir pour élève. Elle adorait son sourire ironique quand il se sentait perdu, et la lueur de joie qui passait dans ses yeux lorsqu'il maîtrisait la situation. Son parfum était doux et attirant, le contact de ses mains terriblement agréable. Elle fut surprise de le voir consulter sa montre.

— Je crois que nous avons largement dépassé l'heure, dit-il. D'ailleurs, il faut que j'y aille.

Elle avait dépassé l'heure. Ça ne lui arrivait jamais.

Elle le regarda fixement.

— Tu n'as toujours pas répondu à ma question au sujet de ton départ du FBI.

Il parut hésiter, et son visage se ferma.

— J'ai commis une erreur, dit-il enfin. Une terrible erreur.

De nouveau, elle le dévisagea, puis secoua la tête.

— Tu ne manques pas d'air ! lui dit-elle.

— Pourquoi ?

— Tu prétends que je suis lâche parce que je refuse de reprendre la compétition, mais je constate que tu es mal placé pour me faire la leçon.

Il ne répondit rien, et s'éloigna pour saluer Marnie et Ben avant de partir.

Elle le suivit, mais il avait déjà refermé la porte. Puis, comme elle restait là, hésitante, elle l'entendit de nouveau.

Le couinement.

Impossible de dire s'il provenait de l'intérieur ou de l'extérieur. Ben mit un disque, et elle se précipita pour éteindre la chaîne.

— Qu'est-ce qui te prend ? lui demanda-t-il.

— Tu entends ?

— Quoi donc ?

— Un… Un drôle de bruit.

— Je n'entends rien du tout, Shannon. Quel bruit ?

— Ce n'est rien, dit-elle, n'en parlons plus. Quand tu auras terminé avec Marnie, vous ferez une pause. Ensuite je prendrai le relais pour voir où elle en est.

Elle le laissa et alla faire un tour du côté des toilettes pour dames.

Rien. Aucun bruit…

Quinn trouva son frère Chez Nick, seul en terrasse, l'air sombre. Il s'installa en face de lui.

— Tu n'as pas l'air en forme, lui dit-il.

— En vérité, je suis complètement crevé.

— Tu veux prendre un petit déjeuner ?

— Pourquoi tu me demandes ça ?

— Tu es passé voir Jane à l'hôpital ce matin, pendant ta pause.

Doug rougit.

— C'était la moindre des choses.

— Les hommes de patrouille sont censés rester dans leur secteur. Le tien, c'est bien Kendall ?

— J'ai fait un petit détour qui n'a pris que quelques minutes. Qu'est-ce qui t'arrive ? Tu me tombes dessus comme un sergent instructeur.

— Pourquoi est-ce que tu t'es disputé avec Lara, avant le concours ?

Doug évita soigneusement le regard de Quinn.

— Disputé ?

— Oui, sur la terrasse. Entre le vestiaire des hommes et celui des femmes.

— J'étais furieux.

— A quel sujet ?

— Au sujet de son comportement.

— C'est-à-dire ?

— Elle buvait trop et elle passait son temps à aguicher les hommes qui passaient à sa portée. Je lui ai même dit que Katarina allait finir par lui crêper le chignon si elle continuait à tourner autour de David.

— Mais tu savais déjà que cette fille était une allumeuse.

— Je le savais, mais ça ne me plaisait pas. Et ce jour-là, crois-moi, elle était en grande forme.

Il hésita.

— Je lui avais dit que… que je ne gagnais pas beaucoup d'argent mais que je pouvais m'offrir autant de leçons que je le voulais parce que j'avais du fric à gauche. C'est à partir de ce moment-là qu'elle s'est intéressée à moi, et c'est aussi pour ça qu'elle me ménageait. Mais ce jour-là, elle était déchaînée, et elle m'a bien fait comprendre que si son comportement ne me convenait pas, je n'avais qu'à dégager. Elle a ajouté qu'elle sortait avec qui lui plaisait et qu'elle n'avait pas besoin de mon fric parce qu'elle avait trouvé un filon intarissable. J'ai cru qu'elle disait n'importe quoi sous l'emprise de l'alcool, et je lui ai fait remarquer que pour une danseuse, elle picolait trop.

Elle m'a ri au nez en rétorquant qu'elle était au-dessus du lot et que l'alcool ne l'empêchait pas d'être la meilleure.

— Et ensuite ? demanda Quinn.

Doug haussa les épaules.

— J'ai laissé tomber. Je suis parti.

— Et tu n'as vu personne d'autre l'approcher ?

Il secoua la tête.

— Non, je ne me suis plus occupé d'elle. De toute façon, je savais depuis le début que ce n'était pas sérieux entre nous et qu'elle ne changerait jamais. Ensuite, en la regardant danser, j'ai brusquement compris qu'elle était incapable d'aimer. Elle était trop égocentrique. Elle ne pensait qu'à séduire — pas seulement sur la piste de danse, mais aussi dans la vie. Elle voulait que tout le monde soit à ses pieds. Elle adorait provoquer l'envie et la jalousie.

Il but une gorgée de thé glacé.

— Où en es-tu dans ton enquête ? demanda-t-il à Quinn.

— Eh bien, j'ai identifié deux personnes qui avaient de bonnes raisons d'en vouloir à Lara Trudeau : Shannon Mackay et toi.

Il se leva.

— Ne traîne pas trop. Et tâche d'être à l'heure au boulot.

Puis il retourna sur son bateau et s'installa sur le pont pour consulter ses notes et ses dossiers.

Trouver le serveur.

Il l'avait trouvé, mais ça n'avait abouti à rien. Sauf que Manuel avait prononcé une petite phrase qui lui trottait dans la tête. Il décida de l'appeler — au point où il en était, il ne fallait rien négliger —, mais n'obtint que le répondeur. Il laissa donc un message avec ses coordonnées.

Il contacta ensuite Dane, à Key Largo, pour lui rappeler que le bateau pour le Moonlight devait être prêt samedi soir.

Brusquement, il jura. Il avait complètement oublié de s'occuper du système d'alarme de Shannon !

Il prit aussitôt l'annuaire et appela une société appartenant à un vieil ami, en espérant que celui-ci ne l'avait pas oublié car il ne lui avait pas donné signe de vie depuis un bout de temps.

Mais Carlos le reconnut aussitôt et promit de se rendre sur place le jour même après ses heures de boulot, vers 17 h 30.

— Je te remercie, Carlos, c'est génial.

— Oh, c'est mon travail, après tout ! fit Carlos.

Après avoir raccroché, Quinn s'empara du portrait qu'Ashley avait dessiné pour les journaux. Il le fourra dans sa poche et prit la direction de la plage.

Shannon travailla avec Marnie une bonne partie de la journée. Elles s'arrêtèrent en fin d'après-midi.

— C'est bon pour aujourd'hui, fit Shannon en souriant. Prends tes affaires : tu vas t'installer chez moi. Ensuite, j'espère qu'on trouvera quelque chose de décent à manger.

Marnie secoua la tête d'un air incrédule.

— Vous êtes certaine que ça ne vous dérange pas que j'habite chez vous ?

— Tu peux me tutoyer, maintenant. Tu fais partie de la maison.

— J'ai l'impression de rêver, dit Marnie. De vivre un conte de fées.

Gordon s'était enfermé dans son bureau, et Shannon demanda à Ella de le prévenir qu'elle était partie quand il daignerait se montrer. Marnie la suivit jusqu'à sa voiture et elles parcoururent rapidement la courte distance qui les séparait de la maison.

La jeune fille ne possédait presque rien. Comme Shannon avait à peu près la même taille et la même corpulence qu'elle,

elle allait lui donner quelques affaires. Elle avait déjà sorti de son armoire des jeans et des chemisiers qu'elle ne mettait plus. Enfin, pour achever de lui constituer une garde-robe décente, Shannon avait prévu d'organiser une fête en son honneur — une occasion pour chacun de lui faire un cadeau utile.

— J'ai transformé la chambre d'ami en studio de danse, expliqua Shannon en faisant entrer Marnie dans la pièce où se trouvait le poste de télévision. Je te ferai de la place dans le placard, et le canapé est très confortable, tu verras. En plus, tu pourras regarder tous les films que tu voudras. J'ai pas mal de cassettes et de DVD.

Marnie la remercia d'un grand sourire.

— Moi qui trouvais que j'avais de la chance de pouvoir dormir dans votre jardin…

Elle fit le tour de la pièce.

— C'est un véritable palace, cette maison. Je me sens un peu comme Cendrillon le soir du bal.

— C'était si terrible que ça, chez toi ? demanda Shannon.

Marnie hocha la tête et détourna le regard. Puis elle se reprit et redressa fièrement le menton.

— Je suis une adulte, à présent. Je dois oublier tout ça et penser à construire ma vie. Mais tout de même… Dans la rue, c'était plus dur que je ne l'aurais cru. Sans doute parce que je n'avais pas de perspective d'avenir… En tout cas, si je ne vous avais pas rencontrés, vous et Quinn… Seigneur… Je me demande ce que je serais devenue. Ce Quinn, c'est vraiment un type extraordinaire.

— C'est le moins qu'on puisse dire, convint Shannon.

Elle ne trouva rien à ajouter. Elle savait bien qu'il était le type le plus extraordinaire qu'elle eût jamais rencontré.

— Je crois qu'il est amoureux de toi, dit Marnie.

— C'est mon élève, rétorqua sèchement Shannon.

Un peu trop sèchement, peut-être. Marnie ne put s'empêcher de sourire.

— Désolée, dit-elle. Mais tu as sûrement remarqué qu'il te dévore des yeux. Si un homme me regardait comme ça, je ne commettrais pas l'erreur de le laisser filer. Je me dirais : « Tant pis pour le règlement ! ».

— Je vais faire du thé, coupa Shannon. Tu en veux ?

— Une tasse de thé chaud ?

— On a quarante-cinq minutes avant de retourner au Moonlight. C'est notre pause-déjeuner. Tout le monde se ménage un moment pour grignoter dans la journée, entre deux cours.

— Je sais, dit Marnie. On me l'a déjà expliqué.

Pendant que Shannon mettait l'eau à bouillir, Marnie alla admirer la chambre transformée en studio de danse.

— Ouaou ! fit-elle.

— Oui, moi aussi j'adore cette pièce, dit Shannon quand la jeune fille vint la rejoindre dans la cuisine.

— Je n'ai pas encore tout vu, mais ta maison a l'air super. Tu n'as pas de système d'alarme ? demanda-t-elle d'un ton détaché.

— Le chien du voisin remplit cet office.

— J'ai entendu Quinn qui parlait d'en installer un. J'avais même cru comprendre qu'il s'en occuperait aujourd'hui, mais il a dû oublier, avec cette histoire d'appendicite.

Elle sourit.

— Ça ne m'étonnerait pas qu'il débarque ici ce soir.

— Pourquoi ?

Shannon se hissa sur l'un des tabourets du comptoir qui séparait la cuisine du coin salle à manger.

— A cause de la voiture. Celle que j'ai cru voir rôder autour de ta maison. Je parie qu'il ne t'en a pas parlé pour ne pas t'effrayer. D'ailleurs, ça devait juste être quelqu'un qui cherchait son chemin.

Shannon se pencha au-dessus de la bouilloire. L'eau était chaude et la vapeur lui monta au visage. Pourtant, elle frissonna. Tout à coup, elle se sentait profondément démoralisée.

Le Suede n'était pas encore ouvert lorsque Quinn arriva, mais le beau physionomiste noir le reconnut et le laissa entrer, en lui assurant qu'il trouverait Gabe à l'intérieur.

Quinn s'installa au bar, commanda une eau gazeuse et attendit.

Lopez ne tarda pas à arriver.

— Salut ! lança-t-il en se perchant sur le tabouret près du sien. Comment ça va, Quinn ? Je peux vous offrir quelque chose à manger ?

— Non, merci. Je n'ai pas faim. En fait, je suis venu ici en espérant que vous pourriez m'aider.

— Je ferai de mon mieux, assura Lopez.

Quinn sortit de sa poche le portrait de Sonya Marquez Miller.

— Avez-vous déjà vu cette femme dans votre établissement ?

Gabriel Lopez secoua la tête d'un air désolé.

— Les flics m'ont déjà montré ce dessin. Ils ont fait tous les établissements du bord de plage. J'ai aussi demandé aux membres de mon personnel d'y jeter un coup d'œil. Ça ne rappelait rien à personne. Quant à moi, je ne l'ai jamais vue, non. On n'a pas encore découvert comment elle est morte, c'est ça ?

— Elle a succombé à une overdose.

— J'aurais aimé pouvoir vous être utile.

Il hésita.

— Vous savez, dit-il, c'est la folie, ici, durant le week-end. Et la mafia est bien implantée à Miami, entre les Russes, les Italiens, les Cubains… Plus récemment, les Colombiens. Il paraît même que nous avons quelques grosses pointures en provenance d'Haïti. Toute la racaille d'Amérique centrale et d'Amérique du Sud se concentre sur la plage. Le vendredi et le samedi, on voit défiler toutes les nationalités. La plupart du temps, ce sont des gens qui viennent pour s'amuser et qui se comportent de façon correcte. Il y a aussi des types comme vous et moi qui prennent des substances illégales pour s'éclater pendant le week-end. Mais, au Suede, on ne plaisante pas avec ça. Les barmans ont pour consigne de surveiller la consommation d'alcool et de mettre les soûlards dehors. Cette boîte est réputée pour être la plus stricte de Miami Beach. Il nous arrive même de vérifier l'identité des clients qui nous paraissent louches.

— Oui, je sais. J'espérais seulement que le visage de cette femme vous rappellerait quelque chose.

— Si cela avait été le cas, je l'aurais déjà dit aux flics. Vous venez au cours collectif, ce soir ?

— Non, malheureusement.

— En tout cas, n'abandonnez pas la danse ! Et sachez que vous êtes le bienvenu ici.

— Merci, dit Quinn en descendant de son tabouret.

— C'est votre frère qui vous a demandé de lui donner un coup de main dans cette enquête ? s'étonna Lopez.

Quinn se tourna vers lui sans mot dire.

— J'ignorais que vous étiez flic, expliqua Lopez.

— Je ne suis pas flic, mais détective privé.

— Ah ! Et c'est la famille de cette femme qui vous a engagé ?

— Je ne peux pas vous le dire, répondit Quinn.

— Secret professionnel, c'est ça ?

— Absolument. Je dois protéger mon client. A plus tard. Vous participez à la croisière de samedi soir ?

— Bien sûr !

— Alors, à samedi !

Quinn quitta le Suede et monta à l'étage où on lui apprit que Shannon était chez elle. Il appela aussitôt. Ce fut Marnie qui lui répondit, et il la prévint qu'un ami allait venir installer l'alarme.

— Il sera là d'une minute à l'autre, ajouta-t-il.

Marnie laissa l'appareil deux minutes pour parler à Shannon.

— Elle dit qu'on doit retourner tout de suite au Moonlight, dit-elle en revenant.

— Dans ce cas, je l'accueillerai moi-même. Attendez-moi.

Il raccrocha sans lui laisser le temps de protester.

Quand il arriva chez Shannon, Carlos Rodriguez se trouvait déjà sur place, et Shannon trépignait d'impatience sur le pas de la porte.

— Vous auriez pu me prévenir ! dit-elle. C'était la moindre des choses : on aurait convenu d'un horaire.

Elle était sèche et distante, et pourtant il mourait d'envie de la prendre dans ses bras et de…

Comme il aurait aimé toucher son visage, laisser courir ses doigts sur sa joue, plonger la main dans ses cheveux… Bon sang, oui ! L'écraser contre lui, comme le soir où elle était venue le rejoindre dans sa cabine. Sentir son corps, sa peau dont il ne parvenait pas à oublier la douceur.

— Je dois retourner travailler, dit-elle. Puisque vous avez convoqué ce monsieur, c'est vous qui resterez avec lui.

— C'était bien mon intention, rétorqua-t-il d'un ton grinçant.

Shannon lui tourna le dos et commença à descendre l'allée pour rejoindre sa voiture. Marnie se tourna vers Quinn et haussa les épaules d'un air de dire qu'il ne fallait pas faire attention. Puis elle courut pour rejoindre Shannon.

— Je t'assure, lui dit-elle, il a vraiment le béguin pour toi.

Quinn l'entendit parfaitement et en resta saisi.

— C'est bien ça que tu voulais ? demanda Carlos Rodriguez.

Quinn sursauta.

— Quoi ?

— Le système. Tu m'as bien demandé un truc standard. Portes, fenêtres, code numérique à l'entrée et alarme automatique en cas de tentative d'effraction ?

Quinn hocha la tête d'un air distrait, tout en suivant des yeux la voiture de Shannon qui s'éloignait dans la rue.

20.

Shannon n'eut pas une minute de répit dans la journée ; elle ne put même pas passer voir Jane à l'hôpital.

Elle se réjouissait que les élèves affluent, et ça l'étonnait un peu. Elle avait craint que la mort de Lara Trudeau et le mauvais sort qui semblait s'être abattu sur le Moonlight n'en dissuadent plus d'un, mais apparemment, ça n'était pas le cas.

Bien sûr, la perspective du Gator Gala les poussait à travailler pour augmenter leurs chances de remporter un prix. Gordon avait raison. Il organisait ce concours pour attirer du monde et motiver les habitués. Apparemment, ça fonctionnait à merveille.

Même la péritonite de Jane leur avait fait de la pub. Tous ceux qui en avaient entendu parler passèrent au centre sous prétexte de prendre de ses nouvelles, et ils en profitèrent pour programmer quelques leçons.

Gunter et Helga débarquèrent après avoir rendu visite à Jane à l'hôpital, ainsi que Bobby Yarbourough et Giselle. Même Christie qui, d'habitude, ne mettait les pieds au studio que lorsqu'elle organisait des stages ou assurait des répétitions, fit une rapide apparition. Doug s'arrêta en passant pour prévenir qu'il allait de ce pas à l'hôpital. Katarina et David s'installèrent un moment dans le bureau de Shannon pour bavarder, et Gabe amena des clients du Suede auxquels il voulait faire découvrir le monde merveilleux de la danse de salon.

Richard Long, oubliant son coup de gueule du matin, prit un cours avec sa femme comme si de rien n'était. Il se déclara néanmoins satisfait de ne pas croiser Quinn.

Quelques lycéens qui passaient de temps en temps lorsqu'ils avaient un peu d'argent à investir éprouvèrent comme par hasard le besoin de s'inscrire pour une leçon.

Shannon était au bord de l'exaspération. Elle n'avait qu'une envie : retrouver le calme de sa petite maison. Mais il y avait Marnie… Une journée de travail n'avait pas suffi à la mettre à plat. En ce moment même, Christie finissait de lui donner son dernier cours. Elle vint ensuite confier ses impressions à Shannon.

— Elle me rappelle Lara, dit-elle.

— Le même talent, c'est vrai, reconnut Shannon.

Christie sourit tristement.

— Mais pas le même caractère. Lara… Ce n'est pas bien de dire du mal de ceux qui ne sont plus là pour se défendre… Oh, et puis zut ! Lara était très dure, presque méchante, tandis que cette petite est pleine d'amour et d'enthousiasme. Elle te ressemble beaucoup, finalement.

Ben vint interrompre leur conversation.

— Shannon envisage de se présenter avec moi au Gator Gala, annonça-t-il fièrement à Christie.

La nouvelle parut réjouir la jeune femme.

— Vraiment ? fit-elle avec un sourire rayonnant. Je serais ravie de vous servir d'entraîneur.

— On verra, murmura Shannon.

Elle n'avait encore rien promis à Ben et pourtant, elle sentit une pointe d'excitation. Oui… Peut-être. Pourquoi pas ?

Les commentaires de Quinn O'Casey l'avaient secouée. Il avait trouvé les mots justes pour lui donner envie de recommencer… Bizarrement, cette constatation la déprima.

Sur le chemin du retour, elle dut se retenir pour ne pas demander à Marnie de cesser un instant de jacasser.

En apercevant la Navigator de Quinn garée dans l'allée, elle se sentit envahie d'une émotion qu'elle préféra ne pas analyser. Etait-il réellement amoureux d'elle, comme le prétendait Marnie ? Et elle, que ressentait-elle pour lui ?

— Quinn est encore là, dit la jeune fille.

— Encore heureux ! répliqua Shannon. Il faut qu'il me montre comme fonctionne le système d'alarme.

— C'est vrai, ça ! s'exclama Marnie. On aura tout vu…, ajouta-t-elle en souriant. Un système d'alarme dans un château de contes de fées.

Comme Shannon lui avait laissé les clés, elles frappèrent à la porte et il vint leur ouvrir, les cheveux en bataille et le visage bouffi — il s'était probablement endormi sur le canapé, devant la télévision. Shannon le trouva encore plus troublant avec cette allure débraillée.

— Je m'étais assoupi, dit-il d'un air un peu gêné.

Mais il avait l'esprit vif dès le réveil car il entreprit aussitôt de leur expliquer le fonctionnement de l'alarme.

Il se tenait tout près de Shannon ; son épaule touchait la sienne, et elle mourait d'envie de se laisser aller contre lui.

Pourtant, elle ne parvenait pas à digérer le fait qu'il lui eût menti.

— Vous avez tout compris ? demanda-t-il enfin.

— Oui, je crois.

— Si vous avez un doute, j'ai posé le mode d'emploi sur le comptoir de la cuisine.

— Quinn ! s'exclama Marnie en lui sautant au cou, j'ai passé une journée formidable ! J'ai travaillé avec… Comment s'appelle-t-elle, déjà ?

— Christie, répondit patiemment Shannon.

— Eh bien, ce prof m'a assuré que je possédais un vrai potentiel !

— C'est formidable, répondit Quinn en cherchant le regard de Shannon.

— Est-ce qu'on pourrait boire un thé ? demanda Marnie.

Shannon aurait préféré filer droit dans son lit, mais ils la dévisageaient tous les deux avec insistance.

— Bien sûr, répondit-elle d'un ton résigné.

— Vous restez avec nous, Quinn ?

— Non, il faut que j'y aille.

— Juste le temps de prendre une tasse de thé ! supplia la jeune fille.

— Bon, mais vite alors, répondit-il en regardant Shannon.

— Vous avez dîné ? lui demanda-t-elle. Vous êtes resté coincé chez moi une partie de l'après-midi. Je vous suis redevable.

— Vous ne me devez rien, dit-il fermement, d'un air vexé.

— Alors, disons que ça me ferait plaisir de vous garder un peu, fit-elle sur un ton d'excuse, en espérant qu'elle ne rougissait pas. Retournez vous asseoir, je prépare le thé.

Elle sourit.

— Marnie vous tiendra compagnie en vous racontant sa journée. Je pense que ça ne lui posera pas de problème.

Il leva un sourcil, tout en ébauchant un sourire. Il avait parfaitement compris que Marnie risquait de le soûler de paroles.

— D'accord.

Il tourna le dos à la cuisine, mais Marnie hésita à lui emboîter le pas.

— Je devrais te donner un coup de main, dit-elle à Shannon.

— Pas la peine. Occupe-toi de notre invité.

Elle fit bouillir de l'eau, sortit une théière et trouva même dans son placard quelques barres de céréales complètes. En fouillant dans son réfrigérateur, elle découvrit également des carrés de fromage, et décida de faire griller des tranches de pain. Quand elle eut terminé de préparer son plateau, elle alla rejoindre Quinn et Marnie. Aucun bruit de voix ne lui parvenait ; il régnait un étrange silence.

Recroquevillée sur un fauteuil, Marnie somnolait. Quinn lui donnait la réplique, assis sur le canapé, les jambes allongées sur la table basse.

En entendant entrer Shannon, Marnie ouvrit les yeux.

— Oh ! murmura-t-elle en se dépliant. J'étais en train de lui parler et je me suis rendu compte qu'il ne répondait plus. Je crois qu'on devrait le réveiller.

Shannon posa son plateau.

— Inutile, répondit-elle doucement.

— Mais c'est là que je devais dormir, non ?

— Pour l'instant, viens boire ton thé dans la cuisine. S'il n'est toujours pas réveillé dans un moment, nous dormirons toutes les deux dans ma chambre.

Marnie se leva d'un bond et vint près de Shannon.

— Tu crois qu'il est bien installé, comme ça ?

— Oui. Tu vas voir.

Elle alla chercher une couverture et la posa sur les longues jambes de Quinn.

— Viens, dit-elle à Marnie en posant un doigt sur sa bouche.

La jeune fille acquiesça en silence et la suivit. Elles burent le contenu de la théière, et Marnie dévora avec un appétit d'ogre ce que Shannon avait préparé.

Quand elle eut terminé, elle contempla le plateau d'un air contrit. Elle avait probablement honte d'avoir tout mangé, mais elle ne s'excusa pas et proposa simplement de ranger et de faire la vaisselle.

— Laissons ça pour demain, répondit Shannon. Nous allons nous doucher à tour de rôle et ensuite, au dodo.

Elle craignait que Marnie ne soit trop excitée pour dormir et ne veuille parler toute la nuit, mais il n'en fut rien. Elle accepta avec simplicité la brosse à dents neuve et le gant que lui tendait Shannon, et insista pour que celle-ci se lave la première.

Finalement, peu après minuit, elles s'installèrent dans le lit. Marnie se recroquevilla de son côté. On voyait qu'elle tenait à ne pas déranger sa bienfaitrice.

Shannon éteignit la lumière.

Après une minute, la voix de Marnie se fit entendre dans le noir.

— Merci pour tout, dit-elle.

Quelque chose dans le ton de sa voix fit sourire Shannon et lui réchauffa le cœur, bien plus qu'elle ne l'aurait imaginé.

— Ce n'est rien, répondit-elle. Vraiment.

— Bonne nuit, dit Marnie. A présent, je me tais. Promis.

Shannon rit doucement, ébouriffa gentiment les cheveux de sa protégée et lui tourna le dos.

Elle avait rêvé d'une nuit calme et solitaire, et pourtant, elle était heureuse de savoir sa maison pleine.

Elle sombra rapidement dans un profond sommeil.

Jake était encore en congé, mais il proposa à Quinn de l'accompagner au commissariat. Celui-ci refusa, bien sûr. Il ne voulait pas priver Ashley et le bébé de sa présence.

La nouvelle partenaire de Jake, une femme adorable nommée Anna Marino, le reçut chaleureusement et se déclara disposée à l'aider de son mieux. Elle était plutôt grande pour une femme — elle mesurait plus d'un mètre soixante-dix —, très mince, avec des cheveux blonds, des yeux d'un bleu vif et des traits réguliers. Elle aurait pu être top model, mais elle avait préféré devenir la plus belle femme du corps de police du district de Miami Dade.

— Je partagerai toutes nos informations avec vous, assura-t-elle à Quinn tout en fouillant dans les dossiers de Jake. Malheureusement, nous ne possédons pas beaucoup d'éléments. C'est ça qui est triste dans ce boulot. Quand nous avons un suspect, nous utilisons les méthodes d'investigation modernes et nous avons souvent d'excellents résultats. Mais dans un cas comme celui-ci… Ah ! Voilà le dossier de la première. Sally Grant.

Elle le parcourut rapidement et le tendit à Quinn.

— Sally Grant avait vingt-deux ans et elle faisait le tapin, expliqua Anna Marino. Elle vivait dans une pension à la réputation douteuse, mais ce n'était quand même pas un repaire de junkies. Elle venait de l'Oklahoma. Parents décédés, un seul frère qui ne s'est pas déplacé pour l'enterrement mais qui nous a demandé si elle avait pris une assurance sur la vie. J'ai trouvé ça sordide. Jake aussi. On a fouillé les rues de fond en comble, la brigade des stups a fait des descentes dans les boîtes de nuit. Bref, on s'est donné un mal de chien, mais on a fait chou blanc.

Elle hésita.

— On a organisé une collecte dans le district pour lui offrir un enterrement décent, et la maison de pompes funèbres nous a consenti une petite ristourne.

Quinn hocha la tête et s'installa en face d'Anna. Elle croisa les mains sur son bureau et le contempla, tandis qu'il consultait le dossier.

— Je vous donnerai aussi celui de Sonya Miller. Jake est persuadé qu'il existe un lien entre les deux affaires, même si on ne voit pas encore lequel. Sonya Miller avait de l'argent et une famille qui la chérissait. Les deux femmes ne menaient pas du tout la même vie, et elles venaient de milieux sociaux diamétralement opposés.

— Je vois ça, dit Quinn.

Le sort de cette pauvre Sally Grant était des plus tristes. Les photos prises par les gars du labo vous fichaient la chair de poule. Les yeux grands ouverts vers le ciel, ses longs cheveux épars sur le trottoir, Sally Grant ressemblait un peu à Marnie lorsque Quinn l'avait rencontrée sur la plage, la première fois. Le même genre de gosse paumée…

Quinn leva le nez du dossier.

— Pas de signes d'agression sexuelle ? demanda-t-il à Anna.

Elle fit signe que non.

— Sally se prostituait, ça on le sait. Mais le soir de sa mort, elle n'avait pas eu de relations sexuelles.

Quinn adressa à Anna un sourire morose.

— Il s'agit peut-être d'une mort accidentelle, après tout.

Elle secoua la tête d'un air sceptique.

— On l'a trouvée sur le trottoir, l'aiguille encore plantée dans le bras. Elle avait une sacrée dose dans le corps, mais rien sur elle. Pas de seringue… Rien. Et où s'était-elle procuré l'héroïne ? On dira ce qu'on voudra, quelqu'un l'a aidée.

— Mais entre sa mort et celle de Sonya, il s'est passé près de huit semaines, fit remarquer Quinn.

— C'est vrai, mais je suis persuadée qu'il y a un rapport entre les deux. Et je ne suis pas la seule. D'après ce que j'ai cru comprendre, vous enquêtez sur la mort « accidentelle » de la danseuse.

— Oui, c'est ça.

— Je regrette qu'on ne nous ait pas confié le dossier. Enfin, c'est comme ça… Dixon a classé l'affaire. De toute façon, on n'aurait peut-être rien trouvé, nous non plus. La danseuse est morte en avalant des cachets mélangés à de l'alcool. Rien à voir avec des drogues illicites.

— Avant elle, il y a eu un autre cas de femme décédée à la suite d'une absorption massive de cachets.

Anna acquiesça.

— Je sais. Nell Durken. On a arrêté son mari. C'est Joel Kylie qui a mené l'enquête. Vos rapports de filature l'ont beaucoup aidé.

Quinn fit la grimace.

— Je ne suis plus du tout certain que le mari soit coupable, avoua-t-il.

Anna parut surprise.

— Mais on a trouvé ses empreintes sur le flacon de médicaments, objecta-t-elle. Qu'est-ce qui vous fait douter ?

— Eh bien, d'abord, il continue à clamer son innocence.

Elle sourit.

— Ça, c'est loin d'être une preuve. Vous le savez aussi bien que moi. Vous prenez un type en train d'appuyer sur la détente et il vous soutient mordicus qu'il n'a rien fait.

— Voyez-vous, reprit Quinn, je suis persuadé qu'il existe un lien entre Lara Trudeau, Nell Durken et vos deux victimes bourrées d'héroïne.

— Des morts par overdose, c'est pas ce qui manque à Miami. Il est vrai que le nombre de meurtres a baissé récemment, mais nous traitons tout de même plusieurs centaines d'affaires par an. Vous avez travaillé ici, vous savez aussi bien que moi que bon nombre d'affaires sont classées sans suite.

— Malheureusement, oui.

— Quel serait le point commun entre ces quatre femmes, selon vous ?

— Nell prenait des cours au Moonlight Sonata. Lara Trudeau avait débuté sa carrière là-bas et elle continuait à y travailler occasionnellement. La plage où l'on a trouvé Sonya Miller est juste à côté et, d'après le rapport que j'ai sous les yeux, Sally Grant a été découverte sur un trottoir, tout près de l'entrée du Suede, juste en dessous du studio.

— Je ne pense pas que Sally Grant ait suivi des cours de danse, et jamais on ne l'aurait acceptée dans une boîte sélecte comme le Suede. Sonya s'est échouée sur la plage, pas loin, c'est vrai. Mais je peux vous assurer qu'on a passé au grill tous les habitués du Suede. Quant à la styliste qui occupe l'étage, Sally Grant ne risquait pas de lui commander des vêtements. Elle n'aurait pas eu les moyens de se les payer. Les hommes de patrouille ont passé tout le secteur au peigne fin ; ils ont interrogé cette styliste et son mari, ainsi que le personnel de la boîte.

Quinn contempla fixement Anna, et se remit à feuilleter le dossier de Sonya Miller. Un agent du nom de Georges Banner s'était effectivement présenté au Moonlight.

Etrange… Gordon Henson ne lui avait pas dit que la police l'avait interrogé au sujet de Sonya Miller.

Mais Gordon Henson n'était pas un homme bavard. Quinn s'en était déjà rendu compte l'autre jour, Chez Nick, lorsqu'il avait découvert que le vieux savait tout sur son compte et qu'il n'en avait soufflé mot à personne.

— Autre chose ? demanda Anna.

— Après avoir découvert ces deux cadavres, la brigade des stups a ratissé toutes les boîtes du quartier. Ça n'a rien donné, n'est-ce pas ?

— Exact. Nous avions des mandats de perquisition pour le Suede et quelques autres établissements. Ted Healey, le gars des stups, m'a raconté que lorsqu'ils sont arrivés au Suede, ils ont presque dû forcer les portes pour entrer. Le patron s'est d'abord mis en colère en hurlant qu'ils n'avaient qu'à tout démolir pendant qu'ils y étaient. Ensuite, il s'est drapé dans sa dignité en mettant en avant la réputation sans tache de son établissement.

— Oui, je sais, dit Quinn. Ils mettent un point d'honneur à contrôler la consommation d'alcool et parfois même l'identité des clients qui leur paraissent louches.

— C'est ça, fit Anna en lui lançant un regard étrange.

— J'ai eu plusieurs fois l'occasion de m'entretenir avec le propriétaire... Tiens, vous avez un double du portrait de Sally Grant ! Je peux en prendre un ?

— Servez-vous.

— Merci beaucoup. Et merci de votre aide.

— Si vous trouviez quelque chose, ça nous arrangerait bien.

Elle eut un regard triste.

— Chaque fois qu'on découvre un cadavre, c'est dur, dit-elle. Pourtant, on finit par s'y habituer. Mais Sally Grant... Je ne sais pas... Elle m'a émue. Elle avait vraiment l'air d'une gamine. Si jeune, seule au monde, personne pour la regretter. C'est stupide, mais je donnerais beaucoup pour qu'on retrouve son meurtrier.

— Je comprends.

— Si vous pensez que toutes ces morts sont en rapport les unes avec les autres, c'est que vous soupçonnez quelqu'un, non ?

Il fit la grimace.

— Je soupçonne trop de gens ; c'est ça le problème.

En commençant par mon frère et une femme dont je suis en train de tomber amoureux.

En quittant le commissariat, Quinn passa au *Twisted Time* pour écouter ses messages. Manuel Taylor ne l'avait pas encore contacté. Il le rappela et tomba une fois de plus sur son répondeur.

Ensuite, il s'installa à son bureau, déplia une carte du quartier dans lequel était situé le Moonlight, et sortit ses deux listes de suspects. Le seul point commun entre les quatre affaires était le bâtiment qui abritait le Moonlight Sonata.

Bon sang, quelqu'un là-dedans cachait quelque chose. Et ce quelqu'un, il en avait la certitude, était la personne qui rôdait autour de la maison de Shannon au volant d'une berline grise ou beige.

Il vérifia ses e-mails.

Doug lui avait envoyé comme promis la liste des voitures qui se garaient régulièrement dans le parking, avec leurs immatriculations.

Il élimina Shannon qui ne pouvait pas surveiller sa propre maison, puis Jane qui possédait une Chevy minivan, et enfin Rhianna Markham qui roulait dans une Mazda bleue.

Gordon avait une Lexus beige. Ben venait d'acquérir une Mercedes grise d'occasion. Le vieux M. Clinton avait choisi une Audi noire ; Quinn l'élimina aussi.

Il restait donc Jim Burke, Mina Long, Justin Garcia, Christie Castle, Sam Railey, Gabriel Lopez et quelques employés du Suede. Tous ceux qui conduisaient une berline beige ou grise.

Doug avait une Jaguar vert foncé. Un bon point pour lui.

Tout à coup, tandis qu'il passait en revue les voitures des uns et des autres, Quinn comprit pourquoi il voulait absolument parler à Manuel Taylor.

Il tenta encore de le joindre, mais ça ne répondait toujours pas.

Quinn n'était plus là lorsque Shannon se réveilla, mais cette fois encore, il avait préparé le café.

Déterminée à passer un moment seule au studio, en plein jour, pour s'adonner à cette fouille qu'elle n'avait pas pu entreprendre la veille, elle quitta la maison sans réveiller Marnie, et lui laissa un mot pour lui dire qu'elle passerait la chercher dans la matinée. Elle fila tout droit au Moonlight et s'y enferma. Comme elle ne savait pas exactement ce qu'elle cherchait, elle passa tout en revue, vérifia si les murs sonnaient creux, regarda jusque derrière les sièges des toilettes, et franchit la porte du fond qui menait à la terrasse longeant l'arrière du bâtiment. Elle communiquait avec l'escalier extérieur et permettait d'accéder au local de Katarina, ainsi qu'à l'entrée de l'appartement de Gabe qui se trouvait au-dessus. Rien non plus.

Shannon pénétra dans la pièce qui leur servait d'entrepôt commun. Même à la lumière du jour, elle trouva au mannequin de Katarina un air menaçant. Elle remarqua que les étagères du fond étaient pratiquement vides, et se dit qu'elle pourrait très bien y ranger les boîtes pleines de paperasses qui encombraient son bureau. Ses costumes de scène étaient là, suspendus à un portant, et elle se promit d'y jeter un coup d'œil plus tard. Si elle envisageait de reprendre la compétition, elle allait devoir vérifier qu'ils étaient en bon état. Tandis qu'elle observait rêveusement les trésors de cette caverne d'Ali Baba, il lui sembla entendre quelqu'un dans le couloir. Elle consulta sa montre et se rendit compte que le temps avait passé. Les autres n'allaient pas tarder à arriver.

Soudain, la lumière s'éteignit.

— Hé ! protesta-t-elle.

Mais elle ne fut pas effrayée. Après tout, il faisait jour.

Puis la porte se ferma et elle se trouva plongée dans l'obscurité.

— Hé ! fit-elle encore, en se précipitant vers la sortie, juste à temps pour entendre un bruit de pas qui s'éloignaient.

Comme elle n'y voyait plus rien, elle bouscula le mannequin et faillit perdre elle-même l'équilibre en voulant le rattraper.

Elle recula de quelques pas et se figea, terrorisée. Elle venait d'entendre le bruit, là, tout près de son oreille.

Pourtant, elle était bien seule dans ce local…

Soudain, le mannequin se jeta sur elle. Elle se débattit et tomba à terre. Sa tête heurta au passage une étagère — ou plutôt, chose étrange, ce fut l'étagère qui vint la heurter.

Juste avant de perdre conscience, elle entendit un curieux gémissement. Mais peut-être sortait-il de sa propre bouche…

Les choses commençaient à mal tourner. A cause d'elle. Qu'est-ce qu'elle fichait là, à fouiller dans l'entrepôt ? Aurait-il dû attendre sans réagir ? Sans doute se serait-elle contentée de ressortir.

Pas mal de gens venaient fouiner dans le coin, en ce moment, mais ils repartaient tous bredouilles.

Les flics étaient venus interroger tout le monde. La boîte de nuit, surtout, semblait les intéresser. Ils s'étaient pointés, la gueule enfarinée, et ils n'avaient rien trouvé car le Suede était un endroit clean. Donc, il n'avait pas à s'en faire.

Alors, pourquoi s'était-il affolé quand il l'avait surprise dans ce foutu entrepôt ?

Les meurtriers finissaient toujours par commettre une erreur. Du moins, c'était ce que les flics prétendaient. Mais ils se trompaient. Certains tueurs s'en sortaient. Par conséquent…

Il fallait qu'il se calme. Qu'il se maîtrise.

Mais qu'est-ce qu'elle savait exactement ?

Trop de choses, de toute façon. Elle en savait trop. Et elle ne lâchait pas le morceau… Ça ne pouvait plus durer. Ses jolis yeux n'étaient pas aussi innocents qu'ils le paraissaient. Il s'en était bien aperçu en l'observant.

A présent…

Il fallait réagir, ça ne faisait aucun doute.

L'important était de savoir attendre le bon moment et de continuer à se comporter comme si de rien n'était.

Quinn pénétra dans la chambre en brandissant fièrement son bouquet, mais lorsqu'il vit les magnifiques gerbes qui emplissaient déjà la pièce, il le trouva miteux et baissa piteusement le bras. Jane, assise sur son lit d'hôpital, l'accueillit avec un sourire radieux.

Elle avait frôlé la mort, trente-six heures plus tôt, et pourtant elle paraissait fraîche comme une rose. Elle s'était même coiffée et maquillée.

— Salut, Quinn ! lança-t-elle. C'est gentil d'être venu. Et merci pour les fleurs : elles sont superbes.

Elle lui tendit les bras dans un geste majestueux. Il comprit qu'elle voulait lui faire la bise, comme c'était la coutume au Moonlight.

Il s'exécuta, puis s'installa dans le fauteuil, près du lit.

— Vous avez l'air en pleine forme, dit-il.

— J'ai mal partout, gémit-elle. Mais avec leur technique de microchirurgie, je n'aurai qu'une toute petite cicatrice : c'est déjà ça.

— Quel soulagement ! répondit Quinn d'un ton légèrement amusé.

Mais, au fond, il comprenait les préoccupations de Jane. Son corps était son instrument — dans le sens noble du terme.

— Je dois vous paraître bien légère, non ? fit-elle en soupirant.

— Pas du tout, répondit-il.

— Votre frère est passé juste avant vous, dit-elle brusquement.

— Ah oui ? Pourtant, il est censé patrouiller à cette heure-ci.

— Mais il n'est resté que quelques minutes, juste le temps de prendre de mes nouvelles.

Quinn hocha la tête.

— Alors, comme ça, tous les deux, vous vous voyez en cachette ?

— Il ne faut pas le dire.

Quinn sourit.

— Motus et bouche cousue, promit-il.

— Si ça se savait, je serais obligée de quitter le Moonlight.

Elle baissa les yeux un instant, puis releva la tête.

— Gordon et Shannon s'efforcent de regarder ailleurs tant que ça reste discret… Enfin, je crois que Shannon se montrerait plus indulgente que d'habitude, étant donné que…

— Quoi donc ?

Elle rit.

— Eh bien, ça faisait un bout de temps qu'elle n'avait pas accepté de donner des cours à un débutant.

— Elle n'a pas eu le choix. Il n'y avait personne d'autre, la première fois que je suis venu. Ensuite, elle a été obligée de poursuivre. C'est bien la règle, non ?

— La règle vaut pour nous, mais pas pour Shannon. C'est elle qui commande. Elle a *choisi* de vous garder.

— Oui, pour me surveiller…

Jane sourit.

— C'est vrai que vous êtes détective privé…

— A ce que je vois, ce n'est plus un secret pour personne.

— Pour être honnête, je dois vous avouer que je le sais depuis longtemps. Doug me l'avait dit. Mais Katarina est venue hier, et elle m'a raconté que vous aviez failli provoquer un esclandre en allant interroger le docteur Long à son cabinet.

— Ah ! Alors ça aussi, tout le monde le sait…

— J'ai un secret à vous confier.

— Je suis tout ouïe.

— Je ne crois pas que Shannon accepte de vous servir de professeur uniquement pour vous surveiller, déclara-t-elle avec un sourire de conspiratrice.

— Pourtant, elle n'a pas l'air de me porter dans son cœur, en ce moment.

— Vous faites erreur.

— Vous croyez ?

— C'est une fille orgueilleuse, qui ne montre pas ses sentiments. Je n'étais pas là à l'époque, mais Christie m'a raconté qu'elle n'avait jamais laissé voir à personne à quel point ça l'avait blessée que Ben l'abandonne pour danser avec Lara. Elle se comportait comme si ça avait été la chose la plus naturelle du monde, et elle crânait chaque fois qu'elle les voyait ensemble. Bien sûr, l'enseignement lui apporte des satisfactions, mais…

Son sourire s'élargit.

— Ça serait sympa si j'épousais Doug et vous Shannon, non ?

— Il me semble que vous allez un peu vite en besogne, Doug et vous ! fit-il en éclatant de rire.

Elle plissa le nez.

— Vous dites ça parce qu'il a d'abord eu une liaison avec Lara ?

— Pour être franc, oui.

— Lara avait compris qu'il me plaisait et que j'étais fière de l'avoir pour élève. C'est pour ça qu'elle a jeté son dévolu sur lui. Je n'en ai pas voulu à Doug. Je lui ai simplement rappelé que je restais son professeur attitré. Ensuite, après la mort de Lara… Je ne sais pas trop… Il s'est sans doute dit qu'il n'allait pas la pleurer toute sa vie.

— Admettons que votre liaison soit plus sérieuse que je

ne le pensais, dit Quinn. Mais en ce qui concerne Shannon et moi, c'est autre chose. J'ai la très nette impression que je lui tape sur les nerfs.

— C'est tout le contraire. Elle se rend compte qu'elle est en train de tomber raide dingue de vous, et ça lui fait peur. Je la connais bien, ajouta Jane avec un grand sourire. Depuis que vous êtes dans les parages, elle a beaucoup changé. Je suis sûre que vous êtes plus intimes qu'il n'y paraît, tous les deux…

— On verra bien, coupa Quinn. Pour le moment, Jane, je voudrais vous poser deux questions. D'abord, qu'est-ce qui a pu vous faire croire qu'on avait cherché à vous empoisonner, l'autre soir ?

Elle rougit.

— Je sais que c'est idiot. C'est parce qu'on avait parlé de Lara, juste avant. On s'était dit que quelqu'un avait très bien pu dissoudre des cachets dans son verre d'alcool sans qu'elle le sache.

— Qui ça *on* ?

Elle fit la grimace.

— Oh ! il y avait les Long, M. Clinton, une nouvelle dont je ne me rappelle pas le nom, Gabe, Katarina… Même David, je crois. Ben, Doug, Sam et Gordon n'étaient pas loin, et ils nous ont sûrement entendus… Bref, quantité de gens.

— Est-ce que l'un d'eux vous a paru bizarre ?

— Eh bien… Mina Long. C'est elle qui a émis l'hypothèse qu'on avait dissous les comprimés dans le verre de Lara.

— Bien. Et maintenant, ma deuxième question. Avez-vous vu quelqu'un s'isoler avec Lara juste avant la compétition ? Se disputer avec elle ? Ou même avoir un comportement inhabituel. Trop amical, par exemple…

Le visage de Jane s'assombrit.

— En ce qui concerne mon frère, dit Quinn, je suis déjà au courant.

La jeune femme soupira.

— Elle s'est aussi disputée avec Jim Burke, son partenaire. Mais ça, c'était habituel. Le contraire aurait surpris tout le monde.

— Personne d'autre ?

— Près du bar, en face de la salle où devait se dérouler le spectacle, je l'ai vue parler avec Gordon, puis Ben, puis Justin… Gabe, le couple Long — il me semble. Et aussi avec Shannon.

— Shannon ?

— Oui. Même si elle ne l'aimait pas, Shannon se comportait normalement avec elle. Je crois qu'elle lui a offert un verre, mais je n'en suis pas certaine. Elle lui a peut-être simplement souhaité bonne chance, comme à tous les candidats. Vous savez, dans ce genre de manifestations, il y a un monde fou, ça circule dans tous les sens. Sans compter que je participais au concours et que j'avais autre chose à faire que surveiller les gens.

— C'est vrai. Pour Sam et vous, ça marche plutôt bien, non ?

— Ça, on peut le dire. Depuis que Lara ne nous fait plus d'ombre, on a toutes nos chances.

Quinn hocha la tête.

— Une dernière chose. Je voudrais que vous jetiez un coup d'œil sur ce portrait.

Il lui montra le croquis de Sally Grant que la partenaire de Jake lui avait confié.

Jane n'hésita pas une seconde.

— C'est la prostituée qu'on a retrouvée morte d'une overdose sur le trottoir. Je me rappelle avoir vu ce portrait dans les journaux. Rien de plus.

Il la remercia et se leva.

— Vous allez au Moonlight ? lui demanda-t-elle.

— Oui, pourquoi ? Je peux faire quelque chose pour vous ?

Elle secoua la tête.

— Non. Je constate simplement que vous êtes un élève sérieux.

— J'ai encore beaucoup à apprendre si je veux participer au Gator Gala.

— C'est juste.

— Et je dois aussi garder un œil sur les gens qui circulent là-bas.

— Même sur Shannon, n'est-ce pas ?

— Effectivement. Elle se trouve sur la liste des suspects, et même en tête, reconnut Quinn.

Jane sourit et se laissa retomber sur ses oreillers.

— Mais qu'est-ce que tu fais là-dedans, couchée par terre ?

Shannon cligna des paupières. Gordon se penchait au-dessus d'elle.

Elle se redressa légèrement. La tête lui tournait un peu. Elle porta la main à l'endroit où elle avait mal.

— On m'a bousculée… Je n'en sais trop rien.

Gordon leva un sourcil et jeta un coup d'œil à l'intérieur de l'entrepôt. Il était vide.

— Tu as voulu grimper sur une étagère ou quoi ? Oh, je vois… Tu t'es battue avec un mannequin !

— J'étais à l'intérieur et j'ai entendu des pas dans le couloir.

— C'était moi, fit-il tranquillement.

— C'est toi qui as éteint la lumière et fermé la porte ?

— Mais oui ! Quand je suis arrivé, le studio était fermé à clé. Je ne pouvais pas me douter que tu étais déjà arrivée et que tu farfouillais là-dedans. J'ai cru qu'un étourdi avait laissé la porte ouverte et la lumière allumée depuis hier. Donc, j'ai éteint et j'ai fermé.

— Quand ?

— Il y a deux ou trois minutes. Ensuite, je suis retourné au studio et j'ai vu ton sac. Du coup, j'ai compris et je suis revenu fissa pour te libérer.

Il paraissait inquiet.

— Tu vas bien ? Tu as pris un coup sur la tête et tu t'es évanouie ; il vaudrait mieux que tu passes une radio.

Elle balaya le local du regard et constata qu'il n'y avait personne d'autre que Gordon et elle. Sans parler de ce mannequin qui gisait sur le sol.

— Tu n'as vu personne sortir d'ici ? demanda-t-elle.

— J'ai fermé à clé, tout à l'heure. Oui, je sais, j'aurais dû d'abord m'assurer qu'il n'y avait personne.

Elle avait dû se faire des idées, une fois de plus. Sans doute avait-elle paniqué parce qu'elle s'était retrouvée brusquement dans le noir. Personne n'avait pu sortir de la pièce sans que Gordon s'en aperçoive.

Il soupira.

— Tu crois que tu peux tenir debout ?

— Bien sûr !

Elle se leva en chancelant légèrement.

— Viens, lui dit Gordon. On va commencer par annuler tes cours de la journée.

— Pas question !

Il lui jeta un regard consterné.

— Tu dois avoir une bosse de la taille d'un œuf de pigeon et tu veux assurer tes cours ?

Elle se tâta prudemment le crâne, et constata qu'elle avait effectivement une bosse — mais toute petite.

— Ça ira, Gordon. Je t'assure.

— Je persiste à dire que tu devrais…

— Gordon, je te jure que ça va très bien. Si je me sens mal plus tard, je te le dirai. Mais je refuse d'aller à l'hôpital ou de rentrer chez moi. Et pas question d'annuler mes cours.

— Mais…

— N'insiste pas. Et ne parle à personne de ce qui s'est passé.

— Enfin…

— Je t'en prie ! Si je m'absentais aujourd'hui, tu sais bien que ça ferait jaser. Tu ne trouves pas qu'on a assez de problèmes comme ça ?

L'argument parut porter. Il soupira.

— Pas un mot, Gordon. Je te promets que si ça ne va pas, je te le dirai.

— Entendu, dit-il enfin.

Ils retournèrent ensemble vers le studio. Au bout du couloir, ils tombèrent sur Ben.

— Qu'est-ce qui se passe ici ? demanda-t-il.

— De quoi parles-tu ? fit Shannon d'un air coupable.

— J'arrive et je trouve la porte grande ouverte, la musique à fond et le local désert…

— J'étais en train de…

Elle jeta un coup d'œil à Gordon.

— Je suis allée dans l'entrepôt, vérifier l'état de mes vieux costumes.

Les sourcils noirs de Ben se soulevèrent lentement.

— Tu envisages sérieusement de reprendre ?

— Oui.

— Avec moi ?

— Oui, Ben.

— Merci, dit-il.

Elle ne l'avait jamais vu s'adresser à personne avec autant d'humilité.

Ils entrèrent tous les trois dans le studio. Elle avait la sensation que cette journée allait encore être longue et pénible.

21.

Shannon se sentit hors du coup toute la journée. Le vendredi était généralement calme, mais elle eut la sensation de s'activer plus que de coutume.

Elle envoya Ben chercher Marnie, puis fit travailler la jeune fille. Ensuite, ce fut le tour de ses élèves. Richard se montra grognon ; il voulait absolument apprendre de nouveaux pas, alors qu'elle avait tout juste la force d'assumer la routine.

Dans l'après-midi, elle reçut Billy, un jeune homme atteint d'une maladie cérébrale invalidante, qui se battait courageusement pour progresser sans être jamais satisfait de lui-même. Shannon admirait son courage et l'aidait de son mieux, alors que d'autres se seraient sûrement lassés de devoir dépenser autant d'énergie.

Ensuite, elle vit que Quinn était noté sur son agenda.

Comme toujours, il réclama une valse et prit un grand plaisir à virevolter et à rajouter toutes sortes de fioritures. Elle avait du mal à comprendre qu'il puisse faire preuve d'une telle élégance dans cette danse, alors qu'il était si gauche dans toutes les autres — et principalement le fox-trot.

Ils travaillèrent un moment, partageant l'espace avec un élève qui répétait seul et Justin qui donnait un cours à Mina Long.

Quinn choisit le moment où elle changeait de disque pour engager la conversation.

— Le système d'alarme ne te pose pas de problèmes ? demanda-t-il.

— Pas pour le moment.

Elle hésita quelques secondes et ajouta avec raideur :

— Merci, en tout cas.

— De rien. C'est moi qui te remercie de ne pas m'avoir réveillé, hier soir.

— C'était la moindre des choses.

Elle fut tentée de lui raconter ses mésaventures dans la réserve, mais plus le temps passait, plus il lui semblait que son imagination lui avait joué des tours, et elle préféra se taire.

— Qu'est-ce que tu as ? lui demanda-t-il soudain.

Elle leva la tête. Il la contemplait, négligemment appuyé contre le mur, en essayant de capter son regard, mais elle baissa le nez et se plongea dans la contemplation du parquet.

— Rien du tout, répondit-elle.

— Je ne te crois pas. Tu me caches quelque chose.

Elle décida de changer de sujet.

— Tu m'as dit que tu avais quitté le FBI parce que tu avais commis une erreur, mais tu ne m'as pas expliqué laquelle.

Il eut l'air prodigieusement agacé, et elle crut qu'il allait l'envoyer paître.

— C'était une question de profil, dit-il enfin.

— De profil ?

Elle s'était attendue à un problème bien plus grave.

— Eh bien oui, de profil. J'étais sur une affaire de meurtres en série dans l'Indiana. Pas très compliquée, d'ailleurs... Mais je me suis entièrement trompé. J'avais défini le meurtrier comme un homme d'une trentaine d'années, avec un boulot de larbin, éventuellement marié. Mes collègues ont arrêté un type correspondant à cette description.

— Et ?

— Tout le monde était rassuré, mais le lendemain il y a eu deux nouveaux meurtres. Sauf que, cette fois, l'assassin avait perdu son portefeuille et qu'on n'a eu aucun mal à le coincer. Il s'agissait d'un homme de cinquante ans, cadre dans la banque.

— Etablir le profil d'un meurtrier, ça n'a rien d'une science exacte. Tu as commis une erreur, d'accord, mais tout le monde peut se tromper. Tu ne devais pas avoir suffisamment d'éléments.

— En tout cas, j'ai eu l'impression que mon travail ne servait à rien, et je suis rentré dans ma Floride natale pour m'associer avec Dane, un vieil ami. Je me suis dit qu'au moins, en tant que détective privé, je ne risquais pas de faire de gros dégâts. Mais là aussi, je me trompais. J'ai suivi un type nommé Art Durken, et on l'a accusé du meurtre de sa femme en se basant sur mes rapports de filature.

— Le mari de Nell, dit doucement Shannon.

— Oui, le mari de Nell. Art est en prison, et je ne suis plus du tout convaincu de sa culpabilité. Pourtant, je n'ai personne d'autre en vue. Sauf…

— Sauf ?

Il la regarda fixement et haussa les épaules.

— Eh bien, ça me paraît évident ! Nell prenait bien des cours chez vous ? Son meurtrier pourrait être lié au Moonlight, d'une façon ou d'une autre.

Shannon avala péniblement sa salive.

— Je ne vois pas pourquoi, répliqua-t-elle enfin.

— Dis plutôt que tu préférerais que ce ne soit pas le cas.

Cette fois, elle soutint son regard.

— Même si Art Durken est innocent, ça ne prouve rien. Il y a bien des affaires de meurtres qui ne sont jamais résolues.

— Il vaudrait mieux que j'arrive à résoudre celle-ci. Doug

m'a demandé de m'en occuper parce qu'il craignait qu'il n'y ait d'autres victimes, et il se pourrait bien qu'il ait raison.

— Alors, fit Rhianna d'un ton taquin en venant vers eux. C'est comme ça que vous travaillez ? En bavardant ? Shannon, poursuivit-elle plus sérieusement, tu as besoin de la chaîne ou je peux mettre un cha-cha ?

— Vas-y, mets un cha-cha. Mets ce que tu veux.

Rhianna inséra un CD dans le lecteur et reprit son travail.

— Ce soir, je te suivrai en voiture quand tu rentreras chez toi avec Marnie, reprit Quinn.

— Je te préviens : je ne rentrerai pas avant 22 heures.

Shannon ne regrettait pas de s'être proposée pour accueillir Marnie qui avait bien besoin qu'on lui vienne en aide, mais si seulement elle avait eu une chambre d'amis… A présent, elle n'avait plus aucune intimité chez elle.

— Ça ne fait rien, répondit Quinn.

— Mais je possède un système d'alarme, maintenant ! lui rappela-t-elle.

— Oui, mais il ne te protège que lorsque tu es à l'intérieur.

La leçon était terminée. Il lui fit distraitement les deux bises d'usage, et s'en alla.

Ensuite, la journée parut interminable à Shannon.

A la fin de la soirée, elle n'oublia pas de rappeler à ceux qui s'étaient inscrits au Gator Gala de se présenter à l'embarcadère à 19 heures, le lendemain, pour le départ de la croisière.

Elle crut que Quinn avait oublié sa promesse, mais il monta la chercher au moment où elle fermait la porte avec Gordon. De toute façon, Gordon connaissait la raison de sa présence au Moonlight : il ne trouverait pas étrange que Quinn l'escorte jusque chez elle.

Il la suivit, mais ne sortit pas de sa voiture. Il attendit

qu'elle eût franchi le pas de la porte, et s'éloigna sur un petit signe de la main.

Si c'était ça un type amoureux…

Quinn consulta son répondeur dès qu'il arriva sur le bateau. Toujours pas de message de Manuel. Au fond, il n'en fut pas vraiment surpris. Si Manuel avait vraiment voulu le joindre, il l'aurait appelé sur son portable.

Pas de problème, avait-il dit. Au bout du compte, avec votre petit groupe, j'arrondis mes fins de mois.

Effectivement, Gordon l'avait grassement payé pour murmurer quelques mots à l'oreille de Shannon. Ensuite, Quinn avait allongé un ou deux billets pour qu'il accepte d'être confronté à Gordon. Il avait d'ailleurs gaspillé son argent puisque le vieux avait reconnu les faits sans la moindre difficulté. Mais Quinn ne pouvait s'empêcher de retourner cette phrase dans sa tête : *Avec votre petit groupe, j'arrondis mes fins de mois*. Elle lui paraissait pleine de sous-entendus. Quelqu'un d'autre avait dû payer ce jeune serveur.

Mais qui ? Et pourquoi ?

Manuel ne voulait certainement pas parler des pourboires d'usage.

Quinn était de plus en plus persuadé que quelqu'un avait soudoyé ce garçon pour servir un verre à Lara. Un verre un peu spécial.

Il était déjà tard, mais il appela l'établissement où Manuel travaillait, et demanda le maître d'hôtel.

L'homme ne lui fut d'aucun secours. Il parut même particulièrement agacé lorsque Quinn mentionna le nom de Taylor qui leur avait fait faux bond, la veille, alors qu'il avait été engagé pour un extra.

— Il est fiable, d'habitude ? demanda Quinn.

— Il m'avait déjà fait le coup une fois, répondit le maître d'hôtel. Il était parti faire un tour à Orlando avec des amis. Je lui ai dit que si ça se reproduisait, il serait viré. Mais c'est un excellent serveur et ça me désole de devoir me passer de lui.

Après cette conversation, Quinn se mit à tourner en rond dans sa cabine en ressassant les événements et en échafaudant les hypothèses les plus diverses.

Il songea aussi à la nuit qu'il avait passée sur le *Twisted Time* avec Shannon, à sa silhouette dans cette vieille chemise, lorsqu'il lui avait ouvert la porte. Une nuit qui avait bouleversé sa vie. Le bateau tout entier était encore imprégné d'elle. Il retrouvait son parfum dans les draps, il sentait sa présence dans sa cabine, il entendait le son de sa voix, et il ne pouvait s'empêcher de regretter leur danse, sous les draps — une danse bien plus agréable que la rumba ou le paso-doble.

En somme, il était en train de perdre la tête.

Mais il refusait d'effacer de sa mémoire ce merveilleux souvenir. Même Marnie, une gamine de dix-huit ans, avait tout de suite compris qu'il y avait entre Shannon et lui bien plus qu'une simple attirance sexuelle… Depuis qu'il la connaissait, le monde tournait autour d'elle. Elle hantait ses nuits et ses jours. Il ne pensait plus qu'à une chose : résoudre cette affaire pour qu'elle soit en sécurité. Il redoutait tant qu'il lui arrive quelque chose…

Il finit quand même par s'allonger sur sa couchette. Nick restait ouvert tard le vendredi, et le bruit des rires et des conversations lui parvenait depuis la terrasse. Il imaginait ces hommes et ces femmes, certains en couple, d'autres non. Mais *Nick* n'était pas un lieu de rencontre pour célibataires, plutôt un endroit où se retrouvaient des habitués… Quelquefois, un client mettait une pièce dans le vieux juke-box… Il arrivait aussi que Nick engage un orchestre, le week-end.

Ce soir, on n'entendait pas de musique car Ashley dormait

à l'étage avec le bébé, et Nick ne voulait pas qu'ils soient dérangés. Il était très attentif, et l'ambiance de son établissement reflétait sa personnalité. Rien à voir avec les bars et les boîtes de la plage. Rien à voir avec le Suede.

Le Suede, fouillé de fond en comble par la brigade des stups. Un établissement en vue, fréquenté par du beau monde, où l'on respectait strictement la loi. Apparemment…

Pourtant, on avait trouvé deux femmes mortes d'overdose à proximité de cet établissement soi-disant irréprochable. Une mondaine et une pute… toutes les deux shootées à l'héroïne.

Comme il n'arrivait toujours pas à fermer l'œil, Quinn décida de rejoindre la joyeuse bande de Chez Nick.

Il constata en arrivant que c'était plein de flics et que le vieux juke-box jouait très doucement. Il aperçut même Dixon, en train de manger un cheeseburger.

A l'intérieur, la télévision était allumée, mais sans le son. Quinn commanda une bière, les yeux fixés sur l'écran. Soudain, il se figea, la bouteille en l'air.

Une photo de Manuel Taylor emplissait l'écran.

… Pris dans un échange de coups de feu ? commentait le journaliste qui présentait le journal.

Quinn se leva et monta le son.

Manuel Taylor est mort d'une balle dans la tête dès son arrivée à l'hôpital. La police pense que le malheureux s'est trouvé pris dans une rixe entre deux gangs…

Le samedi, au Moonlight, on commençait plus tôt qu'en semaine. Aujourd'hui était le grand jour, celui de la croisière qui commençait à 19 heures, mais Gordon n'avait pas jugé utile de leur octroyer une demi-journée de congé.

Shannon déposa Marnie au studio, et prévint Ella qu'elle passait à l'hôpital.

Elle trouva Jane soulagée et furieuse à la fois. Les médecins l'avaient rassurée quant aux suites de la cicatrisation et lui avaient annoncé qu'elle pourrait sortir le lendemain, mais ils lui avaient formellement interdit de reprendre ses cours pour le moment.

— C'est injuste ! se plaignit-elle.

— C'est vrai, reconnut Shannon. Si je pouvais y changer quelque chose, crois-moi, je le ferais. Malheureusement…

Jane ne tenait plus en place. Elle en avait assez de rester au lit. Elle avait entendu parler des progrès de Marnie, et ça l'inquiétait un peu car elle commençait à craindre que certains de ses élèves ne la délaissent.

— De toute façon, dit Shannon pour la rassurer, on devait engager quelqu'un. Et puis, dans quelques semaines, tu seras bien trop occupée à te préparer pour le Gator Gala pour songer à enseigner.

— Je ne supporte plus de rester clouée dans ce lit, maugréa Jane.

Shannon se sentait impuissante à la réconforter… Elle lui proposa de venir la chercher le lendemain pour la raccompagner chez elle, mais Jane répondit qu'elle avait déjà résolu le problème. Shannon ne lui demanda pas de précisions. Doug O'Casey s'était probablement offert comme chevalier servant.

— Tu t'occuperas bien de mes élèves, ce soir, hein ?

— Tu peux compter sur moi, répondit Shannon. J'empêcherai le vieux M. Clinton de conter fleurette à toutes les veuves qui passent à sa portée.

Jane lui lança un regard noir, et Shannon ne put s'empêcher de rire.

— Jane, pense à ta santé. Tout se passera bien. L'important, c'est que tu sois sur pied le plus vite possible.

Shannon avait encore de la paperasse à remplir et quelques cours à assurer, plus le programme du mois prochain à mettre en place — ce qui signifiait consulter toutes les fiches pour tenir compte des vœux de chaque élève. Donc, du pain sur la planche…

Gordon n'était pas là lorsqu'elle arriva au Moonlight : il avait déjà filé à l'embarcadère pour s'assurer que tout allait bien, que le traiteur n'avait rien oublié, qu'on avait bien ménagé une place pour l'orchestre — qui se résumait à un trio — et que la piste de danse était correcte.

A 13 heures, tout le monde avait déserté le studio. Personne ne voulait rater le départ.

Ben s'attarda avec Shannon. Il paraissait désireux de l'aider et étrangement inquiet de la laisser seule. Marnie resta, elle aussi, et leur donna un coup de main pour tout ranger.

Au moment où elle fermait la porte, Shannon se rendit compte qu'elle tendait l'oreille, à l'affût du grattement suspect qui l'avait tant inquiétée, ces derniers temps. Elle n'entendit rien.

Elle fila chez elle avec Marnie pour se reposer un peu et se changer. Elle avait décidé d'appliquer à la lettre les consignes de Gordon, si bien qu'elle enfila un jean clouté et un dos nu. Marnie était plus fine qu'elle, mais elle réussit tout de même à dénicher dans sa penderie une robe de cocktail qui lui allait comme un gant. Il fallut ensuite la convaincre de cesser de la remercier en lui rappelant qu'elle leur rendait service puisqu'elle remplaçait un professeur malade.

— C'est super ! s'exclama Marnie. C'est bien la première fois de ma vie que je suis utile à quelqu'un.

Elles arrivèrent à la marina vers 18 heures. Gordon était déjà à bord et paraissait aux anges. Il présenta Shannon au traiteur et à l'équipe de serveurs, puis montra fièrement les tables du buffet disposées autour de la piste de danse et la place réservée à l'orchestre.

Comme Shannon s'étonnait de ne pas voir Quinn, Gordon lui expliqua qu'il avait eu un problème de dernière minute mais qu'il avait promis d'être là pour le départ.

Toujours est-il qu'il avait bien fait les choses. L'équipage avait l'air compétent ; le bateau était superbe et suffisamment grand pour recevoir une cinquantaine de personnes, comme prévu.

Le premier groupe arriva bien avant 19 heures.

Le personnel du Moonlight Sonata s'était rangé en file indienne sur le quai, devant la passerelle, pour accueillir les participants.

— Laissons le vieux M. Clinton monter le premier, murmura Sam.

— Tu sais, il a un prénom ! lui apprit Shannon en riant. Il s'appelle John. Il faudrait peut-être cesser de l'appeler *le vieux monsieur*.

— Mais je ne le dis pas devant lui !

— Seigneur ! s'exclama Rhianna. Mais c'est qu'il a amené avec lui *la vieille Mme Clinton*.

En effet, il donnait le bras à une petite femme aux cheveux blancs et à l'air plutôt dégourdi.

— Sa femme est morte depuis longtemps, leur signala Gordon.

— Dans ce cas, il s'est trouvé une petite amie, conclut Ben.

— Je sais tout, murmura Ella. Il vit dans une maison de retraite. Il m'a expliqué qu'il y avait environ deux femmes pour un homme, si bien que quand il veut danser, il n'a que l'embarras du choix.

Finalement, M. Clinton leur présenta son invitée, Lena

Mangetti, qui paraissait ravie d'être de la fête. Ils montèrent à bord et les autres leur emboîtèrent le pas.

Les Long arrivèrent en même temps que les Beckam. Katarina et David les suivirent de près, avec Gabe — ils avaient partagé un taxi pour venir. Ensuite, ce fut Christie, accompagnée de ce chien dont elle ne se séparait jamais et que ses élèves étaient obligés de supporter. Enfin, le groupe du studio Broward, dirigé par Mary et Judd Bentley.

Quinn se montra au dernier moment, quelques minutes avant que le bateau ne lève l'ancre. Son frère marchait derrière lui.

— Vous avez bien failli rater le départ, dit Shannon à l'adresse de Quinn. Vous avez tout organisé : ç'aurait été un peu fort, tout de même.

— Eh bien, vous voyez, je suis là, répondit-il d'un air sombre.

Doug lui lança un regard de reproche et se tourna aimablement vers Shannon.

— Nous sommes venus le plus vite possible.

Il s'efforçait visiblement de compenser l'attitude désagréable de son frère.

Quinn l'ignora superbement et passa devant lui pour monter à bord. Shannon était furieuse. Décidément, il se comportait comme un goujat, pas comme un homme amoureux.

Elle jeta un regard interrogateur à Doug.

— N'en parlez à personne pour l'instant, mais… C'est à cause de ce serveur qui est mort, expliqua-t-il. La police pense qu'il s'est trouvé coincé au milieu d'un règlement de compte entre deux gangs et qu'il a pris une balle perdue. Mais ce n'est pas l'avis de Quinn.

— Quoi ? lança Shannon d'un ton incrédule. Un serveur ? Manuel Taylor ?

— Ne vous affolez pas, dit précipitamment Doug. Il a reçu

une balle — donc rien à voir avec les autres décès ni avec le Moonlight.

Elle n'en crut pas un mot, pourtant il fallait bien faire bonne figure et elle se reprit.

Au moment où le bateau quittait le port, les cocktails étaient déjà servis, mais le personnel voulait savoir s'il fallait passer parmi les invités avec les soufflés au fromage et les beignets de crevettes. Les trois musiciens vinrent demander à la jeune femme à quel moment ils devaient commencer à jouer et quand ils pouvaient faire une pause.

Shannon remarqua que le groupe qui venait du Broward s'était isolé dans un coin. Ce n'était pas le but de la manœuvre, et elle décida de donner l'exemple en allant s'asseoir près de Mary et Jude.

— Salut, Shannon ! lança Trudy Summers. Ravie de t'avoir à notre table. Mary était en train de nous expliquer que ce n'était pas toujours l'idéal d'avoir son mari pour partenaire de danse.

— Elle me prend pour son élève : elle veut toujours guider ! expliqua Jude en passant un bras autour des épaules de sa femme.

— Tu racontes n'importe quoi, répliqua Mary en riant.

— En tout cas, vous avez intérêt à nous faire une démonstration ce soir, dit Jude d'un ton taquin. Qu'on rigole un peu.

— C'est ça ! fit Mary. Pour qu'on se dispute et qu'il me jette par-dessus bord.

— Tu sais nager, rétorqua Judd.

— Je vous déconseille tout de même d'en arriver à ce genre d'extrémité, intervint calmement Shannon. Je crois bien qu'il y a une hélice à l'arrière du bateau. Trudy, Judd, Mary, je voulais vous demander de vous mélanger à notre groupe.

— Pas de problème, répondit aussitôt Trudy. Présentez-moi quelques garçons. Au Broward, on en manque. J'en vois justement un ou deux qui sont tout à fait à mon goût, ajouta-t-elle en désignant Quinn et Doug qui passaient. Ce sont des élèves de Jane, je crois. J'ai déjà vu le plus jeune, mais pas l'autre. Ils se ressemblent, d'ailleurs.

— Normal, ce sont deux frères, expliqua Shannon. Je peux aussi vous présenter M. Clinton. Il est charmant, vous verrez.

Sur ce, elle s'éloigna.

Pendant que les invités se servaient au buffet, elle circula de table en table. Quelques personnes se mirent tout de suite à danser, mais l'ambiance ne s'installa vraiment que lorsque tout le monde eut bien mangé.

Shannon fut surprise d'entendre Gordon annoncer au micro qu'elle allait faire une démonstration de valse avec Quinn. L'intéressé eut l'air étonné, lui aussi, mais il ne se fit pas prier.

Ils se mirent en place, et Shannon se laissa aussitôt aller au plaisir qu'elle éprouvait aussitôt qu'il la prenait dans ses bras. Pourtant, quelque chose dans son regard la mettait mal à l'aise.

— Ça ne vous dérange pas de valser devant tout ce monde ? lui demanda-t-elle.

— Oh, non ! Pas du tout.

Et il le lui prouva sans tarder. La valse, c'était son truc, et leur fameuse caninette déclencha un tonnerre d'applaudissements.

Il sourit et elle le trouva réellement charmant… On le félicita pour sa performance — il se débrouillait particulièrement bien pour un débutant —, et il répondit qu'il fallait surtout le voir dans sa démonstration de fox-trot. Il accepta l'accolade de son frère qui le congratula chaleureusement, mais pendant tout ce temps, il semblait ailleurs. Shannon eut l'impression qu'il ne quittait pas Gordon des yeux.

Mais elle n'eut pas le loisir de lui poser la question, car Ben annonça qu'elle allait à présent danser un boléro avec lui. Encore une surprise !

— Tu veux bien, n'est-ce pas ? lui demanda-t-il en s'approchant d'elle.

— Allons-y, répondit-elle.

Cette danse lui rappela qu'ils étaient faits pour danser ensemble, et elle regretta de ne pas s'être décidée plus tôt à reprendre la compétition avec lui.

— C'est sûr, tu acceptes de t'inscrire avec moi au Gator Gala ? lui demanda-t-il en la serrant gentiment dans ses bras, tandis que tout le groupe se levait pour leur faire une ovation.

Elle lui pressa la main sans répondre. Depuis la mort de Lara, il avait changé, c'était évident…

Elle prit le micro.

— Merci, dit-elle. Merci beaucoup. J'ai une grande nouvelle à vous annoncer. Je vais participer au Gator Gala avec Ben.

Son partenaire lui lança un regard plein de gratitude, mais elle s'éloigna de lui. Elle avait hâte de rejoindre Quinn.

Gordon annonça que la fête continuait. A présent, Judd et Mary s'avançaient sur la piste.

Comme elle ne voyait pas Quinn à l'intérieur, Shannon sortit sur le pont arrière. Elle le trouva désert, mais elle eut envie de s'y attarder un instant, pour profiter de la fraîcheur et de cette nuit magnifique.

L'orchestre entamait la dernière danse. Elle serra ses bras autour d'elle et contempla dans le sillage du bateau l'écume provoquée par l'hélice du bateau. Elle entendait à la fois le murmure de l'océan et le ronronnement du moteur.

Soudain, elle prit conscience que des voix approchaient. Des murmures, plutôt…

— … il faut que ça s'arrête !

— Mais ils ne peuvent rien savoir ! Ils ne trouveront jamais le lien.

— Elle était pourtant tout près, elle aussi. Ça devient dangereux.

— Shannon ! appela quelqu'un.

La jeune femme se retourna. C'était Judd qui la cherchait, et elle le maudit intérieurement car les voix se turent.

Elle contempla de nouveau le sillage du bateau. L'eau était violemment rejetée par les remous de l'hélice.

Elle sentit une rafale de vent et décida de revenir à l'intérieur, juste au moment où le bateau faisait demi-tour pour rentrer au port.

Elle eut brusquement la sensation que quelqu'un l'épiait.

Et, soudain, elle n'était plus sur le bateau… elle passait par-dessus bord.

22.

— Elle est tombée à l'eau ! hurla John Clinton d'une voix épouvantée. Elle était là il y a une seconde, et…

Quinn cherchait Shannon depuis un moment : il voulait lui recommander de se méfier de Gordon. Après tout, personne d'autre que lui ne savait qu'il était entré en contact avec Manuel Taylor. Il était possible que le pauvre garçon se fût effectivement retrouvé coincé dans une rixe entre gangs. Mais dans le doute…

Il se faufilait au milieu d'un groupe d'élèves du Broward lorsqu'il entendit les cris horrifiés de Clinton.

Elle est tombée à l'eau… Il eut aussitôt le sombre pressentiment qu'il s'agissait de Shannon.

Une main glacée se referma sur son cœur.

Il se précipita vers l'endroit d'où provenait l'appel et où un groupe s'était déjà formé. Il bouscula sans ménagement les gens qui se trouvaient sur son passage, et faillit renverser le vieux M. Clinton en se jetant contre le bastingage pour regarder par-dessus.

Il n'hésita pas une seconde et se jeta du haut du pont.

Quelqu'un alluma des projecteurs.

Quinn s'enfonça profondément dans l'eau glacée, puis remonta lentement à la surface. Il garda les yeux fermés, pas à cause du sel mais parce qu'il craignait en les ouvrant de découvrir le sang de Shannon, qui avait très bien pu être happée par l'hélice.

Il émergea à l'air libre et hurla son nom.

— Shannon !

— Ici ! répondit-elle.

Les moteurs avaient été coupés, mais Quinn avait été emporté par son élan et il se trouvait déjà à bonne distance. Il entendit l'équipage mettre les canots de secours à l'eau pour venir les récupérer.

— Où ça ?

— Ici !

— Mais qu'est-ce que tu fabriques ?

Quinn se mit à nager en direction de la voix. Il sentait son cœur battre la chamade. Shannon avait rejeté en arrière ses cheveux trempés et, dans l'immensité de la nuit, elle paraissait frêle et délicate. Mais elle était saine et sauve. Elle avait eu l'incroyable chance d'échapper aux pales de l'hélice.

Il se retint de la prendre dans ses bras. Il n'aurait même pas eu l'excuse de lui porter secours car elle se débrouillait très bien sans lui.

— Comment ça : qu'est-ce que je fabrique ? lança-t-elle. Tu le vois bien : je prends un bain de minuit !

Il réussit enfin à la rejoindre.

— Tu es tombée par-dessus bord ?

— Je dirais plutôt qu'on m'a poussée.

— Qui ?

— Je l'ignore.

— Tu n'as vu personne s'approcher de toi ?

— Non.

— Dans ce cas, comment peux-tu affirmer qu'on t'a poussée ? Tu as dû être déstabilisée quand le bateau a fait demi-tour. Tu te penchais par-dessus le bastingage, à ce moment-là ?

— Non. Je te dis qu'on m'a poussée. Juste au moment où le bateau virait de bord.

La mer était un peu agitée et ils devaient faire des efforts pour ne pas être submergés par les vagues.

— M. Clinton prétend qu'il t'a vue tomber. Il affirme que tu étais seule.

Elle le regarda fixement sans répondre, et se mit à nager vers le canot de sauvetage qui s'approchait d'eux.

Gordon se trouvait à bord avec deux membres de l'équipage, Javier Gonzales et Randy Flores. Ils aidèrent Quinn et Shannon à grimper. La jeune femme grelottait. On l'enroula aussitôt dans une couverture.

— Tu vas bien ? lui demanda Gordon.

Son inquiétude paraissait sincère.

— L'un de vous est blessé ? demanda Javier.

— Non, répondit aussitôt Shannon.

— Ça baigne, répondit Quinn d'un ton laconique.

— Mais qu'est-ce qui t'est arrivé, bon sang ? s'exclama Gordon.

Au grand étonnement de Quinn, elle se montra prudente.

— Je n'en sais rien, répondit-elle. J'ai dû trop me pencher et je suis passée par-dessus bord au moment où le bateau faisait demi-tour pour rentrer à la marina.

— Seigneur, heureusement que tu n'as pas été prise dans l'hélice ! dit Gordon d'un ton véhément.

— Il a raison. Vous avez eu de la chance, renchérit Flores.

Quinn demeura silencieux. Quelques minutes plus tard, le canot atteignait la coque du bateau, et on leur jeta une échelle pour leur permettre de grimper sur le pont où le capitaine les attendait avec impatience. Doug aida Shannon, puis Quinn, à enjamber la rambarde, en s'abstenant de tout commentaire.

Le groupe entoura aussitôt Shannon, et elle se fit un devoir de rassurer tout le monde.

— Je suis désolée de vous avoir fait peur, dit-elle. Je crois que je n'ai plus autant d'équilibre qu'autrefois. Il va falloir que je travaille. J'ai des progrès à faire… Voilà qui devrait consoler mes élèves quand je les engueule.

Cette dernière remarque provoqua une cascade de rires. Quinn comprit qu'elle plaisantait pour détendre l'atmosphère mais qu'elle n'en était pas moins persuadée d'avoir été poussée par-dessus bord.

Quelqu'un fendit la foule. C'était Richard Long qui apportait des tasses.

— Du café et du brandy pour notre adorable professeur qui est toujours aussi belle, même trempée comme une soupe, et pour l'homme qui n'a pas hésité à risquer sa vie pour la sauver. Mais… J'y songe… Savez-vous que c'est lui qui nous a trouvé ce magnifique bateau ? Il a dû craindre que le Moonlight ne lui fasse un procès si Melle Mackay se noyait pendant la croisière.

De nouveau, des rires s'élevèrent.

— Un procès, dit Quinn sur le même ton de plaisanterie. Mais non, ce n'est pas du tout ça. Je ne voulais pas perdre mon professeur alors qu'il me reste tant à apprendre.

— Enfin, l'incident s'est bien terminé, conclut Sam en serrant Shannon dans ses bras.

— Prends vite une tasse de café, conseilla Ella à son amie. Ça te réchauffera. Tu trembles de froid.

— Oui, c'est une bonne idée. Merci Richard, dit Shannon en prenant la tasse qu'il lui tendait.

Dès qu'ils furent à quai, Quinn s'entretint avec le capitaine du bateau. Celui-ci lui assura qu'il avait viré tout à fait normalement, mais ça, Quinn le savait déjà.

Au moment de débarquer, il aperçut Shannon, dont les

vêtements encore humides soulignaient la silhouette. Elle se tenait aux côtés du personnel du Moonlight, et disait bonsoir aux passagers. Finalement, son échappée par-dessus bord allait devenir une aventure dont on parlerait un certain temps.

Il avait pris une décision. Il allait oublier les principes.

Dès qu'il vit que les professeurs étaient sur le point de rentrer chez eux, il se dirigea vers Shannon.

— Nous avons à parler, lui dit-il.

Elle leva un sourcil et jeta un coup d'œil autour d'elle, histoire de lui rappeler qu'ils n'étaient pas seuls.

— Je dois raccompagner Marnie, répliqua-t-elle.

— Quelqu'un d'autre peut s'en charger. Je vais demander à Doug.

Elle lui adressa un regard étrange, et il crut qu'elle allait une fois de plus l'envoyer sur les roses. Mais elle se tourna vers Sam et lui fit discrètement signe de s'approcher.

— Voudrais-tu ramener Marnie chez moi ? demanda-t-elle.

Elle eut un bref instant d'hésitation, et regarda Quinn.

— Et rester dormir avec elle, ce soir.

Sam parut surpris, puis son regard passa de l'un à l'autre, et il sourit.

— Bien sûr ! dit-il.

— Et arrêter de sourire comme un idiot.

— D'accord. Je ne souris plus.

Le rituel des bises prit un certain temps, mais ils finirent tout de même par rejoindre leurs voitures respectives garées dans le parking.

Gordon semblait vouloir s'attarder.

— Tu es sûre que tu te sens bien ? demanda-t-il à Shannon.

— Oui, Gordon. Ne t'en fais pas. Je suis vraiment désolée d'avoir fichu la pagaille.

— Ce n'est pas ce qui me tracasse, dit-il. Finalement, quand les élèves ont compris que tu n'avais rien, ils ont trouvé ça plutôt excitant. Ils auront quelque chose à raconter, demain. Et puis, ça ne leur arrive pas souvent de te voir perdre l'équilibre.

Shannon sourit.

— Tu as raison. J'ai créé l'événement.

Sam était toujours là. Il avait pris Marnie sous son aile. Quant à Doug, il paraissait indécis.

— Doug, lui dit Shannon en souriant d'un air entendu. Tout va bien : vous pouvez rentrer chez vous ou aller où bon vous semble…

Il ne se fit pas prier, et fila vers sa voiture en les saluant d'un geste de la main.

— Quant à toi, Sam, je te demande de raccompagner Marnie : il est tard.

— Bien chef, murmura Sam.

Marnie les embrassa sur la joue en leur jetant un regard qui en disait long — un peu trop, d'ailleurs, pour une gamine de son âge.

— Bonne nuit ! lança-t-elle en s'éloignant sur le quai.

Sam haussa les épaules et la suivit, le sourire aux lèvres.

Finalement, Gordon s'éloigna, lui aussi. Il semblait intrigué, mais il s'abstint de tout commentaire.

Quinn et Shannon se tournèrent l'un vers l'autre, étourdis, comme ivres.

Les vagues clapotaient contre les coques et la jetée. Une cloche sonna quelque part. Au loin, ils entendaient le bruit des conversations que tenaient les clients de Chez Nick, et les accords d'un orchestre de reggae.

Quinn ouvrit la bouche pour parler à Shannon de l'incident du bateau, mais elle secoua la tête sans lui laisser le temps de prononcer un mot.

— Non, dit-elle. Non.

Il haussa les sourcils d'un air interrogateur.

Oublieuse du reste du monde, elle fit un pas vers lui et glissa les bras autour de son cou. Puis elle posa sa bouche sur la sienne, une bouche au goût de sel qui évoquait le vent de la mer et la promesse d'un péché aussi doux que délicieux. Il lui rendit son baiser avec gourmandise, sachant qu'il s'agissait d'un prélude aux plaisirs à venir. Elle tremblait dans ses bras. De froid ou de désir, il n'en savait rien, mais peu lui importait.

Plus rien ne comptait. Ils étaient hors du temps, et quand ils se séparèrent, les mots qu'elle murmura à son oreille le brûlèrent comme du feu.

— Tu ne veux pas oublier tout ça pendant quelques heures… Juste quelques heures ?

Il frémit de désir.

— D'accord, murmura-t-il d'une voix rauque en se penchant vers elle. Rien que nous deux.

Elle hocha la tête en caressant d'un doigt son torse humide, puis descendit plus bas jusqu'à sa ceinture trempée. Et encore plus bas.

— Nous perdons du temps, Quinn.

Il l'enveloppa de nouveau dans ses bras et la souleva, parce que cela lui semblait le mouvement le plus juste, le plus simple et le plus naturel qui fût.

Il la porta jusqu'à son bateau, sans trébucher une seule fois. Puis il fouilla d'une main dans sa poche sans lâcher son précieux fardeau, ouvrit la porte de la cabine et entreprit de descendre l'échelle. Au passage, ils se cognèrent à la cloison, ce qui les fit rire tous les deux.

Ensuite, lorsqu'il la déposa à terre, ils ne pensèrent plus qu'à se jeter furieusement l'un contre l'autre en se débarrassant à la hâte de leurs vêtements mouillés.

*
* *

Enroulée autour de Quinn, Shannon sourit, puis fit la grimace. Dans le feu de l'action, ils s'étaient allongés à même le sol, dans le petit espace entre la table et le canapé-couchette et, apparemment, elle avait dû récolter quelques bleus pendant leurs ébats. Elle se demanda comment ils avaient fait pour se glisser là-dessous. En voulant se lever, elle lui donna un coup de genou dans l'estomac.

— Aïe ! grogna-t-il.

— Désolée.

Il rit, et lui fit un peu de place en se recroquevillant sur le côté.

— Ça va, dit-il. Ç'aurait pu être pire. Mais si je bougeais d'abord, ce serait plus pratique. Tu veux vraiment te lever ?

— Oui, il faut que je me douche. Je suis pleine de sel.

— Je t'accompagne.

— On ne tiendra pas à deux sous la douche.

— Mais si, tu vas voir !

Malgré l'exiguïté de la salle de bains, ils y parvinrent, en effet. La pluie tiède que déversait sur eux le pommeau de douche leur parut extrêmement agréable — un pur délice qui se transforma vite en une débauche de sensualité. La main appuyée contre la cloison en fibre de verre qui fermait la cabine, Quinn laissa courir sa bouche chaude sur la peau de Shannon. Ses cheveux mouillés la chatouillaient et, en dépit de son trouble et de son désir, elle eut presque envie de rire en remarquant les contorsions qu'il devait faire pour parvenir à ses fins. Il referma les bras autour de sa taille, en continuant à goûter chaque centimètre de son corps. Comme elle glissait, il la plaqua contre la cloison de la cabine. Elle était consciente de l'eau qui coulait, du sang qui battait à ses oreilles, de la poussée de ce corps d'homme contre le sien qui l'emportait loin, très loin — avec une frénésie et un abandon qu'elle n'avait jamais connus. Une vague de plaisir déferla en elle et elle chancela. Ils restèrent un moment sans bouger, écrasés l'un contre l'autre, l'un dans l'autre, ne faisant qu'un, dans une intimité crue et violente.

Quand il fut redescendu sur terre, Quinn ferma le robinet de douche, ouvrit la porte et entraîna sa compagne dans la cabine, sans se soucier de mouiller le sol et les draps.

Cette fois, au moins, ils avaient de la place, et Shannon put explorer à loisir le corps de son amant, écouter les battements de son cœur, caresser ses mains, ses bras, plonger son regard dans le sien au moment où il la pénétrait.

Quand le plaisir déferla de nouveau en elle et que son amant retomba sur le côté, épuisé, elle se laissa aller, se coula dans le confort de sa chaleur et s'allongea près de lui, détendue comme elle ne l'avait pas été depuis bien longtemps. Elle comprit alors à quel point elle avait besoin de cet homme. Elle aimait son rire ; elle se tournait vers lui quand elle avait peur, elle se sentait exister près de lui.

Il l'attira plus près et passa la main dans ses longs cheveux.

— Elle a raison, tu sais ?

— Qui ? demanda Shannon d'un air surpris.

— Marnie. Je suis vraiment en train de tomber amoureux de toi.

Elle ne trouva pas le courage de répondre.

Il la serra encore plus fort, l'obligeant à épouser les courbes de son corps. Elle se sentait disparaître dans ses bras, et c'était bon, très bon. Elle voulut lui murmurer quelque chose de tendre, mais la peur la retint.

Elle n'osait plus le regarder en face, et préféra se tourner pour se lover contre lui, le dos contre sa poitrine, les fesses contre sa hanche.

— Je trouve que tu es un amant fantastique, lui dit-elle.

Il ne put s'empêcher de rire.

— Encore un jugement ! Tu ne peux pas t'empêcher de donner des notes : ça doit être une déformation professionnelle.

Il l'obligea à revenir face à lui. Il ne riait plus. Le bleu de ses yeux s'était assombri et son visage paraissait tendu, presque dur.

— J'en ai marre de jouer, dit-il. Plus question non plus de prendre des cours ni de participer à ce foutu Gator Gala. Tout ce qui m'intéresse, c'est être près de toi.

— Je… Je…

— Tu as la trouille, c'est ça ? Tu n'es qu'une poule mouillée.

Une vague de colère la submergea.

— C'est faux ! protesta-t-elle.

— Eh bien, reconnais au moins que tu aimerais tenter ta chance avec moi.

Elle hésita. Il avait raison : elle avait peur.

— Je veux rester avec toi jusqu'à demain matin, dit-elle enfin. Et ensuite… dormir près de toi tous les soirs.

— Et pourquoi ?

Il la regardait d'un air coquin.

— Mis à part le fait que nous nous entendons très bien au lit et que ce que je te propose est bien plus agréable qu'un paso-doble.

Elle sourit, mais il la regardait maintenant d'un air grave.

— Tu es la plus belle valse que j'aie jamais rencontrée, la rumba la plus torride, la joie la plus intense, la musique la plus sauvage et la plus douce à la fois.

Ces mots valaient toutes les promesses.

Il la contempla pendant un long moment, puis se remit à parler.

— Très bien. Puisque tu préfères garder le silence, c'est

moi qui vais le dire. Tu es en train de tomber amoureuse de moi. Au moins un petit peu.

— Oui, avoua-t-elle dans un souffle. Plus qu'un petit peu.

Il recommença à l'embrasser passionnément.

Plus tard, elle songea qu'ils ne seraient pas réellement tranquilles tant que Quinn n'aurait pas découvert le meurtrier.

Mais ça pourrait attendre jusqu'à demain matin. Pour l'instant, ils avaient besoin de cette nuit. Une nuit rien que pour eux.

23.

— Je te jure que quelqu'un m'a balancée par-dessus bord, insista Shannon.

Quinn la contemplait. Avec ses cheveux encore humides, habillée d'un jean et d'une chemise empruntée à Ashley Dilessio, elle lui paraissait encore plus attirante.

Ils savouraient ensemble une dernière tasse de café dans la cabine avant de se séparer. Quinn avait prévu d'accompagner Jake au commissariat, et Shannon de rentrer chez elle pour tenir compagnie à Marnie et libérer Sam. Elle ne voulait pas laisser la jeune fille seule, pas même dans la journée.

Ils avaient passé une matinée agréable à traînasser, puis ils avaient pris leur petit déjeuner Chez Nick et passé une bonne heure à admirer le bébé. Shannon et Ashley avaient immédiatement sympathisé. Bien sûr, elles avaient parlé des meurtres. Shannon doutait toujours que Gordon fût coupable. Gordon avait raconté à qui voulait l'entendre l'anecdote du serveur et du petit déjeuner Chez Nick. Il n'était donc plus le seul à savoir que Quinn avait contacté Manuel Taylor.

Quinn était certain que la mort de Manuel avait un rapport avec celle des quatre femmes. Jake lui avait donc proposé de l'accompagner au commissariat pour jeter un coup d'œil sur les rapports, puis faire un tour dans le quartier où s'était déroulé le drame. Ensuite, Quinn et Shannon étaient retournés sur le bateau, le temps pour Quinn de se préparer.

— Ce qui est bizarre, dit-elle soudain, c'est que juste avant de tomber par-dessus bord, j'ai entendu des gens murmurer.

— De quoi parlaient-ils ?

— De *quelque chose qui ne pouvait plus continuer.* Ils ont dit aussi qu'il n'y avait *pas de liens apparents.*

— Entre quoi et quoi ?

— Aucune idée. C'était très vague. Je ne les voyais pas. J'ai tendu l'oreille, mais je n'ai perçu que des bribes de conversation.

— Méfie-toi quand même de Gordon : ne reste jamais seule avec lui.

— Gordon a été comme un père pour moi.

— Je m'en fiche. Il faut l'avoir à l'œil.

Jake appela depuis le quai.

— Quinn, tu es près ?

— Oui, j'arrive !

Il embrassa tendrement Shannon. Il ne la quittait qu'avec réticence, même pour quelques heures.

— A plus tard ? lui demanda-t-il.

Elle acquiesça.

— Si Sam n'a rien de prévu, on ira probablement à la plage avec Marnie pour bronzer un peu.

— Super !

Il fit un signe de la main et grimpa sur le pont.

— Tu sais, lui dit Jake quand il l'eut rejoint, moi aussi je fonctionne à l'intuition, mais là, je trouve que tu vas un peu vite. Deux morts par absorption massive de médicaments, deux autres par overdose, je veux bien. Mais Manuel… D'accord, il faisait partie du personnel, le jour du concours. Mais il a été tué à Coconut Grove, pas à Miami Beach. Et d'une balle dans la tête.

— Je sais, répondit Quinn.

— Et ?

— Je reste persuadé qu'il n'a pas été pris par hasard dans une rixe.

Jake haussa les épaules.

— Je n'insiste pas. C'est moi qui conduis ?

— Prenons deux voitures. J'ai l'intention d'aller faire un tour à la plage après Coconut Grove.

Au commissariat, Quinn étudia soigneusement le dossier préparé par Anna. La jeune femme avait accompli un travail minutieux, et tout portait à croire que la mort de Manuel était due à un malheureux hasard.

— Je vais en faire une photocopie, proposa Jake. Comme ça, on pourra filer directement sur le lieu du crime.

Il disparut. L'endroit était relativement calme pour un dimanche, et lorsque le téléphone de Quinn se mit à sonner, plusieurs agents sursautèrent.

C'était Marnie.

— Shannon est avec vous ? demanda-t-elle.

— Non, elle devait vous rejoindre chez elle.

— Elle n'est pas encore arrivée, fit Marnie d'un ton plaintif.

Elle baissa un peu la voix avant de poursuivre :

— Sam est un vrai gamin. Il ne pense qu'à bronzer. Il me tanne pour aller à la plage.

— J'ai quitté le bateau un peu avant Shannon. Essaye de la joindre sur son portable. Elle est sûrement en chemin.

— J'ai déjà essayé, mais ça ne répond pas.

— Essaye encore et laisse un message. J'arrive tout de suite. Ça te va ?

— Super ! Merci.

Il raccrocha et annonça à Jake qu'il avait décidé de filer

tout droit vers Miami Beach et de remettre Coconut Grove à plus tard.

— Le portable de Shannon ne répond pas, expliqua-t-il à son ami.

— Elle se trouve peut-être dans un endroit où ça ne passe pas.

— Je ne suis pas tranquille. Peut-être que je m'inquiète pour rien, mais…

— Tu veux que je t'accompagne ?

Quinn secoua la tête.

— Non, c'est inutile. Je panique un peu vite en ce moment, je le reconnais.

Jake ne fit aucun commentaire.

— Appelle-moi si tu as besoin d'aide.

— Merci. Je n'y manquerai pas, répondit Quinn.

Tout en rejoignant sa voiture, il composa le numéro de Shannon. Le téléphone sonna plusieurs fois, puis il entendit enfin sa voix.

— Shannon ! s'exclama-t-il.

« Si vous voulez bien laisser un message, je vous rappellerai dès que possible. »

Il jura.

— Merde ! Oui, j'aimerais bien que tu me rappelles le plus vite possible.

Il fourra son téléphone dans sa poche. Le sombre pressentiment qui l'habitait ne faisait que croître.

Shannon avait d'abord eu l'intention de filer directement chez elle. Elle savait que Quinn s'inquiétait pour sa sécurité et qu'il aurait préféré qu'elle l'attende sur le bateau. Il se méfiait tout particulièrement de Gordon. Gordon… Elle ne parvenait pas à se le représenter en meurtrier, même si elle l'avait soupçonné à une ou deux reprises.

Elle n'avait pas jugé utile de raconter à Quinn l'incident de l'entrepôt. Avec le recul, elle se sentait ridicule. Elle s'était affolée, un point c'est tout.

Il ne lui fallut que quelques minutes pour rejoindre le bord de mer. La circulation était fluide. Il faisait un peu frais pour les gens d'ici, et la saison touristique n'avait pas encore commencé. Mais au moment de bifurquer dans sa rue, elle changea brusquement d'avis et poursuivit tout droit en direction du Moonlight.

C'était dimanche… L'occasion rêvée d'effectuer une fouille approfondie en toute tranquillité. Pas de gêneurs, pas de musique. Elle ne resterait pas longtemps.

Peut-être trouverait-elle enfin la source de ce bruit étrange…

Elle se gara dans le parking, grimpa quatre à quatre l'escalier extérieur menant à la terrasse, glissa sa clé dans la serrure, entra, puis referma soigneusement derrière elle.

Rien n'avait bougé depuis la veille.

Elle s'arrêta au milieu de la piste de danse.

Et là, elle l'entendit nettement.

Ce drôle de couinement.

Il provenait des toilettes pour hommes.

Elle se précipita et ouvrit toutes les portes. Rien. Et puis, une nouvelle fois, plus distinctement que jamais, le bruit résonna dans le silence.

Elle hésita un instant et retourna chercher dans son sac le spray d'autodéfense qu'elle avait toujours sur elle. A présent, elle se sentait un peu moins vulnérable… Elle emprunta le couloir qui aboutissait à la terrasse extérieure, là où se trouvait le local où elle avait eu sa mésaventure. Elle resta un instant à contempler fixement la porte, en se demandant si elle ne devait pas appeler quelqu'un à la rescousse.

Mais entendrait-il le bruit ? Et si ça n'était qu'un rat ou une armée de cafards… Elle n'allait pas déranger Gabe ou Quinn pour si peu.

Elle glissa la clé dans la serrure et pénétra à l'intérieur en prenant soin de coincer la porte pour la laisser entrouverte, histoire de pouvoir battre rapidement en retraite si besoin était.

Elle appuya sur l'interrupteur et fit courageusement un pas en avant. Le mannequin de Katarina était toujours là, posté en sentinelle. Shannon avança doucement sur la pointe des pieds, l'oreille aux aguets.

Et là, elle l'entendit de nouveau. Ça provenait du mur du fond.

Elle recula et écouta un moment, immobile, hésitante. Puis elle se dirigea d'un pas résolu vers les rayonnages, et entreprit d'ôter les boîtes.

En arrivant chez Shannon, Quinn ne vit pas sa voiture dans l'allée. Marnie, qui avait entendu le moteur, sortit en courant, suivie de Sam.

— Si je comprends bien, elle n'est pas encore là ?

Marnie secoua la tête et se pencha vers la vitre de la voiture en fronçant les sourcils.

— Qu'est-ce que c'est que ce portrait ?

— Quel portrait ? demanda Quinn d'un ton distrait.

Marnie montra du doigt le croquis de Sonya Miller exécuté par Ashley, posé sur une pile de dossiers, sur le siège du passager.

— Tu la connais ? demanda-t-il.

— Non, je ne la connais pas. Mais je l'ai vue grimper l'escalier extérieur du Moonlight.

Quinn jeta un regard mauvais à Sam. Celui-ci leva les mains.

— Je ne l'ai jamais vue, je le jure ! A ma connaissance, elle n'a jamais mis les pieds au Moonlight. Peut-être qu'elle fréquentait le Suede ?

— Tu es sûre de la reconnaître, Marnie ? demanda Quinn.

— Oui. Et je vous le répète : elle montait l'escalier, sur le côté. Elle n'allait pas au Suede.

Quinn fit aussitôt demi-tour.

— Je file là-bas, dit-il. Prévenez la police !

Il démarra en trombe. Marnie eut juste le temps de s'écarter.

La gosse avait vu cette femme grimper l'escalier extérieur. Il ne savait pas ce que cela signifiait, mais il avait le pressentiment qu'il se passait quelque chose de grave, en ce moment même, et qu'il n'avait pas une minute à perdre. Il écrasa la pédale d'accélérateur.

Shannon avait fini d'enlever les boîtes : il ne restait plus que les étagères vides.

Elle regarda attentivement et remarqua une sorte de fissure dans le mur. Ou bien… Elle appuya. Il ne se passa rien.

Elle cogna contre le mur. Ça sonnait creux.

Elle appuya de nouveau, cette fois de tout son poids. Le mur céda, les étagères reculèrent. Une porte secrète…

Sous la poussée, la porte s'ouvrit en grand, et elle reconnut le bruit qui l'avait tant intriguée. Mais au fait, elle était seule… Etait-ce vraiment prudent ? Elle décida de refermer, de remettre les boîtes en place et de sortir d'ici au plus vite.

— Bonjour Shannon ! Je savais bien que ce n'était plus

qu'une question de temps avant que tu ne découvres le pot aux roses. A dire vrai, je t'attendais.

Shannon ouvrit la bouche pour hurler et voulut fuir. Mais une main de fer se referma sur son poignet et la tira en arrière.

Quinn grimpa l'escalier quatre à quatre. Arrivé en haut, il traversa instinctivement le studio vide et fila vers la terrasse. Il remarqua aussitôt que la pièce qui servait d'entrepôt était ouverte, et il se précipita à l'intérieur, juste à temps pour voir Shannon disparaître par la porte secrète.

Il resta figé de stupeur.

Shannon… Pourquoi passait-elle par là ?

Elle lui avait assuré qu'elle filerait droit chez elle, et elle venait de s'évaporer devant lui.

Il se secoua et avança vers la porte. Elle donnait sur un long corridor. Il le suivit.

Il l'entraînait si vite et si violemment qu'elle pouvait à peine respirer, encore moins crier. Elle avait bien la bombe d'autodéfense dans sa poche, mais pas question de la sortir avec cette main qui lui broyait les poignets. Le couloir était étroit et sombre, éclairé seulement par une vague lueur provenant de la porte secrète.

Ils arrivèrent finalement au bout, et elle crut qu'ils allaient s'écraser contre le mur, mais il le fit céder d'une poussée de l'épaule et ils débouchèrent de l'autre côté, dans une petite pièce, plutôt un réduit qui ne mesurait pas plus d'un mètre sur deux.

Là aussi, il faisait sombre, mais ses yeux s'accoutumèrent à l'obscurité et elle fut bientôt en mesure d'observer quelques détails — des étagères où s'entassaient des sacs en plastique remplis d'une poudre blanche et, à l'autre bout, un étroit escalier en colimaçon qui grimpait à l'étage au-dessus.

C'est-à-dire vers l'appartement de Gabriel Lopez.

Gabe la repoussa contre le mur, et elle vit qu'il avait sorti un revolver.

La vue de l'arme la terrifia. Elle savait qu'il fallait gagner du temps, à tout prix…

— C'était toi, salaud ! Pourquoi ?

Il secoua la tête.

— L'argent, *chica*, l'argent. Et le goût de la belle vie qui va avec, bien entendu.

Il lui lança un regard dédaigneux.

— Des danseurs ! On ne pouvait pas rêver meilleure couverture. Une bande d'imbéciles uniquement préoccupés de leur carrière. Quant à cet immeuble… Un rêve ! Tout le monde était tellement content que j'entreprenne des travaux de rénovation ! J'étais bien tranquille : les flics pouvaient venir, fouiller, interroger qui ils voulaient. La came était bien planquée.

Tout en écoutant les confidences de Gabe, Shannon cherchait un moyen de s'échapper. Elle décida de tenter sa chance et fourra sa main dans sa poche pour en sortir le spray d'autodéfense.

Il leva le revolver et le pointa vers elle, en faisant bouger son pouce pour lui montrer à quel point il lui serait facile d'appuyer sur la détente.

— Lâche ce truc, ordonna-t-il.

Mais elle n'avait plus rien à perdre, et elle appuya sur la ventouse. Il baissa la tête en poussant un juron, puis se mit à tousser.

Mais elle avait raté les yeux. De plus, le produit commençait à se répandre dans le réduit, et elle aussi avait du mal à respirer. Il fonça vers elle, trébucha, puis l'attrapa par l'épaule.

— Lâche-la ! hurla une voix.

Ils restèrent tous deux saisis de surprise. Shannon était tout contre Lopez. Elle étouffait ; ses yeux la brûlaient, elle sentait le canon de l'arme sur sa tempe. Elle cligna des paupières et reconnut Quinn. Il avait trouvé l'entrée du corridor et les avait suivis.

— Lâche-la, Lopez ! Et tout de suite ! Je préférerais ne pas avoir à te tirer dessus. Les flics arrivent, et j'ai hâte de te voir dans le box des accusés. J'ignore pourquoi tu as tué Nell Durken, mais je ne veux pas que son mari paye à ta place.

— Mais t'as rien compris, mon pote ! Tu n'en sais même pas la moitié. Des flics, j'en vois pas. T'es qu'un détective privé de merde. Si tu veux récupérer ta chérie, laisse-moi sortir. C'est ça ou rien.

Quinn ne bougea pas d'un millimètre et continua à pointer son arme sur Lopez.

— Tu es fait comme un rat là-dedans, Gabe. Tu n'arriveras jamais à grimper cet escalier avec Shannon.

— J'y arriverai si tu sors de là.

— Tu vas entendre les sirènes d'une seconde à l'autre.

— Dans ce cas, tu ferais bien de bouger. Si j'entends les flics, je la bute. Elle est tellement mignonne que ce serait dommage, tu ne trouves pas ? J'aurais bien voulu passer quelques moments agréables avec elle ; je le lui ai proposé plus d'une fois : elle n'a jamais voulu. Mais bon… Elle faisait partie de ma couverture, alors je l'ai bien pris. J'avais intérêt à la ménager. Quand je pense qu'elle sortait avec un connard comme toi… Bon, ça suffit ! Ecarte-toi, maintenant.

Quinn bougea à peine.

— C'est marrant, ça, Lopez. J'ai failli croire que c'était Shannon, la coupable, quand je l'ai vue disparaître par cette porte. Tu aurais dû penser à la refermer derrière toi. Dommage…

— Pose ton arme et laisse-moi passer.

Shannon n'en pouvait plus. Elle était sur le point de s'évanouir. Elle avait les genoux en coton ; ses yeux la piquaient, elle avait du mal à respirer…

Mais Quinn demeurait toujours immobile.

— Si tu ne t'écartes pas, je tire. Maintenant.

— Très bien, fit Quinn d'un ton conciliant. Je pose mon arme.

Il baissa lentement son revolver, et Shannon sentit que Lopez relâchait doucement son épaule. Mais le canon restait pointé sur sa tempe.

— Connard ! s'exclama Lopez. Je vais vous tuer tous les deux.

Il allait appuyer sur la détente. C'était fini. Shannon songea qu'elle n'aurait même pas le temps de voir sa vie défiler devant elle.

La détonation résonna dans le petit réduit.

Mais elle ne sentit rien.

Près d'elle, Lopez s'effondra, l'entraînant dans sa chute. Elle vit un trou béant dans sa tête et se mit à hurler.

Puis elle entendit vaguement des sirènes, et sentit les bras de Quinn se refermer sur elle. Sa voix venait de loin, de très loin.

— C'est fini, c'est fini, disait-il. La police est là. Ils vont s'occuper de tout.

Ses genoux tremblaient tellement qu'il dut l'aider à se relever.

Mais elle était tout contre lui, dans ses bras, et il la conduisait vers la lumière.

24.

Shannon conservait un souvenir assez flou de ce terrible dimanche où elle avait cru mourir. Elle avait vaguement entendu les sirènes de police, puis Quinn l'avait emportée. Ensuite, une armée d'agents avait débarqué, et les inspecteurs l'avaient bombardée de questions, encore et encore. Marnie et Sam avaient suivi de près, décomposés mais rassurés de la trouver saine et sauve. Puis Doug était arrivé, accompagné de Jane qui sortait tout juste de l'hôpital. Shannon avait refusé de suivre l'équipe médicale qui voulait l'emmener.

Depuis ce triste dénouement. Quinn n'était pas au meilleur de sa forme. Il s'en voulait d'avoir tiré sur Lopez car celui-ci aurait pu les aider à éclaircir bien des points qui demeuraient encore obscurs. Il en avait fait tout haut la remarque. Shannon n'avait pas apprécié et, à bout de nerfs, elle lui avait flanqué une formidable gifle. Mais ça ne les avait pas empêchés de passer la nuit de dimanche ensemble, sur le bateau, pendant que Sam jouait une fois de plus les baby-sitters avec Marnie.

Cette nuit-là, plus que jamais, Shannon avait ressenti le besoin de se sentir vivante, de faire l'amour encore et encore pour se gorger de sensations. Et Quinn ne s'était pas fait prier. Gordon les avait réveillés au petit matin pour leur proposer une escapade, et Quinn avait offert d'emmener l'équipe passer quelques jours dans sa maison de Key Largo.

Ils avaient accepté l'invitation. Se détendre à Key Largo ne pouvait leur faire que du bien.

Comme la police avait ordonné la fermeture du bâtiment qui abritait le Suede et le Moonlight, le temps d'entreprendre une fouille en règle, ils ne pouvaient pas travailler, de toute façon. C'était le moment d'en profiter.

Ils avaient donc embarqué sur le *Twisted Time*, direction plein sud. Doug, Ben et Quinn avaient opté pour la plongée sous-marine ; Gordon, Sam, Marnie et Rhianna pour la pêche à la ligne, et Shannon s'était contentée de se prélasser sur le pont avec Justin, Ella et Jane. Justin s'était employé à peaufiner son bronzage, et Jane avait sagement suivi les conseils des médecins en se reposant.

Ils étaient à présent à Key Largo, chez Quinn, dans une adorable maison avec piscine, au bord de l'eau, tout près de la jetée à laquelle il amarrait son bateau.

Un endroit confortable, sans luxe ostentatoire, que Shannon avait immédiatement adoré.

Ils venaient de finir de dîner et se trouvaient dans la salle à manger dont les fenêtres donnaient sur la piscine, le quai et la baie. Une légère brise venait les rafraîchir et leur apportait des odeurs de barbecue. De vraies vacances où l'on pouvait tout oublier. Jusqu'à ce que Ben remette l'affaire sur le tapis.

— Mais pourquoi avoir tué Lara ? lança-t-il brusquement.

Avant de lui répondre, Quinn jeta un coup d'œil en direction de Shannon.

— Elle en savait trop, probablement.

— Mais comment s'y est-il pris pour lui faire avaler tous ces cachets ? insista-t-il. Lopez a tué deux de ses victimes avec des médicaments, deux autres avec de l'héroïne. Sans compter, ajouta-t-il en se tournant vers Doug, qu'il est aussi responsable de la mort de Manuel Taylor, si j'ai bien compris ?

— L'expertise balistique ne laisse aucun doute là-dessus, répondit Quinn. On a trouvé dans l'appartement de Lopez le revolver qui correspond à la balle qu'il a reçue. Il lui avait sûrement donné un bon pourboire pour qu'il serve à Lara un certain verre, et il a eu peur que Manuel vende la mèche.

Quinn secoua la tête.

— Je regrette de ne pas avoir interrogé Manuel avec un peu plus de minutie. J'étais obsédé par la phrase qu'il avait murmurée à Shannon, et j'étais loin de me douter qu'il pouvait m'en apprendre plus. En tout cas, Gabe a paniqué quand il a su que j'étais entré en contact avec lui, et il a décidé de le supprimer.

— Et Nell Durken ? C'était Gabe ? demanda Ben d'un air incrédule.

— J'en suis presque certain, répondit Doug. En tout cas, l'avocat de Durken espère obtenir un non-lieu.

— Et si c'était tout de même Art Durken, l'assassin de Nell ? Si ce meurtre n'avait rien à voir avec les autres ? Tout ça me paraît bien confus…

— Ben, intervint Sam. C'est terminé. N'y pensons plus.

— Ça ne m'étonnerait pas que Lara ait eu une liaison avec Lopez, dit Gordon.

— Mais ça faisait des mois qu'on ne la voyait plus ni au Suede ni au Moonlight ! protesta Jane.

— Peut-être qu'il a voulu la séduire et qu'elle l'a repoussé, suggéra Jane. Il détestait les rebuffades, souvenez-vous ! Il faisait bonne figure, il jouait les charmeurs, mais il en voulait terriblement à Shannon de l'avoir repoussé. N'est-ce pas, Shannon ?

— C'est bien ce qu'il m'a semblé, dit Quinn.

— Nous sommes ici pour nous détendre, grommela Gordon. Pas pour ressasser cette vilaine histoire.

— Je ne ressasse pas. J'essaye de comprendre. Sally Grant

avait découvert le passage secret de Lopez en montant chez lui pour lui acheter de la drogue ; il a donc jugé nécessaire de la faire disparaître. Sonya, il l'a probablement rencontrée dans une autre boîte de nuit ou sur la plage, mais elle aussi l'a côtoyé de près, et elle a fini par en savoir trop. Lara, ce n'était pas facile de faire croire qu'elle se piquait, mais il connaissait déjà son affaire avec les médicaments puisqu'il avait testé le procédé avec Nell. D'ailleurs, Nell a dû être sa maîtresse à un moment donné, puis elle aura voulu le quitter pour retourner avec son mari. Comme il s'en était bien tiré et qu'il avait réussi à faire accuser Art, il a repris le même scénario avec Lara. Elle est morte devant des centaines de personnes. C'était vraiment bien pensé. Pas de meurtre, pas de meurtrier.

— En effet, dit Quinn, ça a dû se passer à peu près comme ça.

— Quant à Manuel, ajouta sèchement Gordon, il l'a exécuté par simple précaution.

— Apparemment, fit Doug.

Gordon poussa un gémissement.

— Mon affaire est foutue.

— Gordon ! protesta Shannon. Gabe dirigeait le Suede, pas le Moonlight.

— Oui, mais sans la boîte de nuit, on va perdre une bonne partie de notre clientèle.

— Quelqu'un va probablement racheter le Suede, intervint Sam. Cette boîte marchait très bien, et un petit scandale ne peut qu'attirer du monde.

— On verra bien, dit Shannon.

Ben la contempla d'un air morose.

— Il a failli te tuer, Shannon, fit-il en secouant la tête. Maintenant que j'y pense... Il avait toujours l'œil sur toi, ces derniers temps. Il savait que tu te doutais de quelque chose.

Elle secoua la tête.

— Je ne me doutais de rien… J'avais juste entendu ce bruit étrange quand il actionnait le mécanisme pour entrer et sortir de son appartement. S'il n'avait pas utilisé le passage aussi souvent, ce serait passé inaperçu.

— L'intérêt du système, expliqua Doug, c'est qu'il n'y avait pas de drogue dans son appartement ni au Suede. Je suis sûr que la plupart de ses employés ignoraient tout de son trafic.

— La plupart ? Tu penses que certains pourraient être impliqués ? s'exclama Rhianna d'un air inquiet.

— Ça n'est pas impossible, dit Doug. Mais la brigade criminelle et la brigade des stups sont sur l'affaire. S'il avait des complices, la police les trouvera.

— Bon, ça va, intervint Gordon. Et si on parlait d'autre chose ? Quinn vous n'auriez pas un bon film ?

Ils débarrassèrent la table, préparèrent des pop-corn et s'installèrent devant l'écran géant pour regarder *Le Seigneur des anneaux*.

Shannon ne se fit pas prier lorsque Quinn lui toucha discrètement l'épaule. Elle qui avait cru impossible de s'investir dans une relation amoureuse, de tout partager avec un homme, elle trouvait ça tout naturel, à présent.

Plus tard dans la nuit, elle se réveilla et vit qu'il ne dormait pas. Les yeux grands ouverts, il contemplait le plafond. Elle lui caressa tendrement la joue.

— Qu'est-ce qu'il y a ? demanda-t-elle.

— Je ne sais pas. Je ne voudrais pas que tu me gifles une nouvelle fois, mais j'avoue que je regrette que Lopez soit mort. Il reste tant de zones d'ombre dans cette affaire. Le meurtrier de Nell, notamment… C'est lui ou c'est Art ?

— Je suppose qu'il restera toujours un doute, répondit Shannon.

— Il m'a dit que je n'en savais pas la moitié… Tu te rappelles ?

— Je me souviens de chacune des paroles qu'il a prononcées.

— Je n'arrête pas de penser à cette phrase.

Shannon demeura un moment silencieuse.

— Certains points ne seront probablement jamais élucidés. Mais il y a une chose qui compte plus que tout.

— Quoi donc ?

— Tu m'as sauvé la vie, et je ne l'oublierai jamais.

— Peut-être que toi aussi tu as sauvé la mienne…

— Parce que je t'ai fait découvrir le cha-cha ?

— Grâce à toi, j'ai appris que je méritais tout de même d'être aimé.

Elle sourit et se glissa dans ses bras. Elle savait qu'elle avait le pouvoir de lui faire oublier — au moins pour un moment — le problème qui le tracassait.

— Non, chérie, non !

Les vacances terminées, l'activité avait repris au Moonlight. Christie avait accepté de donner une heure de son temps pour faire travailler Marnie.

— Tu engages le pas en même temps que tu tournes. Ce sont deux mouvements distincts. Il faut te concentrer davantage si tu veux réussir tes pirouettes. Marche, tourne. Le talon d'abord. Marche, tourne.

Marnie surprit le regard de Shannon et fit la grimace.

— Seigneur ! murmura-t-elle à son intention.

— Tais-toi et travaille ! lui ordonna Shannon.

Elle devait une fière chandelle à Marnie qui avait reconnu le portrait de Sonya Miller. Grâce à elle, Quinn avait réagi au quart de tour. Sans compter que son témoignage avait permis d'établir officiellement le lien entre Sonya Miller et Gabriel Lopez.

Shannon la regarda travailler avec Christie pendant quelques minutes, puis elle retourna dans son bureau. Ella venait juste de lui annoncer que Quinn l'attendait au bout du fil.

Il avait invité sa mère à dîner au restaurant. Il l'avait pas mal négligée ces temps-ci, et ce soir, il avait l'intention de se racheter. Doug avait parlé à Shannon de leur famille. Leur mère se faisait sans cesse du souci pour eux. Quinn avait l'habitude de couper le contact avec son entourage et de s'isoler quand il avait des problèmes. Du coup, elle s'inquiétait encore plus.

— Quel genre de fils es-tu ? avait répliqué Shannon. Je n'ai jamais rencontré votre mère. Tu ne l'invites même pas quand tu participes à un concours.

— C'était par manque de confiance en moi, avait expliqué Doug. Mais à présent, je compte bien la faire venir et je suis sûr qu'elle va adorer. Tu seras épatée de voir comme elle danse bien, avait-il ajouté avec fierté.

Shannon décrocha le téléphone dans son bureau.

— Salut, Quinn ! Alors, où emmènes-tu ta mère pour dîner ?

— Dans un restaurant qui vient d'ouvrir, au nord de la ville. Je rentrerai probablement assez tard. Il paraît qu'ils servent des spécialités écossaises. Je ne savais même pas que ça existait. Tu as déjà entendu parler de ça ?

— Non, mais ça m'intrigue. Vole un menu, si tu peux.

— J'ai été flic. Je ne vole rien.

Elle rit.

— Hum. Quand vas-tu me présenter à ta mère ?

— Bientôt. Elle sait déjà tout de toi.

Shannon sourit.

— Amusez-vous bien, tous les deux.

— Merci. A plus tard.

Elle raccrocha et sortit de son bureau. C'était bientôt l'heure du cours collectif pour les « grands », mais il restait encore quelques débutants sur la piste de danse. Elle avait toujours un peu de mal le lundi : c'était un jour un peu morne. Ça la changeait de l'angoisse permanente qu'elle avait connue, ces derniers temps... Mais tout cela était-il vraiment terminé ? Lopez disparu, certains mystères ne seraient jamais éclaircis.

Tu n'en sais même pas la moitié...

Elle alla jusqu'à la kitchenette et fouilla dans le réfrigérateur. Ben vint la rejoindre.

— Qu'est-ce que tu cherches ? lui demanda-t-il.

Sam était parti avec Marnie. Jane était rentrée chez elle. Elle n'avait pas encore repris du service, mais elle passait ses journées au studio. Doug, lui, était resté. Il avait promis de ne pas faire faux bond à Jane et de se produire avec elle au Gator Gala. Il prenait des leçons avec Shannon et Rhianna, et ne manquait pas un seul cours. En ce moment, Katarina travaillait avec David, et Richard Long répétait seul. Dans l'après-midi, Gordon avait prévenu Shannon qu'il ne resterait pas après 20 heures : il faisait confiance à ses employés pour mener la barque.

— Qu'est-ce que tu cherches là-dedans ? répéta Ben.

— Du champagne. Ça réveillera les élèves du cours collectif.

— Mais Richard vient de faire du café.

Richard entrait au moment même dans la cuisine.

— Ça ne fait rien, dit-il. Du champagne, ça me va aussi.

Mona O' Casey ne s'était jamais remariée, mais elle menait une vie active. Son mari lui avait laissé de quoi vivre et elle avait abandonné son travail d'infirmière pour consacrer une bonne partie de son temps à des œuvres de charité. Cinquante-cinq ans, mince, des cheveux argentés coupés court, des yeux d'un bleu vif, alerte et pleine d'énergie.

— Je n'ai pas été très gentil avec toi, lui dit Quinn sur un ton d'excuse.

— Oh ! je commence à m'habituer. J'ai compris depuis longtemps que tu disparaissais quand tu avais des ennuis. Evidemment, je me sens plus tranquille si je peux te parler. Mais j'attends patiemment. Que veux-tu que je fasse ?

Elle soupira doucement.

— Ton frère et toi avez choisi des professions à risque, et j'ai dû apprendre à gérer mon angoisse.

Elle but une gorgée de merlot et sourit.

— Parlons d'autre chose. Il paraît que je vais bientôt vous voir danser tous les deux.

— Je valse, dit-il. Et c'est grâce à toi.

Elle éclata de rire.

— Eh bien, je t'aurai au moins appris quelque chose d'utile.

Il lui prit la main et la caressa doucement.

— Tu m'as appris énormément. Il m'a fallu du temps pour comprendre… contrairement à Doug.

Mona devint soudain sérieuse.

— C'est étrange, la vie, hein ? Quand je pense que ton frère passe son temps à voir des cadavres et à procéder à des interrogatoires. Il est solide comme un roc, mais quand il s'agit de danse… Figure-toi qu'il avait le trac à l'idée que je le voie danser.

— Hé, mais moi aussi j'ai le trac ! affirma Quinn.

Mona eut un regard triste.

— Je comprends, mais ce n'est pas une raison pour prendre des cachets.

— Des cachets ?

— Oui. Tu as peut-être du mal à le croire, mais ton frère avale des cochonneries contre l'anxiété, avant ses exhibitions.

Quinn sentit son estomac se nouer.

Non. Pas son frère ! C'était Lopez, l'assassin.

Mais Doug avait été l'amant de Lara. Et, depuis la mort de Lopez, Quinn sentait que quelque chose clochait…

Mais pas Doug ! Pas lui.

— Que se passe-t-il, mon chéri ?

— Excuse-moi, maman, je dois passer un coup de fil.

Il composa le numéro du Moonlight, mais il n'obtint que le répondeur. Il essaya ensuite chez Shannon. Même chose.

Il essaya de se rassurer. Tout de même, il n'y avait pas de quoi s'affoler. Shannon n'était pas seule. D'ailleurs, ce serait bientôt l'heure du cours collectif.

— Quinn, tu m'inquiètes, dit Mona.

— Je suis désolé. Donne-moi encore une petite minute. Il faut que j'essaye de joindre Doug.

Mais Doug ne décrochait pas.

— Maman, dit Quinn en se levant. Je regrette vraiment, mais je dois y aller. Je te jure que je me rattraperai.

Elle le regarda droit dans les yeux.

— Si tu ne m'as pas appelée avant minuit, je préviens la police, déclara-t-elle.

— D'accord.

Il jeta quelques billets sur la table et sortit du restaurant en courant.

Shannon trempait les lèvres dans son verre de champagne quand son portable se mit à sonner quelque part.

— Excusez-moi, dit-elle. Le cours commence dans deux minutes… Je reviens. Ne buvez pas trop si vous voulez tenir debout.

Elle trouva son téléphone dans le fond de son sac et vérifia ses messages. Quinn l'avait appelée. Elle composa son numéro, mais il ne répondit pas. Etrange… S'il était au restaurant, il avait sûrement son téléphone à portée de main… Ils avaient peut-être fini de dîner et ils se promenaient dans un endroit qui n'était pas couvert par le réseau.

— J'espère que tout s'est bien passé, dit-elle tendrement. Rappelle-moi. Ici, c'est calme.

Elle raccrocha et resta immobile, à tambouriner des doigts sur son bureau d'un air songeur. Elle allait se lever, mais le téléphone sonna de nouveau.

— Quinn ?

— Non, désolée, ce n'est que moi, Marnie. Je voulais m'assurer que tout allait bien.

— Mais oui. Pourquoi ?

— Quinn vient d'appeler chez toi. Il n'arrivait pas à te joindre.

— Je viens justement de lui laisser un message. Tout va bien.

— Si tu veux, je vais l'appeler pour le rassurer.

— D'accord, Marnie. Merci.

Elle reposa son téléphone, les sourcils froncés. Elle n'entendait plus de bruits de voix, seulement une valse qui jouait doucement.

Elle se dirigea vers la salle de danse et resta saisie devant le spectacle qu'elle y découvrit.

Ils étaient tous allongés par terre. Katarina et David l'un sur l'autre, Richard Long à quelques centimètres de son bureau, face contre terre, Ben et Rhianna à quelques pas de lui, Doug O'Casey à leurs pieds. Quant à Justin, il était apparemment tombé en sortant des toilettes.

Shannon tourna la tête vers le comptoir de la réception. Ella y était affalée, les yeux fermés.

Elle poussa un soupir horrifié et tomba à genoux, près de Rhianna, pour poser les doigts sur sa gorge. Elle n'était pas morte. Son pouls battait encore.

Shannon se leva précipitamment avec l'intention d'appeler du secours.

Mais elle n'en eut pas le temps.

Quelqu'un s'était levé.

Et pour la deuxième fois en un peu plus d'une semaine, on braquait sur elle le canon d'une arme.

Quinn écouta le message de Shannon en pestant contre ces téléphones portables qui ne passaient jamais correctement, lorsque ça sonna de nouveau. C'était Marnie. Elle avait réussi à joindre Shannon : tout allait bien.

Il la remercia et raccrocha.

Mais ni Marnie ni le message de Shannon ne l'avaient rassuré, et il décida de se rendre immédiatement au Moonlight.

Il en était certain, à présent. Lopez n'était pas le seul meurtrier. *Mais t'as rien compris, mon pote. Tu n'en sais même pas la moitié*.

Doug aussi avait obtenu une ordonnance pour des calmants. Sans doute les mêmes que ceux qui avaient tué Nell Durken et Lara.

— Pas mon frère ! gémit-il tout haut.

Il appuya sur la pédale d'accélérateur, tout en se maudissant. Il avait eu tort de tirer des conclusions hâtives et de baisser sa garde trop vite.

— Quel dommage que vous n'ayez pas goûté à votre champagne ! s'écria Richard.

Elle le contemplait sans y croire.

— Richard ?

— Il faut le boire, à présent.

— Richard… Pourquoi ?

Il soupira.

— Voyez-vous, trop de gens pensent encore que tout n'est pas clair dans cette histoire. Je me suis donné du mal pour que la mort de Nell ait l'air naturelle. Lopez avait compris et je craignais qu'il ne vende la mèche, mais il ne l'a pas fait. Ensuite, il a fallu que ce crétin de flic s'inscrive ici et qu'il couche avec Lara. Puis il y a eu son espion de frère. Et de nouveau une avalanche de questions. La criminelle est venue y mettre son nez, la brigade des stups aussi. Ils vont finir par découvrir la vérité. Il faut régler définitivement le problème.

— Mais vous ne réglez rien du tout, Richard ! Au contraire…

— Shannon, je ne voudrais pas vous faire souffrir. Buvez votre verre. Vous verrez : c'est aussi facile que de s'endormir.

— Très bien. Et comment allez-vous expliquer ce carnage ? demanda-t-elle sèchement en désignant d'un geste les corps étendus sur le parquet.

Il sourit.

— Le dernier arrivé sera sûrement Quinn O'Casey. J'ai délivré une ordonnance à son petit frère. Pour des calmants. Elle est dans sa poche en ce moment même. Tout le monde sait — même si personne n'en parle — qu'il était l'amant de Lara. Quand Doug trouvera l'ordonnance, il pensera que son frère est coupable. J'ai mis une dose moins massive à Doug : il n'est pas encore complètement dans les vapes. Lorsqu'il comprendra que son frère l'accuse, il lui tirera dessus. Ensuite, il mourra d'une overdose, comme prévu. On trouvera une pièce remplie de cadavres. Moi, par chance, j'aurai annulé le cours à la dernière minute parce que j'étais fatigué. Sinon, j'y serais passé aussi. Quelle terrible tragédie…

— Vous êtes complètement fou, Richard !

Elle regretta aussitôt d'avoir dit ça car il sursauta d'un air profondément agacé.

— Richard, je ne comprends pas, reprit-elle calmement. Comment Lopez et vous…

— J'amenais certains de mes clients à Gabe. Les gens riches sont près à tout pour se distraire. Ils ignoraient d'où venait la drogue ; ils savaient simplement qu'il leur suffisait de déposer l'argent ici pour obtenir ce qu'ils voulaient. Gabe me donnait une petite commission et on se faisait pas mal de fric.

Il fit une pause.

— Quant au reste… Ça a commencé avec Nell. Elle se sentait seule, et moi, de mon côté, je m'ennuyais à mourir avec Mina. Puis Nell a voulu faire machine arrière. Elle espérait repartir de zéro avec son mari — un crétin de première, soit dit en passant. J'ai essayé de l'en dissuader, on s'est disputés, elle m'a insulté. Elle me préférait le crétin. J'ai donc pris les choses en main. Quant à Lara, vous la connaissiez… Une vraie garce. Elle a décidé de me séduire pour s'amuser. Ensuite, toujours pour s'amuser, elle m'a suivi et elle a eu vent de mon petit trafic avec Lopez. Elle a voulu me faire chanter et, en plus, elle s'est fichue de moi en m'apprenant qu'elle couchait avec ce flic. Elle disait qu'il était plus jeune que moi… J'ai été obligé de m'occuper d'elle. Gabriel s'est chargé de la pute et de la mondaine ; c'était à lui de le faire : je n'avais aucun contact avec elles. Moi, j'étais amoureux fou de Nell, et cette salope de Lara méritait la mort.

— C'est vrai que Lara était vraiment une garce, dit Shannon d'un ton apaisant.

Elle se demanda quelle dose avaient ingérée ceux qui se trouvaient en ce moment allongés sur le sol, et combien de temps il leur restait à vivre.

— Je suis désolé, je n'ai pas le choix. Il faut mettre un terme à tout ça. Je ne peux pas prendre le risque que la police se mette à fouiner partout pour trouver le complice de Lopez.

Shannon tourna brusquement la tête. Elle était certaine d'avoir entendu quelqu'un monter l'escalier en courant.

Richard entendit, lui aussi. Il l'attrapa et pointa le canon de son arme sur elle.

En faisant irruption dans le studio, Quinn eut l'impression d'arriver sur les lieux d'un massacre. Il faillit trébucher sur le corps de Justin Garcia, et s'agenouilla aussitôt pour vérifier son pouls.

Faible, mais présent.

Il se leva et avança prudemment sur le parquet.

Doug était là, au milieu des autres.

Quinn remercia Dieu lorsqu'il toucha sa gorge et trouva son pouls.

Le revolver au poing, il chercha son portable de l'autre main pour appeler à la rescousse. Mais avant qu'il ait eu le temps d'appuyer sur la première touche, une détonation retentit et il sentit une violente brûlure.

Son arme valdingua à travers la pièce, le téléphone tomba à ses pieds et il serra instinctivement sa main blessée, en se maudissant de son imprudence.

Il se tourna. Richard Long était là. Il tenait Shannon devant lui comme un bouclier, et il pointait un revolver sur sa tempe. Cette scène lui rappela quelque chose.

— Le médecin ! J'aurais dû m'en douter… Espèce de fils de pute ! Quand je pense que je suis allé jusqu'à soupçonner mon frère…

— Vous n'aviez pas tort, rétorqua Long. C'était bien lui. En tout cas, c'est ce que tout le monde croira, surtout qu'il va vous tirer dessus !

— Vous êtes stupide. Les gars du labo ne s'y tromperont pas et vous serez bon pour la peine de mort.

— Pas du tout. J'ai préparé un scénario sans failles.

— Ah oui ? Alors comment se fait-il que Shannon ne soit pas dans les vapes comme les autres ?

— Elle n'a pas eu le temps de boire le verre de champagne que je lui avais préparé. D'ailleurs, elle a du mal à se décider : il faudrait que vous l'aidiez. Ça lui rendrait service. C'est une mort très douce, ne vous en faites pas.

— Je ne boirai pas ce verre ! lança Shannon.

Quinn surprit son regard. Elle n'avait pas peur. Elle paraissait plutôt furieuse.

— Ce serait pourtant la meilleure solution. Dites-le-lui, Quinn.

Quinn se redressa doucement, les mains en l'air. Il fit bouger ses doigts et se rendit compte avec soulagement que la balle n'avait fait que l'effleurer.

— Je me charge de lui faire boire son champagne, Richard, déclara-t-il d'un ton posé. Mais en échange, je vous demande une faveur.

Richard serrait toujours Shannon contre lui.

— Qu'est-ce que tu racontes, Quinn ? s'écria Shannon, affolée.

Quinn regarda Richard.

— Vous avez accordé à Lara une très belle mort — la plus belle qui soit pour une danseuse —, alors qu'elle n'était qu'une salope. Shannon s'est toujours très bien comportée avec vous, reconnaissez-le. Quant à moi, j'ai découvert ici ce qu'étaient la grâce et l'élégance.

— Et alors ?

— Une valse ! Accordez-nous une dernière valse.

— Une valse ? Tu es devenu dingue ? murmura Shannon.

— Je pourrais vous tuer tout de suite, répliqua Richard.

— Oui, mais ça ne collerait pas avec votre programme. Je ne tomberais pas au bon endroit, et croyez bien que les gars du labo le remarqueraient. Laissez-nous valser une dernière fois et j'accepte de me prêter à votre scénario.

Richard parut hésiter, puis il poussa Shannon dans les bras de Quinn. Elle fronçait les sourcils d'un air farouche, et il lui sourit en essayant de lui faire comprendre du regard qu'il s'agissait d'un subterfuge, qu'il avait besoin de sa coopération, qu'il tentait l'impossible.

— Comme d'habitude, dit-il. Celle que nous préparions pour le Gator Gala.

— Tu es dingue ! lui dit-elle, les larmes aux yeux. Nous allons mourir et tu penses à valser.

— Comme d'habitude, répéta-t-il avec insistance.

Elle leva les sourcils d'un air étonné. Il se mit en position, l'invitant à faire de même. Elle se glissa dans ses bras et ils se mirent à tourner.

L'enchaînement de pas, les tours, promenade, un, deux, trois, le porté.

— Pas la peine d'y passer des heures ! lança Richard.

— C'est notre programme, répondit sèchement Quinn.

Il poursuivit, tout en commentant tout haut pour Shannon.

— Un, deux, trois. Un, deux, trois. Tour. On va finir par la caninette, d'accord ?

Une lueur brilla enfin dans les yeux de Shannon. Elle venait de comprendre où il voulait en venir.

Mais elle craignait de ne pas avoir la force d'aller jusqu'au bout, et il le sentit.

— C'est toi la danseuse, lui dit-il. Si je peux y arriver, tu le peux aussi.

— De quoi parlez-vous ? leur demanda Long d'un ton agacé.

— Un, deux, trois… Maintenant !

Shannon vint se placer derrière lui ; il plia les genoux pour la soulever et vira brusquement pour la lancer.

Elle réussit un magnifique vol plané et atterrit violemment contre Richard qui vacilla, puis s'affala sur le sol, tandis qu'elle l'écrasait de tout son poids.

Quinn se précipita vers eux, écarta Shannon et se jeta sur Long. Celui-ci roula sur lui-même pour lui échapper et récupérer l'arme qu'il avait lâchée, mais Shannon le prit de vitesse.

Quinn le tira en arrière. Long voulut se débattre, mais il reçut un violent coup de poing à la mâchoire qui acheva de l'assommer. Pendant ce temps, Shannon avait ramassé le revolver et le téléphone. Elle les tendit à Quinn.

Assis à cheval sur le corps de Long, il composa le 911.

— C'est une urgence, dit-il. Il nous faut plusieurs ambulances et de quoi faire des lavages d'estomac…

Il n'avait pas fini sa phrase que déjà, les sirènes de police retentissaient.

Épilogue

Sur la plage, c'était la folie.

Le Gator Gala — première compétition entièrement financée par le Moonlight Sonata Dance Studio — avait été présenté dans tous les magazines comme le nouveau concours en vogue, et il provoquait aujourd'hui un embouteillage monstre.

L'hôtel où se déroulait la manifestation était plein à craquer, et les participants avaient envahi les établissements du quartier et des environs. Les restaurants profitaient largement de l'aubaine. Cette histoire d'adultère, de drogue, de meurtre leur avait fait une telle publicité que les plus grandes vedettes de la danse de salon avaient finalement jugé bon de se montrer au Gator Gala. Des vedettes à l'affiche, des juges de grande renommée, tout cela plaisait aux élèves, si bien que les inscriptions avaient largement dépassé les espérances de Gordon.

Bref, c'était du délire.

Et puis…

Shannon Mackay revenait sous les feux de la rampe.

Et elle revenait en pleine forme, légère, magnifique dans une robe scintillante qui épousait ses formes parfaites, ses cheveux blonds ramassés en chignon sur sa nuque.

Un regard, un geste de la main, un port de tête et elle créait tout un univers. Chaque parcelle de son corps vibrait avec la musique. Les spectateurs la regardaient, emportés dans un monde féerique.

En la voyant évoluer avec son partenaire, on oubliait qu'ils étaient faits de chair et de sang ; on oubliait même parfois qu'ils étaient deux car ils s'accordaient à la perfection.

— Seigneur ! soupira Gordon. Elle est vraiment incroyable.

— Ben n'est pas mal non plus, lui fit remarquer Sam.

— C'est un superbe danseur, avec ou sans elle, déclara Quinn en souriant.

— Ils vont si bien ensemble ! ajouta Rhianna. Sur scène, évidemment ! précisa-t-elle — ce qui eut pour effet de faire rire Quinn.

— On était presque aussi bons qu'eux, dit Jane en pressant la main de Sam.

— Oui, *presque*, répondit-il en souriant.

— Je crois que Marnie et moi, on a quand même une chance de remporter le trophée de salsa, dit Justin.

Quinn retint un sourire. Il jeta un coup d'œil à Marnie, la gosse des rues, la fugueuse… Elle avait dix-neuf ans, mais elle en paraissait plus et elle avait beaucoup mûri, ces derniers temps. Comme toutes les concurrentes, elle portait ses cheveux en chignon, ce qui mettait en valeur son profil délicat et ses grands yeux.

Elle sourit à Quinn.

— Moi aussi, je crois que vous avez vos chances, lui dit-il d'un ton chaleureux.

Elle était toujours un peu angoissée, sans doute à cause des épreuves qu'elle avait traversées. Mais Sam l'avait prise sous son aile ; il avait déménagé pour un appartement plus grand dont elle occupait une des chambres. Ils se surveillaient mutuellement, et aucun des deux ne sortait avec un homme si l'autre n'avait pas donné son accord. Un couple parfait, en somme…

— Rhianna, dit Gordon, tu as fait ton petit effet ce soir, avec Doug.

Doug avait définitivement quitté la police pour se consacrer à la danse. Ça tombait bien car le Moonlight avait tellement gagné en popularité qu'un nouveau professeur était le bienvenu.

— Puisque nous en sommes à nous passer de la pommade, dit-il, je tiens à te complimenter pour ta valse, frérot.

Quinn ne put s'empêcher de rire.

— Nous n'avons eu que le deuxième prix. Avec quelqu'un d'autre, Shannon aurait sûrement gagné.

— N'empêche que pour un débutant, tu t'en es drôlement bien sorti.

— J'ai deux fils formidables, déclara Mona en se glissant entre eux pour leur prendre la main.

— Tu as raison, maman, dit Gordon. Mais chut ! C'est la fin de leur programme.

Shannon parut brusquement suspendue dans les airs, au-dessus de la tête de Ben, puis elle se cambra doucement dans un mouvement souple et gracieux qui se prolongea jusqu'à la dernière note.

Les applaudissements crépitèrent.

Elle salua en souriant, puis chercha Quinn des yeux… Elle se précipita vers lui et exécuta un bond prodigieux pour se jeter dans ses bras.

Elle accepta ses félicitations sans fausse modestie, et sourit tandis qu'il la reposait à terre, tout en la couvrant de baisers. Danser signifiait pour elle bien plus que gagner une récompense. L'admiration de ceux qu'elle aimait comptait davantage que celle des juges.

D'autres vinrent lui donner l'accolade. Sa nouvelle belle-mère, les professeurs du Moonlight, ses vieux amis, ceux de Quinn — et même des gens qu'elle ne connaissait pas.

Vint ensuite le moment tellement attendu des résultats. Ben et elle reçurent le grand prix, ce qui n'étonna personne, et Gordon en profita pour faire l'éloge de son établissement. Il frisait parfois le ridicule, mais on le lui pardonnait aisément.

Ensuite, Quinn et Shannon retrouvèrent la suite qu'ils avaient louée dans l'hôtel. Ils sortirent sur le balcon baigné par la douce lumière de la lune qui perçait les nuages.

— Je n'y serais jamais arrivé sans toi, dit-elle en se glissant dans ses bras.

Il lui sourit.

— Et je n'aurais jamais réintégré le FBI si tu ne m'y avais pas encouragé. Finalement, je me rends compte que je fais du bon boulot.

— Tu pourrais faire du bon boulot n'importe où, affirma-t-elle en cherchant son regard. Nous aurions pu remporter le premier prix pour cette valse si… si je n'avais pas voulu à tout prix guider.

— J'allais me tromper de pas. D'ailleurs, ce n'était pas très important. Quand le jeu en vaut la chandelle, je suis toujours gagnant.

— J'ai obtenu un trophée avec Ben, mais j'aurais voulu en obtenir aussi un avec toi.

Il comprit qu'elle regrettait de ne pas avoir pu lui faire ce cadeau, et il prit son visage dans ses mains.

— Nous avons déjà gagné ensemble, lui dit-il. Quand nous avons valsé devant Richard et que nous lui avons fait cette incroyable démonstration de caninette. Ben a remporté le trophée, mais moi je t'ai avec moi.

— C'était une sacré caninette, hein ? murmura-t-elle.

— Ah, ça…, dit-il en riant.

Elle sourit et se serra contre lui. Il sentait son souffle contre son oreille.

— C'est une sensation curieuse de penser que ma vie est à présent une réussite et qu'elle mérite les plus beaux applaudissements qui aient jamais retenti dans une salle, murmura-t-elle. Je me sens si bien. C'est comme si toute mon existence était devenue une danse, avec toi comme partenaire, pour toujours. Toute une vie… C'est beaucoup de mouvements.

— Des sauts, des soubresauts, des passes et des pirouettes ?

— Par exemple.

— C'est toi le professeur : il faut que tu me montres.

— Même à un professeur, il reste toujours quelque chose à apprendre.

— Oh ! Intéressante perspective…

Il la souleva dans ses bras.

Ils étaient deux. Le monde s'étendait devant eux, plein de promesses et de certitudes, et dans cette incroyable nuit baignée de lune, ils entamèrent une danse dont ils savaient qu'elle durerait toute la vie.

BEST SELLERS

Les Best-Sellers Harlequin, c'est la promesse d'une lecture intense : romans policiers, thrillers médicaux, drames psychologiques, sagas, ce programme est riche d'émotions.

Ne manquez pas, dès le 1er mars :

Mortelle rencontre, de Anne Stuart • N° 249

Enfant adoptée, Jamie Kincaid a grandi aux côtés de Nate, le neveu de ses parents adoptifs. Malgré ses mauvaises fréquentations, elle lui a toujours voué une admiration sans bornes, au point de le considérer comme un frère. Aussi l'annonce de sa disparition la laisse-t-elle anéantie. Pourquoi Nate a-t-il été frappé à mort par des voyous? Et pourquoi son meilleur ami, Dillon Gaynor, n'est-il pas intervenu alors qu'il était présent sur les lieux du drame ? Pour Jamie, le seul moyen de répondre à ces questions est de se rendre dans le Wisconsin afin d'y rencontrer Dillon…

Manipulation, de Karen Young • N° 250

Psychologue dans un lycée, Rachel Forrester est hantée par le souvenir de Jack Ford, un élève dont elle n'a pas su empêcher le suicide cinq ans plus tôt. Mais aujourd'hui, c'est son propre fils Nick qui s'enferme à son tour dans le mutisme et l'agressivité. Contre toute attente, Rachel va trouver aide et soutien auprès de celui qui aurait toutes les raisons de lui en vouloir : Cameron Ford, le père de Jack. Cameron gagne la confiance de l'adolescent qui lui fait des confidences sur sa vie au lycée – des confidences qui révèlent la manipulation perverse exercée sur les élèves par un homme au-dessus de tout soupçon…

La dernière victime, de Jan Coffey • N° 251

Il y a vingt ans, Ian Campbell, alors jeune policier, découvrait une femme et trois enfants blessés sur une route du Nouveau Mexique. Ils étaient les seuls à avoir pu échapper au suicide collectif organisé par la secte dont ils étaient prisonniers. Un suicide auquel la propre épouse de Ian avait pris part…

Ce drame, jamais Ian n'a pu l'oublier. Aujourd'hui, il le sait, quelqu'un a repris le contrôle de la secte, avec l'intention de conduire chacun de ses membres à la mort. Y compris ceux qui ont fui vingt ans plus tôt. Déjà, deux des enfants et la femme qui les accompagnait ont été tués. Ne reste plus que Kelly Stone, qui tient à présent une auberge dans le New Hampshire…

Le pacte, de Alex Kava • N° 252

Omaha. Minneapolis. Columbia. Dans plusieurs villes des Etats-Unis, des prêtres pédophiles sont retrouvés assassinés. Soupçonnant un tueur en série de vouloir rendre lui-même la justice, la police demande à l'agent Maggie O'Dell de se rendre à Omaha afin d'établir son profil. Maggie connaît parfaitement la petite ville : quatre ans plus tôt en effet, elle y a enquêté sur des meurtres d'enfants dont le coupable, le père Keller, a réussi à s'échapper. C'est alors que celui-ci refait surface et, se sachant menacé par le tueur, propose à Maggie un pacte odieux…

Une nouvelle enquête de Maggie O'Dell.

La brûlure du passé, de Rachel Lee • N° 253

C'est l'été à Whisper Creek, dans le Colorado. Dans cette atmosphère étouffante, l'arrivée d'un nouveau pasteur aussi intransigeant qu'intolérant, Elijah Canfield, n'est pas vue d'un très bon œil. Son fils Sam, en particulier, n'a pas oublié leur brouille, des années plus tôt. Lui qui vit en solitaire depuis la mort tragique de sa femme n'entend pas faire le moindre effort pour se réconcilier avec son père. Mais c'est compter sans Mary McKinney, qui va bouleverser la vie des deux hommes en traçant pour eux le chemin vers une réconciliation…

Coup de foudre et conséquences, de Dallas Schulze • N° 131
(Réédition)

Entre une mère immature et une sœur volage, Maggie Drummond joue depuis toujours le rôle de pilier de la famille, en souffrant de ne recevoir aucune gratitude en retour. Mais sa vie change brusquement lorsqu'elle fait la connaissance de Ryan Lassiter, héritier d'un des plus grands ranchs du Wyoming. Maggie a du mal à croire qu'un homme comme lui puisse s'intéresser à elle. Pourtant, il fait mieux : il lui demande de l'épouser. Comme ça. Sur un coup de tête. Et, plus surprenant encore, elle-même décide d'accepter …

COMMANDE… COMMANDE… COMMANDE…

COMPLÉTEZ VOTRE COLLECTION !

Collectionnez les grands succès de la littérature féminine…

… et découvrez les romans de votre collection BEST SELLERS que vous n'avez pas encore lus !

6,18 € par roman

- ❒ N° 92 LA CLANDESTINE, de Jasmine Cresswell
- ❒ N° 93 L'INNOCENCE BAFOUÉE, de Karen Young
- ❒ N° 96 FLAGRANT DÉLIT, de Carla Neggers
- ❒ N° 100 CHASSÉS-CROISÉS, de Laura Van Wormer
- ❒ N° 102 LA MÉMOIRE DÉROBÉE, de Sharon Sala
- ❒ N° 109 SECRETS ET TRAHISONS, de Jennifer Blake
- ❒ N° 110 LA DERNIÈRE PROMESSE, d'Elizabeth Gage
- ❒ N° 111 DANGEUREUSE ALLIANCE, de R.J. Kaiser
- ❒ N° 112 L'INVITATION, d'Heather Graham
- ❒ N° 121 ZONE INTERDITE, de Howard Simon
- ❒ N° 123 LA FUGITIVE, de Debbie Macomber
- ❒ N° 132 L'HÉRITAGE MEURTRIER, de Jasmine Cresswell
- ❒ N° 136 L'APPÂT, de Taylor Smith
- ❒ N° 188 SOMBRE MACHINATION, de R.J. Kaiser
- ❒ N° 194 LE PRIX DU SCANDALE, de Ann Major
- ❒ N° 222 LE SANG DU CRÉPUSCULE, de Maggie Shayne
- ❒ N° 223 FATALE DESTINATION, de Laurie Breton
- ❒ N° 224 LE TRIANGLE DU MAL, de Gwen Hunter
- ❒ N° 225 EAUX MORTELLES, de Karen Harper

COMMANDE...COMMANDE...COMMANDE...

Ces volumes sont disponibles auprès du Service Lectrices dans la limite des stocks. Si vous souhaitez commander certains titres, cochez les livres choisis et indiquez vos coordonnées dans le bon de commande ci-joint.

Chaque volume est vendu au prix de 6,18 €, auquel s'ajoutent 2,40 € par colis pour la participation aux frais de port et d'emballage.

N'envoyez pas d'argent aujourd'hui, une facture accompagnera votre colis.

Renvoyez ce bon à : Service Lectrices HARLEQUIN
CÉDAP / BP 77 - 94232 CACHAN CEDEX.

Mme ❒ Mlle ❒ Si abonnée, n° : ____________

NOM ____________

Prénom ____________

Adresse ____________

Code Postal ______ Ville ____________

____________ Tél. : ____________

Adresse e-mail ____________

Date d'anniversaire ____________ *Signature indispensable*

Le **Service Lectrices** est à votre écoute au **01.45.82.47.47**
du lundi au jeudi de 9h à 17h et le vendredi de 9h à 15h.

Conformément à la loi Informatique et Libertés du 6 janvier 1978, vous disposez d'un droit d'accès et de rectification aux données personnelles vous concernant. Vos réponses sont indispensables pour mieux vous servir. Par notre intermédiaire, vous pouvez être amené à recevoir des propositions d'autres entreprises. Si vous ne le souhaitez pas, il vous suffit de nous écrire en nous indiquant vos nom, prénom, adresse et si possible votre référence client. Vous recevrez votre commande environ 20 jours après réception de ce bon.

Offre réservée à la France métropolitaine et soumise à acceptation.

Composé et édité par les
éditions Harlequin
Achevé d'imprimer en décembre 2005

BUSSIÈRE
GROUPE CPI

à Saint-Amand-Montrond (Cher)
Dépôt légal : janvier 2006
N° d'imprimeur : 52754 — N° d'éditeur : 11789

Imprimé en France